LAURENT LOISON

CYANURE

COLLECTION HUGO THRILLER

Le tombeau d'acier (Bear Grylls)
The End of the World Running Club (Adrian J Walker)
Corps-à-corps (Martin Holmén)
Les anges de feu (Bear Grylls)
Wonderland (Jennifer Hillier)
Derrière les portes (B.A. Paris)
Disparue (Darcey Bell)
Le tricycle rouge (Vincent Hauuy)
Notre petit secret (Roz Nay)
Compte à rebours (Martin Holmén)

34-36, rue La Pérouse
75116 Paris

Collection Hugo Thriller dirigée par Bertrand Pirel
Conception graphique et mise en page : Emmanuel Pinchon
Graphisme de couverture : © R. Pépin
Visuels de couverture : © Arcangel Images/Getty Images
Photo de l'auteur : © Jean-Michel Laurent

ISBN : 9782755635683
Dépôt légal : septembre 2017
Imprimé en France

LAURENT LOISON

CYANURE

Hugo Thriller

À Valérie,
mon amie, mon épouse, mon amante,
ma lectrice impitoyable, ma correctrice acharnée.
Merci.
À nos enfants.

Prologue

Vous qui connaissez déjà Barga et Manue, vous savez qu'en tournant cette page, vous devez vous attendre à une intrigue tordue, digne de votre équipe préférée et de votre sagacité.

Pour ceux qui découvrent leur univers, je vous souhaite la bienvenue.

Ceux qui m'ont fait l'honneur de me lire le savent, j'essaie de ne rien faire au hasard.

Ainsi, si une citation placée à un endroit précis vous interpelle, si une remarque incongrue vous intrigue ou si vous relevez un détail improbable, peut-être avez-vous là, sous les yeux, une piste à ne pas négliger.

Ou l'une des clés qui vous seront utiles au final.

Cet ouvrage, je l'ai construit pour vous, qui lisez ces lignes, et uniquement pour vous.

L'intérêt de cet opus ne réside pas dans la découverte de l'identité du tueur, même si, j'en suis sûr, vous n'y résisterez pas – et je ne doute pas de votre perspicacité.

Mon objectif est de vous confronter à un choix cornélien.

Alors à vous d'enquêter, de déduire et de juger !

LL

N'attendez pas le jugement dernier.
Il a lieu tous les jours.
Albert Camus

Chapitre I — Samedi soir, printemps 1984
Le rire d'une enfant

— Ha, ha, ha ! Arrête, s'il te plaît, arrête, tu me chatouilles.

Écarlate, la petite fille tentait de ne pas faire de bruit.

Inutile de réveiller la bête !

Elle avait cependant une furieuse envie de rire à gorge déployée.

— Je n'en peux plus ! couina-t-elle. Laisse-moi un peu respirer, s'il te plaît !

Allongé sur le dos, le garçon la maintenait sur lui dans une position délicate. Celle qu'il appelait l'« attaque du sabre ». Tandis que de sa main gauche, il maintenait enserrés les poignets de sa victime, sa main libre pouvait jouer une sonate ou un concerto sur le ventre et les côtes de la gamine. Ses jambes immobilisaient celles de son jouet vivant.

Il décida de ne pas l'écouter. Et reprit son activité préférée. La rendre dingue jusqu'à essoufflement total.

Tout en laissant courir ses doigts, il fredonnait tout doucement la *Symphonie n° 40* de Mozart.

Molto allegro.

— Ta dada da, ta da da, nananana ! chantait-il d'une voix écrasée.

Les tortillements frénétiques et les gloussements reprirent de plus belle. Le petit corps svelte et maigrelet se tordait de droite à gauche et de gauche à droite.

En ce samedi, les beaux jours avaient bien voulu jeter leur dévolu sur la région parisienne. Les fenêtres grandes ouvertes du petit pavillon de Villiers-le-Bel laissaient pénétrer les premiers parfums du printemps. La douce chaleur caressait les cœurs fatigués par un hiver long et terne.

Les chèvrefeuilles bourgeonnaient et déployaient toutes leurs senteurs. Bientôt, les premières fleurs écloraient dans les espaces verts de la ville, au milieu des mauvaises herbes.

Les deux enfants jouaient.

Ils étaient heureux.

Sans raison particulière. Si ce n'est d'être tous les deux et s'amuser un peu.

Dormant dans le même placard, dans la promiscuité la plus totale, ils se partageaient l'espace de trois mètres carrés qui leur était généreusement attribué.

Ils ne les sentaient pas, les parfums. Et ils ne verraient pas les fleurs.

En se dandinant comme une dératée, la fillette ne put éviter de cogner ses genoux contre le mur.

Ils s'arrêtèrent tout net.

Les sens en alerte.

Et écoutèrent.

D'une voix transie de peur et presque inaudible, la petite fille osa doucement :

— Tu crois que la bête nous a entendus ?

— Je ne sais pas, mais il vaut mieux pas.

Le gamin n'en menait pas large non plus.

Ils connaissaient le rituel.

Une fois réveillée, la bête, chargée de sa colère et de sa rage, allumerait son petit abat-jour crasseux. La lumière se profilerait jusque sous leur porte. Puis les pas lourds et lents se rapprocheraient, doucement.

Impitoyablement.

Elle prendrait son temps, la bête !

Elle laisserait la peur s'installer insidieusement dans la tête et sur les visages des mioches. Ils ne percevraient que trois choses à son approche.

La peur, la peur et la peur.

Les sales gosses souhaiteraient devenir invisibles, transparents, voire ne pas exister.

Mais la bête les trouverait, les débusquerait et leur montrerait quelle était sa véritable nature.

Ils comprendraient, ces mioches. Aussi débiles et couillons soient-ils, elle leur ferait entendre raison, la bête.

Elle y parvenait à chaque fois !

Toujours aux aguets, le garçon chuchota à sa complice de jeu :

— Fausse alerte. Il vaut mieux faire attention, maintenant. D'accord ?

— Ouais, lui répliqua-t-elle sur le même ton. La chance ne va pas nous sourire à tous les coups.

Aucun son, aucun mouvement à l'extérieur du placard.

— Je vais monter dans mon lit, ce sera plus sûr, répondit-il, toujours à voix basse.

Le terme de lit ne s'appliquait guère à la réalité : une planche de quarante centimètres de large au plus, sur laquelle le garçon se lovait dans l'unique couverture en sa possession. Les oreillers et les draps étant superflus, il n'en avait pas.

La petite, elle, avait le grand confort. Un matelas, et sa couverture.

Mais pour une raison qui leur échappait, il leur était totalement interdit de dormir ensemble.

Dans cette pièce glaciale, l'hiver aurait été moins rude s'ils avaient pu se réchauffer.

Le gamin était tout juste grimpé sur sa planche, à moitié enroulé dans sa couverture, quand la porte s'ouvrit brutalement.

L'ombre de la bête masquait les trois quarts de la lumière.

La surprise fut totale.

Ils ne l'avaient pas entendue se lever. Elle avait changé de stratégie, la bête. Elle devenait sournoise. Elle hurla :

— Alors, les mioches, on veut pas écouter quand j'cause ? J'ai dit, vos gueules. Comprenez pas : vos gueules !

Un filet d'écume à la commissure des lèvres rendait la bête plus féroce encore. D'une main, il attrapa la gamine, de l'autre, il dégrafa son ceinturon.

En cuir, large de cinq centimètres.

Il le tira pour le faire sortir des passants de son pantalon.

La peur tétanisait la petite, qui ne pouvait émettre le moindre son.

Elle savait que les coups allaient pleuvoir.

Les mollets d'abord ; la bête les affectionnait particulièrement. Ce serait ensuite au tour des cuisses, des fesses et, pour finir, de la plante des pieds, si sensible et si douloureuse.

Elle tiendrait le plus longtemps possible sans crier.

Il le fallait.

Pour que la bête enrage et se fatigue, mais surtout, surtout, car ce serait aussi le point de départ de la souffrance du garçon.

Parce qu'elle n'avait que lui.

Et qu'il se jetterait alors sur la bête, pour qu'elle, la petite, ne reçoive plus les coups. Il ne supportait pas de l'entendre crier.

Alors, il prendrait sa part à elle.

Parce qu'il avait décidé de la protéger coûte que coûte

Parce qu'il n'avait qu'elle.

Heureux est l'homme
qui possède la rectitude du jugement.
Sénèque

Chapitre II — 22 janvier 2017
Vue imprenable sur la mort

Encore deux étages à grimper, trente-six marches d'effort, s'encouragea la silhouette longiligne. Elle rasait les murs. Discrète, malgré la lourde charge sur son dos. Le sac noir solidement fixé lui permettait de garder de l'amplitude dans ses mouvements. La casquette ainsi que les grandes lunettes noires lui assuraient un parfait anonymat. Armé de rangers noires, entièrement vêtu de cette même couleur, l'individu parvenait au terme de son ascension.

Il avait emprunté l'escalier de service, et n'avait pas rencontré âme qui vive tout au long des douze étages.

Pas une goutte de sueur.

Pas la moindre émotion sur le visage.

Rien.

Seule la détermination se lisait sur les traits de l'androgyne, grimpant malgré tout à vitesse soutenue.

Répétons encore une fois le minutage, s'exhorta le professionnel. *Sécurisation du périmètre d'intervention, repérage des ballons, de la position de la cible, montage, réglage de la visée laser, calcul des paramètres, de l'inclinaison, de la barométrie, du temps d'impact.*

Un seul tir, une seule balle.

Les données sont simples. 1180 mètres jusqu'à impact.

Une bagatelle. Il n'y a pas meilleur sniper que moi. Je ne peux pas le rater.

Tirer à cette distance relevait de l'exploit. Une vingtaine de personnes sur terre en étaient capables.

La peur engendrée marquerait les esprits.

Personne ne serait plus jamais à l'abri.

L'exceptionnelle maîtrise de son tir, ajoutée à la renommée de sa victime, délivrerait un message limpide aux autorités ; la paranoïa s'installerait irrémédiablement au sein des services de sécurité.

L'heure – 16 heures – amplifierait la psychose. En plein après-midi, un tueur pouvait agir avec une précision diabolique devant un parterre de représentants des forces de l'ordre, aux portes de Paris. Toute une symbolique.

La silhouette s'arrêta. Sa main gauche enserrée dans un gant Topshot compétition se saisit de son récepteur audio, calé sur les fréquences de la police. La droite ajusta la réception grâce à la molette, et le grésillement perçu dans l'oreillette cessa.

Sa bouche entrouverte laissait échapper des volutes nacrées ; l'immeuble, en fin de construction, n'était pas chauffé. L'attente avant l'heure H engourdirait probablement ses membres. Le tireur peaufinerait plus tard un programme de réchauffement.

Parvenu sur le palier du douzième étage, il força la porte d'un bureau désert. Il était arrivé à destination.

Le chantier interrompu pour d'obscures raisons de sécurité lui laissait le champ libre. Les ouvriers qui installaient les faux plafonds avaient laissé un capharnaüm inextricable à même le sol. La démarche du semeur de mort s'en trouva bouleversée. Évitant tout bruit, il enjambait, contournait, esquivait les morceaux de profilés, les chevilles et les plaques d'isolant. Une palette de dalles de faux plafond était posée au beau milieu de la pièce, tout près d'une énorme bobine de fils électriques enroulés comme un anaconda digérant.

La fenêtre fraîchement posée, repérée lors de ses investigations préliminaires, fut rapidement découpée à l'aide d'une ventouse et d'un diamant.

Calme, serein, précis, sans mouvement superflu, l'officier de la grande faucheuse ouvrit son sac. Le fusil PGM Hécate II calibre 12,7 modèle F1 libéré de sa housse de transport affichait ses ambitions velléitaires.

Le chargeur, pourtant conçu pour accueillir sept balles, n'en contenait qu'une.

Le canon de soixante-dix centimètres, agressif et menaçant, assumait parfaitement sa vocation de destruction. Une vie allait être fauchée.

Une fois la table de camping et sa chaise pliable déployées, le bipied ouvert, l'arme était prête à répandre son souffle assassin.

En cette fin d'après-midi de janvier, la chance souriait au tueur. Pas un souffle de vent. L'anticyclone des Açores arrimé solidement sur l'Hexagone depuis quelques jours apportait calme et froidure.

Les quelques ballons attachés sur le kilomètre qui le séparait de l'endroit où se tiendrait Gonzague Verdine témoignaient de la clémence météorologique.

Le ministre des Affaires sociales et de la Santé tenait jusqu'à 16 heures une réunion avec les partenaires sociaux. Les négociations entre les patrons et les syndicats, longues, ardues et techniques se termineraient à l'heure quelle qu'en soit l'issue, et leur fin annoncerait celle du ministre.

Convaincu de pouvoir prétendre à un poste plus important, ce dernier travaillait d'arrache-pied. L'élection présidentielle se profilant, le président-candidat, qui le tenait en estime, le propulserait ministre d'État s'il devait être réélu.

La place Vendôme lui conviendrait plutôt bien.

Il en caressait le secret espoir.

La montre digitale du tireur, désormais bien en place, affichait 15 h 45. Une dernière vérification avec ses jumelles Leica Rangemaster CRF 1600 confirmait la distance : 1174 mètres. La lunette de tir Buris Laserscope III montée sur son arme confirmait les data. Le guerrier se releva, s'étira doucement pour ne pas accélérer sa respiration, tout en se réchauffant un peu.

Le ballet de véhicules annonça le début des hostilités.

Son œil rivé sur l'objectif, le professionnel savait qu'il ne disposait que d'une seconde. La laisser s'envoler n'était pas une option.

Les chances d'obtenir une nouvelle opportunité aussi aisée à exploiter étaient minimes.

La concentration au maximum, le souffle parfaitement maîtrisé, le sniper affichait un calme impressionnant. Le doigt sur la détente, prêt à l'actionner.

Les mouvements sur le parvis s'emballèrent.

La haute stature de Gonzague Verdine fit son apparition.

Souriant. Satisfait de la tâche accomplie.

Il n'avait rien lâché lors de ces négociations difficiles, si importantes pour le pays.

Les acteurs de la journée l'attendaient déjà pour la poignée de main traditionnelle devant les objectifs des journalistes, témoignage de leur lutte acharnée, mais néanmoins constructive.

La première accolade fut brève et chaleureuse. Le ministre appréciait visiblement son interlocuteur.

La main tendue vers le second n'atteignit pas son destinataire. Le brouhaha général couvrit le pschitt émis par le projectile, qui percuta le ministre en pleine poitrine.

Une panique générale se déclencha ; les cris, les ordres contradictoires fusaient dans les oreillettes, de même que les versions des journalistes, ravis d'être sur le théâtre du drame.

Le ministre était-il blessé, était-il mort ?

Une seconde s'était écoulée depuis l'impact, quatre secondes après la pression de la détente. Le fusil fut démonté et rangé dans son étui en huit secondes exactement.

Le flot d'essence déversé dans la pièce s'embrasa.

Le tueur quitta le bureau, après avoir parcouru la pièce d'un regard approbateur, s'assurant que rien ne lui échappait.

À raison de quatre secondes pour descendre chaque étage, il serait au pied de l'immeuble dans quarante-huit secondes – information tirée des multiples répétitions antérieures. Il volait, plus qu'il ne descendait les marches. Ayant enfin atterri au rez-de-chaussée, il sauta sur un scooter positionné en mode départ d'urgence. Rapide et discret.

Quinze secondes et deux cents mètres plus tard, l'individu disparut.

Les traits sur son visage se détendirent.

Un de moins, se dit-il.

L'acclamation a fait tous les maux de tous les peuples.
Le citoyen se trouve porté au-delà de son propre jugement,
le pouvoir acclamé se croit aimé et infaillible ;
toute liberté est perdue.
Alain

Chapitre III — 24 décembre 1989, 19 h 45
Fierté apparente

— Bonjour parrain, l'accueillit la fillette. Tu as pu venir finalement.

— Comme tu peux le voir.

Maurice de Quezac ne rompait pas la tradition. La veillée de Noël se déroulait chez Paul et Victoire, frère et belle-sœur de celui qui avait un brillant avenir politique devant lui. Député depuis plus de dix ans déjà, les couloirs de l'hémicycle ne recelaient plus beaucoup de secrets, si ce n'était ceux d'alcôves. Élise, son épouse, s'affaira immédiatement en cuisine et les sourires complices des deux femmes, ravies d'être ensemble, étaient touchants. Elles s'appréciaient comme deux sœurs le font lorsqu'elles s'entendent. Mais les occasions restaient trop rares. La circonscription de la Saône-et-Loire accaparait son député de mari et pour de multiples raisons pratiques, ils y résidaient. De Mâcon, Sarcelles n'était pas la porte à côté.

Maurice terminait son troisième aller-retour à son véhicule pour vider son coffre des cadeaux aux couleurs bigarrées. Rien n'était trop beau pour sa filleule. Dès qu'il était en présence de la petite Emmanuelle, le monde s'arrêtait de tourner. Il n'aurait pu l'expliquer. Mais il lui témoignait une affection toute particulière.

— Victoire m'a dit que ton premier carnet de l'année est de toute beauté.

La fierté débordait du visage rond du quadragénaire.

— Oui, parrain, il n'y a qu'en sport où là…

Emmanuelle ne termina pas sa phrase, et son silence resta lourd de sens.

— Ne t'inquiète pas ma chérie, la véritable force vient de la tête et non des muscles. Peux-tu m'allumer la télévision, s'il te plaît ? Le journal de 20 heures va commencer et normalement notre nouveau ministre de l'Intérieur va faire une déclaration.

— Qui est-ce ? Tu le connais ? demanda-t-elle tout en allumant le récepteur.

— Oh que oui, je le connais cet énergumène !

Il n'eut pas le temps d'en rajouter, Élise fit irruption et râla.

— Ah, tu ne vas pas regarder la télévision le soir de Noël, tout de même !

— Juste le journal, Poivre reçoit Hubert Clarck. Il a bien choisi son jour. Tu vois le genre : « Il est né le divin enfant ». Mets le son un peu plus fort, s'il te plaît, ma belle !

L'index de Maurice pointa en direction de la télécommande.

La célèbre introduction musicale inonda la pièce, laissant tous les spectateurs cois. La messe médiatique allait être dite et l'heure du recueillement national sonnait. La voix posée, sucrée, séductrice de PPDA dégoulina, comme un pot de miel renversé dans le grand salon.

— *Nous recevons ce soir le plus jeune ministre de l'Intérieur que la Cinquième République ait jamais connu, monsieur Hubert Clarck. Bonsoir, monsieur le ministre !*

— *Bonsoir, monsieur d'Arvor !*

La voix puissante, sereine, rassurante. Un père encore jeune, enserrant son fils à la sortie de l'école. La force de l'autorité et de la certitude des décisions à prendre. Le bleu de ses yeux inondant les téléspectateurs.

— *Je ne résiste pas à vous poser cette première question, monsieur le ministre.* Poivre arborait son célèbre sourire, ténu, figé à la commissure des lèvres. *Comment devient-on ministre de l'Intérieur à quarante ans, alors que le poste est normalement réservé aux vieux briscards de la politique ?*

Hubert Clarck répondit du tac au tac, et envoûta de sa repartie et de son charisme Patrick Poivre d'Arvor, ainsi que les millions de mortels rivés à leur poste de télévision.

— *Deux éléments fondamentaux, monsieur d'Arvor. Le premier est, incontestablement, un travail énorme. Jour et nuit, sans relâche, pour aboutir au second point, et le mettre en application. La défense de notre patrie face aux dégâts monumentaux causés par soixante-dix ans d'absence de décisions pragmatiques, dans tous les domaines. Il est de notre devoir à tous de cesser d'accepter l'hypocrisie dans laquelle nous vivons.*

Fixant l'objectif de ses grands yeux bleus caressants, le ministre sondait chaque citoyen pendu à ses lèvres. Il poursuivit.

— *Lorsque vous avez le sentiment d'être investi d'une tâche supérieure par une volonté incandescente, d'être au service de votre patrie, de votre nation, de la France, les efforts ne vous coûtent pas. Les longues journées ne le sont jamais tout à fait. Comprenez bien, monsieur Poivre d'Arvor, que nos concitoyens attendent, espèrent depuis de trop nombreuses années que les hommes et les femmes qui les gouvernent aient le courage de leurs convictions. Je les assume. Je les incarne et rien ne me détournera – j'insiste sur le rien –, rien ne me fera flancher, ne m'écartera de mon objectif : une France forte. Autant de lieux communs, de phrases prononcées mille et une fois, par une kyrielle de Shéhérazade essaimant leur poudre de perlimpinpin aux yeux de nos concitoyens béats, j'en ai conscience. Seuls mes actes feront foi, et j'entends renforcer dès ma prise de fonction tous les liens existant entre la Gendarmerie et la Police nationale pour une efficacité renforcée contre le crime, qu'il soit organisé, crapuleux ou gratuit.*

La tirade déclamée avec une ferveur ensorcelante fit chanceler le célèbre journaliste, qui perdit de sa superbe. Une seconde lunaire plana sur le plateau du JT. Se ressaisissant enfin, il se racla la gorge pour expliquer son temps mort inopportun, tout en portant la main à son cou pour faire bonne mesure.

— *Pardonnez-moi : on entend dire que vous ne dormez jamais. C'est un mythe, bien entendu, mais y a-t-il, comme dans tous les mythes, une part de vérité ?*

— *Allons, monsieur d'Arvor, vous n'allez pas croire toutes ces balivernes colportées par des esprits jaloux. Un peu de sérieux, tout de même. Je dors quelques heures çà et là, s'il faut vous répondre. Mais là encore, votre motivation et l'accomplissement de vos objectifs doivent tout balayer quand vous travaillez pour les Français. Votre fatigue ne compte pas, elle n'existe pas ! Cela dit, j'aimerais clore un autre débat avant même qu'il n'échoue sur votre plateau. Vous le savez, mon épouse, Éléonore de Sainte-Croix, est l'héritière de la sixième fortune de France. Ce qui me permet de reverser l'intégralité de mes indemnités à des œuvres caritatives. Je ne travaille en aucun cas pour l'argent. Mais ma mission, en tant que ministre de l'Intérieur, est de permettre à tous nos concitoyens de pouvoir sortir dans la rue, de pouvoir aller au cinéma, de pouvoir vivre en sécurité, tout simplement, et cela sans le moindre intéressement de ma part. Si ce n'est, bien sûr, le sentiment du devoir accompli. Voilà, ce que je voulais vous dire est dit !*

— *Eh bien il ne nous reste plus qu'à nous quitter sur ces paroles. Merci, monsieur le ministre, et bon courage dans la tâche qui vous attend.*

Tournant sur sa chaise rotative pour se placer face à une autre caméra, Patrick Poivre d'Arvor poursuivit :

— *Dans l'actualité ce soir, nous devons également men…*

L'image se figea quelques millièmes de seconde avant que le poste de télévision ne s'éteigne et que le noir n'envahisse l'écran. Emmanuelle de Quezac, avec la naïveté fleur bleue de son âge, ne put réprimer un :

— Il est drôlement beau, le monsieur, dis donc. Tu as vu, maman, les yeux bleus qu'il a !

— Ne te laisse pas attendrir, ma chérie, les hommes politiques sont tous bons à pendre.

Réalisant sa méprise, elle se reprit :

— Pas toi, Maurice, toi on t'aime. Je ne m'y ferai jamais, d'avoir un beau-frère député. Tu n'aurais pas pu faire un métier honnête, non ? Comme Paul ? N'est-ce pas, Paul ?

Maurice de Quezac, amusé par les propos de sa belle-sœur, se tourna vers sa filleule.

— Il y a bien quelque chose de vrai dans ce que ta maman vient de dire. N'aie confiance en aucun homme politique, jamais !

— Même en toi, parrain ? s'inquiéta-t-elle.

— Oui, évidemment, la question mérite d'être posée !

Maurice se pinça la lèvre.

— Comme toute règle, celle-ci a son exception. Mais elle n'est valable qu'entre toi et moi, bien sûr !

— Ça doit être triste d'être homme politique, alors. Moi, je ne ferai pas de politique. Moi, je veux entrer dans la police. J'y ai bien réfléchi. Et je veux arrêter les criminels.

Victoire de Quezac sauta littéralement de son fauteuil.

— Mais qu'est-ce que c'est que cette histoire ? Tu veux prendre une balle au travail, ma fille ? Ça va pas ? Tu es malade de la tête ! Maurice, tu ne veux pas arrêter avec tous tes boniments ? Regarde où cela nous mène !

Hilare comme à chaque éruption vocale de sa belle-sœur, Maurice gloussa :

— Victoire, je suis désolé, mais cette fois je viens de l'apprendre en même temps que toi.

Pour ne pas tomber sous le joug de la furie, il tempéra :

— Emmanuelle, je crois que tu devrais écouter un peu ta mère. Et puis tu es encore bien jeune pour prendre une décision si importante.

— Non, j'y ai déjà beaucoup réfléchi. C'est ce que je veux faire plus tard.

Eh bien, nous ne sommes pas au bout de nos peines, pensa Maurice. Qui jugea plus avisé de changer de sujet :

— Et si on ouvrait les cadeaux ?

Un oui collectif enthousiaste s'ensuivit. La tension dans la pièce retomba aussitôt.

Réserver son jugement
implique un espoir infini.
Francis Scott Fitzgerald

Chapitre IV — 22 janvier 2017
Vue imprenable sur Beauvau

— Bon, encore une série de cinquante, Florent!

La sueur perlait sur les corps. En ce bel après-midi, le club de gym de la rue du Débarcadère n'atteignait pas encore son affluence maximale. La clim fonctionnait à plein régime pour atténuer la diffusion d'effluves aux relents de testostérone.

Le capitaine Loïc Gerbaud accompagnait son chef pour une heure de rare détente. Le blondinet coupé en brosse sculptait ses muscles depuis plusieurs années. Le résultat se révélait probant et séduisait. Les conquêtes affluaient, ses efforts se voyaient récompensés.

Loïc appréciait la présence de Florent Bargamont. Son patron. « L'Irascible ». La mauvaise humeur personnifiée. Le jeune homme en était rarement le dépositaire et faisait tout pour ne pas l'être. Florent Bargamont, celui à qui on confiait les missions les plus sulfureuses. Célèbre depuis l'arrestation de Sylvain Proctard, le commissaire principal aux yeux vert acier avait accru sa popularité lorsqu'il avait déjoué de justesse les plans du terrible tueur à la charade. Depuis quelque temps cependant, le nombre de dossiers sordides, ceux dont la seule lecture vous dressait les cheveux sur la tête, s'était amoindri. La petite équipe avait certes du travail, mais l'abondance n'était pas de mise. L'arrivée de mademoiselle de Quezac dans les rangs, quelques années auparavant, avait adouci les mœurs du commissaire. La relation qu'elle entretenait désormais officiellement avec Florent, pourtant contraire aux principes, ne courrouçait pas leur hiérarchie. Ils avaient su mettre des distances dans leur espace de travail. Mais tous, au 36, quai des Orfèvres, savaient qu'Emmanuelle de Quezac, alias EDQ, ne faisait plus partie des cœurs à prendre.

Florent reprit sa série d'abdominaux. Les six packs ABS qu'il arborait étaient, malgré sa quarantaine tassée, parfaitement sculptés. Il soufflait à chacun de ses mouvements pour oxygéner ses muscles tendus, les yeux rivés sur l'écran de télé devant lui.

Un flash spécial d'information vint perturber le programme redondant de BFM TV.

— Loïc, monte le son ! ordonna-t-il.

Debout dans la seconde, l'intéressé laissa derrière lui le sculpteur pectoral pour chercher la télécommande. Ne la trouvant pas près du récepteur, il fonça à l'accueil pour la récupérer.

Il put enfin augmenter le volume et tous les occupants de la salle prirent alors connaissance des récents événements.

Le couple de journalistes venait d'annoncer une terrible nouvelle. Le ministre des Affaires sociales et de la Santé, Gonzague Verdine, avait été assassiné. Touché par un sniper. D'un tir d'une précision diabolique, chirurgicale. Le ministre de l'Intérieur arrivait sur place et s'apprêtait à faire une déclaration.

Journalistes, secouristes, services de police s'affairaient tous à leurs tâches et participaient au bruyant tohu-bohu. Florent et Loïc se regardèrent, stupéfaits.

— Bon, je crois qu'ils vont bien rigoler, les gars qui vont s'occuper de ça ! s'exclama Loïc. La presse, un ministre, la pression. Ça va barder !

— C'est clair ! opina Florent.

— Attends, attends, voilà le parrain de Manue. Il va prendre la parole.

Les micros se rapprochaient et un désordre subtil de coups de coudes et de bousculades régnait devant le ministre de l'Intérieur. Un petit raclement de gorge pour s'échauffer la voix, et la déclaration débuta.

— Mes chers compatriotes, nous venons d'assister à l'assassinat de notre regretté ministre des Affaires sociales et de la Santé, monsieur Gonzague Verdine. La mort clinique constatée est l'œuvre d'une balle de très gros calibre. L'intention catégorique de tuer est donc avérée. Le sniper n'a laissé aucune chance à cet homme que pleurent désormais une femme, deux enfants et quatre petits-enfants. À travers lui, ce sont la concertation et le dialogue social que l'on assassine. Gonzague Verdine était apprécié et respecté de tous. Nous sommes sous le choc de cette tragédie.

Le portable de Florent vibra sur la console où il l'avait laissé. Il y jeta un rapide regard : le numéro affiché n'était pas enregistré. Il ne décrocha donc pas. Maurice de Quezac poursuivait.

— Ainsi, j'ai décidé de confier l'enquête au commissaire principal Florent Bargamont...

Le téléphone vibra à nouveau. Et Florent décrocha, parfaitement énervé.

— Allô !

— Commissaire Bargamont ? s'enquit une voix chevrotante.

— Quoi ?

Le ton n'était pas plus avenant que la porte d'un pénitencier.

— Ici monsieur de Brebizier, le directeur de cabinet du ministre de l'Intérieur. Où êtes-vous ?

— Qu'est-ce que cela peut vous foutre ?

Les yeux de Florent lançaient des éclairs.

— Monsieur le ministre souhaite vous faire envoyer un véhicule pour que vous puissiez vous rendre immédiatement sur place.

— Mais pour aller où, cher monsieur de Brebizier ?

Florent se moquait de lui. Il avait parfaitement compris et ne souhaitait pas lui faciliter la tâche.

— Sur place, sur le parvis de la Défense, là où Gonzague Verdine vient d'être assassiné. Vous êtes en charge de l'enquête, commissaire. Ordre du ministre.

Florent balança un regard peu avenant en direction de Loïc.

— Toi, avec tes prémonitions à la mords-moi-le-nœud, je te retiens. Les gars qui ne vont pas rigoler, c'est nous ! Alors à la douche, on y va ! Putain, mais pourquoi nous ? Dépêche-toi et appelle Emmanuelle pour la prévenir.

Au moment d'entrer dans la cabine, Florent se ravisa.

— Et dis-lui aussi d'appeler JC pour qu'il vienne faire l'analyse technique. Que l'on ait au moins les bonnes infos.

Emmanuelle, je t'adore, mais je pense que ton lien de parenté n'est pas pour rien dans ma nomination sur ce dossier merdique. J'aimerais bien que ton parrain m'oublie.

L'eau coula sur les épaules tendues de Florent. Déjà concentré. Il prit son temps. L'enquête ne lui laisserait pas une seconde de répit, il le savait. Alors autant profiter des derniers instants de calme avant le déchaînement politico-crimino-médiatique.

Verdine était mort.

Le tueur était probablement déjà à l'autre bout de la France, voire de l'Europe.

Et puis l'idée de monter dans la M3 de Loïc ne l'enchantait vraiment pas. Même à allure raisonnable – selon la définition de son acolyte –, tout moment passé dans le siège baquet de son bolide relevait de la sensation de fin du monde.

Il prolongea encore ce moment de douceur puis sortit, se sécha, s'aspergea d'A*men de Thierry Mugler et rejoignit son partenaire.

Loïc l'attendait et chauffait les 430 chevaux de l'enfer.

— On a le temps, Loïc ! s'empressa d'ordonner Florent tout juste assis. On a le temps, répéta-t-il. Vas-y…, finit-il par lâcher, résigné.

Florent rechercha dans ses contacts : EDQ. Et initia l'appel. Une nouvelle enquête compliquée s'annonçait.

Aimer quelqu'un ne relève pas seulement
de la puissance du sentiment mais d'une décision,
d'un jugement, d'une promesse.
Erich Fromm

Chapitre V — 22 janvier 2017
À l'impossible…

Mon Impossible !
Ma journée t'est dédiée,
Achevée sans un cri, sans céder,
Pour ceux toujours oubliés !

Mon Impossible !
Aujourd'hui, j'ai tué,
Pour toi, pour nous,
Sans fierté, sans pitié,
Pour ceux toujours invisibles.

Mon impossible !
Sur cette gâchette, j'ai appuyé,
Toute cette crasse à expurger,
Pour ces souffrances nous venger,
Puisque nous sommes impossibles.
Incompatibles. Inadmissibles.

Mon Impossible !
Toi que j'aime sans fléchir,
Toi qui me nourris,
Sans faille, sans doute,
Toi qui m'attendris,

Je n'ai pas peur de mourir,
Ma douce chimère inaccessible!

Lorsque donc quelqu'un te met en colère,
sache que c'est ton jugement qui te met en colère.
Epictète

Chapitre VI — 22 janvier 2017
Branle-bas de combat

— Où est Bargamont ?

L'homme aux cheveux poivre et sel – plutôt sel que poivre –, la soixantaine adolescente, agitait sa carte d'officier pour se faufiler au travers des barrages. Furieusement agacé, prêt à étriper celui qui le bloquerait dans sa volonté d'aller vomir son exaspération sur Florent Bargamont ; en un mot, il fulminait. L'homme de science rigoureux, au sang-froid indiscutable, avait perdu tout sens de la retenue à la réception de son dernier appel. Il se maudissait d'avoir décroché.

Son épouse également !

En ce 22 janvier qui marquait leur trente-huitième anniversaire de mariage et les cinquante-six ans de madame Hellard, tous deux se préparaient pour une charmante soirée.

La conversation avait été brève. Chaleureuse, même. Son interlocutrice n'avait dit que quelques mots.

— Bonjour JC, avait lancé Emmanuelle de Quezac d'une voix somme toute joviale au regard des circonstances.

— Tiens, Emmanuelle, ça fait un bout, que se passe-t-il ?

— Florent vient d'être chargé de l'enquête sur l'assassinat de Verdine. Il veut que vous y soyez dans la minute pour prendre en charge les équipes techniques. Posez ce que vous faites, le ministre de l'Intérieur est sur place lui aussi.

— Bien, j'arrive.

Il avait tout juste raccroché que sa femme l'avait invectivé.

— Comment ça, tu arrives ? Mais non ! Tu n'arrives nulle part ! Tu restes là, nom de Dieu ! C'est mon anniversaire, c'est notre anniversaire ! Comment penses-tu que tu peux me planter là, comme une vieille cruche !

Jean-Christophe Hellard avait regardé son épouse tendrement. L'implorant du regard de bien vouloir le pardonner.

Le poids du devoir.

Jocelyne Hellard avait très vite compris que rien n'y ferait. Sa haine avait alors immédiatement changé de destinataire.

— Ne me dis pas que c'est ce flic que tu nous as amené un soir. Ce Barpaillon, Barsamont, comment s'appelle-t-il déjà ?

— Bargamont, Jocelyne, Florent Bargamont.

— Oui, c'est cela ! C'est ce Bargamont avec ses yeux de glace. Tu vas devoir encore travailler sur une affaire horrible, à te faire sursauter dans ton sommeil. Mais il n'a pas de sang, cet homme-là ! Il ne peut pas t'oublier ?

— Pas cette fois, Jocelyne. Verdine, le ministre de la Santé, vient d'être assassiné. Barga est en charge de l'enquête. Il est considéré comme le meilleur flic de France, tu sais, et c'est à moi qu'il fait confiance.

— Je n'en ai rien à faire de Verdine. Il ne pouvait pas crever un autre jour que le 22 janvier ?

JC Hellard la regarda, amoureusement stupéfait.

— Je crois qu'il est inutile de poursuivre cette discussion. Nous perdons notre rationnel.

— Mais je l'emmerde, notre rationnel ! avait-elle vociféré avant de s'effondrer en pleurs sur le lit conjugal.

— Je me dépêche, je te le promets. Je reviens dès que je peux.

Jean-Christophe Hellard était donc très remonté en arrivant sur le parvis de la Défense.

Son professionnalisme revint néanmoins au galop lorsque, à un barrage, un officier, qui visiblement l'attendait, l'apostropha dès qu'il eut montré son badge.

— Bonjour mon commandant, lieutenant Bugeaud, veuillez me suivre, s'il vous plaît. Le ministre vous attend.

Le salut fut bref et l'invitation de la main également. Au bout d'une trentaine de mètres, JC s'enquit de la présence du commissaire.

— Non, pas encore, mon commandant.

Une soudaine agitation des journalistes le contredit. Un brouhaha confus s'ensuivit.

— Mon petit doigt vient de me dire le contraire.

Le commandant Hellard bifurqua dans la direction du mouvement de foule. Le chemin se fendait devant le commissaire Bargamont comme les eaux devant Moïse. Il n'était plus qu'à quelques mètres de lui dire tout ce qui lui pesait sur le cœur. Il entrouvrit à peine les lèvres que Florent l'interrompit d'un geste simple : son index posé sur sa bouche.

— Commandant, oublie. Nous n'avons pas le temps. Viens avec moi et dis-moi tout de suite ce que tu vois, sans réfléchir.

Malgré la présence envahissante des journalistes, les deux hommes se serrèrent la main. Leur échange muet en dit long sur leur passé commun. Combien d'atrocités ces deux pourfendeurs de l'horreur avaient-ils contemplées ? Aucun mot, pas un sourire, pas la moindre émotion. Les deux hommes venaient de mettre leurs pas dans ceux d'un tueur qui gâcherait leur vie privée respective pour les semaines à venir, et peut-être davantage.

Ils poursuivirent leur avancée vers le périmètre sécurisé par les forces de l'ordre. La rumeur gonfla et tous les regards se tournèrent vers les deux hommes aux allures de « bad guys », vêtus de leurs blousons de cuir.

Le soleil avait quitté l'esplanade et le froid tombait comme une chape.

Maurice de Quezac lui-même cessa de parler. Et se mit en route pour accueillir Florent.

— Florent, ne dis rien ! Ce n'est pas la peine ! Et inutile de t'en prendre à ma filleule. Elle n'y est pour rien. On a un ministre à terre et je veux le meilleur. C'est bien toi, non ? Tu ne veux pas faire mentir Emmanuelle ?

Maurice de Quezac appréciait Florent, et puis c'était l'homme qu'avait choisi sa nièce, mais il ressentait une gêne en sa présence. La froideur de ses yeux le glaçait. Il se rendit compte qu'il s'était presque excusé de lui avoir donné un ordre. Lui, le ministre de l'Intérieur.

— Inutile, monsieur le ministre, j'ai compris. JC, regarde et donne-moi tes premières impressions.

Retirant la bâche qui recouvrait le malheureux Gonzague, Hellard entama son monologue bien rodé.

— Balle de très gros calibre avec un impact en bout de course. Le tueur était loin, vraiment loin. Je dirais au-delà de huit cents mètres.

Florent l'interrompit immédiatement.

— Qu'est-ce qui te fait dire cela ?

L'index pointé sur l'orifice destructeur, JC s'expliqua.

— Regarde ! L'orifice est de la taille d'un très gros calibre. Je dirais un 12.7, c'est énorme. Avec un engin pareil, à petite distance, le trou à la sortie serait dix fois plus grand. Or la balle n'est pas ressortie. Elle était en bout de course. Ce qui est une expression toute relative, évidemment. Mais cela indique au moins huit cents mètres de distance, si ce n'est plus. Il faut donc être un sacré tireur pour réussir un coup pareil. Le cœur a été transpercé de part en part. Aucune chance d'en réchapper.

Le commandant s'approcha du corps du ministre décédé. S'agenouilla. Renifla. Réfléchit. S'approcha de nouveau. Puis ordonna.

— Florent, approche-toi et sens ! Dis-moi ce que tu en penses.

À contrecœur, celui-ci se pencha. Tout en conservant une distance qu'il considérait comme raisonnable. Intrigué, il perçut une odeur identifiable, agréable, presque alléchante.

— C'est de l'amande ?

Jean-Christophe Hellard le toisa.

— Oui, c'est de l'amande.

— Une idée ?

JC le fit languir. Petite vengeance pour lui avoir ruiné sa soirée.

— Abrège ! l'invectiva Florent.

— Ça, mon petit Barga, ça sent le cyanure. De potassium, probablement. Ainsi, si le sniper n'avait pas touché un organe vital, le poison aurait fait le reste. Ton ministre des Affaires sociales et de la Santé n'avait aucune chance d'en réchapper. Pour que l'odeur soit identifiable si facilement, la dose transportée par la balle devait être conséquente. Il va falloir que l'on regarde le mécanisme de près.

Le commandant fit un tour sur lui-même, très lentement. Florent comprit l'objectif de son acolyte et l'imita aussitôt. C'est pratiquement dans le même dixième de seconde qu'ils identifièrent l'endroit qui avait probablement servi de perchoir au tueur.

— Cela fait une sacrée distance, non ? s'étonna Florent.

— J'imagine qu'avec la technique d'aujourd'hui, les lunettes laser et tout le toutim, tout est faisable, conforta JC.

— Mais le gars n'a même pas utilisé une balle explosive ou perforante. Il est en train de nous dire qu'il peut atteindre qui il veut, où il veut, quand il veut. Ça fout les jetons ! La presse va adorer.

— Sauf en période de grand vent, s'amusa Hellard. Passe commande auprès de Cabrol, si tu veux mon avis.

— Très fin. Tu n'as rien d'autre à me dire ?

— Si, Emmanuelle arrive et Lolita Lempicka avec elle.

Florent se tourna instantanément. Les cheveux ondulant au rythme de sa démarche, la poitrine généreuse soubresautant à chaque impact de ses talons, le mètre soixante-dix de charme se balançait avec grâce. Jean-Christophe observa Florent d'un œil amusé et complice.

— Chaque fois que je la vois, je suis jaloux. Et en plus, au nez et à la barbe du Chat !

— C'est vrai d'ailleurs, où est-il, le Chat ? s'inquiéta soudain Florent. Loïc, dis-nous où Granville se cache. Il faut que je l'informe de nos premiers éléments.

Le temps que Florent résume ce qu'il avait appris à Emmanuelle, Loïc revint, embarrassé.

— Excuse-moi Barga, personne n'a vu le boss, mais j'ai autre chose, et tu ne vas pas aimer. Tu as déjà fait du tir ? Longue portée, je veux dire.

Ne comprenant pas où il voulait en venir, Florent lui répondit par la négative.

— Si vous avez raison, et que l'endroit identifié est le bon...

Loïc pointa son index en direction d'un bâtiment et marqua une pause, comme pour réfléchir.

— Oui, reprit-il, eh bien, on est au-delà du kilomètre. Je crois que tu peux me faire confiance pour l'analyse des distances.

— Où veux-tu en venir ?

— Alors écoute. Il n'y a qu'une vingtaine de personnes, allez, soyons larges, une cinquantaine au plus, capables de réussir un tir de cette précision.

— Parfait, rétorqua Florent, la liste va être vite épuisée.

— Tu ne m'as pas compris. Une cinquantaine dans le monde. Alors, bon courage pour avoir leur nom !

— Tu déconnes, là ! Avec les lasers et tout le reste ?

— La quantité de paramètres est considérable : la barométrie, l'hygrométrie, le vent, la distance, l'angle de descente dans ce cas précis, etc. Je doute donc fort que nos petits copains du

Mossad, des Marines ou de n'importe quel corps d'élite te donnent le nom de leur meilleur tireur. Sachant qu'il doit être couvé, choyé, protégé comme les bijoux de la reine.

— Oui, tu as raison Loïc, répondit pensivement Florent. Et puis je vois aussi les imbroglios diplomatiques qui vont en découler. On a sur les bras une affaire d'État. C'est la déduction du jour. Je propose que nous restions discrets sur ce point, pour le moment en tout cas. Ensuite, nous aviserons. Loïc, prends rendez-vous auprès du GIGN, du RAID et de l'armée pour en savoir un peu plus. Vu les circonstances, ça ne devrait pas être trop difficile d'être reçus. Mais obtenir des réponses ne sera pas gagné.

Florent se referma.

Dans quelle galère sommes-nous embarqués ? Je vais avoir besoin d'Emmanuelle sur ce coup-là. La diplomatie et moi, nous risquons de ne pas faire bon ménage. Et puis avec la pression médiatique au taquet... Il va falloir prendre de la distance. Putain, qu'est-ce que c'est que ce pataquès ? Un ministre cible d'un autre État, c'est une déclaration de guerre. Du calme, Florent, n'écarte aucune hypothèse. Nous en saurons un peu plus demain ou après-demain...

Il est effrayant de penser que cette chose que l'on a en soi, le jugement, n'est pas la justice. Le jugement c'est le relatif. La justice c'est l'absolu. Réfléchissez à la différence entre un juge et un juste.
Victor Hugo

Chapitre VII — Un soir d'été, 1988
Bucolique

Ce parfum ! Elle sortait de la douche. Ses narines traquaient l'effluve, la fragrance sucrée de la jeunesse et de la fraîcheur.

De l'interdit.

La salle de bains distante d'un étage semblait si proche. Grégoire Kepek attendait que les sensations montent. Pas l'envie, non ! L'envie ne le quittait jamais. Les muscles de son bas-ventre se tendraient bientôt de frustration.

Il cesserait de les contrarier.

Il accéderait à leur prière.

Il les contenterait.

C'en serait fini de cette boule qui se nouait, tournoyait, grandissait sournoisement au détour des jours et des privations. De ce tiraillement lancinant, comme un élastique que l'on allonge jusqu'à la rupture.

Et aujourd'hui, c'était le jour de chance de Grégoire.

À double titre.

Simone, son épouse, était absente, partie accourir au chevet de sa mère. Le laissant seul en charge de la môme et du gredin.

Il ne les supportait pas.

Mais sa femme, la malheureuse, ne pouvait pas avoir d'enfant ; alors, plutôt que d'adopter un petit Chinois ou un petit Vietnamien comme tout le monde, elle avait décidé d'aider les enfants de l'assistance publique.

C'était malin !

Leur mariage ne tenait que par des fils ténus. Un prêt immobilier, une non-imposition, et surtout le manque de courage de Grégoire.

Ainsi, ils récupéraient ce qu'il appelait les « déchets ». Pas des « ordures », non, des déchets. Il trouvait cela plus réducteur. Ils avaient donc deux déchets sous leur toit.

Un des deux recueillait cependant toutes ses attentions, très particulières.

La fille.

Ses seins, durs et drus pour ses quatorze ans, défiaient fièrement la gravité. *Pas comme ceux de la Simone, deux qui la tiennent, trois qui la ramonent.* Les pensées nauséabondes et perverses de Grégoire le propulseraient sur l'échafaud. Pas celui supprimé par Badinter, non, celui de la mémoire du commun des mortels. Celui qui fait de vous un monstre.

Oui, la môme, avec son petit cul tout serré et sa peau gorgée de Petit Marseillais, le catapulterait vers une potence certaine.

Qu'est-ce que j'en ai à foutre ? Qui va balancer ? Pas la môme ! Elle est terrorisée, la petite chérie. D'ailleurs, quand elle m'implore du regard pour que j'arrête, elle est si, comment dire… si excitante que je lui en remets une bonne couche. Ça aime se faire culbuter, non, les petites putes ? Qu'est-ce que je vais lui mettre ! Ce soir, je lui fais la totale.

Je suis sûr qu'elle a compris. Va prendre ta douche, que je lui ai dit ! Ha ha, le regard de la mort qu'elle m'a fait. La petite pute ! Elle a compris qu'elle allait y passer. C'est le moment que je préfère. L'attente !

Grégoire était en boucle dans son délire pervers et psychotique.

Ah, et la deuxième bonne nouvelle du jour : il venait d'acheter du Petit Marseillais à l'orange. Son préféré.

La gamine ne pleurait pas. Là, au fond de son lit, le temps s'était arrêté.

Elle appréhendait avec terreur la fin de soirée. Le cérémonial s'imposerait sans échappatoire.

Pourquoi elle ? Elle restait discrète, se cachait même. Passait ses journées à s'efforcer de ne pas attirer son attention.

Et pourtant.

Quand il lui avait ordonné d'aller se laver, elle avait machinalement compté le nombre de jours depuis la dernière fois.

Tout juste une semaine.

La fréquence augmentait. Et ses souffrances avec elle.

Elle y pensait souvent, à quitter ce monde. Chaque fois qu'il était en elle.

Elle voulait mourir. Elle voulait ne plus souffrir

Esquintée jusqu'à la moelle, elle se détestait d'être jolie. La môme n'avait rien demandé, mais elle avait tout pris. Dans la gueule.

Comment ce monde pouvait-il être aussi injuste?

La réponse n'existait pas.

Pas pour elle.

Ce soir, elle était décidée à résister. Elle serrerait les jambes. Elle ne lui faciliterait pas la tâche. Elle prendrait sûrement une beigne ou deux, mais le plaisir de lui gâcher le sien supplantait tout le reste. Ce soir, elle ne se maudirait pas d'être séduisante. Elle n'éprouverait aucune culpabilité. Elle ne se laisserait pas faire, non. Elle le vomirait.

De tout son être, de toute son âme.

Les marches de l'escalier grincèrent, pliant sous l'excès pondéral de Grégoire. L'ascension prenait du temps. Les cent vingt-cinq kilos peinaient à se mouvoir. Mais l'arrivée imminente, inexorable, transformerait la môme en feuille ballottée un jour de grand vent. Les tremblements s'emparaient toujours d'elle au même moment. Lorsque la première marche témoignait de sa souffrance, l'heure de la sienne sonnait. Son corps ne lui répondait plus. Elle n'en avait plus le moindre contrôle. Elle abhorrait son manque de maîtrise, car cela l'excitait, lui. La trouille qu'il engendrait le transcendait.

La crémone de la porte de sa chambre s'abaissa. Doucement. Lentement. Comme un papier tombant au ralenti.

Les gonds grincèrent. La porte laissa place à la silhouette colossale de Grégoire. Suintant par tous les pores.

Il arborait un sourire monumental. Les moments appétissants qui s'annonçaient transformaient le faciès de Grégoire en gouttière dégoulinante de bonheur et d'avidité. Il l'observa. Guetta le moindre de ses mouvements de recul. Il fallait qu'elle ait peur. À quoi bon, sinon ! Il se nourrissait de sa peur à elle. Pour oublier les siennes. Ses lâchetés, ses faiblesses dont la liste était longue comme un inventaire de Prévert.

Et puis son pouvoir le comblait.

Elle pesait exactement le tiers de son poids. Exercer le pouvoir dans ces conditions ne relevait pas d'un challenge extrême. Il devait s'amuser à la contrôler psychologiquement d'abord, avant de le faire physiquement. Le tremblement décelé attestait de son emprise ; sa petite distraction hebdomadaire pouvait commencer. Les boutons de sa chemise sautèrent un par un. Il la força à le regarder. À contempler sa laideur. La ceinture tomba avec un bruit sourd, entraînant dans sa chute le pantalon de toile grise. Le slip kangourou aux couleurs douteuses apparut à moitié caché par le bourrelet de graisse de son abdomen.

Il se toucha le sexe de ses mains lourdes. Il affichait une érection respectable et menaçante. Il posa une main sur le lit et tira d'un coup sec les draps pour que la môme apparaisse dans sa nudité la plus totale. S'agenouillant sur le bord de la couche avec toute l'élégance d'un pachyderme maladroit, il se saisit, d'une main poisseuse, de l'une des chevilles de la gamine. Celle-ci, dans un élan désespéré, frappa de toutes ses forces le poignet du mastodonte de son pied libre.

Il ne cilla pas.

Au contraire, cela lui plut, et l'encouragea même.

La fille serra de toutes ses forces ses jambes menues l'une contre l'autre. Il les écarta comme on détache les baguettes du japonais du quartier.

Il l'approcha d'un geste implacable pour que la position lui convienne mieux. Il aimait regarder ses yeux pleins d'effroi, de tristesse, de détachement lorsqu'il la pénétrait. Le moment si délicieux approchait. D'une main ferme, il maintenait la petite comme un fétu de paille, de l'autre, il armait pour tirer.

Lorsque son visage se métamorphosait en une autre entité sans nom, indescriptible, elle savait, elle savait que cela commençait vraiment.

Il l'asphyxierait de son poids, puis la lame acérée la pénétrerait de toute sa longueur. D'un coup sec.

Brutal.

Mortel pour son âme.

Un long rictus traverserait le visage de Grégoire, où se liraient à la fois la souffrance et le plaisir.

Le plaisir fut si intense qu'un épais trait de bave gluant sortit de la bouche du Bibendum.

Au même moment, l'arme blanche remplit son office.

Étonnamment, la gamine ne sentit rien. Elle ne put s'empêcher de se questionner. Même en cet instant. L'habitude prenait-elle une place si importante qu'elle n'éprouvait plus aucune sensation ? Elle ferma les yeux, tentant de respirer. Même détendu, le quintal affalé sur elle lui ôtait toute possibilité de mouvement.

Un liquide chaud se répandit abondamment. Chaud et visqueux.

Elle ne comprit pas immédiatement. Ses yeux s'écarquillèrent de stupeur.

— Je l'ai tué, ce salopard.

Le garçon la regardait avec une tendresse infinie.

— Cet enfoiré ne te fera plus jamais de mal, reprit-il. Ça fait longtemps que ça dure ? Pourquoi tu ne m'as rien dit ?

Tout en parlant, il s'affairait à essayer de bouger le monstre.

La stupeur se teinta de soulagement, puis d'émerveillement, et un formidable sourire s'épanouit sur le visage de la gamine. L'instant d'euphorie fut cependant de courte durée. La peur l'envahit à nouveau. Qu'allait-il arriver à son ange protecteur ? Impossible de faire disparaître un paquet de la taille d'un Grégoire Kepek. Tout juste sauvée, elle serait à nouveau transférée dans une nouvelle famille d'accueil. Seule. Qu'allait devenir son compagnon d'infortune ? La justice et sa farandole de parodies traqueraient avec férocité l'assassin du violeur.

La clémence ne s'applique-t-elle donc pas aux victimes ? Et ils en étaient tous les deux, des victimes.

Pourquoi un bonheur ne peut-il exister sans être entaché de douleur ?

À nouveau, le mot « seule » résonnait dans son esprit. Et pour combien de temps ?

La police arriva.

Les menottes furent rapidement cerclées sur les poignets du meurtrier.

L'urgence était de protéger la société de celui qui avait tué un violeur d'enfants.

L'histoire qui se répète à l'infini.

Sempiternel débat… Qui, du commerçant excédé par les vols répétitifs et impunis et qui cherche à se faire justice, ou de ceux qui sont venus à maintes reprises le narguer, le voler, le molester, doit être puni le plus sévèrement ? Qui pourrait en juger ?

Les larmes coulèrent sur les joues roses de la gamine, de soulagement sur la droite, de peur sur la gauche.

Une âme riche est une âme affamée.
Au jour du jugement, il sera demandé
à chacun de nous selon sa faim.
Jean-René Huguenin

Chapitre VIII — 23 janvier 2017
Le RAID

Florent avait mal dormi. Comme une intuition, un avorton de prémonition. Un je-ne-sais-quoi qui cloche, qui ne tourne pas rond. Il se serait bien levé pour prendre une vodka. Une Grey Goose et son oie sauvage s'envolant. Mais il avait promis. Emmanuelle ne lui avait rien demandé. Mais la peur qui se lisait dans ses yeux lorsque Florent se servait un verre du breuvage diabolique lui avait suffi. Les bouteilles restaient là, sur la commode. Comme un défi, une menace ou la dissuasion ultime. Sans rien dire, la boisson si puissante fut rangée sur l'étal des biens inaccessibles. Et Florent n'en avait jamais repris une gorgée.

Peut-être aurait-il dû se laisser tenter, d'ailleurs. Aux balbutiements de l'enquête, son inconscient l'enjoignait à sortir du chemin tracé. Les yeux cernés, taciturne, Florent n'était pas dans un grand jour.

Emmanuelle fut accueillie avec un baiser tendre et complice, mais les sourires se figèrent rapidement.

Loïc conduisait doucement, et veillait à ne pas offrir à Florent un prétexte pour déverser son courroux.

Le silence régnait donc dans le véhicule. La route monotone en direction de Bièvres se fit sans grandes difficultés, Loïc actionnant le gyrophare bleu et rouge au moindre ralentissement. Le rendez-vous avait été pris par le cabinet du ministre en personne et Jean-Sébastien Epergue, le patron du RAID, les attendait. Ce dernier, avare de tout contact avec l'extérieur, les recevait à contrecœur. Le passage de témoin en 2013 avec Amaury de Hauteclocque, petit-neveu du maréchal, et la reprise du corps d'élite s'étaient opérés avec la traditionnelle inquiétude liée à tout changement. Mais les hommes en noir, portant fièrement la panthère de la même couleur sur leur épaule gauche, n'avaient pas trahi leur professionnalisme légendaire.

Un capitaine les attendait. Les salutations furent réduites à leur strict minimum.

Parvenus dans le bureau d'Epergue, les trois officiers chargés de l'enquête sur le meurtre de Gonzague Verdine eurent le privilège de se voir proposer une collation : un café.

Le boss se détendit un peu, la présence d'Emmanuelle y étant assurément pour quelque chose.

— Que puis-je pour vous ? demanda, faussement affable, Jean-Sébastien Epergue. Je n'ai pas trop l'habitude de recevoir. Mais les ordres viennent de très haut. Alors, je vais faire de mon mieux

Le patron du RAID est toujours étroitement lié avec le pouvoir politique en place. Broussard et Mancini, créateurs en 1985 de ce corps dépendant de la Police nationale, ne contrediraient pas.

Florent prit la parole.

— Merci pour votre accueil. Le ministre défunt a, comme vous le savez sans doute, été abattu d'une balle de 12,7 mm tirée d'un PGM Hecate II. Je crois que c'est l'arme utilisée par votre corps. Pourriez-vous nous en dire un peu plus ?

— Si vous essayez d'insinuer qu'un de mes hommes est à l'origine de cette tragédie, l'entrevue se termine ici.

Epergue partageait un point commun avec Bargamont. Tous deux étaient aussi chaleureux que des caïmans affamés.

Florent, tout en bougeant l'index de droite à gauche et en s'excusant, lui répondit immédiatement.

— Non, non, non, pas une seconde, pardon, nous cherchons des précisions, des informations, des éléments qui nous permettraient de remonter jusqu'au tueur. C'est tout.

Pourtant peu impressionnable, Florent marchait sur des œufs. Les hommes d'élite du RAID restaient imposants. Et rares étaient les membres de la Police nationale qui se permettaient de penser le contraire.

Jean-Sébastien Epergue lut la sincérité dans la tirade de Bargamont. Et s'apprêtait à sortir de son mutisme lorsqu'il fut interrompu.

***

La capuche remontée, les lacets de ses Nike bien serrés, la silhouette avançait telle une ombre dans la rue. Ni trop vite, ni trop lentement. Anonyme. Invisible. En plein jour. Son sac à dos passe-partout tressautait légèrement au rythme de ses pas. L'impasse, étroite, flanquée de ses petits pavillons de banlieue, ne devait pas faire plus de cent mètres. L'objectif était de passer inaperçu, de se fondre dans le décor. Le résultat était probant. Aucun témoin ne pourrait l'identifier. La grande haie de thuyas bouffée par l'araignée rouge annonçait l'imminence de sa destination. Elle était suivie d'une haie moins haute, moins épaisse et bien plus difficile à franchir.

Du pyracantha.

Des épines acérées, longues de plusieurs centimètres, décourageaient toute velléité de passage en force. La silhouette sauta par-dessus le portillon d'un geste sûr, précis, puissant. Et silencieux. En trois enjambées, elle se dissimula sous un grand hortensia aux abondantes fleurs bleues et blanches. Sortit du sac une arbalète Barnett Révolution. Avec son arc double et son système très facile à démonter, elle présentait toutes les qualités pour sa mission du jour. Vitesse, précision, silence. Un trait suffirait. Les quarante-quatre centimètres projetés à 377 km/h se ficheraient dans la gorge d'Hélène Daura.

Hélène était svelte et dynamique pour ses soixante et onze ans. Seuls ses cheveux blancs trahissaient son âge. En cette fin de matinée, la veuve rentrait de son marché, sa petite charrette chuintant derrière elle.

La silhouette le savait.

Elle avait bien fait ses devoirs.

Des heures d'observation pour aboutir à ce minutage idéal.

Personne dans les rues, une bonne demi-heure pour s'installer dans la maison et attendre le retour de la future victime.

Effacer toute trace éventuelle et repartir séance tenante.

L'ombre chaussa des sabots d'hôpital en plastique, des guêtres transparentes, puis s'enveloppa de cellophane alimentaire de pied en cap.

Des gants de chirurgien parachevèrent l'accoutrement baroque.

La serrure fut crochetée en moins de temps qu'il ne fallait pour l'écrire.

L'absence d'alarme facilitait encore davantage la tâche de la silhouette.

Elle s'installa dans le petit salon, prête à accueillir son hôte éphémère, et n'eut que peu de temps à patienter.

Une clé s'inséra dans la serrure, accrochant de façon inhabituelle.

— Il faut vraiment que Robert vienne mettre un peu d'huile dans cette breloque, marmonna la vieille dame.

Elle entra prestement chez elle, déposa ses clefs sur la commode, dans le vide-poches, précieux souvenir de Sicile. Le tintement qui retentit aurait pu réveiller un mort.

Après avoir accroché son manteau à la patère, elle reprit sa charrette dans la main, puis se figea, les sens en alerte.

L'intrus se tenait debout devant elle et la fixait sans ciller.

La vieille femme l'observa à son tour quelques secondes, qui parurent une éternité. Le temps s'était arrêté ; ses yeux se levèrent, puis glissèrent lentement sur la silhouette. Celle-ci ôta sa capuche, très doucement. Un bonnet maintenait ses cheveux en place.

La vieille femme, alerte, comprit que l'arbalète n'était pas un article de décoration. Elle achèverait cependant son chemin avec dignité. Elle se redressa, fière et sereine alors qu'elle bouillonnait intérieurement.

— Vous lui ressemblez incroyablement, monsieur ! lança-t-elle en espérant abréger l'inéluctable.

— La souffrance et la rage en plus, non ?

— Si tu es là, c'est que tu as découvert la vérité, je suppose.

— Oui, dans toute son ignominie.

— Pour ta gouverne, je n'ai pas eu le choix.

Les yeux de la septuagénaire s'étrécirent, sa mémoire la projetant de nombreuses années en arrière. Elle poursuivit cependant.

— Cela n'appellera ni clémence ni pitié de ta part, j'imagine, mais je tenais à te le dire avant de mourir.

— C'est pour cela que vous ne souffrirez pas, madame Daura.

Le dialogue courtois, policé et aux nuances surannées tranchait avec la conclusion tragique imminente.

— Me laisseras-tu faire une courte prière ?

— Je vous en prie, madame Daura.

L'homme ne cillait pas. Pas d'émotion. Pas d'âme ? Il compta mentalement les trente secondes qu'il lui avait tacitement autorisées. Assez pour un *Notre Père*, s'était-il dit.

Les mains serrées, les doigts croisés, Hélène Daura récita son ultime prière, brève, mais profonde et sincère. Le temps des hypocrisies n'était plus de mise. Le face-à-face avec le Créateur se précisait.

— Ai-je le temps d'écrire un mot à mes enfants ? tenta-t-elle.

— Un mot ne suffirait pas à leur expliquer. Vous ne croyez pas ?

La voix extraordinairement calme tranchait avec les émotions qui le submergeaient en son for intérieur. L'homme semblait détaché de l'acte qu'il s'apprêtait à commettre et de toute contingence de ce monde.

— Tu as sans doute raison. Est-ce le moment ?

— J'en ai bien peur ! Tenez-vous droite, s'il vous plaît. Installez-vous devant votre buffet.

Résignée, Hélène Daura se décala de quelques dizaines de centimètres.

— Je te prie d'accepter mes plus sincères excuses pour tout le mal que j'ai pu te faire de manière bien involontaire. Je vais fermer les yeux maintenant et j'espère te revoir dans l'au-delà. Sache que je te pardonne dès cet instant ce que tu vas accomplir.

— Merci, sainte femme.

L'homme épaula son arme, ajusta sa cible et actionna la gâchette.

Le trait quitta son logement, traversa le salon, la trachée et la cervicale C2 d'Hélène, pour se figer dans le buffet et y clouer la pauvre femme, avec le claquement d'une gifle sur une joue maigre. L'impact provoqua chez feue madame Daura une kyrielle de soubresauts. Le corps se pencha très doucement en avant, le trou béant du cou coulissant sur la flèche, et s'effondra dans un bruit sourd.

Un homme qui a plus d'esprit que de jugement
est comme un vaisseau qui a trop de voiles,
et pas assez de lest.
William Penn

Chapitre IX — 23 janvier 2017
Retour sur terre

Un colosse fit soudainement irruption. Vêtu de noir de pied en cap, chaussé de rangers, le visage recouvert par une épaisse cagoule ; l'intrusion sans autre forme de cérémonial impressionna tous les membres de l'assistance. À l'exception de Jean-Sébastien Epergue, habitué à la tenue de dissimulation. Héros anonymes, les hommes du RAID tenaient à le rester. La carcasse musclée se pencha et murmura quelques mots à l'oreille du commandant en chef, puis sortit tout aussi prestement qu'elle était entrée.

— Je vais devoir répondre à vos questions rapidement, il semblerait que nos services soient bientôt requis.

Le calme écrasant avec lequel Epergue avait annoncé le nouveau théâtre des opérations témoignait d'un professionnalisme sans faille. Florent ne perdit pas une seconde.

— Monsieur Epergue, pouvez-vous confirmer que le RAID est doté du fusil Hécate PGM 2 ?

— Voilà chose aisée. Oui, nous en avons quelques-uns. Je peux également vous dire que cette arme est extrêmement performante. Fabrication française de chez PGM Précision. Il peut avoir une portée utile jusqu'à mille cinq cents mètres.

Florent interrompit la description.

— Je pensais qu'au-delà du kilomètre, cela devenait quasi impossible.

— C'est vrai, la portée utile est théorique. Mais vous avez raison, pour qu'un tir au-delà du kilomètre soit un succès, de nombreux paramètres se doivent d'être respectés.

— Le ministre Verdine a reçu une balle tirée à près de mille deux cents mètres. Êtes-vous en train de nous dire qu'il s'agit d'un coup de chance ?

— Je dis juste que seul un très grand professionnel peut l'avoir fait.

— Un professionnel qui pourrait avoir travaillé chez vous ? se risqua Florent.

— Voilà une question à laquelle je ne répondrai évidemment pas.

La tension monta d'un cran.

— Qu'il ait été formé par des membres de vos équipes serait une hypothèse envisageable ?

— J'ai l'intime conviction, cher commissaire Bargamont, que vous ne connaissez pas le RAID. Personne ne s'amuserait à entraîner quelqu'un hors du cadre de nos procédures. Votre question est parfaitement déplacée.

— Je comprends, mais mettez-vous à ma place. Je vais aller voir le GIGN qui va dire la même chose et c'est normal. Et idem au ministère de la Défense, si je suis reçu rue Saint-Dominique. Alors, voyez-vous, je ne suis pas contre une petite idée. Au cas où vous l'auriez oublié, les ordres viennent de tout en haut.

— Inutile de monter sur vos grands chevaux, cher commissaire. Je ne peux évidemment pas parler pour mes collègues militaires, mais cela ne vient pas de chez nous, point final. Ceci n'est pas l'œuvre de l'un des nôtres.

— Nous vous croyons sur parole, mais sur quels arguments factuels vous basez-vous ? insista Florent, qui sentait l'entretien lui échapper.

— L'honneur, cher commissaire, l'honneur. Notre entretien est terminé. Je dois m'informer et ordonner les dispositions à prendre. Bonne journée, cher commissaire. Capitaine Gerbaud, capitaine de Quezac, bonne journée à vous également.

Un auxiliaire les raccompagna. Sans un mot.

Une fois dans le véhicule de Loïc, les échanges furent brefs.

— Cela ne va pas être simple, décocha Emmanuelle.

— C'est un euphémisme, grimaça Loïc.

— Putain d'honneur de merde. Je leur mettrais bien de l'honneur où je pense, éructa Florent.

— Tu ne penses pas plutôt que ce serait l'inverse ? le railla son second.

Florent inspira une seconde.

— Bon, tu as sûrement raison, mais quand même. Ça ne fait pas avancer le schmilblick. Si on résume : on a un tireur d'élite au grand large en France, un professionnel que les meilleurs aimeraient avoir dans leurs rangs ; mais notre pépère, il travaille tranquille, serein, et nous aligne un ministre sans qu'on ait le moindre indice, le début d'une piste ou quoi que ce soit.

— C'est peut-être un coup de chance ? se risqua Loïc.

Sa collègue répondit immédiatement.

— Avec une balle au cyanure qu'il a sûrement faite lui-même dans son petit atelier ? Je doute que ce niveau d'exigence soit le fruit du hasard. Ce serait réconfortant, bien sûr, mais il ne faut pas compter là-dessus.

Florent apprécia sa compagne d'un œil coquin.

— Elle n'est pas trop conne, hein, notre fraîchement gradée capitaine.

— C'est pour moi que tu dis ça ? bougonna Loïc.

— Arrête de faire ton jaloux, mon capitaine.

Florent souriait toutes dents dehors :

— Je t'aime aussi, va.

Puis, reprenant son sérieux :

— D'ailleurs, tu vas foncer à la Direction Centrale du Renseignement Intérieur et leur demander tout ce qu'ils ont sur Verdine. Je veux toute sa biographie. De la marque de ses premières couches jusqu'au menu de son dernier repas. Qui il voit, avec qui il mange, avec qui il baise, etc., etc.

— Bien, patron. Ça va être simple. Bonjour messieurs, je suis LE capitaine Loïc Gerbaud, j'aimerais, s'il vous plaît, que vous me communiquiez toutes vos fiches ultra-secrètes sur le ministre Gonzague Verdine. Et plus vite que ça, je n'ai pas que ça à foutre.

— Tu te fous de ma gueule là, non ?

Florent ne riait plus :

— Tu invoques le ministre. Tu leur donnes son numéro de portable, ça va les impressionner. Le voilà, tiens.

Joignant le geste à la parole, Florent avait transféré le numéro sur le portable de son acolyte.

— Pendant que tu y es, tu passes au SCRT.

— Au quoi ?

Loïc le regardait, stupéfait.

— Au Service Central de Renseignement Territorial. C'est à la même adresse.

Emmanuelle s'interposa.

— C'est quoi ce truc ?

— C'est la police secrète mise en place en 2014 pour étudier les risques d'explosions sociales ou d'insurrections. En clair, un ersatz de Stasi qui n'ose s'affirmer ainsi.

— Tu déconnes, lâchèrent-ils tous deux en chœur.

— J'ai l'air ? C'est la police politique, on peut le dire comme ça. Les journaux n'en parlent pas. Et pourtant, elle existe.

Emmanuelle, qui n'en revenait pas et dont le visage trahissait encore la stupeur, fut la première à rebondir.

— C'est quand même incroyable que nous, flics, on ne soit meme pas au courant !

— Tu crois vraiment qu'en instituant un KGB en France, tu vas prendre ton mégaphone et l'annoncer à la terre entière ?

Bref, Loïc, tu y vas et tu leur demandes s'ils ont un truc qui pourrait être lié à la mort du ministre, ok ?

— Pas de problème, boss. Je vous dépose au Quai et je file.

Florent poursuivit cependant.

— Emmanuelle, tu vas à Satori. Tu vas voir Hubert Bonneau. C'est le patron du GIGN depuis 2014. Essaie d'en savoir un peu plus qu'au RAID. Je vais à la Défense pour faire la même chose. On se retrouve au bureau. Le premier attend les autres.

— Bon, encore beaucoup de plaisir en perspective, conclut stoïquement Loïc.

La vie est courte, la science interminable,
l'opportunité fugace, l'expérimentation faillible,
le jugement difficile.
Hippocrate

Chapitre X — Juillet 2001
Chasse aux hirondelles

— Daniel, qu'en penses-tu ? Et rappelle-toi ce que je te dis toujours.

Franck Gavalda, l'ancien, s'adressait à son jeune lieutenant fraîchement nommé.

Malgré sa nomination toute récente, Daniel Cholle affichait une certaine aisance. Un peu arrogant, il se savait bon et ne le cachait pas. Un mètre quatre-vingt-deux, plutôt svelte, les cheveux courts, les yeux marron – il les aurait préférés noisette –, Daniel avait embrassé la carrière policière au grand dam de son père Roger-Henri, grand magnat de la presse. Plus par défi que par vocation, même si progressivement, sa fascination pour les jeux de pouvoir l'avait conforté dans son choix.

Gavalda et Cholle, le mentor et sa jeune recrue, parachutés tous deux dans l'arrière-pays toulonnais, dans une petite commune du nom de Salernes, étudiaient une scène de crime peu ordinaire.

De toute évidence, c'était un assassinat. La victime répondait au nom d'Auguste Puponi. Connu pour régner en maître sur la pègre marseillaise depuis plusieurs années, sans avoir jamais été inquiété, que ce soit par les autorités ou ses concurrents potentiels.

Visiblement bien renseignés, les assassins connaissaient les habitudes du sexagénaire. Le dimanche matin, après la dégustation de son café et la lecture de *Nice-Matin*, il plongeait dans sa piscine grande comme un stade de football. Sans effort particulier, il nageait les dix longueurs réglementaires, sous le regard des sbires assignés à sa protection rapprochée.

Il enfilait ensuite son peignoir blanc immaculé aux larges bords bleu foncé, fermé par une ceinture de même couleur. Madame Da Costa, en charge de l'entretien du linge domestique, y avait fait couler quelques gouttes de lavande, senteur qu'affectionnait particulièrement Auguste Puponi.

Un passage par la salle de bains d'été, puis il achevait de se préparer dans sa chambre.

Ce jour-là, tout s'était déroulé selon le rituel hebdomadaire.

Un détail, cependant, aurait pu attirer son attention.

La porte de la chambre n'était pas rigoureusement fermée, comme il l'ordonnait pourtant.

« Les portes ont vocation à rester fermées. Elles n'auraient pas été installées si on ne l'avait pas envisagé ainsi », se plaisait-il à répéter.

Légèrement entrebâillée, elle s'était probablement entrouverte par la pression des courants d'air.

Daniel Cholle s'imaginait la scène.

Une haute silhouette noire s'était certainement dissimulée dans le dressing, attendant le retour de sa proie. Patient, rigoureux, le prédateur n'avait pas laissé la moindre chance à sa victime.

— Selon moi, la première flèche a dû traverser le poumon droit d'Auguste Puponi, le terrassant sur place.

Cholle regardait son mentor, guettant une quelconque approbation.

— Il a probablement mis un genou à terre, tentant certainement d'appeler au secours. La douleur l'en a empêché. Personne n'a rien entendu. Un second trait l'a percuté en pleine épaule gauche. Il a tenu à rester debout, ou plutôt à genoux, et défier son adversaire. Celui-ci lui a alors pulvérisé le cœur avec un troisième carreau.

Une exécution.

Daniel Cholle allait à l'essentiel. La scène lui semblait claire.

— C'est ma première version, ajouta-t-il. Je sais que vous allez me dire d'envisager d'autres angles possibles. Et là, franchement, je ne vois pas. Alors, éclairez-moi !

Le ton peu déférent agaça Gavalda, qui n'en manifesta rien.

— J'ai une explication toute simple.

L'inspecteur en fin de carrière se racla la gorge, irritée par des années de tabagisme intense.

— Le gars, paniqué par la trouille, a raté son premier tir, puis son second, avant de réussir à placer sa flèche là où il le voulait : dans le cœur. Dans ce cas, l'assassin est un débutant et les mobiles possibles sont nombreux. Un frère qui veut venger sa petite sœur disparue et met cela sur le dos de Puponi, par exemple. Ou un oncle qui lui fait payer l'overdose d'un neveu. J'en passe et des meilleures. Mais il aurait aussi pu vouloir faire souffrir la victime en lui plantant trois flèches en peu de temps. Pas de cris possibles sans poumon. Là, on est en présence d'un geste de vengeance. Et d'un homme aguerri au crime. Pas d'émotion, pas d'hésitation et surtout pas le moindre détail qui nous permettrait de remonter à lui. Qu'en penses-tu ?

Cholle baissa les yeux. Sans se sentir penaud, il était cependant mouché. Lui aussi joua au jeu des apparences et dissimula ses sentiments.

— Je dois admettre que toutes ces hypothèses tiennent la route. Si je dois en choisir une, ce serait celle de la vengeance.

— Eh bien moi, je pense que c'est un débutant. Un débutant doué ! Il est passé à travers les mailles du service d'ordre en entrant et en sortant. La souffrance, il aurait probablement pu la faire durer. Certes, il risquait d'être découvert, mais je maintiens, il pouvait faire durer le supplice. La thèse du débutant m'inquiète et me séduit.

Le regard dans le vague, la tête courbée, Gavalda réfléchissait en parlant.

— M'est avis qu'on n'est pas près de l'attraper et qu'il va nous donner des nuits blanches. Voilà comment je vois les choses : s'il entre sans se faire remarquer, c'est qu'il y a été formé ; il sait faire, il doit avoir travaillé dans l'armée, peut-être un mercenaire.

— C'est contradictoire avec la théorie du débutant, interrompit Cholle.

— Je sais, je sais. Mais il y a un côté brouillon dans toute cette scène qui me laisse un goût bizarre. Mais oui, tu as raison, Cholle. C'est contradictoire. Je dois me tromper. On va creuser. En attendant, la scientifique doit arriver. Elle ne trouvera rien. Je te le parie de suite.

On est quelquefois un sot avec de l'esprit,
mais on ne l'est jamais avec du jugement.
La Rochefoucauld

Chapitre XI — 25 janvier 2017
Journée pourrie

La réunion place Beauvau se déroulait dans le calme, malgré la nervosité évidente des deux ministres présents. Maurice de Quezac, l'hôte, et son homologue de la Défense : François Duscellier. Un homme sec, élégant, avec de grands bras toujours ouverts, prêts à vous accueillir. Ou à vous étrangler. Selon l'humeur.

Toute l'équipe de Bargamont, accompagnée du Chat, grossissait les rangs.

— Comprenez bien la merde dans laquelle nous sommes, mes amis, commença l'homme de la rue Saint-Dominique. Avec notre collègue du quai d'Orsay, qui n'a pas pu venir ce matin – il est encore à Jérusalem –, nous avons récupéré la liste de noms que vous nous avez demandée, cher Maurice. Alors voilà, nous avons peau de zob, queue de chique, nada, niet, que dalle.

Les expressions firent sourire Emmanuelle qui ne s'attendait pas au vocabulaire fleuri du ministre de la Défense. François Duscellier poursuivit.

— N'est-il pas incroyable qu'aucun service en France ni à l'étranger n'ait bien voulu nous communiquer un nom ? Pas même un indice. Changez de métier, mesdames et messieurs. Et embrassez la carrière de tireur d'élite ! Disparaissez et devenez un fantôme, y compris au sein des administrations pour lesquelles vous travaillez. Un avantage, la presse vous fout la paix. Et vous savez quoi ?

Le ministre venait de se lever et tournoyait nerveusement autour de sa chaise.

— Imaginez la pression qui vient de tout là-haut !

Maurice de Quezac acquiesça, confirmant la description de Duscellier.

— À l'Élysée, il est remonté comme un coucou suisse, le Hubert. Toutes les heures, il y a un obscur gugusse qui nous contacte pour savoir où nous en sommes. Pour tout vous dire, j'ai l'impression qu'il a fait un élevage de gugusses destinés à nous faire chier, le Hubert.

Ne se contenant plus, Emmanuelle pouffa. Elle tentait de se faire aussi petite que possible, mais elle était hilare et cramoisie, et fut prise en flagrant délit de fou-rire.

— Cela vous fait rire, mademoiselle ?

Le ministre de la Défense, le regard courroucé, décocha sa question de manière abrupte et vindicative.

Maurice de Quezac se sentit aussitôt agressé.

— François Duscellier, ne vous trompez pas de cible ! Vous étiez cocasse il y a un instant, alors ne soyez pas surpris de déclencher des rires.

Il tempéra immédiatement.

— Cela dit, vous avez raison, le Hubert, comme vous dites, nous la met aussi, la pression. Nous devons d'ailleurs avoir les mêmes interlocuteurs qui se déchaînent sur nos lignes téléphoniques à intervalles très réguliers.

L'atmosphère de la petite assemblée se détendit et chacun prit une inspiration salvatrice. Le directeur de cabinet de Duscellier murmura quelques mots à l'oreille de son patron.

— Ah oui, vous faites bien de me rappeler ce point, mon cher. Le seul élément qui soit remonté jusqu'à nous est le contact d'un certain Guillaume Céru. Donnez-moi sa fiche descriptive, Fabrice ! ordonna-t-il tout en tendant la main d'un geste impatient.

Le bristol saisi, il commença la lecture.

— Guillaume Céru, né le 1er juin 1974, incarcéré le 15 juillet 1988 pour avoir tué Grégoire Kepek. Il a fait quatre ans ferme. Ce qui est vraiment peu : il a dû bénéficier de circonstances atténuantes. Par un miracle incompréhensible, il a été incorporé le 23 septembre 1992 au sein de la Légion étrangère. Il en est sorti le 22 décembre 2000. Il serait éducateur sportif à Montmorency, dans le Val-d'Oise.

— Je ne saisis pas bien l'utilité de ce descriptif, commenta le ministre de l'Intérieur.

— Un peu de patience, Maurice, s'il vous plaît ! L'énergumène était un tireur d'élite de la Légion. Ils nous ont donné son nom pour qu'on les laisse tranquilles, à mon avis, et surtout parce qu'il n'est plus en activité. Le seul point intéressant est la dernière ligne de sa fiche : « D'une précision inégalée ! »

Florent intervint.

— Excusez-moi, monsieur le ministre. Il est passé par Sarcelles, non ? Je le connais. On jouait au baby-foot à côté du collège. On devait avoir entre treize et quinze ans à l'époque. Il a disparu du jour au lendemain sans qu'on ait vraiment su ce qui s'était passé. Certaines rumeurs disaient même qu'il était mort dans un accident de voiture. Tout s'éclaire maintenant. On a son adresse ?

— Oui, nous l'avons ! Fabrice, textez-la au commissaire Bargamont, je vous prie.

Un tintement se fit entendre presque immédiatement sur le portable de Florent.

— Avez-vous d'autres éléments, monsieur le ministre ? demanda simplement le flic.

— Non, je vous ai retranscrit l'intégralité des informations en ma possession.

Trois coups à la porte interrompirent la conversation.

Après que Maurice de Quezac eut crié un « Entrez ! » tonitruant, un majordome apporta sur un plateau d'argent une enveloppe à l'en-tête de la Présidence.

De Quezac s'empressa de l'ouvrir. Elle contenait une publicité pour une marque de café : « Legal, le goût », accompagnée d'une simple phrase : « Transmettez au Président, juste pour voir. »

Écrite en caractères d'imprimerie découpés dans un journal, comme dans un film de série B. Presque infantile, avec un côté désuet, éculé.

Une feuille blanche était jointe, noircie de quelques mots. L'écriture légèrement penchée était reconnaissable entre toutes. C'était celle du Président en personne.

« Arrêtez-moi ce mec dans la plus grande discrétion. Vous avez entre les mains tout ce que vous avez besoin de savoir. »

Maurice de Quezac tomba à la renverse, les yeux écarquillés, le front plissé.

— Qu'est-ce que c'est que ce charabia ? commença-t-il.

Puis il s'esclaffa. Un rire sonore, guttural, profond emplit le grand bureau.

Bouche bée, tous le regardaient, interrogatifs, stupéfaits, déconfits. Le ministre riait. À gorge déployée.

— J'ai failli me faire avoir. Ce bougre de Président a manqué me rendre dingue. Je ne connaissais pas son penchant pour les farces.

Le téléphone à côté du ministre sonna. Ce dernier décrocha, jovial.

— Allô ? (…) Oui. (…) Dans les mains, pourquoi ? D'ailleurs, dites au Président que sa plaisanterie était parfaite et que je m'y suis fait prendre un court instant. (…) Pardon ? (…) Ah, ce n'est pas une boutade ! Le Président a autre chose à faire qu'à plaisanter. (…) Oui, bien sûr, je m'en occupe personnellement. (…) Avec la plus grande discrétion. (…) Non, inutile de mentionner la plaisanterie, tout compte fait. (...) Bonne journée à vous aussi, monsieur.

Consterné, perplexe et sous le coup de l'émotion, Maurice de Quezac fixa Florent.

Celui-ci comprit. Et avant même que son quasi oncle par alliance n'ouvre la bouche, il tenta un refus poli.

— Monsieur le ministre, il n'en est pas question. Toute l'équipe est surchargée avec le meurtre de Gonzague Verdine. Ce n'est sûrement pas le moment de nous confier un jeu de piste moisi. Il y a sûrement un crétin dans un placard qui sera ravi de prendre cela au sérieux.

— Florent, ce n'est pas le moment de discuter les ordres. Occupez-vous de cela et faites-moi un rapport.

Le commissaire principal Florent Bargamont se leva et s'approcha du ministre.

— Puis-je caresser le doux espoir que monsieur le ministre veuille bien me tendre cette missive dont je dois m'enquérir de l'expéditeur ?

Maurice de Quezac changea de ton.

— Florent, tu fais chier. Arrête tes persiflages et mets-toi au boulot. Tu crois que c'est facile d'avoir les sbires du Président toute la journée sur le dos ?

— Ce n'est pas une raison pour me transférer les daubes dès que vous en avez une ! Loïc, Emmanuelle, venez !

Florent se saisit du courrier et ils quittèrent sur-le-champ la pièce, immédiatement suivis des huissiers chargés de les escorter. Granville s'apprêta à intervenir, à retardement, tant il était choqué par l'attitude de son subalterne.

De Quezac l'en dissuada d'un mouvement de la main.

Une fois installés dans la M3, Loïc prit l'ire de son chef de plein fouet.

— Toi, ne t'avise pas de rouler comme un dingue, ou cela va mal se passer pour tes abattis. Journée de merde, boulot de merde.

Florent fulminait, écumait de rage.

— Emmanuelle, transmets la putain de lettre aux services adéquats. Préviens-les qu'ils ont intérêt à me trouver quelque chose, et fissa.

Les deux acolytes baissèrent les yeux et ne mouftèrent pas. Ce n'était pas le moment de la ramener. Florent donna un ultime ordre.

— Loïc, on dépose Emmanuelle au 36 et tu nous emmènes chez le Guillaume Céru. Tiens, voilà l'adresse ! précisa-t-il en exhibant son portable.

Loïc mémorisa d'un coup d'œil les coordonnées, et les entra dans le GPS.

N'avons-nous pas une perpétuelle inclination,
malgré l'excellence de notre jugement, à violer ce qui est la Loi,
simplement parce que nous comprenons que c'est la Loi ?
Edgar Allan Poe

Chapitre XII — 25 janvier 2017
Baby-foot

— Tourne ici, nous sommes arrivés, ordonna Florent.

Depuis qu'il avait quitté la place Beauvau, le commissaire principal Bargamont n'avait pas ouvert la bouche, ni desserré les dents.

Comment a-t-il pu me refiler ça, le Maurice, avec son petit air de sainte Nitouche ? Legal, le goût. C'est bon, les énigmes à deux balles. J'ai déjà donné dans la charade. Je ne suis pas obligé de me taper tous les rébus, devinettes ou énigmes pondus par des malades. J'en ai rien à foutre, moi, du Legal, je ne bois que du « What else », de toute manière.

La maison en meulière se dressait fièrement entre les branches des bouleaux et des châtaigniers, sur le versant ouest des coteaux de Montmorency.

Arrivés devant un portail métallique, les deux compères sonnèrent. Quelques instants plus tard, un quadra élancé, musclé et taillé dans le roc, les accueillit un large sourire aux lèvres. Son regard balaya ses deux interlocuteurs, pour se poser finalement sur Florent. Il le dévisagea avec insistance. La question pointait à la commissure de ses lèvres, mais ne les franchit pas.

— Monsieur Céru, commença Florent.

— Oui, lui-même ! Que puis-je pour vous ?

— Commissaire principal Bargamont, capitaine Gerbaud, Criminelle.

— C'est donc cela. Je me disais bien que je vous connaissais. J'avais pigé que j'avais affaire à des poulets, c'est écrit sur vos visages.

Il désigna Florent :

— Mais le vôtre ne m'est pas inconnu… La télé, non ?

— Effectivement, et je m'en passerais bien, mais les médias adorent les spécialistes du gore. Moi, beaucoup moins.

— Vous voulez entrer boire un café ?

— Non merci, ce n'est pas le jour pour le kawa ! Loïc, explique à monsieur, intima Florent.

Celui-ci se racla la gorge.

— Bon, voilà, c'est assez simple. On aurait quelques petites questions à vous poser. Vous pouvez accepter, et ce serait sympa, ou bien on vous convoque au 36. C'est un peu à la carte.

— Des flics marrants, en plus. Je m'en fous, je n'ai rien à me reprocher. Entrez, il pèle un peu dehors.

Joignant le geste à la parole, il les précéda et monta les marches pour accéder au pavillon.

Installés à une grande table en chêne massif, ils se dévisageaient en silence. Trois fauves prêts à s'entretuer. Loïc se lança et décocha sa première flèche.

— Pourriez-vous nous dire ce que vous faisiez le 22 janvier en fin d'après-midi ?

Guillaume Céru se mit à rire.

— Il est plutôt cash, celui-là. Il ne perd pas son temps en conjectures.

— Épargnez-nous vos sarcasmes et répondez !

Florent n'avait pas l'intention d'être agréable.

— Oh là là. Pas si marrants que ça, les bougres. Ne vous fatiguez pas. Je n'ai aucune idée de ce que vous reprochez et à qui vous le reprochez, mais j'étais au stade de foot. Compétition de minimes. Au moins deux cents témoins et vingt vidéos qui peuvent le prouver. Tenez, ne bougez pas ! J'étais en train de faire un montage avec tout ce que j'ai reçu des parents. Nous avons fini deuxièmes. Meilleure place obtenue par Montmorency depuis des lustres. Non seulement c'est tout frais, cela date de trois jours, mais en plus nous ne risquons pas de l'oublier de sitôt.

Florent se détendit immédiatement. L'alibi était trop bétonné et facile à vérifier pour être faux. Pas d'autre choix que de le croire. Même s'il se promettait de vérifier l'hypothèse d'un frère jumeau.

— Tant mieux ! Cela m'aurait ennuyé de devoir mettre les bracelets à une vieille connaissance.

Savourant son effet, Florent toisait sereinement Guillaume pour mieux appréhender sa réaction.

— Pardon ? Je ne suis pas sûr de comprendre.

Le front plissé, Guillaume afficha un soupçon d'inquiétude.

— Tu jouais bien au baby-foot chez Béber, rue Pierre-Brossolette à Sarcelles, quand tu avais treize ou quatorze ans ? Non ?

— Florent ? Le Florent ? Incroyable ! Je ne t'ai absolument pas reconnu. C'est toi qui as changé ou ma mémoire me fait défaut ?

Loïc assista amusé aux retrouvailles de vieux complices de jeux.

— Raconte un peu ce que tu es devenu !

Les yeux clairs de Guillaume Céru s'étaient agrandis. Son plaisir était sincère et son visage s'en trouva transformé de joie. De fermé et concentré, il devint ouvert et cordial. Florent prit un ton professoral et monotone.

— Ça va être bref, et pas très passionnant. Après le bac, j'ai fait mon droit. Le concours pour devenir commissaire. Je suis entré à la Criminelle. Apparemment, j'ai des talents pour traquer les mecs les plus tarés de France. Mes chefs m'envoient donc tous les dossiers épineux et surtout très glauques. J'ai, par des chemins trop longs à expliquer, écopé du meurtre du ministre qui vient de se faire dézinguer. Et nous atterrissons ici. Tu es dans les petits papiers du ministre de la Défense. Tireur d'élite ?

— Mouais. C'est vieux, tout ça. Il y a longtemps que j'ai quitté la Légion.

— Le 22 décembre 2000.

— Je vois que tes fiches sont à jour.

Le visage se ferma aussitôt. La tension avait repris ses quartiers.

— Je peux avoir quelques précisions ? Enfin, je veux dire, vous avez le droit d'en dire un peu plus ou rien du tout ?

— Raconte-moi ce que tu peux sur un tir au-delà de mille mètres.

Un long sifflement s'ensuivit. Guillaume jouait habilement avec ses lèvres pour que la mélodie soit harmonieuse.

— Je vois. Nous sommes peu à être capables de réussir un truc pareil.

Il marqua une pause. Réfléchit un instant.

— Le tireur a tué le ministre à plus de mille mètres ? Cela ne va pas rassurer dans les chaumières, cette histoire.

Florent ferma les yeux et sourit intérieurement. Il avait utilisé la même expression dès que l'enquête lui avait été confiée.

— Comment vois-tu les choses, Guillaume ? Épargne-nous les détails techniques.

Florent écopa d'une réponse qui le dérouta.

— Trêve de plaisanteries, dites-moi plutôt ce que vous êtes vraiment venu faire chez moi.

Avec un tel pedigree, son vieux copain ne se laissait pas décontenancer par leur présence. Il avait tué un homme à l'arme blanche à quatorze ans. Mis à l'ombre pendant ce qui aurait dû être ses plus belles années d'adolescent, il s'était probablement battu à de multiples reprises. Engagé ensuite dans la Légion pour terminer tireur d'élite. Le sang-froid devait couler par litres dans ses veines.

Convaincu désormais de ne pas avoir le tueur en face de lui, Florent eut une idée.

Il se dressa d'un coup.

— Viens avec nous, sur place !

Loïc rappela du bout des lèvres à son supérieur le caractère confidentiel de l'enquête, et le nombre d'entorses au règlement que représentait cette démarche.

La réponse fusa.

— Parce que tu vas aller me dénoncer, peut-être !

— Bah, il y aura bien un clampin pour le faire !

— On l'emmerde ! Démarre ton tracteur !

Tout en sortant et se dirigeant vers le « tracteur » en question, il ordonna :

— Guillaume, habille-toi ! Tu vas jouer au détective, et sur le chemin, je veux que tu me racontes tout ce que j'ai manqué dans ta vie.

Abasourdi, Guillaume Céru regarda Loïc, et s'essaya à une blague.

— Tu crois que je peux lui dire que j'ai quelque chose de prévu ?

— Bah, tu fais comme tu veux ! En même temps, que peux-tu avoir de mieux à faire que de passer un moment avec le célèbre commissaire principaaaaal Florent Bargamont ?

— Ah, c'est le genre « ego qui dégouline » !

— Exactement, mais je t'encourage à ne pas le crier trop fort. Cela dit, je ne me suis jamais barbé une seule minute depuis que je l'ai rencontré. Je ne compte plus les journées passées à exécuter des tâches ingrates pour alimenter en indices son cerveau génial, mais c'est pour l'enquête, alors...

Florent entrouvrit la porte pour y glisser sa tête.

— Quand les deux commères du quartier auront terminé d'échanger leurs ragots, on pourra, peut-être, aller arrêter un tueur ? Si ça ne dérange pas vos altesses, bien sûr !

Les deux hommes se regardèrent et éclatèrent de rire. Tout commentaire était superflu.

***

Une fois les trois hommes installés dans les sièges baquets de la BMW, la conversation s'orienta vers le passé de Guillaume. Émile Zola, Victor Hugo et Honoré de Balzac s'étaient invités dans l'habitacle du véhicule. Les Rougon-Macquart, les Misérables et leur Comédie Humaine se retrouvaient en la personne de Guillaume Céru.

Orphelin de naissance, il avait été placé dans différentes maisons d'accueil. Éparpillé aux quatre coins de la France au gré de ses déménagements, il n'avait de fait pu lier aucune amitié. D'abord confié aux Lenoir, une famille du Poitou, Guillaume n'en gardait que de rares souvenirs. Mais lorsqu'ils ne purent plus assurer sa garde pour des raisons de santé, la séparation, vers quatre ans, le brisa. Transbahuté chez les Golfic, une famille de l'Isère, il commença sa descente aux enfers. La joie et les sourires firent place à la terreur et à la douleur. Les coups pleuvaient pour un rien. Une grimace, un regard ou un sourire pouvaient devenir prétextes à une pluie, un torrent, une avalanche de coups. Au début, seules les claques fusaient. Progressivement, elles se durcirent. Ce n'est que vers neuf ans que Guillaume réussit à s'échapper du réduit qu'il partageait, ainsi que ses peines, avec une petite fille, Maxou. Devant son corps meurtri par les bleus, la police n'attendit pas pour arrêter le monstre. Le rapport médical rédigé sur de nombreuses pages listait le détail des marques et leur ancienneté.

Loïc et Florent buvaient les paroles de celui qui avait reçu la panoplie de tous les sévices possibles. Il les décrivait en plaisantant et trouvait toujours un adjectif drôle pour les qualifier. Paradoxalement, cela augmentait le caractère dramatique du récit. La suite ne fut pas plus réjouissante. Soigné, remis d'aplomb, il se retrouva dans la Sarthe chez les Langlois, une famille rompue à accueillir des enfants en situation « délicate ». Elle procurait tout le nécessaire : le toit, la nourriture en quantité et une certaine éducation. Mais les trop nombreuses séparations d'enfants auxquels ils s'étaient attachés leur interdisaient de témoigner de l'essentiel : l'amour dont tout enfant a besoin.

Précoce et amoureux de la dernière des cinq filles des Langlois, Guillaume se retrouva à douze ans sur le parvis de la gare du Mans, expulsé le soir même de ses premiers baisers. Les souvenirs mélancoliques affluaient. Guillaume ne versa cependant pas une larme. Comme s'il avait enfoui toute humanité.

Enfin, comme une apothéose glauque à une jeunesse décidément pourrie, il atterrit chez Grégoire Kepek, à Sarcelles.

Il avait été ravi d'y retrouver la petite Maxou, mais le plaisir ne dura guère. Un soir d'été, le jeune garçon s'était étonné d'entendre la lourde silhouette de Kepek grimper l'escalier plus tôt qu'à l'accoutumée, alors que la fainéantise le clouait le plus clair de son temps sur le sofa élimé du salon. Il avait déjà eu des doutes. Mais ce soir-là, la certitude qu'il se passait quelque chose d'innommable l'avait envahi, ainsi que la conviction du devoir à accomplir. Il était descendu chercher le plus long couteau dans la cuisine et était remonté dans le plus grand silence. Lorsque Grégoire eut saisi les chevilles de sa compagne d'infortune, le courage du gamin s'était décuplé. Ses doutes et ses peurs s'étaient envolés et avaient laissé place à une rage sourde et destructrice. Il s'était jeté d'un coup sur le bonhomme en faisant peser de tout son poids l'arme fermement tenue. Elle s'était enfoncée entre les deux omoplates de l'obèse sans le moindre bruit. Le sang avait immédiatement recouvert la couche, les draps et la petite fille. Grégoire Kepek était mort sur le coup. Gisant tel les fèces dans une boîte de pétri de laborantin.

Lorsque l'épouse du violeur était rentrée, elle avait immédiatement prévenu les autorités. Le gamin fut incarcéré illico. Il avait plaidé en vain la légitime défense, certes pas la sienne, mais celle de Maxou, qui subissait des sévices sexuels depuis plusieurs semaines. La justice fut tolérante, mais sépara les deux orphelins une seconde fois. L'adolescente fut renvoyée dans une énième famille, selon Guillaume qui ne la revit jamais plus. Quant à lui, il fut incarcéré en prison juvénile pendant quatre ans. Confronté à la petite racaille, il y apprit à se battre. Ou plutôt à rendre les coups. Il savait les encaisser depuis si longtemps. Un mécanisme salvateur lui permettait de déconnecter ses émotions de la douleur et de pouvoir réagir avec sang-froid dans les situations de conflits violents. Cela impressionna ses pairs et le respect s'installa rapidement.

À sa sortie, tout juste majeur, il s'engagea dans la Légion étrangère. Celle-ci, après enquête approfondie, décida de l'accepter malgré son passé en apparence rédhibitoire, et de lui donner une seconde chance, une seconde vie. Florent en perdit une certitude, lui qui pensait que la Légion ne servait plus de point de chute pour les criminels. Guillaume retrouva dès lors une vie digne d'être vécue. Il se sentit à l'aise dans ce corps d'élite où des hommes d'origines et de cultures diverses se rassemblaient autour des couleurs du drapeau français. Son sang-froid fut repéré et prit rapidement une tonalité légendaire.

Envoyé sur tous les théâtres d'opérations décidées par les états-majors, il y obtint un ratio de tirs validés impressionnant. Après huit ans de bons et loyaux services et malgré le souhait de l'armée de le garder en son sein, il démissionna, ne trouvant plus ni intérêt ni saveur à son quotidien. Sa condition physique l'orienta tout naturellement vers le sport. Il y avait trouvé un épanouissement paisible et n'envisageait rien dans un avenir proche. Ni femme, ni enfant. Il avait vu trop d'horreurs dans ce monde pour avoir le désir d'y laisser une trace quelconque.

La narration lourde et chargée pesa sur l'ambiance générale et les derniers kilomètres furent avalés au son de la radio.

— *Bonjour, nous sommes autour de la table pour débattre du nouveau succès du président français. Encore une victoire sur le chômage, dont le taux recule à un niveau historique de 4,5 %! Avec nous, deux journalistes de* Libération *et du* Figaro. *Depuis son élection, le président Hubert Clarck collectionne les succès. Comment voyez-vous les choses pour l'avenir, messieurs?*

— *J'ai peine à le dire, mais il est indéniable que les mesures prises par le président Clarck ont permis le retour au plein-emploi. Ces mesures, ultra décriées – j'y étais moi-même défavorable, je n'ai pas honte de le rappeler –, ont immédiatement produit des résultats et fait taire tous les contestataires. Moi, y compris.*

— *Oui, cher confrère, vous avez raison de le rappeler, mais c'est aussi grâce à vous, l'opposition: depuis que le Président est en place, vous avez cessé d'ériger les dogmes en profession de foi, ouvrant la voie au respect des opinions. C'est également vous qui avez, dans un climat délétère et parce que les Français avaient voté en faveur de ce programme, accepté les lois qui ont permis cette baisse du chômage. Cette victoire pour la France, nous la devons à l'opposition. Pour moi, cela a presque plus de valeur que ce qu'accomplit le président Clarck. Mais c'est un fait: depuis la mise en place des nouvelles lois, en un an, huit cent mille personnes ont retrouvé le chemin du travail. Ce résultat tue dans l'œuf toute revendication archaïque, qui ne correspond plus à l'état d'esprit de nos contemporains. Ainsi, vos anciens amis ne trouvent plus d'écho à leurs revendications.*

— L'honnêteté de votre analyse reflète la bonne santé de notre démocratie renouvelée. Depuis que nous tous, membres de la presse, nous sommes rebellés contre les manœuvres des politiciens et avons cessé de retransmettre tous ces mensonges qui faisaient de nous leurs marionnettes, la France va mieux. Les statistiques ne sont plus truquées au gré des stratégies de chacun, et la duplicité est devenue risquée si l'on veut avoir une chance de survivre politiquement. Et pour cela, le président Clarck a toute notre estime, car c'est un fait, aucun de nous n'a pu le prendre en flagrant délit de mensonge. Mon confrère me croira si je lui dis que nous avons pourtant cherché partout, y compris au sein de la garde rapprochée du Président. Pas une maîtresse, pas un défaut, pas le moindre grain à moudre.

— Oui, je m'en doute, je m'en doute.

Loïc éteignit la radio sur les rires des journalistes.

— Pardonnez-moi, mais on entre dans le parking !

La raison, le jugement, viennent lentement,
les préjugés accourent en foule.
Jean-Jacques Rousseau

Chapitre XIII — 25 janvier 2017
Enquête et contre-enquête

Les trois hommes se rendirent sur le parvis. Les stigmates de l'attentat restaient visibles. Des vigiles encadrés par des membres de la Police s'assuraient que personne ne vienne perturber la scène. Le badge de Florent leur ouvrit toutes les portes. Certains se demandaient pourquoi ils croyaient le reconnaître, sans se rappeler qu'ils l'avaient vu la veille sur leur écran de télévision. Florent fut bref.

— Comment t'y prendrais-tu ? Si tu devais abattre un homme, ici.

Du doigt, il avait désigné le lieu précis où la vie de Gonzague Verdine s'était achevée.

Guillaume se tint droit. Il pivota sur lui-même et étudia les environs.

Son manège dura plusieurs minutes. Paradoxalement, elles ne parurent pas si longues aux deux limiers. Attentifs à chacune des expressions de leur « consultant », ils tentaient de deviner ses pensées.

— Quelle heure ? demanda subitement Guillaume.

— Seize heures, répondit Loïc.

Le récit débuta dans le silence le plus absolu. Les deux policiers buvaient les paroles de l'expert.

— La difficulté ici, ce n'est pas le tir. Non, c'est la fuite. Comment s'en sortir sans se faire serrer ? Le parvis est une zone à découvert. Tout immeuble proche peut se retrouver cerné en moins d'une minute. Il faut donc mettre de la distance. Faites le tour ! Regardez autour de vous ! Il y a peu de bâtiments qui répondent à ce critère.

Pointant du doigt, il en indiqua trois et poursuivit sa démonstration.

— Celui-ci est dans l'alignement exact du soleil, on l'élimine. Celui-ci est possible, mais il me semble très occupé, on voit des gens aux fenêtres en train de travailler. Il n'en reste qu'un. Vous le voyez ?

Il montrait un immeuble aux fenêtres étriquées, sans âme, presque lugubre.

— Oui, oui, on le voit ! répondirent en chœur les deux hommes.

— Eh bien, c'est de là-bas qu'il faut tirer. Je mettrais des rangées de ballons de baudruche sur ces pylônes, là, là et là.

Joignant le geste à la parole, il désigna trois poteaux EDF sur lesquels des ballons de multiples couleurs avaient été attachés le jour du drame.

— Et on peut savoir pourquoi ceux-là ? demanda Loïc. Il y en a plein d'autres.

— Oui, mais nous sommes en France, répondit du tac au tac Guillaume Céru.

— Patron, je suis censé comprendre quoi ? interrogea penaud l'adjoint de Bargamont.

Florent réfléchissait. Il émit une hypothèse :

— Le vent ?

— Oui, c'est ça, le vent ! acquiesça Guillaume.

Loïc les regarda effaré.

— J'ai bien compris que les ballons étaient pour le vent. Mais voilà-t-il pas qu'ils ne sont pas vus depuis au moins vingt ans et ils se parlent déjà en code. Hello, on peut éclairer ma lanterne ?

— Pense, nom de Dieu. Pense. En France, le vent dominant provient de l'ouest. Donc regarde, il doit s'engouffrer entre les deux grands immeubles, là, et puis s'écraser et tournoyer contre ceux-ci.

Florent les indiquait du doigt.

— Les pylônes sont traversés trois fois en cas de bourrasque. Le tueur est ainsi renseigné en permanence sur la trajectoire du vent. C'est évident. Merci, Guillaume. Nous avions bien compris pour les ballons, mais pas leur positionnement. Simple, précis, efficace et évident une fois que tu le sais. Ensuite ?

Florent regarda son vieil ami le sourcil relevé, interrogatif. Pour l'instant, ils étaient en phase. Céru avait passé le test avec brio.

— On peut aller dans l'immeuble, là-bas ?

La question n'était pas achevée que le trio arpentait l'esplanade.

Ils prirent sept ou huit minutes pour y parvenir. Le silence régnait, chacun restait pensif.

Les yeux vers le ciel, Guillaume observait.

— D'après ce que je peux en déduire à ce stade, il nous faut aller au onzième ou au douzième étage minimum. C'est un peu haut, mais le tireur n'a pas dû avoir le choix. Tout est occupé, d'après ce que je vois.

Florent jeta un coup d'œil à Loïc, mi-admiratif, mi-impressionné, et ajouta :

— Évident.

— On monte ? demanda Guillaume d'un geste de la main.

— Évident, pouffa Loïc.

Taquiner un peu son chef vénéré ne ferait pas de mal. Même si le regard de ce dernier se noircit sur l'instant. Ce n'était visiblement pas le moment.

Percevant le changement d'humeur, Guillaume s'orienta vers l'entrée du bâtiment.

Dans le hall, ils furent accueillis par un employé d'une société de services détachée à la protection du bâtiment. Le gardien leur offrit son plus beau sourire à leur arrivée. Les badges de la Police nationale le firent disparaître aussitôt, et le visage se ferma instantanément.

— Les ascenseurs sont par là !

Désireux de s'affranchir de leur présence, le vigile se débarrassa d'eux rapidement.

Ignorant sa suggestion, ils prirent l'escalier de service. Ce n'est qu'entre le deuxième et le troisième étage que Guillaume se hasarda à une question.

— Messieurs, vous faites toujours cet effet-là sur les gens ? Il n'avait qu'une envie, le type : que vous décampiez. Et pour les filles ?

Il obtint un silence profond pour seule réponse.

— Vraiment sympathique, la conversation, poursuivit Guillaume. Encore huit ou neuf étages à grimper et même pas la possibilité de papoter. Et vous êtes toujours aussi drôles ?

— Non, d'habitude, on pète la gueule à ceux qui nous posent des questions cons, mais là, comme on enquête sur la mort d'un ministre, on est beaucoup plus détendus. On ne répond pas, c'est tout.

Voyant le trouble s'immiscer sur le visage de son ancien complice, Florent éclata de rire.

— Je t'ai bien eu, hein ?

Guillaume s'inclina.

— Oui, j'admets. Cela dit, tu aurais pu me répondre, quand même.

— Que veux-tu que je te dise ? Comment veux-tu que les gens nous aiment alors que la majeure partie du temps, ils nous voient dans le bas d'une descente avec des jumelles au lieu de faire respecter la vitesse devant les écoles ou dans les endroits dangereux? Il faut les comprendre aussi. Donc nous sommes effectivement confrontés à cette réaction en permanence.

Le capitaine Gerbaud, à bout de souffle, s'encouragea.

— Messieurs, nous y sommes presque, encore deux étages. Mais on aurait pu prendre l'ascenseur, non?

— Je doute que l'assassin l'ait fait, monsieur Gerbaud. Qui monte douze étages à pied ? Dites-moi !

— Bon, c'est sûr qu'à part nous, personne.

— Vous avez votre réponse, alors. Le métier de sniper ne souffre d'aucune publicité. Et les escaliers sont toujours déserts et bien souvent sans caméra de surveillance. D'ailleurs, vous devez avoir celle du hall, non? Qu'est-ce que vous avez?

Florent étira un demi-sourire.

— D'après toi?

— Rien, sinon je ne serais pas là.

— Pour être tout à fait exact, nous avons une magnifique silhouette noire, avec une belle capuche noire, des gants noirs, des chaussures noires. Bref, rien qui nous permette d'identifier qui que ce soit.

— Je vois. Du professionnel, pur et dur.

Guillaume s'interrompit.

— Je crois que nous y sommes.

Le chiffre 12 fièrement accroché au mur défiait les éventuels visiteurs de poursuivre leur ascension. Face à eux, un long couloir, jalonné de nombreuses portes. L'une d'entre elles attira leur attention. Les scellés posés ne laissaient aucun doute sur la direction à prendre. Le béton brut, noirci, clamait sa récente souffrance. Le feu avait tout nettoyé.

Guillaume se figea et porta sa main à son menton, réfléchissant intensément.

— Je pense que c'est assez simple. Voilà ce que, personnellement, je ferais. Nous sommes pratiquement quarante mètres au-dessus de la cible à atteindre. À mille deux cents mètres de distance, cela correspond à un dénivelé de trois mètres pour cent mètres parcourus. Ce tir est particulièrement périlleux. Un mauvais réglage et soit vous passez trop haut, soit vous tapez dans le sol. Un jour sans vent, la direction est aisée à maintenir. La pression atmosphérique et l'hygrométrie ont leur rôle également. Bref, vous pouvez être certains que seul un professionnel comme j'ai pu l'être peut réussir un tir pareil. Mais ce n'est pas moi, comme vous le savez ! ajouta-t-il en souriant. Et je n'ai pas de frère jumeau, donc pas la peine non plus de fouiller de ce côté-là ! Plus sérieusement, vous cherchez un tueur à gages particulièrement expérimenté, ancien militaire ou membre d'une unité d'élite. Le matériel est également difficile à obtenir. Pour un tir de cette précision, je choisirais un PGM Hécate II, calibre 12,7. C'est votre cible. Recherchez qui a pu être en contact avec une telle arme. Les éventuels vols déclarés ou non.

— Arrête-toi deux secondes, l'interrompit Florent. Tout cela, tu penses bien que nous l'avons envisagé. Tu as une idée pour avoir des infos ? Parce qu'on a beau venir du 36, ils nous ont tous regardés comme des touristes de bas étage, là, tes unités d'élite.

Guillaume déploya un grand sourire et montra ses dents pour la première fois.

— C'est toi le premier flic de France, à ce qu'il paraît, non ?

Florent rétorqua, de mauvais poil :

— Très fin, très, très fin. Tu peux faire mieux ?

— Peut-être. Je vais me pencher sur toutes les données balistiques que tu vas bien vouloir m'envoyer. Je vais passer quelques coups de fil et si j'ai une idée ou une info, je serais ravi de revenir vers toi. Ça te va, Florent ?

— Je vais devoir m'en contenter. J'apprécie le temps que tu vas y passer. Allez Loïc, tu nous ramènes. Mais on redescend par l'ascenseur.

« Ne juge personne avant de te mettre à sa place. »
Ce vieux proverbe rend tout jugement impossible,
car nous ne jugeons quelqu'un que parce que justement
nous ne pouvons nous mettre à sa place.
Emil Cioran

Chapitre XIV — 26 janvier 2017
Simplification administrative

La porte claqua comme un fouet sur l'échine d'un cheval récalcitrant. Florent entra comme un fauve dans le bureau du Chat.

La tasse de café fraîchement préparée se renversa sur les dossiers en cours. Et sur le pantalon de Gérard Granville. La journée avait pourtant démarré normalement. Rien n'aurait pu prédire qu'un ouragan de force 5 allait lui ruiner sa bonne humeur, son travail et surtout son calme.

— Je peux savoir ce qui te prend, Barga ? Tu n'es pas un peu taré non ? vociféra Granville. Ah mais non, ça je connais déjà la réponse. Frappa – dingue. Complètement allumé du cigare, le gars. Ce sont des manières d'entrer chez les gens ? Hein ? Tu peux me répondre ?

— Fais pas chier. Je viens de passer quatre heures depuis ce matin, quatre heures, à faire de la paperasse de merde pour ton enquête de chiotte. Alors oui, je suis énervé. Tu peux comprendre ça, toi aussi ? Est-il normal que je passe autant de temps à cueillir des infos au lieu de juste faire mon boulot ? Ah oui, monsieur s'excite, mais j'en ai plein le coquillard des procédures merdiques pour obtenir un bout d'information entre les services. Alors voilà, je te les colle toutes sur le bureau. Je te les ai tous remplis, tes formulaires.

Granville regarda Florent Bargamont d'un air stupéfait. La scène qui se déroulait dans son bureau était parfaitement irréelle. Il était en train de se faire enguirlander, houspiller, fustiger par celui qui venait de « caféiner » plusieurs semaines de travail. Tout Chat qu'il était, il devait se faire respecter. Son surnom, il le devait à sa méthode d'interrogatoire. Du temps où ce terme avait un sens. Il tournait autour de sa proie, jouait avec elle. Il prenait tout le temps nécessaire. Sa proie blessée, griffée, fatiguée lâchait prise et finissait par avouer ou s'empêtrait elle-même dans ses contradictions. Le jeu pouvait durer et Granville ne rendait les armes que lorsque sa victime, le prévenu, le mis en examen, le criminel, avait commis l'erreur qui le conduisait directement à la case prison. Mais le Bargamont retournait les rôles et cela lui laissait un goût âpre et très désagréable.

— M'en fous de tes états d'âme, ce n'est pas une raison pour débarquer ici en retournant tout sur ton passage. Tu es complètement dessoudé du goulot, mon petit bonhomme.

Il n'eut d'autre réponse que l'impact de la pile de papiers venant s'échouer à côté de la marée noire qui envahissait progressivement le reste du bureau. Florent tourna les talons et sortit sans un son.

Ce n'est pas possible d'avoir un caractère aussi pourri. Le directeur des services actifs vitupéra pendant qu'il cherchait du sopalin. Circonscrire le désastre s'écoulant sur tous ses dossiers était sa priorité. Le rouleau fut utilisé en un rien de temps. Mais il ne décolérait pas. Les éclaboussures avaient atteint le cadre de la photo de ses trois enfants, partis dans le Limousin avec leur mère Cécile. Son ex-femme. Crime de lèse-majesté.

Un bon quart d'heure passé à essuyer, absorber, assécher s'achevait lorsque Marc Hébert entra à son tour dans le bureau

Lequel fut éconduit de manière virulente.

Malgré son manque d'intelligence, son mètre quatre-vingt-seize fit demi-tour, percutant que, parfois, il était préférable de revenir poser sa question plus tard.

Au détour de la pile de papiers, le commissaire divisionnaire tomba nez à nez avec un dossier qu'il reconnut entre mille. Il y avait longtemps qu'il ne s'était penché dessus.

Son œuvre. Une vie de conscience à tenter de comprendre les criminels autant que faire se peut. Un livre, il conclurait sa carrière par un ouvrage, un traité, ou plus, tout un recueil de pensées. Le titre était simple : *Comment juger ?* La réponse ne l'était pas. Et à l'aube de la retraite, le verdict s'opacifiait. Gérard Granville était fasciné par cette problématique. Dans son dossier vert pâle, il avait compilé bon nombre de réflexions personnelles, ainsi que certaines répliques entendues ici ou là, dans son bureau, dans les cours d'assises, les cafés. S'y trouvaient également des citations d'auteurs, Flaubert, Saint-Exupéry, Voltaire pour ne citer qu'eux. Des proverbes, également. La langue française ne manquait pas de locutions sur le sujet.

Las de sa mélancolie – il y avait belle lurette qu'il n'avait pu poser un regard sur ses notes et poursuivre son travail –, il s'assit et se cala dans son fauteuil. Et se saisit du dossier que son poulain, son fils spirituel, lui avait jeté à la figure.

Il y trouva toutes les demandes officielles, auprès de tous les services détenant ce type d'informations en France.

La première demande s'adressait à la D.C.P.J., la Direction Centrale de la Police Judiciaire. Elle ne portait pas sur un présumé coupable, puisqu'il n'y en avait pas, mais sur l'arme. Y avait-il eu en France d'autres crimes perpétrés par un fusil Hécate PGM ? Le logiciel SALVAC, Système d'analyse des liens de la violence associée aux crimes, les aiderait peut-être à déceler une piste. Il existait au Canada depuis les années 1990, équivalent du VICAP américain mis en place au sein du FBI en 1985. En France, il fallut attendre 2003. D'une aide précieuse aux enquêteurs, il permettait de croiser les données et établissait des liens existant entre les crimes perpétrés par un même auteur. Florent espérait évidemment découvrir d'autres crimes commis avec cette arme, à ce type de distance, et avec la même expertise. Il n'y croyait pas forcément, mais ne pouvait se passer de vérifier.

S'ensuivaient les demandes officielles faites au ministère de l'Intérieur pour accéder au STIC, le Système de traitement des infractions constatées, et au JUDEX, le Système judiciaire de documentation et d'exploitation, puis celle adressée au SIS, le système d'information de Schengen, au cas où un individu recherché aurait utilisé cette même arme et serait en fuite.

Les demandes multiples trahissaient le sentiment global dans lequel errait Florent.

Il n'avait pas la moindre piste.

Il piochait à l'aveugle, misant sur un coup de chance.

Le brouillard s'épaississait et l'équipe de Barga y avait pris ses quartiers pour longtemps.

Selon que vous serez puissant ou misérable,
les jugements de cour vous rendront blanc ou noir.
Jean de La Fontaine

Chapitre XV — 26 janvier 2017
Recentrage

Florent arriva sur son lieu de pèlerinage hebdomadaire : le café Le Celtique, chez l'Auvergnat. Ce dernier l'accueillit avec sa délicatesse traditionnelle.

— Et ce sera ?

La voix était grave, éraillée et peu commode.

— Un express ! Merci Charles.

Son mauvais mariage, consenti pour de mauvaises raisons financières, n'évoluait ni dans un sens, ni dans l'autre. La vie des deux époux s'enfonçait dans l'aigreur, irrémédiablement ruinée. Avec ses vingt ans de plus, Renée s'astreignait à le persécuter toujours et encore de sa bêtise insondable.

L'avarice de Charles n'étant pas une image d'Épinal, le divorce n'était pas d'actualité et ne le serait sans doute jamais.

Ce qui expliquait qu'en quinze ans de fréquentation assidue, Florent n'avait jamais eu droit au moindre café offert, alors que partout ailleurs, les patrons de bistro avaient plutôt une propension à choyer le corps d'élite de la Police nationale. Une connaissance au plus haut niveau peut se révéler utile en cas de problème. Certes, un café n'achètera pas l'intégrité d'un flic, mais plusieurs peuvent l'amadouer.

Mais Charles s'en moquait. Et un euro manquant à son fond de caisse le contrarierait et le priverait d'une nuit de sommeil paisible.

L'Auvergnat ne disposait que d'une seule entrée, face au zinc. L'achalandage des produits tabagiques sur la gauche causait une queue conséquente de clients impatients et bloquait le mouvement. Ces derniers, pressés de prendre leur train, manifestaient par de profonds soupirs l'agacement que suscitait chez eux le faible débit de Renée. Ce qui déclenchait inexorablement des invectives pernicieuses au sein du couple désuni.

Florent assista malgré lui à la répétition d'un dialogue vécu à de multiples reprises.

— Alors, la vieille, tu ne vois pas la queue qui se rallonge !

— Ah, ça te va bien de parler de ça. C'est sûr que ça ne risque pas de t'arriver, à toi.

— Avec ta tronche, ça t'étonne ?

Les clients habitués au spectacle pestaient néanmoins, car le service s'interrompait pendant leur échange d'amabilités.

Florent esquissa un sourire. Le contraste entre la violence de ses enquêtes et l'inutilité abyssale de leur querelle avait quelque chose de réconfortant.

Il s'installa à sa table de prédilection : au fond, de manière à ce que personne ne puisse voir ce qu'il étudiait.

Il attendait que son café lui soit servi pour ouvrir ses dossiers.

La querelle éveillait aussi en lui un sentiment de plénitude.

Florent se sentait bien !

Emmanuelle était aux petits soins pour lui.

Et il était amoureux ! Follement !

Lui l'irascible, l'expression de la colère froide, l'intempérant arrondissait ses angles et s'adoucissait. Avec Emmanuelle bien sûr, mais aussi Loïc et le commandant Hellard. Ses rapports avec le Chat étaient différents. Un fils rebelle face à son père, et la nécessité de s'émanciper pour se protéger.

Florent secoua la tête pour se recentrer. Il avait déposé son blouson de cuir sur le montant de la chaise et frissonna une seconde.

Pas de confrontation avec un monstre, ce matin. Florent faisait face à un nouveau challenge.

La promiscuité avec le monde politique l'encourageait à être particulièrement méfiant.

Et puis cette histoire de lettre anonyme et de publicité pour le café Legal était ridicule.

Ce qui le perturbait au plus haut point.

Pourquoi les services de l'Élysée s'étaient-ils fendus d'un appel et d'un ordre pour que l'on recherche l'auteur de ce qui ressemblait à une plaisanterie ou un très mauvais canular?

Et si?

Si quoi?

Charles apporta le café brûlant.

— Une nouvelle enquête, commissaire?

C'était la seule et unique question à son répertoire.

— Oui, Charles.

Et Florent s'apprêtait à répondre par sa boutade éculée.

Leur rituel.

Mais au dernier moment, il innova.

— Monsieur et madame Dion ont une fille, comment l'appellent-ils?

— Qu'est-ce que j'en sais, moi?

— Céline.

— C'n'est pas drôle, commissaire.

— C'est ta tête qui l'est, Charles.

— Ce que vous pouvez être con, commissaire!

Les blagues échangées selon leur cérémonial habituel, Florent s'apprêtait à se mettre au travail, mais un certain malaise s'empara de son subconscient. Une sensation indéfinissable, comme s'il se sentait observé, épié, traqué.

Certes, la jeune fille aux yeux verts, assise à l'opposé de la petite pièce, le fixait d'un regard transperçant. Elle paraissait bien jeune, la vingtaine certainement, pour représenter un quelconque danger. Florent n'aurait su le dire. Étaient-ce ses yeux qui lui semblaient si familiers, ou l'insistance avec laquelle elle le fixait qui le rendait nerveux ? Les traits légèrement anguleux, un petit nez fin, la demoiselle était jolie. Habillée sobrement d'un jean et d'un T-shirt classique, chaussée de baskets Nike, elle attirait néanmoins les regards. Il crut un instant qu'elle souhaitait lui parler.

Un ange passa. Florent s'immergea dans les ténèbres.

***

Draguignan, le matin, était d'un calme reposant.

Pas pour tout le monde, cependant.

— Pour la dernière fois, David, qui a commandité la mort du Padent ?

Le sang coulait sur les joues de l'homme ficelé avec de multiples ziploc. Tailladées, lacérées superficiellement mais suffisamment pour que ses vêtements soient recouverts de la substance rouge, grasse et gluante.

Du fond de la pièce plongée dans la pénombre, un ordre fusa. L'homme perdait patience et s'exprima avec l'accent si chantant de la Corse.

— Aio ! Bourrin, accélère la cadence, fais-lui cracher le morceau à ce pinsute.

— Ok patron, répondit le colosse.

— Et ne me le tue pas tant qu'il ne nous a pas dit qui a dézingué le vieux. Sinon, c'est toi qui vas morfler. Pigé ?

— Ok patron.

L'homme en costume menait ses hommes à l'ancienne. Avec des manières qui dissimulaient mal une absence totale d'empathie.

Un coup de poing à la base de la mâchoire du malheureux la déboîta d'un coup.

Le David en question hurla et un cri profond déchira l'atmosphère feutrée de la vieille bâtisse.

Une grange restaurée.

Si isolée que seul le gibier entendait les braillements.

— Bais, ve euh, fi ve de le dis, ve suis mort. De vexe pas. Chai pas condre doi.

La voix interrompit le poing qui allait s'abattre de nouveau.

— Bourrin, écoute-moi. Tu le frappes jusqu'à ce qu'il te donne la réponse, tu le frappes et puis tu le tues. Tu l'assommes d'un coup s'il te répond de suite. S'il ne veut pas comprendre, tu le bousilles aujourd'hui et demain et après-demain sans t'arrêter. Casse-lui tous les os un par un, s'il le faut.

— Ok patron.

Bourrin regarda sa victime. Personnellement, il se moquait de la décision qu'elle allait prendre. Depuis qu'Antoine, le fils Puponi, avait repris les affaires d'Auguste, l'organisation avait accru ses parts de marché sur tout le littoral. Antoine se mêlait rarement aux opérations qui pourraient l'incriminer. Mais le Padent, le fidèle bras droit d'Auguste, s'était fait dézinguer par un trait d'arbalète.

Un seul.

Le modus operandi avait ravivé la mémoire d'Antoine, qui n'avait eu de cesse de vouloir remonter jusqu'à l'assassin de son père. Pour lui expliquer ce que la notion de souffrance pouvait recouvrir dans toutes ses acceptions.

Seize ans qu'il lui courait après. Malgré ses contacts dans tous les milieux mafieux, politiques, journalistiques, rien n'avait transpiré.

Et son père n'était toujours pas vengé.

L'ulcère d'Antoine s'était rouvert dès qu'il avait eu connaissance de la mort de son vieil ami. Celui qui, petit, le faisait sauter sur ses genoux.

Padent, le bon vieux Padent.

Toujours prêt à un geste d'affection pour lui. Le seul capable de prendre sa défense face à Auguste. Il ne le faisait que pour Antoine, bien sûr. Il n'aurait osé s'opposer aux ordres du patriarche pour aucune autre raison. Mais dès qu'il s'agissait de son fils, Auguste fermait les yeux. Padent serait passé sous un bus pour éviter que le petit n'ait une égratignure. Alors, Auguste pouvait tolérer un peu de désobéissance.

Officieusement.

Officiellement, Padent prenait une admonestation pleine de connivences. Il fallait bien sauver les apparences au regard du personnel.

L'histoire entre Auguste et Padent relevait du conte de fées, version Charles Perrault.

Elle remontait à ce jour où le parrain de la pègre, une fois n'était pas coutume, fit preuve d'une mansuétude incroyable en recueillant un petit orphelin chétif sous son toit. Ce dernier avait perdu ses parents au cours de la guerre des chefs que se livraient son père et celui qui allait l'adopter. Auguste ne pouvait se douter que le garçonnet frêle et longiligne deviendrait un colosse de près de deux mètres. La bonne action se révéla un coup de maître et Auguste trouva en lui un bras droit à l'indéfectible loyauté. Les circonstances du décès de ses parents ne lui furent jamais révélées et le secret ne fut pas éventé.

Auguste avait toujours été persuadé que cela n'aurait rien changé à l'attitude de Padent.

Son sobriquet ridicule trouvait son origine dans les multiples interrogatoires musclés qu'il avait dû conduire pour son père adoptif. Un coup de poing tout juste appuyé suffisait à faire sauter molaires, prémolaires et incisives. Entre deux tentatives vouées à l'échec pour éviter les coups, les victimes hurlaient « pas les dents », crachant ainsi avec leurs ratiches ou chicots subsistants ce qui allait devenir le surnom de la terreur du Sud-Est.

La simple évocation du mastodonte suscitait une trouille mémorable chez quiconque avait des raisons de le craindre.

Antoine mesurait le défi et la hardiesse de celui qui avait été capable de mettre à terre la seule personne auprès de laquelle il se sentait en confiance. L'auteur de ce crime ne pouvait être qu'un fou ou un suicidaire. La similitude entre les deux meurtres affecta profondément le fils Puponi. L'assassin qui avait opéré seize ans auparavant courait toujours et avait manifestement progressé dans son travail. Un seul trait avait suffi pour achever l'existence de Padent.

Antoine en était sûr, le David cracherait le morceau. Il prendrait le temps nécessaire. Des heures, des jours, voire des semaines, mais il saurait.

— David, épargne-toi un supplice, et ne me fais pas perdre mon temps, énonça calmement la voix sombre, profonde et caverneuse du parrain.

Le pauvre homme comprit qu'il était inutile de jouer au plus malin. Son heure était arrivée, et il pouvait choisir de partir en douceur.

— C'est Dhanus, le Scorpion.

— Qui ça ? Qui c'est, ça, Dhanus ? Le Scorpion ?

Antoine tomba des nues.

— Ne te moque pas de nous ! Comment veux-tu me faire croire qu'avec un nom pareil, je n'en ai jamais entendu parler ?

— Je vous jure que c'est la vérité. C'est un indépendant qui bosse pour le Dep. Il se fait appeler comme ça parce que c'est une espèce de scorpion. Il n'y a que le Dep qui sait comment le contacter. Nous ne savons absolument rien de lui. Tout ce que je peux vous dire, c'est que le Dep ne le contacte que lorsque la cible est difficile ou trop proche de lui et qu'il ne veut pas être inquiété. Et je doute que le Dep veuille bien vous ouvrir son carnet d'adresses.

Le ton de David était celui de la confession. Antoine comprit qu'il s'était livré intégralement et qu'il n'en apprendrait rien de plus.

— Bourrin, finis-le ! Et débarrasse-moi du corps de ce merdeux rapidement !

La rage d'Antoine Puponi enflait. Après une éternité sans la moindre piste, il en tenait enfin une. Il se sentait revivre, comme aiguillonné par la perspective de venger enfin son père.

Dhanus. Comment, dans son milieu, quelqu'un avait pu rester anonyme aussi longtemps, a fortiori sans qu'il ait la moindre connaissance de son existence ?

Le Dep était le prochain sur sa liste. Le député des Hauts-de-Seine était son pendant dans la partie nord de l'Hexagone. Antoine et Robert Sebian ne s'étaient rencontrés qu'à de très rares occasions. Des mondanités, où il fallait être présent. Au plus profond de sa mémoire, il n'était pas sûr qu'ils aient échangé plus de quelques mots.

Le dilemme auquel Antoine était confronté provoquerait des conséquences en chaîne.

Il le savait.

Impossible de laisser le Dep en vie. Mais il était tout aussi illusoire de ne pas l'interroger à sa sauce vinaigre. Cela dit, en tant que député à l'Assemblée nationale, Robert Sebian n'était pas une proie facile d'accès. Il n'avait donc plus qu'une chose à faire.

Il avait le jugement assez droit, avec l'esprit le plus simple ; c'est, je crois, pour cette raison qu'on le nommait Candide.
Voltaire

Chapitre XVI — 28 janvier 2017
Énigmes à la pelle

Florent se réveilla tôt. Il était ligoté. Ce fut en tout cas l'impression qu'il eut. Emmanuelle dormait sur lui. Tout son bras droit était ankylosé, insensible. Tant pis, il ne la réveillerait pas. Le fin rayon de soleil qui se glissait à travers le volet lui offrait un spectacle désormais coutumier, mais dont il ne se lassait pas. Depuis cinq ans qu'elle avait pénétré sa vie par effraction, Florent s'épanouissait. Chaque jour un peu plus. Chassant progressivement ses angoisses et toutes les horreurs auxquelles ses différentes enquêtes l'avaient confronté.

Le souvenir de Carole restait pourtant présent. Mais son image s'opacifiait. Le spectacle du jour lui convenait plutôt. La jeune femme, tout juste vêtue d'une nuisette noire transparente, lui offrait un spectacle digne des couvertures de *Playboy*. Chaque respiration lui prodiguait une subtile caresse de ses cheveux étalés sur son torse.

Son portable vibra.

Une kyrielle de jurons traversa son esprit.

Florent se contorsionna pour tenter de saisir l'appareil sans la sortir de son sommeil.

Le nom qu'il lut sur l'écran digital lui déplut fortement. De Brebizier. *Qu'est-ce qu'il me veut, celui-là ?*

— Vous ne dormez jamais ? Qu'est-ce qui me vaut d'être importuné à cette heure ?

— Commissaire Bargamont, mon homologue de l'Élysée m'a demandé de vous convoquer. Ils vous attendent sur place. Ordre du Président.

— Qu'est-ce que c'est que ce bordel ?

Florent était surpris, il devait l'admettre.

— Vous en saurez plus là-bas, lui confirma le bras droit de Maurice de Quezac, sans rien daigner lui apprendre d'autre.

Il s'extirpa péniblement de son lit et l'inéluctable arriva.

D'une toute petite voix ensommeillée, sa jolie compagne l'interrogea :

— Qu'est-ce qui se passe ? Tu dois déjà partir ? Quelle heure est-il ?

— Il est tout juste six heures, Clarck me convoque au Château. Ça n'augure rien de bon. Rendors-toi, ma belle !

***

Sur une feuille A4, une photo du générique de la série américaine *True Blood*. Florent ne comprenait pas.

Pourquoi le Président le sommait-il dès l'aube de venir à l'Élysée pour lui montrer la photo d'une carcasse de renard bouffé par les vers ? Un mail, un texto ou même un fax vers 10 heures du matin aurait suffi à attirer son attention.

Non, le Président avait jugé bon de le sortir de son pajot à l'aube pour la lui remettre en mains propres.

Chacune de ses questions se heurtait à un silence lourd et éloquent.

— Contentez-vous de trouver qui a envoyé cette lettre. Nous souhaitons simplement en connaître l'auteur.

Florent, ébahi, regardait le fonctionnaire. Son cerveau turbinait. La vapeur s'accumulait. *À quel moment va-t-il arrêter de se foutre de ma gueule, celui-là ?*

— Malgré tout le respect que je vous dois, vous pouvez dire au Président que sans information complémentaire, il ne faudra pas compter sur moi.

L'énarque blêmit.

— Comment osez-vous discuter les ordres du Président ?

Une réelle angoisse tétanisait le directeur de cabinet.

— Je ne discute pas. J'essaie juste d'avoir suffisamment d'informations pour pouvoir y répondre. Et je n'en ai aucune. Il comprend ça, l'énarque ? Ou il est juste là pour exécuter sans réfléchir ? Les baïonnettes intelligentes, vous avez déjà entendu parler de cette théorie ? Alors, allez demander à votre patron ce qu'il veut bien que vous me disiez, mais il va falloir m'en raconter un peu plus !

L'homme en noir resta coi, se figea, se tourna comme un automate et se dirigea vers le bureau du Président ; stoppa, observa Florent, et comprit à son grand désarroi qu'il n'avait d'autre choix que d'obtempérer.

La discrétion, la légèreté du pas furent de rigueur.

Les tapotements de l'index contre le battant de la double porte et les mots qu'il prononça à l'adresse du Président se firent à demi.

Florent rigolait en son for intérieur. La trouille du fonctionnaire menaçait de le rendre hilare. Il put entendre un lointain « Qu'il entre ».

Le commissaire Bargamont perdit son sourire. Être reçu par le Président en personne restait impressionnant.

— Entrez, Bargamont ! Entrez ! Le ministre de l'Intérieur ne tarit pas d'éloges à votre sujet. Il m'a affirmé que vous étiez l'homme de la situation.

Florent osa une interruption.

— Mais de quelle situation parlons-nous, monsieur le Président ? Je ne vois ici qu'une photo, et celle-ci a sûrement un lien, que je ne m'explique pas encore, avec la publicité pour le café Legal dont vous m'avez également demandé de retrouver l'auteur.

Hubert Clarck le transperça de ses yeux bleus d'une incroyable puissance. Florent venait d'être scanné, ausculté, analysé jusqu'au tréfonds de l'âme.

— Cher commissaire, pour de multiples raisons que je ne saurais vous expliquer ici, des raisons d'État, je ne peux que confirmer la plus haute importance de cette enquête. J'ai de sérieuses raisons de croire que quelqu'un m'envoie un message et que celui-ci n'est pas amical. Les services affectés à ma protection ont été renforcés, car je suis la cible soit d'un fantaisiste, soit d'un fanatique.

— Puis-je savoir, monsieur le Président, ce qui vous embarrasse ?

Florent avait choisi son verbe avec précaution.

— Les méthodes avec lesquelles ces deux documents m'ont été transmis.

Le Président s'arrêta. Le silence s'installa. Florent s'impatienta.

— C'est-à-dire ?

Un second examen bleu glacial percuta Florent.

— Chaque document, que ce soit la publicité ou la photo, nous est parvenu enroulé autour d'une flèche.

Le visage de Florent trahit brièvement sa stupeur. Il manifesta un soupçon d'énervement.

— À quel moment vos services pensaient-ils qu'il serait intelligent de me transmettre ladite flèche ? Cela pourrait peut-être m'aider dans l'enquête que vous m'avez confiée ? Non ? Parce que tel que vous venez de me le décrire, nous avons en plein Paris un Robin des Bois qui s'amuse à envoyer des messages au Président avec son arc.

— Vous avez raison, commissaire, mes services n'ont pas voulu transmettre ces informations sous le prétexte que vous êtes catalogué comme ingérable. En tout état de cause, c'est ce que mentionne votre fiche de service.

Florent sortit de ses gonds.

— Je confirme, monsieur le Président ! C'est à cause de ce genre d'inepties qu'effectivement, je suis « ingérable ». Et mon mauvais caractère vise en général les criminels que j'appréhende. J'en garde aussi à l'usage des crétins qui font obstruction à une enquête. Je ne me permettrai pas, monsieur le Président, de vous demander qui est l'illustre idiot qui préfère dissimuler des indices cruciaux sous des prétextes fallacieux plutôt que de m'en faire part – et à qui j'irais bien expliquer ma façon de penser –, mais si vous aviez l'obligeance de me donner un nom, pour que nous puissions en terminer avec cette histoire, je ne serais pas contre.

Hubert Clarck n'en revenait pas. De toute sa carrière, personne n'avait eu la liberté de ton dont ce commissaire venait d'user. Il y a bien longtemps qu'il n'était plus décontenancé par quoi ou qui que ce soit, et pourtant...

La raison devait l'emporter sur la passion. Les arguments formulés par Bargamont, cohérents, ne souffraient aucune contradiction. Alors comment lui dire que lui, le Président, avait eu tort, et que ses mots avaient sûrement dépassé sa pensée ?

Amusé, interloqué, intrigué, le président Clarck, dont la principale qualité était de percevoir les hommes, de les sonder, de les comprendre, commençait à apprécier celui qui avait osé son interminable tirade.

Dans ce monde mielleux, fourbe, aux antipodes de toute honnêteté, il existait encore un être humain capable d'intégrité intellectuelle.

La décision était prise. Si ce Florent Bargamont découvrait l'auteur de ces lettres anonymes, il en ferait un ami digne de respect.

Les compliments restant prématurés, le Président inscrivit sur un Post-It le nom du contact requis. Il abrégea ensuite la conversation et encouragea le commissaire à être prompt dans ses investigations.

Un huissier raccompagna Florent. Mais avant de quitter le Palais, il demanda à voir le contact désigné par le Président. Il fut reçu, écouté, et promesse lui fut faite que toutes les informations relatives à ces deux lettres anonymes lui seraient transmises.

On le fit sortir par une porte dérobée, comme il était entré.

Il vérifia le cadran de sa montre.

En se dépêchant, il aurait encore une petite chance de pouvoir terminer sa nuit dans les bras d'Emmanuelle.

La perspective d'un réveil sulfureux le motiva et il pressa le pas.

Le trajet lui permit néanmoins de réfléchir.

Pourquoi le président Hubert Clarck, l'homme providentiel ayant réussi le tour de force de remettre la France sur les rails de la prospérité, attachait-il autant d'importance à une publicité et à une photo tirée du générique d'une série américaine ?

La question était simple.

Et elle ruinerait pourtant nombre de nuits de Florent.

Qu'est-ce qu'un philosophe ?
C'est un homme qui oppose la nature à la loi,
la raison à l'usage, sa conscience à l'opinion,
et son jugement à l'erreur.
Sébastien-Roch Nicolas de Chamfort

Chapitre XVII — 7 février 2017
Gravelotte

— Bonjour collègues !

La barbe drue, les cheveux mi-longs, les cernes sous les yeux, le commandant qui venait d'entrer dans le bureau de l'équipe de Barga semblait authentiquement ravi de les rencontrer.

— Je me suis permis de venir en personne. C'est le Chat qui m'envoie. J'ai transmis toutes vos demandes, et je viens de réceptionner le dossier. Sans vouloir vous mettre la pression, j'ai la furieuse sensation qu'il va falloir augmenter la taille de ce bureau.

Le nouveau venu, la quarantaine tassée, portait une dizaine de dossiers. La fatigue se lisait sur son visage. L'alcool, les nuits en planque, les journées harassantes s'étaient imprimés sur chacune des rides de son visage. Son introduction eut le mérite d'attirer l'attention de Florent.

— Entre et pose-toi. Je suis Florent, voici Loïc et Emmanuelle.

— Olivier.

— Dis-moi que ce que tu as sous le bras est pour moi. Je ne vois que sept ou huit dossiers, ça me rassure.

— Eh bien, profite parce que cela risque de ne pas durer. Le compte est bon, il n'y en a que sept. Mais des régions, et non des dossiers.

L'étonnement traversa le visage des enquêteurs. Suivi d'une attention soutenue.

— Des régions ?

— Oui, je n'ai eu le temps de faire que sept régions. Dans chaque dossier, vous trouverez le résumé des affaires non résolues avec un calibre de 12,7. Je suis venu vous chercher pour que vous m'aidiez à rapporter le reste chez vous.

Les trois équipiers restaient bouche bée. Ils n'étaient pas sûrs d'avoir bien compris. Loïc envisagea même un bref instant qu'il s'agisse d'une blague de Gérard Granville, coutumier du fait. Il reconnaissait son style. Le commandant Olivier Brunois avait piqué leur curiosité.

— Il me reste encore six régions à traiter.

Il marqua une pause, savourant son effet.

— Et il me manque le retour de nos collègues européens.

Florent reprenait péniblement ses esprits. Il interrogea son homologue.

— Sur combien d'années remontes-tu ?

— Quinze ans.

Ils soupirèrent en chœur. Si la réponse avait été deux ou trois ans, elle leur aurait encore davantage ruiné le moral. Ils firent contre mauvaise fortune bon cœur.

— Allons chercher tout ça ! Et mettons-nous au travail !

Après plusieurs allers-retours dans le dédale du 36, quai des Orfèvres, la petite équipe s'organisa. Elle passa de la stupéfaction à une certaine forme d'admiration pour le palmarès impressionnant de l'homme qu'ils recherchaient. Loïc était allé récupérer des petites pochettes de différentes couleurs au bureau des services généraux. Ils classèrent les affaires par ordre chronologique. Une couleur par année, récurrente tous les cinq ans, puisqu'ils ne disposaient que de cinq couleurs différentes. Emmanuelle résuma d'une phrase.

— Heureusement qu'il a tué Verdine !

— Je ne suis pas sûr de comprendre pourquoi tu dis ça, Manue !

— L'iceberg, Loïc, l'iceberg ! rétorqua Florent.

— Pardonnez-moi de ne pas réussir encore à lire vos pensées, mais si vous vouliez bien m'expliquer ?

— Réfléchis, Loïc !

Emmanuelle, sur un ton enjoué, prenait plaisir à le faire languir.

— Si Verdine n'avait pas été assassiné, nous ne serions pas ici avec cette liste incroyable de dossiers. J'ai le pressentiment que nous sommes face au tueur à gages le plus prolifique de ce début de siècle. Et peut-être de tous les temps, en France.

— Qu'est-ce qui te fait dire ça ?

Sourcils froncés, Florent la regarda avec une réelle inquiétude. Il avait envisagé cette solution très rapidement, mais l'éminente spécialiste en criminologie qu'était sa compagne venait de conforter sa théorie et avec elle, sa kyrielle de conséquences fâcheuses.

— Une étude approfondie infirmera ou confirmera mon analyse. Mais ce qui saute aux yeux, c'est qu'il n'y a aucun rapport entre les victimes, socialement, ethniquement, financièrement. Je pense également qu'il n'existe aucun lien familial, professionnel ou amical entre elles. Dès lors, la conclusion qui s'impose est que nous sommes en présence de quelqu'un qui tue pour le compte d'autrui. Loïc, tu ne veux pas nous dire combien nous avons de dossiers en tout ?

Florent se sentit un instant submergé par l'ampleur de la tâche. Il s'assit dans son fauteuil, leva les jambes et posa ses talons sur le bord du bureau. Même à 10 heures du matin, un petit verre de Grey Goose serait le bienvenu.

— Cinquante-quatre ! cria Loïc. On rêve !

Il se pinça le bras à le faire rougir.

— C'est quoi cette galère ? Comment un type a pu zigouiller cinquante-quatre personnes en quinze ans sans que personne ne s'en préoccupe ? Ce n'est pas croyable !

L'analyse des dossiers commença. Elle dura plusieurs jours.

Il est commun de voir des hommes d'un grand sens qui,
réunis en assemblée, oublient leur jugement pour suivre
le mouvement général donné par les plus exaltés,
c'est-à-dire par les moins raisonnables.
Chrétien Guillaume de Lamoignon de Malesherbes

Chapitre XVIII — 12 février 2017
Croix de bois, croix de fer

Cela faisait déjà trois jours qu'Antoine Puponi avait dessiné une croix blanche.

Comme une aberration administrative, deux panneaux bleus indiquant la même rue de Lodi étaient placés à quelques centimètres d'intervalle, en haut à gauche de la porte latérale de l'église Notre-Dame du Mont à Marseille. Et c'était l'endroit assigné par le Croate lorsqu'on voulait lui demander un rendez-vous.

Les services de ce dernier étaient coûteux.

Pas moins de 20 000 €.

Mais la certitude de ne pas être inquiété les valait bien. Que ce soit Bourrin ou Padent avant qu'il ne soit exécuté, ses deux sbires restaient surveillés en permanence par la DGSI.

À force d'attirer l'attention, les condés finiraient bien par remonter jusqu'à lui. Et ce n'était certainement pas une hypothèse envisageable.

Le lieu de rendez-vous lui avait été communiqué par une enveloppe.

Blanche, banale, sans le moindre signe distinctif.

Les méthodes de livraison étaient chaque fois différentes.

Le Croate aimait montrer sa supériorité.

Le simple fait de transmettre ses instructions à l'improviste, mais toujours en mains propres, était également un message en soi.

Moi, Bâna le Croate, je sais où tu es, et je saurai où te trouver si jamais tu te montres bavard.

Effectivement, Antoine n'avait jamais envisagé cette option.

Par habitude, par culture et même, dans son cas, par atavisme.

Antoine n'était pas d'un naturel patient. Il connaissait et respectait pourtant le délai d'une semaine parfois nécessaire pour que le Croate se manifeste. Cependant, et sans attendre, il avait parallèlement initié, via son bras droit affecté aux affaires légales, une demande de rencontre avec Robert Sebian.

Il lui paraissait nécessaire, voire fondamental, de le jauger, de l'étudier et de plonger son regard dans le sien lorsqu'il lui poserait les questions qui le préoccupaient. Avait-il fait tuer Padent ? Avait-il fait tuer son père ? Et si oui, pourquoi ?

Il préjugeait déjà des réponses.

Robert nierait, tout simplement.

Néanmoins, Antoine guetterait la petite lumière, l'étincelle fugace. Le signe incontestable de la culpabilité du parrain des Hauts-de-Seine.

Antoine ne masquerait pas sa colère. Et le Dep comprendrait qu'il avait un contrat sur sa tête. Ses jours seraient désormais comptés.

Et en effet, Robert Sebian ne se voilait pas la face.

Antoine Puponi ne serait certainement pas monté personnellement à la capitale si le message ne relevait pas d'une importance définitive.

Antoine le savait coupable. Comment il le savait, cela, le Dep l'ignorait. Mais il le savait.

De ces certitudes qu'aucun mensonge ne peut ébranler.

Robert, bien sûr, tenterait de le raisonner, de le faire douter, d'insinuer d'autres hypothèses.

Mais il n'y parviendrait pas.

Il prendrait alors une décision identique. Et le compliment serait retourné. Il ferait appel à son contractant personnel. Œil pour œil, dent pour dent.

Car même s'il était peut-être temps que le vieux briscard de la République tire sa révérence, il voulait le faire avec élégance et panache.

Quarante années de crimes, quarante années de pouvoir ne s'effacent pas d'un revers de la main pour ne finir qu'au fond de la boîte.

Comme monsieur Tout-le-Monde.

Sa fierté ne l'aiderait guère au fond du cercueil, mais ce n'était pas une raison pour baisser pavillon.

Antoine n'avait proféré aucune menace. De toute façon, le Dep en avait tellement reçu qu'il n'y prêtait plus attention. Mais c'est précisément parce qu'il ne l'avait pas fait que la menace était réelle et dangereuse.

Et elle émanait de son pair.

Celui dont lui, Robert, avait fait assassiner le géniteur, puis l'ami, le confident depuis l'enfance.

Deux excellentes raisons de se retrouver avec une balle entre les deux yeux. Et sans doute quelques souffrances en sus.

S'il avait l'occasion de débattre maintenant de l'utilité de l'assassinat de Padent, il aurait volontiers confessé son erreur et ne la commettrait pas à nouveau. Quoi qu'il arrive.

Un peu tard pour regretter, non ?

Il était resté impuni pendant presque seize ans. Ce qui n'était pas si mal.

Et puis selon lui, Antoine exagérait !

Avide de pouvoir et de gains, il commençait à grignoter sérieusement la partie nord de l'Hexagone.

Robert Sebian avait probablement quelques qualités, mais pas une nature partageuse. Et certainement pas lorsqu'il s'agissait de business. Alors il avait fallu que le message soit transmis de manière claire et audible. À tous ceux qui auraient des velléités de compétition.

Quelqu'un chez lui l'avait trahi, il en acquerrait rapidement la certitude.

Ils étaient peu à être dans la confidence.

Sans doute ce satané David, qui avait disparu depuis plus d'une semaine.

Robert espérait pour lui qu'il soit déjà mort.

Dans le cas contraire, il s'en chargerait.

À la sauce aigre-douce, comme il aimait le dire.

Un peu de douceur, de réconfort, avant de frapper un peu plus fort. Susciter une telle terreur que, même dans un moment de relâchement, elle ne vous quittera pas, et vous cisaillera les tripes à en pleurer jusqu'à vous assécher.

***

Le rendez-vous entre les deux hommes fut organisé dans un célèbre café parisien : le Procope. Situé rue de l'Ancienne-Comédie dans le sixième arrondissement, l'établissement créé au XVIIe siècle avait accueilli les philosophes des Lumières, Voltaire, Diderot, d'Alembert, et plus tard les poètes Verlaine, Musset et Anatole France.

Comme beaucoup de lieux prestigieux, le café fut créé, développé et géré par un immigré italien, Francesco Procopio dei Coltelli, un amoureux de la France. Le Procope devint très rapidement le café littéraire à la mode.

La légende raconte même que Benjamin Franklin y aurait conçu, voire rédigé certains éléments de la constitution des États-Unis d'Amérique.

Ce lieu chargé d'histoire, lourd de valeurs morales, semblait être le parfait théâtre d'une rencontre au sommet des deux parrains français.

Leurs équipes respectives étaient arrivées un peu plus tôt pour réserver le salon Marat, au second étage. Robert Sebian entra par le passage de la cour du Commerce Saint-André, tandis qu'Antoine Puponi utilisa la porte principale.

La réunion fut expéditive.

Elle se déroula conformément aux attentes de chacun.

Antoine figea l'étincelle dans sa mémoire, Robert se conforta dans son analyse et sa décision.

La conversation arrivait à son terme lorsqu'un des employés de la maison fit irruption. Un pli attendait monsieur Puponi, au premier, sur la commode installée dans le couloir des commodités. Précédé et suivi de ses gardes du corps, il se dirigea vers l'endroit indiqué. Son regard fut immédiatement attiré par l'enveloppe qui y trônait.

Antoine ne put s'empêcher de penser que le Croate était décidément bien informé. Il décacheta le pli, et en lut les quelques lignes d'instructions.

Le nom de la cible ainsi que le paiement devraient être glissés dans une enveloppe kraft, le lendemain à la même heure, et remis au garçon qui prononcerait la phrase suivante : *N'oubliez pas que je sais.*

Antoine devrait alors quitter les lieux dans l'instant.

Quelques années auparavant, lors de leur premier contact, Antoine avait reçu et entendu les instructions très claires de l'homme de main.

Il avait tenté d'en transgresser une : *Ne jamais tenter de me suivre, ni de m'approcher par un autre biais que ce que prévoient les instructions transmises.*

La sanction serait l'exécution immédiate du ou des sbires utilisés et une somme de 100 000 € à verser sous quarante-huit heures.

Le Corse avait tenté, par fierté, par défi.

Résultat : trois morts, un porte-monnaie allégé et une nouvelle mise en garde : *La prochaine tentative aboutira à l'exécution du commanditaire.*

Depuis, les relations avec le dénommé Bâna le Croate restaient purement professionnelles et dans le strict cadre des instructions.

L'utilisation d'un exécuteur externe n'était pas très protocolaire, ni peut-être même économiquement optimale, mais elle revêtait un avantage inestimable.

Seuls Bâna et lui connaissaient le nom de ses cibles.

L'assurance de ne pas être trahi valait bien quelques fifrelins.

Le lendemain, à l'endroit et à l'heure dits, l'échange d'informations eut lieu.

D'ici un mois au plus tard, Robert Sebian ne ferait plus partie de ce monde. Il serait inutile de demander des preuves, le décès par balle d'un député serait largement relayé par la presse.

Antoine Puponi devrait organiser sa défense : les contre-attaques seraient nombreuses. Comment pouvait-il en être autrement ?

Il ne faut pas laisser au jugement de chacun
la connaissance de son devoir.
Michel de Montaigne

Chapitre XIX — 13 février 2017
Si je mens, je vais en enfer

Jamais, au grand jamais, l'expression « aller comme un lundi » n'avait à ce point pris tout son sens.

La matinée s'était achevée par un classement méthodique des cinquante-quatre dossiers qu'Olivier avait déterrés.

Après avoir renoncé au tri chronologique, puis à l'option géographique, Emmanuelle avait convaincu Loïc et Florent de les organiser de manière sociologique.

L'objectif était de trouver un point commun à tous ces crimes.

Ce qui conférait à cette enquête un caractère exceptionnel, c'était que ce point commun ne concernait pas le criminel, mais ses commanditaires.

Ils avaient en effet acquis la certitude qu'ils avaient affaire à un tueur à gages. Ils ignoraient encore, cependant, s'il s'agissait d'un free-lance ouvert à toute proposition, ou s'il était à la solde d'un unique client. Cette seconde hypothèse les séduisait par sa simplicité.

Il ne fallait donc pas y compter.

Restait l'espoir que ce virtuose ait eu un nombre restreint de clients ; espoir qu'à leur grand dam ils voyaient se réduire comme peau de chagrin.

Les piles étaient réparties en deux catégories : les membres de la pègre ou, plus généralement, tous les détenteurs d'un casier judiciaire, et les autres. Difficile de faire entrer dans une même catégorie une femme au foyer, un garçon de café, un artisan plombier et un ministre. La dénomination « autres » convenait donc parfaitement.

Les échanges au sein de la petite équipe fusaient.

Les hypothèses, alternatives ou plans sur la comète se succédaient.

— Bon, je ne veux pas m'imposer, mais pour moi, le gars appartient à la mafia, scanda Loïc.

— Mais tu n'es pas sérieux, Loïc ! Explique-moi pourquoi la mafia dessouderait un plombier, cramerait une femme au foyer, percolerait un garçon de café ou tamponnerait un ministre ? contra Emmanuelle.

— Mais elle est drôle, mais qu'est-ce qu'elle est drôle ! s'énerva Loïc. On a cinquante-quatre macchabées sur les bras et madame s'amuse à nous pondre des jeux de mots moisis.

— Mais c'est toi qui es drôle mon grand ! Réfléchis ! Quel est l'intérêt de faire assassiner une femme au foyer sans aucun antécédent ? Rien, il n'y a rien dans son dossier. Même pas une ancienne pute qui se serait rangée. Une femme tout à fait ordinaire, avec un mari ordinaire, des enfants ordinaires, dans une petite ville ordinaire. Tu l'auras compris, j'ai insisté sur le mot ordinaire.

— Bon, ça va, ça va, j'ai compris. Inutile d'en rajouter.

Loïc devait le reconnaître, dans cette affaire, aucune piste rationnelle ne se dégageait. Le mari avait bien entendu été suspecté, mais aucun retrait d'argent significatif n'avait été noté. Impossible d'être sûr qu'il ait pu être le commanditaire.

— Il n'y a qu'une seule chose commune à cette hécatombe.

Florent ménagea le suspense.

— La préméditation.

Il regarda ses deux compères qui, les yeux écarquillés, attendaient la suite. Il poursuivit :

— Les mobiles sont différents, cela saute aux yeux. Rien ne les lie, si ce n'est la main qui a appuyé sur la détente. Et je suis persuadé également que les commanditaires sont multiples. Une question me paraît évidente : comment tous ces gens ont-ils pu entrer en contact avec cette arme de destruction massive, sans qu'aucun de nos services n'en ait jamais eu la moindre connaissance? Son système est formidablement efficace.

— Imagine la pub sur BFM ! Votre belle-mère vous casse les pieds, votre patron a les mains baladeuses, le voisin du dessus est un emmerdeur, contactez-nous au 0800 080 000 et pour la modique somme de cinq ou dix mille euros, nous nous chargerons de les faire disparaître en toute impunité!

— Tu ne crois pas si bien dire, Loïc.

Guilleret, ce dernier entonna la célèbre chanson de Piaf.

— Non, rien de rien, ils n'ont vraiment rien en commun.

Fatigué, énervé, plombé par le sentiment d'avancer sur des sables mouvants et de sentir le sol se dérober sous ses pieds, il se lâchait.

Ils n'avaient rien. Pas l'ombre d'un embryon de piste. Le tueur à gages était d'une efficacité redoutable. Aucun échec, aucun témoignage de victime. Son tableau de chasse ne laissait aucun animal blessé susceptible de parler.

Mais leur élimination d'une simple balle avait une autre conséquence.

La presse, ou plutôt l'absence de presse.

Pas de violence, pas de spectacle, pas de situation sulfureuse susceptible de faire les gros titres.

Le recoupement entre les différents services de police aurait pu être facilité. La multiplicité des départements, l'espacement dans le temps, la nature différente des victimes avaient fait de ce tueur prolifique un fantôme, une image virtuelle mais diablement mortelle.

— Les enfants, j'ai une mauvaise nouvelle.

Florent regarda Loïc et Emmanuelle, sachant que ce qu'il avait à leur dire allait leur déplaire.

— Nous allons procéder en deux temps. Premièrement, Emmanuelle, je te charge de rédiger un questionnaire que Loïc va envoyer aux responsables de chacun des dossiers. Attention, la précision des questions est cruciale. Les relevés bancaires des proches de toutes les victimes ont-ils été vérifiés ? En a-t-on fait des copies ? Peut-on les avoir ? Les emplois du temps de la semaine ont sûrement été parfaitement scrutés ; en revanche, quid des deux semaines précédentes ? Ont-ils pris le train, se sont-ils déplacés de façon inhabituelle, ont-ils laissé des traces aux péages ? Je te laisse compléter. Mais ce que je veux, c'est que l'on interroge tous les enquêteurs, un par un, et qu'on leur demande qui, selon eux, aurait eu intérêt à commanditer le meurtre.

Loïc regarda Florent, apeuré.

— Bon, ce n'est pas mon habitude de discuter tes ordres, mais là, tu te rends compte du boulot que cela représente ? Au cas où tu l'oublierais, nous ne sommes que deux.

— Peux-tu demander des renforts chez Granville ? poursuivit Emmanuelle. Ce ne serait pas de trop. Surtout si tu veux obtenir des résultats rapidement.

— Vous avez raison, j'y vais de ce pas.

***

Après avoir négocié et obtenu les renforts souhaités, Florent retourna chez l'Auvergnat, sans vraiment savoir pourquoi.

Pressé par une irrépressible envie, irrationnelle et inconsciente, mais pourtant bien présente ; le troquet l'attirait comme un aimant.

Sur le trajet, il établit mentalement la liste des questions qui contribueraient à l'arrestation de ce tueur.

Comment a-t-il pu démarrer son activité ? Comment déclare-t-il fiscalement ses rentrées d'argent ? Comment fait-il sa publicité ? Comment a-t-il réussi ce tour de force improbable de faire cinquante-quatre victimes sans que personne n'en ait parlé ? A-t-il une profession officielle et déclarée ? Est-il marié ? Est-ce un professionnel ? Florent se reprit. *Je veux dire, a-t-il exercé un métier favorisant l'accès aux armes et à la technique permettant de tuer autant de personnes sans être ni inquiété ni arrêté ? Quel est son délai d'intervention ? Quels sont ses tarifs ?*

Florent en vint même à imaginer une carte, un menu du « Qui voulez-vous dézinguer ».

Tuer sa belle-mère 10 000 €
Sa maîtresse 10 000 €
Son collègue de travail 10 000 €
Son patron 15 000 €
Un ministre 50 000 €

Il secoua la tête, sidéré et inquiet d'en être arrivé à cette image mentale dénuée de toute empathie.

La question qui s'ensuivit allait, elle aussi, nécessiter de nombreuses heures de travail. *Et s'il y avait des options ?* Le menu se transforma aussitôt.

Tuer sa belle-mère…
D'une balle 10 000 €
Au couteau 20 000 €
A l'acide 20 000 €
À la hache 25 000 €
À l'arc 35 000 €

Tarif TTC, pourboires 15 %.

Une question s'imposait : *avons-nous tous les dossiers concernant ce scélérat ? Sur les milliers de crimes commis chaque année, comment faire le tri et isoler ceux dont il pourrait endosser la paternité ?*

Florent se gara devant le Celtique.

Cette fois, Charles n'attendit pas que Florent soit installé à sa table, au fond de la salle, pour venir prendre sa commande. Étonnamment, il l'apostropha.

— Dites-moi, commissaire, vous la connaissez la petite à ma gauche ?

D'un mouvement de tête, Charles désigna une jeune fille attablée. Florent jeta un coup d'œil discret.

— Non, elle ne me dit rien. Pourquoi ?

— Elle est assise toute la journée à cette table. Elle lit et ne fait rien d'autre. Elle ne parle à personne. C'est juste que le lendemain de votre dernière venue, elle m'a demandé si c'était bien vous Florent Bargamont. Je lui ai simplement répondu que je ne demandais pas la carte d'identité de tous mes clients. Alors voilà, je voulais vous prévenir, monsieur le commissaire.

— Merci, c'est gentil, Charles. On va bien voir ce qu'elle veut.

Florent ne croyait pas si bien dire. Il n'était installé que depuis quelques secondes qu'il percevait déjà la nervosité grandissante de la jeune fille.

Il n'avait pas conservé le souvenir de ses cheveux gras, de ses vêtements sales, de ses ongles noirs. Il ne se rappelait que de ses yeux verts, transparents et froids. *Au moins, je n'ai plus le monopole du regard qui tue.* Sur ses gardes, il patienta jusqu'à son arrivée, qu'il pressentait imminente.

La jeune femme le fixait, et baissait les yeux dès que Florent lui rendait son regard. Le petit jeu du chat et de la souris ne dura pas longtemps. La jeune fille rassembla toute son énergie et son courage, et vint s'asseoir d'un geste brusque face à un Florent Bargamont décontenancé par un tel sans-gêne.

— Prenez vos aises ! Pas d'inquiétude. Demandez-moi, si je vous dérange.

Florent n'avait pas spécialement l'intention de se montrer agréable.

— Monsieur Bargamont, c'est bien ça ?

La voix était claire, douce et déterminée.

— Oui. Et vous, comment vous appelez-vous ?

— Johanna.

— Johanna comment ?

— Wilkes, Johanna Wilkes.

— Je suis censé vous connaître ?

Florent s'impatientait. Phénomène courant chez lui.

— Non...

Une pause s'installa. Johanna ne semblait pas disposée à poursuivre.

— Je peux savoir ce que vous me voulez ?

— Rien !

Florent s'énerva.

— Ça ne va pas être simple, notre affaire. Laissez-moi travailler alors !

D'un geste du bras, il lui intima de déguerpir.

Aucune réaction ne s'ensuivit. La jeune fille resta stoïque.

— Si vous croyez que c'est facile.

Cette fois, le ton monta. Florent bouillonnait. Ces petites phrases sibyllines commençaient vraiment à lui taper sur les nerfs.

— Mais qu'est-ce qui est facile à la fin ?

— Ça !

Florent perçut un petit quelque chose.

— Vous, vous n'auriez pas un petit accent ? Anglaise, allemande ?

— Anglaise.

— Eh bien voilà, on progresse ! La ville ?

— Eastbourne. Sur la côte.

— Oui, je connais, entre Hastings et Brighton. Et ?

Florent envisagea de multiples hypothèses. L'amie ou la fille de quelqu'un qu'il avait arrêté, et qui voulait des explications ? Mais le ton n'était pas vindicatif. La proche d'une victime, qui voulait en savoir plus ? Mais comment l'aurait-elle trouvé ici, chez l'Auvergnat ?

— Je viens vous voir car j'ai besoin de votre aide. Ma mère a disparu.

— Je ne suis pas sûr d'être compétent en Angleterre. Et puis Scotland Yard est truffé de flics brillants. Alors là, non, je ne vois pas comment je pourrais vous aider.

— Le problème, c'est précisément Scotland Yard. Les flics sont mêlés à l'affaire et ne font rien.

Florent singea l'ironie.

— Alors dans ces cas-là, on prend l'Eurostar et on déboule au Celtique, chez l'Auvergnat, pour demander de l'aide à Florent Bargamont, le célèbre commissaire qui s'occupe de toutes les tâches merdiques. Comme la dernière : retrouver l'expéditeur de la photo d'un renard bouffé par des vers. Ça tombe bien, j'avais justement envie de me mettre tout le Yard à dos pour retrouver quelqu'un dont je ne sais rien.

— Si !

Florent, désabusé, stoppa net les sarcasmes.

— Gabriella Wilkes, cela vous rappelle quelque chose, n'est-ce pas ?

Florent marqua une pause. Une longue pause.

— Gabriella ? De St Leonards-on-Sea ?

— Oui ! C'est ma mère.

— Là, cela change tout. Dites m'en un peu plus. Dis-m'en un peu plus. Ça te va si je te tutoie ? Ce sera plus simple, non ?

— Oui. Ce sera plus simple pour moi également.

La jeune fille démarra son récit, entrecoupé par quelques crises de larmes. Certains passages lui étaient particulièrement douloureux et l'émotion la submergeait.

Florent se souvenait très bien de Gabriella. Grande, de longs cheveux châtain, des pommettes rondes légèrement rosées, de jolies lèvres charnues, et une poitrine à se damner.

Leur histoire n'avait duré que quelques mois. À l'issue de sa formation universitaire, il avait décidé de se familiariser avec la langue de Shakespeare. Il avait échoué à St Leonards-on-Sea, petite ville balnéaire du sud-est de l'Angleterre. La plage n'était pas belle, formée uniquement de galets ou de petits cailloux qui vous entaillent la peau lorsque vous marchez pieds nus. Mais Florent avait apprécié les promenades sur le quai. Surtout les lendemains de tempête. La mer encore déchaînée venait écraser toute sa violence contre les énormes rochers sous un déluge de soleil.

Le spectacle était féerique.

Le souvenir de Gabriella s'interposa. Un jour, assis sur un banc depuis plusieurs heures, frigorifié, trempé par les minuscules gouttelettes qui voltigeaient, il l'avait aperçue. Elle marchait nonchalamment, prisonnière d'une rêverie dont elle ne parvenait pas à sortir. Elle était incroyablement belle et terriblement touchante dans le drap de tristesse qui l'enveloppait. Florent, tout jeune et malgré sa timidité, osa l'interpeller. Les mots échangés firent mouche. Rapidement réchauffés sur la banquette élimée d'un pub en bord de mer, leurs yeux se caressèrent, leurs mains s'évitèrent. Mais très vite, ils se laissèrent aller à une passion torride. Gabriella s'installa en moins d'une semaine dans le petit souplex loué à prix d'or.

Les quelques mois de vie commune lui permirent de remonter une pente sérieusement savonnée. Des parents alcoolisés à outrance, un ex violent et un patron aux mains dangereusement entreprenantes. Le cocktail cliché des jolies filles trop timides pour répliquer.

Le retour en France de Florent avait scellé leur rupture.

Une bouffée nostalgique l'envahit, le remuant plus qu'il ne l'aurait voulu.

Ses pensées vagabondaient et il ne pouvait s'empêcher de tirer un bilan de sa vie, de ses actes, de ses erreurs. Un bilan au goût amer… La quarantaine bien entamée et le sentiment de n'avoir rien accompli de sa vie d'homme. Rien d'important, rien d'indélébile ni de fort.

Alors, la plongée dans les eaux sablonneuses et froides de la Manche s'apparentait à des milliers de dagues acérées qui lui lacéraient le cœur.

Les images et les sentiments se bousculaient dans la tête de Florent pendant le récit de Johanna. Il comprit qu'il n'en avait perçu qu'un fragment, et qu'il faudrait qu'il l'interroge à nouveau pour y réfléchir sérieusement. Il demanda à la fille de son ancien amour où et comment elle était logée ; son apparence négligée reflétait un certain manque d'hygiène et l'inquiétait.

— Je suis, comment dites-vous : sans domicile constant.

Florent sourit de l'approximation.

— SDF, tu es SDF, sans domicile fixe. Mais tu n'as pas d'argent ? Pas d'ami ?

— J'ai quitté l'Angleterre avec la certitude d'être dans le collimateur de Scotland Yard. Il était temps pour moi de disparaître. Utiliser une carte bleue, c'est leur donner la lunette pour me descendre.

— Oh, oh ! Tu ne crois pas que tu y vas un peu fort, non ?

— Peut-être suis-je devenue paranoïaque... C'est une éventualité que je n'exclus pas. Je ne prendrai pas le risque cependant.

— J'ai une question. Comment m'as-tu retrouvé ici ?

— Je suis tombé sur une interview de toi sur YouTube. Et après j'ai cherché sur Google Earth. Mais ça a pris du temps. J'ai fait une recherche sur les cafés avec le nom « celtique ». Il y en a plus qu'on croit.

Florent se souvenait avoir mentionné le café à des journalistes. Avec Internet et les réseaux sociaux, il était urgent d'apprendre à se taire en toutes circonstances.

Florent avait déjà décidé qu'il ne pouvait laisser Johanna un jour de plus dans la rue. Il lui proposa de venir chez eux. Emmanuelle n'y verrait aucun mal, il en était certain.

***

— Non, mais à quel moment tu allais me le dire ? Florent ? Tu te fous de ma gueule ! N'essaie pas de me faire croire que tu n'étais pas au courant.

Cela faisait cinq minutes qu'Emmanuelle était furibonde. Les présentations terminées, elle avait observé Florent et Johanna, tour à tour. Elle avait offert un grand sourire à la petite Anglaise de quelques années plus jeune qu'elle, lui avait souhaité la bienvenue et s'était jetée sans prévenir sur Florent. Ce dernier ne comprenait sincèrement pas la rage de sa compagne, pas plus que le déferlement d'injures dont il était l'objet.

— Mais, Emmanuelle, de quoi tu parles, nom de Dieu ?

Florent était sincère. Et sa compagne le comprit subitement. Elle n'en décoléra pas pour autant.

Elle fixa Florent, puis Johanna, et revint sur Florent.

— Tu as beau être un des meilleurs flics de France, dès que cela te concerne, tu es vraiment toujours à l'ouest. Non seulement tu es moins physionomiste que Picasso mais même au niveau des maths, il va falloir t'acheter une calculatrice.

Florent, estomaqué, ne répondit pas. Il ne voyait pas, ou refusait de voir, ce qu'Emmanuelle essayait de lui dire. Les conséquences étaient déconcertantes et bouleversantes.

— Mais tu ne vois pas que Johanna est ta fille !

Florent explosa de rire. Johanna, elle, s'assit prudemment dans le fauteuil du salon.

— Il n'y a vraiment pas de quoi rigoler ! Allez tous les deux devant le miroir de l'entrée ! Allez, allez, bougez-vous !

— Mais arrête, tu es ridicule Manue.

— On se demande qui est ridicule ici, bordel de merde. Qu'est-ce que tu risques, puisque tu es si sûr de toi ? Hein ? Tu peux me dire ? Alors vas-y, en face du miroir !

Avec un manque de volonté évident, à reculons, mais pour avoir la paix, Florent fit contre mauvaise fortune bon cœur et désigna le miroir à Johanna pour l'inviter à s'y rendre elle aussi.

Le jugement fut sans appel.

Ce que leur renvoyait leur reflet était troublant. Bluffant. Stupéfiant.

L'évidence était brutale et incontestable.

Un clignement de paupière et la vie de deux êtres changeait définitivement.

Johanna ressemblait comme deux gouttes d'eau à son père. Les yeux verts constituaient l'indice majeur, mais tout y était. Les sourcils épais, le menton puissant, le nez fin. Johanna se remémora la sempiternelle ritournelle de sa mère, qui acheva de les convaincre.

— Elle me disait toujours : *Apprends le français, on ne sait jamais, cela peut servir dans la vie.*

Johanna s'était exécutée sans trop chercher à comprendre, jusqu'au jour où sa mère avait regardé le JT français avec un peu trop d'insistance, en particulier au moment où l'on parlait du célèbre commissaire Bargamont. Le doute s'était alors insinué dans son esprit.

La question n'avait plus lieu d'être posée. Un sentiment de gratitude s'imposait même.

Florent posa la question qui le terrifiait. La teneur de la réponse pouvait ternir son ego, et plus inquiétant, son estime de soi.

— Sais-tu pourquoi ta mère a souhaité garder le silence sur ma paternité ?

— La seule réponse que j'ai toujours eue, c'est que l'on était bien trop heureuses ensemble pour ne pas avoir à s'emmerder avec un homme à la maison.

— Elle n'a jamais eu d'autre homme dans sa vie ?

— Pas que je sache. Je n'en ai jamais vu.

La première couche de vernis égoïste ne se fissura donc pas.

Mais son sentiment de fierté vola vite en éclat.

Son départ avait laissé une jeune fille d'à peine vingt ans mère célibataire. Sans ressources, sans un homme sur qui compter au quotidien. Leur vie n'avait probablement pas été un conte de fées.

Florent était un salaud par ignorance.

Il aurait pu essayer de reprendre contact. Le constat était là, face à lui, dans toute sa banalité splendide et barbare. Il ne l'avait pas fait et sa fille avait été privée de père jusqu'à ce jour.

La situation le dépassa. Il se sentit littéralement submergé, incapable de faire face à ses émotions.

Chaque enquête médiatisée, et la gloire qui l'accompagnait, se doublait d'un imbroglio dans la vie de Florent.

L'affaire Proctar et Carole, le tueur à la charade et Emmanuelle, le ministre Verdine et Johanna. Les surcharges émotionnelles, positives ou négatives, auraient pu survenir entre les difficultés et les vicissitudes de banales investigations, d'enquêtes de routine. Mais non, elles intervenaient chaque fois au cœur des dossiers les plus complexes, mêlant vie professionnelle et personnelle dans un amas inextricable. La barque n'était jamais assez pleine. Et la tragédie sans cesse recommencée.

Découvrir à quarante-cinq ans que l'on est père et que l'on a une fille... Après s'être si difficilement résigné à ne jamais avoir d'enfants.

Avec le risque de rompre un équilibre si chèrement acquis auprès d'Emmanuelle.

Le cerveau de Florent surchauffa. Il n'entendait plus rien, ne voyait plus rien, ne sentait plus rien. Il se sentit vaciller.

Et finit par s'écrouler.

Nos jugements sont d'autant plus sévères
que notre esprit est étroit.
Bertrand Vac

Chapitre XX — 17 février 2017
Si simple, ma mort ne sera pas

Président de la commission des nouvelles technologies à l'Assemblée nationale, Robert Sebian tranchait au milieu de ses pairs, qui comptaient parmi les plus jeunes et surtout les plus connectés de l'hémicycle.

Il faisait donc office de patriarche. Mais lorsque ses activités mafieuses très lucratives lui en accordaient le loisir, il se laissait volontiers dévorer par son unique passion : les nouvelles technologies, les ordinateurs et *tutti quanti*. Chez lui, son bureau jouxtait une pièce d'une vingtaine de mètres carrés, climatisée, équipée d'un filtre à particule et d'un dispositif éradiquant les poussières, et abritant deux baies de serveurs.

Chaque câble reliant les machines aux différents switchs et routeurs était méthodiquement étiqueté.

Chaque pièce de la grande bâtisse était reliée par un ou plusieurs câbles Ethernet. Pour d'évidentes raisons de sécurité, le Wi-Fi était proscrit.

Depuis que Dhanus le Scorpion avait changé ses méthodes de contact, Robert avait été contraint d'installer une machine sous Unix pour accéder au Darknet, grâce au logiciel Tor. Lui qui, depuis plus de trente ans, maîtrisait Windows sous toutes ses versions successives, se montrait incapable de gérer Unix – et c'était un problème de taille. Il avait bien une dizaine d'informaticiens sous la main qui pourraient l'aider à déployer le bazar souhaité, mais il se voyait mal justifier l'utilisation qu'il pourrait en faire.

Le Darknet permettait de se procurer tout ce qui était illégal. Armes, drogues, médicaments, femmes et enfants. Et Tor était la clé qui en donnait l'accès.

Dhanus n'avait pas choisi cette nouvelle technologie par hasard. Un ordinateur portable, un Wi-Fi public, une adresse mail et hop, impossible de se faire tracer. Et même si la police elle-même envoyait un message, le Scorpion avait donné ses instructions. Un bonjour à la place de bonsoir, un cordialement pour bien cordialement, et Dhanus était informé de l'usurpation d'identité. Robert Sebian ouvrit donc sa session VPN pour accéder au Darknet et lança Mixmail, un re-mailleur qui supprime toute trace d'identification. Enfin, le cryptage via PGP empêcherait même la NSA de lire le contenu du mail.

Sebian tapa l'adresse du contact : tuesmortsituparles@mixmail.fr – comme un rappel à l'ordre systématique. Il pesta comme à chaque fois qu'il saisissait la sienne, qui lui avait été imposée par Dhanus : jenesuisrienetjeneloubliepas@mixmail.fr.

Bonsoir Dhanus,

Mes jours sont comptés. Celui qui a mis un contrat sur ma tête est Antoine Puponi. Je doute qu'il le fasse exécuter par ses sbires. Je m'interroge donc sur l'identité de celui qui frappera.

J'ai toujours cru jusqu'à ce jour que vous étiez le meilleur. Le prix élevé de vos services correspond à une qualité irréprochable. Je souhaite vous proposer un marché.

Je triple vos honoraires si vous êtes celui censé agir. Non pour stopper le contrat, car ce serait probablement contraire à votre déontologie, mais simplement pour connaître le jour de votre intervention.

Je fais le serment de ne prendre aucune mesure vous concernant. Ce serait stupide de ma part et je m'exposerais à des représailles inutiles. En revanche, j'aimerais avoir la satisfaction de voir Puponi crever avant moi.

Bien cordialement,

Je ne suis rien et je ne l'oublie pas.

***

Quatre jours à l'hosto. L'impatience, l'irritation, l'exaspération grandissaient. La chambre d'hôpital dans laquelle Florent avait été conduit s'était transformée progressivement en champ de bataille exigu, où se mouvoir était tout simplement impossible.

Être resté inconscient pratiquement vingt-quatre heures ne favorisait guère l'amadouement des médecins de garde. De Quezac s'était enquis de l'état de l'enquête, oubliant au passage l'état de santé de Florent. À peine rassuré, le ministre avait généreusement octroyé un délai de convalescence de deux jours. Loïc avait fait plusieurs allers-retours et tous les dossiers étaient empilés dans la chambre. Les trois protagonistes, associés désormais par l'entremise du Chat à Sébastien Jacques et à Marc Hébert, avaient validé le questionnaire ; son intérêt n'avait d'ailleurs pas été sujet à discussion.

Johanna guettait les rares pauses pour entrer dans la chambre.

La jeune femme et Emmanuelle avaient passé l'intégralité de leur vendredi à s'épier mutuellement.

Guettant et analysant leurs moindres réactions, comme les deux inconnues qu'elles étaient.

Un saut de l'ange en eaux troubles.

Johanna n'avait aucune volonté de nuire et cela avait aidé Emmanuelle à avaler la pilule plus facilement. Si découvrir l'existence de sa fille avait provoqué un court-circuit chez

Florent, Emmanuelle, également bouleversée, ressentait un vif malaise. Le faible écart d'âge entre les deux femmes et le fait que le couple n'ait pas d'enfant n'arrangeait rien à la situation et ne la rendait que plus embarrassante.

Le sourire incandescent de Florent dès que sa fille passait la porte n'aidait pas non plus.

Être gaga devant un nourrisson, cela pouvait se comprendre, mais devant un bébé de vingt-cinq ans, cela confinait au gâtisme et agaçait Emmanuelle au plus haut point.

La jalousie entrait dans le couple par une voie détournée.

Les journées de travail harassantes concouraient à l'épuisement de la passion, et créaient des tensions inévitables.

Aucun doute, Emmanuelle était éperdument amoureuse de son Florent.

Mais à cet instant, elle avait l'impression qu'une main d'acier lui étreignait le cœur et se sentait tiraillée de toutes parts, d'autant plus qu'elle réalisait à quel point son attitude était irrationnelle.

Il s'agissait de sa fille!

Pas d'une autre femme, pas d'une ex, mais de sa propre fille. Un homme ne peut-il aimer à la fois sa femme et sa fille d'un amour éclatant? Bien sûr que si... Mais ce que sa raison lui disait, son cœur refusait de l'entendre.

L'espace que Johanna allait occuper dans le cœur de Florent la peinait à son corps défendant.

Pour couronner le tout, le fantôme d'une ex qu'il faudrait tôt ou tard aller secourir envahissait aussi cet espace déjà réduit.

Et côté professionnel, la tour de Babel des cinquante-quatre dossiers reflétait bien la confusion et le piétinement absolus de l'enquête.

Avec ce sentiment de perte de contrôle totale, Emmanuelle se sentait dépourvue de tout.

Et pas seulement quand la bise du matin fut venue.

Un gigantesque fardeau s'affalait sur elle. Elle en voulait même inconsciemment à Florent d'avoir eu son malaise, attirant tous les regards sympathisants et condescendants vers lui. Elle ne pouvait même pas libérer sa colère et s'extérioriser.

Il était temps de revenir aux fondamentaux et ce, rapidement.

— Florent, je propose qu'Hébert envoie le questionnaire. Je vais demander à Bastien Seffridi, si tu es d'accord, de me faire un programme de traitement de toutes les infos dont on dispose et que l'on va recueillir.

Emmanuelle informa plus qu'elle ne demanda.

— Excellente idée, demande aussi à Sébastien Jacques, il s'y connaît en informatique. Il nous avait bien aidés dans la recherche du tueur à la charade.

— Ah oui, et le commandant Olivier Brunois m'a envoyé un texto : apparemment, il a du nouveau et cela ne va pas nous plaire.

Emmanuelle baissa les yeux vers son téléphone.

— Ne me dis pas qu'il a encore augmenté la liste de ses trouvailles !

Florent sentit un vent de panique et de découragement s'engouffrer dans la chambre.

— Tiens, je te le lis : *Il faut qu'on se voie. J'en ai d'autres, mais je ne suis pas sûr que ça colle.* Qu'est-ce que tu comprends ?

— Qu'on est dans la mouise ! Qu'est-ce que c'est que ce truc de dingue ? Au moins il n'est pas sûr que ça colle. C'est une chance, non ?

— Loïc, par acquit de conscience, fais une liste des lieux des meurtres et envoie-les aux responsables de la BRI, du RAID, du GIGN et de la Défense. Demande-leur de vérifier si l'un de leurs agents est intervenu dans les parages aux mêmes dates. Je ne crois pas que nous aurons la moindre réponse, mais cela vaut le coup d'être tenté.

***

Florent utilisa ses heures de repos à des fins précieuses.

Des questions, il en avait.

Beaucoup.

Toutes plus personnelles les unes que les autres.

Johanna ne se défilait pas et répondait inlassablement. Agrémentant à son tour ses réponses de questions.

Comme dit Patrick Bruel dans sa chanson, *On peut pas mettre dix ans sur table comme on étale ses lettres au Scrabble...*

Que dire alors de trois décennies ?

Narrer une tranche de vie relève de la chimère.

La narration est linéaire, mais la vie ne l'est pas.

Elle regorge de sensations, d'émotions, d'odeurs, et les madeleines ne se décrivent que maladroitement au travers d'un récit.

Florent s'accordait une pause dans cette enquête dont il n'envisageait toujours pas tous les tenants et les aboutissants.

Il s'était aussi découvert un point commun avec le célèbre Champollion.

Les historiens racontent que lorsque celui-ci, penché sur la pierre de Rosette, découvrit enfin le secret des hiéroglyphes après des heures de travail acharné, il tomba dans un coma de trois jours.

Les centaines de textes issus de cette civilisation grandiose allaient enfin livrer leurs secrets. Le choc émotionnel lié à la découverte avait provoqué un véritable court-circuit, au sens propre, au cœur du cerveau.

Découvrir brusquement l'existence d'un enfant alors qu'il croyait ce rêve inaccessible, et réaliser en même temps qu'il avait tout manqué et que ces instants étaient perdus à jamais, avait provoqué le même choc chez Florent, avec la même brutalité.

Et le même court-circuit.

Les questions sur la disparition de Gabriella s'empilaient aussi. Les circonstances de celle-ci, au regard des explications fournies par Johanna, semblaient troublantes. Florent ne pouvait encore jauger le niveau d'objectivité de la jeune femme. Si elle disait vrai, il serait bien forcé de s'inquiéter de la probité de ses homologues anglais, du moins de certains d'entre eux.

Il avait fini par s'assoupir lorsque la porte s'ouvrit dans un grand fracas. Il fit un bond dans son lit.

Emmanuelle venait d'entrer. Transpirant à grosses gouttes. Chargée comme une mule de deux énormes sacs d'écoliers, vêtue d'une doudoune épaisse, elle soufflait bruyamment.

Remis de sa surprise et de son réveil express, il osa demander ce que les sacs contenaient, craignant une réponse dont il ne se doutait malheureusement que trop :

— Autant de dossiers de notre virtuose ?

— Je ne crois pas, non ! répondit Emmanuelle, s'amusant du masque de stupeur de Florent.

— Comment ça, non ? C'est bientôt Pâques, mais ça ne ressemble pas à des œufs en chocolat, ce que tu trimballes.

— Tu es bien observateur, tu devrais être flic, toi, à tes heures perdues.

— Abrège, tu veux !

— Oui, ce sont d'autres dossiers, mais je ne crois pas que ce soit le même tueur. Si la théorie d'Olivier est la bonne, nous n'allons pas fermer l'œil pendant des semaines. Mais avant que l'on commence, je vais m'asseoir deux minutes. Je ne sais pas ce qui m'a pris, mais comme l'ascenseur était bondé, j'ai pris les escaliers. Je viens de faire du sport pour deux ans.

— Bien sûr, viens à côté de moi, installe-toi sur le lit.

Florent tendit sa main et saisit celle de sa compagne. Il la regarda, les yeux pleins de désir contenu.

— Qu'est-ce qu'il y a ? demanda-t-elle doucement.

— Tous ces assassins m'enlèvent un plaisir que je ne devrais jamais perdre. Prendre le temps de contempler ma magnifique femme.

— Ah oui ? lui retourna-t-elle, l'air mutin et provocant.

Il n'en fallut pas plus pour enflammer Florent. Il se redressa et prit voluptueusement la bouche d'Emmanuelle. Elle fit mine de résister. Mine seulement.

Ses pensées s'entrechoquèrent. Elle voulait son homme, là. Dans l'instant.

Mais si on entrait ? Florent partageait ses inquiétudes et se résolut à se lever malgré les protestations très timides d'Emmanuelle. Il entreprit de lui dévorer le cou de baisers langoureux et sensuels. L'heure n'était plus aux scrupules. Tant pis pour l'éventuel visiteur inattendu. Les caresses devenaient pressantes, appuyées et très orientées. Emmanuelle se tordait pour les accueillir et les ressentir pleinement. La doudoune s'envola rapidement pour atterrir sur la pile de dossiers aux pochettes roses. Florent manœuvra délicatement et ouvrit la porte du cabinet de toilette.

Les mouvements se firent plus brusques.

Florent repoussa Emmanuelle contre le mur froid de la douche. Il posa fermement la main sur sa bouche pour lui ôter toute velléité de protestation. Releva le pull-over qu'elle portait au-dessus de la tête et improvisa un nœud emprisonnant ses mains avec la barre métallique du rideau de douche. Emmanuelle était à sa merci.

Et elle adorait cela !

Être vulnérable et s'offrir à son homme. Il pourrait abuser, la violenter. Mais il ne le ferait pas et c'était justement cela qui la rendait folle. Elle espérait maintenant ses mains sur son ventre, son dos, sa poitrine. Elle gonflait ses poumons et se cambrait de désir. Florent prenait son temps. Il aimait l'exaspérer délicatement. Lui laisser imaginer qu'il allait enserrer ses seins. Pour ne pas le faire. Lui mordiller le coin de l'oreille et en dessiner le contour de sa langue. Florent sentit l'excitation grandir puissamment. Perdant patience, il ôta le jean slim d'Emmanuelle qui se dandina pour lui faciliter la tâche. Il fut pris d'une pulsion brutale, violente, sauvage.

Qu'il ne réprima pas.

Il arracha et déchira de deux coups secs les sous-vêtements d'Emmanuelle et plaqua de nouveau sa main sur la bouche de sa femme. La retourna sans ménagement et la colla contre le carrelage glacé. La fraîcheur incendia son corps de mille épines. Ses seins se durcirent et se gonflèrent instantanément de désir.

Emmanuelle se tordit, se cabra.

Elle l'attendait. Elle le voulait.

L'homme qu'elle aimait était derrière elle, contre elle et plus rien ne comptait. Son souffle excité et brûlant balayait sa nuque avec sensualité. Ses mains puissantes couraient sur son galbe, sur ses courbes. Elles devenaient impolies, impérieuses et s'approchaient dangereusement de son intimité.

Et elle en crevait d'envie.

Chacune des caresses devenait un supplice voluptueux. Une torture merveilleuse. Une douleur subtile.

Perdue dans son désir, elle se déconnecta de tout ce qui n'était pas lui. Il la pénétra brusquement et sans ménagement. L'onde de plaisir fut d'une intensité encore inconnue. Florent et Emmanuelle firent l'amour. Encore et encore. Libérant toutes leurs rancœurs, leurs passions et leurs doutes dans ces étreintes volcaniques.

Épuisés, ruisselants, ils accueillirent la douche bienfaitrice avec délice.

Emmanuelle lui demanda comment elle retournerait au travail sans sous-vêtements. Florent lui proposa de bien garder son secret. Et lui assura trouver l'idée extrêmement excitante.

Ni l'intelligence ni le jugement
ne sont créateurs.
Antoine de Saint-Exupéry

Chapitre XXI — 17 février 2017, 22 h
Ça pourrait être plus simple

Florent souriait béatement.

Il se remémorait le moment intense qu'il venait de vivre et les joues cramoisies d'Emmanuelle quand une infirmière les avait surpris, pile au moment où ils rentraient dans la chambre.

Le plaisir ne fut que de courte durée. La vision de la nouvelle pile transmise par Olivier l'inquiétait.

Il s'agissait sans doute d'un excès de zèle de sa part, mais Florent se devait d'étudier les dossiers pour en avoir le cœur net.

Olivier était parti d'une réflexion assez simple. Puisqu'ils avaient pu laisser circuler pendant près de quinze ans une machine de guerre en toute impunité...

Était-il possible qu'il ait eu d'autres méthodes d'action ?

Avait-il également utilisé des armes blanches ?

Des substances chimiques, ou explosives ?

Florent était plutôt un habitué des meurtres sanglants et spectaculaires par leur atrocité. Et là, il était tout simplement effaré. Dans une société où le voyeurisme et le sensationnel devenaient une drogue malsaine, ils s'étaient tous fait berner par un tueur fantôme. Il avait tout compris, celui-là. Pas de spectacle, pas de sang ni de gore, surtout pas. Commettre des meurtres propres et rapides sans aucun risque. On pourrait en faire un argument publicitaire ou marketing : *Comment tuer en toute impunité et passer inaperçu ?* Associée à cette discrétion, la multiplicité des lieux d'action avait permis à ce grand prélat de la faucheuse de se frayer un chemin tranquille et de se faufiler sous tous les radars.

De quoi faire rêver tous les cinéastes professionnels ou amateurs.

L'auteur de ces actes pourrait, certes, finir en prison.

Mais l'écriture de son autobiographie le propulserait au rang de star internationale.

Florent prit le premier dossier.

Un Post-It rose y était collé, dont l'écriture légèrement couchée indiquait : *« Recherche sur les décès non élucidés avec mention de cyanure de potassium »*.

Ce n'est pas idiot, pensa Florent. *J'aurais dû y penser tout seul. Voyons voir.*

Une septuagénaire répondant au nom d'Hélène Daura, résidant à Sceaux (Hauts-de-Seine), était morte le 23 janvier dernier. Soit le lendemain de l'assassinat de Gonzague Verdine. Ancienne infirmière. Elle avait été retrouvée morte le 31 janvier par un certain Robert Ledoux (un homonyme du protagoniste préféré de l'humoriste Jean-Yves Lafesse : cela ne devait pas être facile pour lui tous les jours, se dit Florent), qui s'inquiétait de ne pouvoir la joindre. Tuée par un carreau.

Un carreau, quel rapport ? Qu'est-ce qu'il m'a foutu, l'Olivier ? Florent s'interrogea. *Il doit forcément y avoir autre chose.*

Il poursuivit sa lecture. Le trait avait pulvérisé la cervicale C2 de la pauvre femme. Florent comprit le lien à la phrase suivante : le projectile était trempé dans du cyanure de potassium.

Celle-là, je ne m'y attendais pas, il faut le reconnaître. Un mec est allé dézinguer une petite vieille à l'arbalète avec des flèches au cyanure. Il serait peut-être temps que je pense à une reconversion, non ?

La grand-mère de huit petits-enfants rentrait du marché quand elle a été surprise par son agresseur. Aucune trace d'effraction, de vol, ou de violence. Aucune explication rationnelle.

Elle était adorée de sa famille, et aimée de tout son quartier pour sa gentillesse et sa disponibilité. Pas le moindre secret scabreux n'émergeait des interrogatoires.

Ça ne va pas être coton de trouver un lien entre cinquante-quatre dossiers où on a à la fois des proches du grand banditisme, des repris de justice et une sainte femme. Comme dirait la vox populi : cherchez l'erreur ! Vu qu'Olivier nous plonge dans un suspense haletant, je crois que je vais prendre le prochain dossier.

Le Post-It de couleur jaune portait cette fois la mention : « *Florent, tu ne vas pas aimer cette note. J'ai fait une recherche sur les meurtres avec des flèches, des carreaux ou des traits, histoire de ratisser large. Voici le plus ancien.* »

Un septuagénaire. *Il fait dans les vieux, le Guillaume Tell, pas très courageux,* ironisa Florent.

Membre éminent de la pègre marseillaise, d'origine corse, Auguste Puponi avait été retrouvé abattu par trois carreaux, dans sa propriété, un matin de juillet 2001. L'enquête avait été confiée à l'émérite Franck Gavalda et son adjoint Daniel Cholle. Crime non élucidé bien sûr, sinon le dossier ne serait pas dans la pile. Pas d'effraction, pas de violence, ni de vol. Le tout au nez et à la barbe du service de sécurité rapprochée du Corse. Les recherches s'étaient orientées vers les concurrents locaux, sans succès.

Intéressant. Cela nous permet de fixer une possible date de début de la carrière professionnelle de notre bonhomme. En somme, le gars sévit en France depuis au moins seize ans. Si c'est le même, bien sûr. Comment cela se pourrait-il ? Est-ce que nous sommes tombés par hasard sur le plus prolifique tueur à gages que la France ait connu ?

Florent compulsa les photos et le rapport du légiste. Il n'en apprit pas plus.

Ce qui lui laissa un goût amer dans la bouche.

Le tueur était si discret, si précis qu'il n'y avait dans aucun des dossiers le moindre début de piste, d'hypothèse ou d'angle de recherche. Tout le bla-bla traditionnel avait déjà été balayé par les enquêteurs. Ils avaient procédé méthodiquement, selon le manuel du parfait détective. Malgré cela : rien. Absolument rien.

Si ce n'était l'argent, bien sûr. Mais comment éplucher les déclarations des vingt-sept millions de contribuables pour trouver celui qui arrondit ses fins de mois en zigouillant pour le compte de ses clients tout ce qui se met d'une façon ou d'une autre en travers de leur chemin ? De plus, au regard de l'intelligence manifeste de l'Ostrogoth, il avait probablement mis en place toute une série de mesures draconiennes pour ne pas être inquiété.

Mais putain, qu'est-ce que Daura et Verdine ont en commun ? Bon, d'accord, le cyanure. Ce qui pose une question évidente : où est-ce qu'il a pu en dégoter ? Florent nota sur un bristol de demander à EDQ une recherche sur la mort au rat, et les moyens de s'en procurer. *Et pourquoi le cyanure ? La flèche pour Daura et la balle pour Verdine auraient suffi. Une signature ? Ce qui voudrait dire qu'il nous faut juste regarder ces deux crimes, les isoler des autres car il n'y aurait pas de relation ? Oui, Florent, bien ça ! Mais alors le calibre de 12.7, tu en fais quoi ? Des bigoudis ? Et puis visiblement Olivier m'a trouvé d'autres dossiers avec des flèches. Des papillotes, sans doute ? Et puisque tu en parles, quid des flèches sur la porte de l'Élysée avec des photos en message même pas subliminal ? C'est la saison des énigmes tordues ou quoi ?*

Florent jeta un œil à sa montre. Trois heures et quart. Pour le repos, c'était raté. La surveillance dans les hôpitaux laissait à désirer. À moins que le personnel n'ait décidé de le laisser travailler. Lumière éteinte, yeux grands ouverts, Florent ne trouva le sommeil que bien plus tard. Il fit mentalement la liste des tâches qu'il s'assignait. Une évidence absolue s'imposait à lui. Il errait dans un brouillard d'une épaisseur insondable.

Premier point de sa liste : finir l'étude des dossiers impliquant des traits d'arbalète.

Je ne communique pas mes jugements,
je ne suis pas un donneur de leçons, l'observation du monde
ne suscite chez moi qu'un dialogue intérieur, un interminable
dialogue avec moi-même.
Amin Maalouf

Chapitre XXII — 18 février 2017, 12 h
Attends un peu !

Le biceps puissamment musclé actionna la presse.

Chaque mouvement était effectué de manière précise et méthodique.

Aucun geste parasite.

De l'index et du pouce gauches, il se saisissait d'une douille. De la main droite, il déposait délicatement l'amorce au moyen d'une pince manœuvrée par un second levier. La poudre explosive, mélange de sa propre création, emplissait l'étui.

La balle positionnée au bout de la douille fermait l'ensemble. La presse scellait le tout.

Tout comme serait scellé le destin de celui qui recevrait la balle.

L'homme faisait preuve d'une concentration extrême.

Ses dorsaux se dessinaient distinctement à chacun de ses mouvements.

Assis sur un siège ergonomique, les genoux reposant sur une entretoise, le dos bien droit.

Puissant. Implacable. Imperturbable.

Le port de lunettes grossissantes lui interdisait toute erreur.

Encore huit, s'encouragea-t-il. *Avec cent cartouches d'avance, j'ai de quoi honorer un bon nombre de contrats.*

Je repousse, je repousse, mais je me dois de m'y mettre. J'ai une lettre à écrire...

Comme mû par une force supérieure, il termina son ouvrage rapidement. Nettoya, rangea précautionneusement chacun de ses ustensiles.

La porte du coffre se referma sur le dernier jeu de cartouches.

Il sortit une feuille, un crayon de papier et une gomme. Il savait qu'il aurait besoin de cette dernière. Il se leva, fit le tour de son siège à maintes reprises, tentant de focaliser son attention.

Il détestait ça, écrire.

Mais il le lui devait.

Et il ne lui ferait pas défaut ! Jamais. C'était son Impossible et cela voulait tout dire.

Il se lança, buta sur chacun des mots, effaça, ratura.

Il déchira plusieurs fois la feuille et recommença, encore et encore.

Ce n'est qu'après plusieurs heures qu'il jugea bon d'arrêter.

Sans être parfaitement satisfait, mais il avait été au bout de lui-même.

À mon Impossible

Enfin, cette femme est morte
Chargée du secret qu'elle porte
Pour voir sourire mon Impossible.

Je lui ai crevé l'aorte
Pour qu'elle l'emporte
Pour ravir mon Impossible.

Cette petite vieille accorte
N'en est pas moins cloporte
Pour ôter le désir de mon Impossible.

Ma main forte
Au caveau la transporte
Pour le plaisir de mon Impossible.

De l'avenir rien ne m'importe
Car tout m'insupporte
Et je suis prêt à mourir pour mon Impossible.

Nous ferons en sorte
Que la sinistre cohorte
Et toute son escorte
Vers l'enfer s'exporte
Pour réjouir mon Impossible.

Le sentiment du devoir accompli, et malgré la fatigue qui le tenaillait, l'homme reporta son attention sur un épais dossier.

En lettres manuscrites, on pouvait y lire : Chantilly.

Les plans du château *in extenso.*

Ainsi que ceux des écuries.

La plupart des pages étaient couvertes d'annotations. Du bleu, du rouge, du vert.

Tout avait été mûrement pensé. Les visites fréquentes, pour que la préparation soit parfaite. Et la discrétion, bien sûr. Faire partie des murs. Des regards. Du décor.

Le plan avait été élaboré en ce sens et le travail de palefrenier une brillante idée.

Le moment tant attendu arrivait enfin. Joie, libération, délivrance.

Pour lui et son Impossible.

Il ne faut pas juger de l'arbre par l'écorce.
Anonyme

Chapitre XXIII — 19 février 2017, 18 h
Souffle mortel

La bâtisse en pierre défiait le temps.

Ceux qui y vivaient, eux, n'avaient pas cette chance.

Une bise glaciale agitait les brindilles gelées sur le plateau de Corn, près de Figeac. La vieille Marie-Noëlle Stromboli, aigrie, ruminait toute seule dans sa cuisine. Il y avait belle lurette que personne ne venait la retrouver dans son trou paumé.

Enchanteur en été.

Désert en hiver.

Et puis, elle était chiante !

Tellement chiante !

Ses propres filles ne voulaient plus en entendre parler. Toujours à râler. À se plaindre. À grogner.

La vieille, il fallait se la coltiner. Mais cela allait cesser.

Elles ne s'en doutaient pas encore mais elles allaient le regretter, les filles Stromboli.

L'heure du glas allait sonner.

Ne dit-on pas qu'il faut attendre la mort pour juger la vie ?

Elles auront une éternité pour le faire dorénavant, les filles Stromboli. Considérer leur mère. Et tenter de comprendre qui elle était. Si elles le pouvaient.

***

Le drone avait décollé du toit du Bristol et survolait tranquillement la rue du Faubourg-Saint-Honoré, voguant dans un silence absolu en direction du sud-est. Il s'apprêtait à traverser la rue du Cirque pour déboucher rapidement avenue de Marigny.

Moment crucial de son court périple ; il ne devait pas se faire abattre avant le terme imminent de son voyage.

Une cinquantaine de mètres, et il descendrait.

Toujours silencieux.

Pour se poser entre les vigies du palais de l'Élysée.

Et il y livrerait sa cargaison !

Une pile de cartes postales.

Mais pour l'heure, toujours en vol, un policier zélé pouvait encore le faire exploser.

Son faible poids constituait un avantage certain. Il était léger et silencieux. Mais il était en revanche bien fragile. Le moindre choc pouvait l'anéantir… et sa mission avec.

***

Marie-Noëlle en voulait au monde entier, mais son chemin de croix s'achevait ce soir.

Elle n'avait jamais pu trouver de repos.

Sa vie s'était éteinte une bonne quarantaine d'années auparavant.

C'est elle qui avait apporté les papiers.

Des papiers dont elle savait pertinemment qu'ils étaient faux.

Chaque jour, elle attendait que l'on sonne à sa porte pour lui demander des comptes.

Elle ignorait qui les lui demanderait, mais elle attendait.

L'attente, la culpabilité, l'inquiétude altérèrent progressivement sa bonne humeur. Étouffèrent sa joie de vivre.

Une vie ruinée pour quelques faux.

Et puis finalement, personne n'est venu.

Seulement une balle de calibre 12.7 trempée dans du cyanure.

Un chuintement, puis le bruit d'une vitre qui explose. Marie-Noëlle n'eut pas le temps de se retourner.

Une immense douleur s'empara d'elle. Brièvement, fugacement mais intensément.

Dans un bruit sourd, elle s'écroula, la vieille.

***

Le drone flottait toujours au-dessus des deux casquettes.

À une petite dizaine de mètres.

Aucun des deux plantons ne s'était rendu compte de ce qui les attendait.

Ils auraient certainement préféré que ce soit une bonne grosse chiure de pigeon.

Ils se seraient moins fait houspiller par le chef.

Déjà qu'il ne pouvait pas les saquer, ils venaient de lui donner une raison supplémentaire.

— Regarde-moi ces deux cons qui se sont fait exploser un drone sur la gueule, sans qu'aucun n'ait eu la bonne idée de réagir. Imagine si cela avait été de l'anthrax !

L'un d'entre eux ne put réprimer une moue qui eut le don d'exaspérer leur responsable. *Manquerait plus qu'on soit obligés de faire le guet le nez en l'air.*

— Monsieur n'est pas content de ce que je dis. Monsieur veut la ramener.

— Non chef, absolument pas chef !

— Alors pourquoi il fait la grimace, hein ? Vous aviez besoin de cartes postales pour ne pas avoir à en acheter ? Hein, c'est ça ? En plus, c'est toutes les mêmes. Des cartes postales d'Italie ! Ce n'est pas comme si vous aviez les moyens d'aller y faire un tour. Toujours la même montagne pourrie, sur la photo. Il y a un drone au-dessus de vos têtes et personne ne moufte !

J'imagine qu'à cause de vous, je dois solliciter le responsable de la sécurité du Château et tout lui transmettre. Il vaut mieux que cela se passe bien pour moi, sinon vous allez morfler. Et un crétin averti en vaut deux!

En matière de prévision, le jugement est supérieur à l'intelligence.
L'intelligence montre toutes les possibilités pouvant se produire.
Le jugement discerne parmi ces possibilités
celles qui ont le plus de chance de se réaliser.
Gustave Le Bon

Chapitre XXIV — 20 février 2017, 20 h
Gilles

— *Monsieur le ministre de l'Intérieur, merci d'être avec nous ce soir, sur le plateau du journal de 20 heures.*

Dans son costume sombre, Gilles Bouleau était l'incarnation de la sérénité. Grand patron de la messe depuis le départ de PPDA, le caustique avait succédé au mielleux. L'âge d'or de la langue de bois était révolu.

— *C'est moi qui vous remercie, monsieur Bouleau, de m'avoir invité sur votre plateau.*

— *Nous souhaiterions connaître l'état d'avancement de l'enquête concernant l'assassinat du ministre des Affaires sociales et de la Santé, Gonzague Verdine. Cela fait un mois maintenant qu'un sniper redoutable a pu assassiner avec une audace incroyable un des ministres de la République.*

— *Monsieur Bouleau, comme vous le savez, nous avons mis l'une des meilleures équipes que compte l'Hexagone sur cette sinistre affaire. Et je peux vous assurer que tout est parfaitement maîtrisé et que les différentes pistes sont exploitées à fond.*

— *J'entends bien ce que vous nous dites, monsieur le ministre, mais concrètement, quand pensez-vous procéder à une arrestation ?*

Le journaliste, connu pour sa pugnacité, n'allait pas lâcher le morceau si facilement.

— *Il serait particulièrement maladroit de ma part de vous donner la date de l'arrestation. Voulez-vous aussi que je vous donne le nom du suspect pour qu'il ait le temps de quitter le territoire?*

— Nous avons donc identifié un suspect? C'est l'information que vous nous livrez ce soir ?

***

Emmanuelle, Loïc, Marc, Sébastien et Florent regardaient la feuille A4 posée sur le bureau, leurs têtes se touchant presque. Florent, sorti dans l'après-midi de l'hôpital et malgré les protestations véhémentes de sa compagne, avait souhaité réunir sa garde rapprochée.

— Autant être clair, après deux mois, nous n'avons pas le moindre début de piste.

Le ton était grave, cérémonial et solennel.

— Ces quelques jours m'ont donné à réfléchir. Et j'ai un axe de recherche. Avant de vous en parler, avez-vous quelque chose? Marc?

Celui-ci hocha la tête.

— Sébastien?

— Vide comme une outre!

— Loïc?

— Bon, Barga, j'ai beau tourner le problème dans tous les sens, je suis dans le brouillard total.

— Manue?

— J'ai une idée, elle n'est sûrement pas bonne, mais il faut tout de même que je vous en parle. Tous les meurtres ont été exécutés avec une parfaite maîtrise. Un sang-froid démoniaque. Car si on fait le compte de tous les dossiers déterrés par Olivier, nous sommes à plus de soixante-quinze meurtres. Une seule certitude: il s'agit d'un professionnel. Un tableau de chasse que l'on peut qualifier de brillant. Je ne sais pas ce que vous en pensez, mais c'est une évidence pour moi.

Elle regarda chacun des interlocuteurs autour du bureau. Leurs prunelles écarquillées répondaient à sa question. Ils attendaient avec impatience la suite de sa démonstration. Loïc tenta une question.

— Mais bon Manue, l'arbalète et le 12.7, ce n'est quand même pas pareil.

— Oui, je sais, mais j'ai une hypothèse.

— Et c'est quoi ? demanda un Sébastien Jacques ardent.

— La discrétion ! Plus il doit s'approcher de sa victime et moins il utilise le 12.7. Pas pour le bruit : le silencieux du 12.7 est parfaitement efficace. Non, quand nous étions chez Epergue, et que j'ai vu l'Hécate intégral avec le silencieux, je me suis fait la réflexion : pas facile à bouger, à manœuvrer. C'est encombrant ! Surtout quand tu veux te carapater à donf ! L'arbalète, elle, en une demi-seconde, tu la replies et tu la glisses sous un blouson. Super pratique. Une maîtrise talentueuse de ces deux armes aussi différentes impose une conclusion, non ? C'est un professionnel. Un ex-militaire !

***

— *Ce que je vous livre ce soir, c'est que l'enquête avance à grands pas. Notre équipe est sur une piste solide, fiable et qui ne manquera pas de porter ses fruits rapidement.*

Maurice de Quezac était fier, policé, presque olympien dans son attitude.

— *C'est incroyable, ce que vous affirmez là. C'est d'autant plus surprenant que nous avons des sources nous indiquant que l'enquête piétine et que même le célèbre Florent Bargamont est dans le noir le plus total. Nous savons également qu'il a été immobilisé quelques jours. Comment va-t-il ?*

— *Le commissaire Bargamont a eu un petit malaise la semaine dernière. Comme vous le savez, il n'est pas le dernier à redoubler d'efforts pour parvenir à un résultat probant sur cette enquête particulièrement délicate.*

— *Une autre question, monsieur le ministre. Qu'est-ce que le projet « Prison 2100 » ?*

Maurice de Quezac se figea, mal à l'aise.

— *Je ne crois pas que ce soit à moi d'en parler, mais plutôt à mon homologue de la Justice.*

— *Ce projet existe donc ?*

L'avidité du journaliste était pressante.

— *Ce projet existe, mais il n'en est qu'à la phase d'étude.*

Maurice de Quezac s'efforçait de garder une apparence sereine, mais en vain. Son malaise s'accentuait.

— *En quoi consiste-t-il ? Quelle est l'idée directrice ?*

— *Elle est assez simple, en fait. Une prison dans laquelle chaque détenu aurait son confort, certes rudimentaire, mais où chacun aurait sa douche, ses toilettes, et où les prestations et les activités seraient conditionnées aux études engagées et à leurs résultats. Avec des systèmes mécaniques commandés à distance pour que les promenades se fassent sans qu'il y ait de relations avec les autres détenus, ni avec le personnel de l'administration pénitentiaire. Il est temps que la corruption et les viols permanents soient les exceptions et non la règle.*

— *Une prison-modèle, en quelque sorte ? N'est-ce pas un peu utopique ?*

— *Tout sentiment d'impunité doit disparaître de notre pays. Seule une prison intransigeante, dans le respect de la sanction et dans le respect de l'homme, peut y contribuer. Et ce, en divisant les coûts par dix. Ce système permettra alors que chaque peine soit exécutée. Nous pourrions doubler notre capacité carcérale en améliorant les conditions de vie de chacun.*

— *Quand pensez-vous que les premiers projets sortiront de terre ?*

— *Rapidement, nous l'espérons.*

— *Eh bien merci, monsieur le ministre.*

Celui-ci leva le doigt comme le ferait un écolier pour demander la parole.

— *Vous souhaitiez ajouter quelque chose, monsieur le ministre ?*

— *Oui, monsieur Bouleau. Je voudrais préciser que tout ceci s'inscrit dans le cadre de la réforme pénitentiaire chère au président Clarck. Les moyens libérés permettront d'accroître les ressources de la justice dans son ensemble. Les peines seront rapidement exécutées. Je vais clore sur cette phrase de Voltaire : « Un jugement trop prompt est souvent sans justice ». Cette administration régalienne se doit d'avoir des moyens pour bien s'exercer.*

— *Les retombées économiques sont telles, depuis les changements politiques opérés par le président Clarck, que des moyens supplémentaires sont en effet disponibles. Merci encore, monsieur le ministre, d'être venu sur le plateau du 20 heures de TF1.*

***

— Ce qui me laisse imaginer que nous pouvons découvrir d'autres meurtres à l'arme blanche.

Florent intervint.

— J'étais d'accord avec toi jusque-là, mais non. Pas d'arme blanche. Trop proche pour la victime et le tueur.

L'avis de Florent s'imposa dans l'esprit de chacun. Le débat fut tué dans l'œuf.

— Regarde, pour Hélène Daura, il aurait pu le faire. S'il avait le moindre plaisir à tuer, il en avait l'occasion. Je penche pour l'absence totale, et j'ajouterais intentionnelle, d'émotion. Un métronome, un robot, une machine. Un monstre froid.

Le Chat entra. Il s'arrêta sur le pas de la porte.

— Je vous dérange ?

Il sourit.

— Non, patron, répondirent-ils tous en chœur.

Hébert osa une blague.

— Vous n'êtes pas encore couché ? Il est près de 20 h 30, tout de même !

— Très drôle, Hébert, très drôle. En fait, vous allez moins rire avec ce que je vous apporte.

Le Chat gonfla ses poumons et ajusta ses lunettes pour lire ses notes.

— Marie-Noëlle Stromboli, septuagénaire, vient de se faire dessouder par une balle de calibre 12.7 trempée dans du cyanure de potassium. Cela vous parle ?

Florent se jeta sur le dossier et l'arracha des mains de Granville.

— Où est-ce arrivé ?

— Au fin fond du Lot. Ça va en boucher un coin à plus d'un.

Granville était hilare. Réaction nerveuse. Il savait que les journalistes allaient lui tomber dessus.

Une petite vieille abattue comme un ministre.

Il voyait déjà les titres.

Mais où va le monde ?

— Florent, il est temps que tu nous sortes du pétrin.

Emmanuelle se hasarda.

— Il doit bien y avoir un point commun entre toutes ces victimes au cyanure, non ?

Florent leva le doigt.

Il le posa sur ses lèvres, intimant le silence à l'équipe.

Le cerveau à 200 %.

— Très juste. Voilà ce que l'on va faire.

Il fixa l'ordre de marche et de bataille.

— Sébastien cherche le point commun entre Gonzague Verdine, Hélène Daura et Marie-Noëlle Stromboli. Il doit y avoir un truc. Une association, un travail, une personne… Trouve-le nous ! Loïc, toi tu me cherches le point commun des victimes par balle qui appartenaient à la pègre et tu m'identifies trois types qui pourraient avoir à y gagner. À qui profite le crime, quoi. Hébert, tu me trouves où l'on apprend à se servir d'une arbalète. S'il y a des clubs, l'armée, etc.

Sébastien Jacques intervint.

— Au cirque !

— Quoi, au cirque ? rétorqua Florent, courroucé de l'interruption.

— Oui, Barga, j'ai vu Guillaume Tell au cirque il y a longtemps. Je ne me souviens pas précisément, mais entre les clowns et les lions, un mec a fait un numéro avec une arbalète. Je m'étais fait la réflexion que je n'avais pas envie de le croiser, celui-là. Il faisait des trucs incroyables. En sautant, en tournant, en dansant. Les ballons explosaient à chaque fois. Un virtuose.

— Et c'est seulement maintenant que tu en parles !

— Bah oui! C'est maintenant que ça me revient.

— Tu as vraiment les neurones en caoutchouc, ironisa Florent. Vas-y, continue !

— En même temps, pas besoin d'être un champion du monde pour aligner une petite vieille dans son salon à moins de cinq mètres.

— Sauf qu'on a une vingtaine de cadavres tués avec des flèches, dont un membre de la pègre corse. Donc Hébert, même chose que Loïc, mais avec ceux zigouillés avec des flèches. Emmanuelle, tu me retrouves Guillaume Tell. Il a peut-être eu des disciples, ou bien il connaît quelqu'un qui se sert de ces jouets-là.

Florent regarda Granville en conquérant.

— Voilà, grand chef bien-aimé ! Tu es au courant du plan de bataille. Tu veux ajouter quelque chose ?

Le Chat fut ravi de voir son poulain reprendre du poil de la bête. Un plan de marche était enfin sur pied. Il demeurait néanmoins sceptique quant à une issue favorable.

De tous les jugements portés sur nous,
c'est du nôtre que nous devons nous défier le plus.
John Petit-Senn

Chapitre XXV — 24 février 2017, 15 h
Le vent tourne

Florent déambulait sur les rives de la Seine. La température hivernale décourageait les promeneurs et il profitait de la solitude du quai pour méditer. Vêtu de son long manteau noir à la coupe parfaite – cadeau d'Emmanuelle –, il affrontait le vent glacial, les cheveux en bataille. Son esprit surfait sur toutes les hypothèses.

C'était l'occasion de faire aussi le point sur sa vie.

Il se calmait, s'apaisait, s'embourgeoisait et cela l'inquiétait.

Ouvrir la brèche le rendait-il vulnérable ?

Et sa propension nouvelle à réfléchir normalement, calmement, ne l'éloignait-elle pas mécaniquement du raisonnement de tous les salauds qu'il traquait ?

Bref, une vie normale était-elle compatible avec une vie de traque et de chasse ?

Le confort velouté des sentiments amoureux lui convenait.

C'était indéniable.

Mais n'était-ce pas au détriment de sa quête contre le mal ?

Seul le temps pourrait juger.

Et puis l'entrée fracassante de Johanna dans sa vie changeait aussi la donne. Devait-il continuer sur cette voie ? Continuer de côtoyer le mal, le danger et la mort ?

Il pourrait se poser. Et vivre simplement avec les deux femmes de sa vie.

Écrire ses mémoires, raconter ses enquêtes de son point de vue, sa perspective à lui.

Emmanuelle pourrait continuer à errer dans le tumulte nauséabond de la criminalité.

Si elle le souhaitait, bien évidemment.

Il irait dans le Lot, ou même en Corrèze, tiens, chez son ami d'enfance Jean-Laurent Michel de Brive.

La bien nommée gaillarde.

Ils joueraient aux boules. Ils fumeraient quelques cubains autour d'une bouteille de Don Papa. Ils referaient le monde, et puis il faudrait penser à gagner un peu de fric.

Pour vivre.

Jean-Laurent était un frère, un oncle, un ami fidèle, fort dans son corps et dans sa tête. Florent savait qu'en cas de besoin, il pourrait se reposer sur lui sans condition.

Et la réciproque s'imposait, cela allait de soi.

Ils ne se parlaient qu'une à deux fois par an, mais reprenaient toujours la conversation là où elle s'était arrêtée.

Même à un Florent au plus fort d'une humeur massacrante, la gouaille de Jean-Laurent parvenait à arracher un sourire, voire un rire. Un véritable exploit.

Il l'appellerait bientôt, pour lui demander conseil sur les choix difficiles qui l'attendaient.

Florent s'arrêta devant une échoppe de cartes postales anciennes. Des paysages d'un autre temps. Des êtres d'une autre ère. Retournés à la poussière depuis des lustres.

Des monuments naturels. Étretat, le Mont Blanc, un coucher de soleil sur la dune du Pyla, un cheval au galop dans la baie du Mont-Saint-Michel.

Une carte postale en particulier attira son attention, sans qu'il sache vraiment pourquoi.

La plaque en bronze de Du Guesclin dans une ruelle dudit Mont.

Florent s'en saisit.

L'observa sous toutes les coutures.

Usée par le temps, oubliée là, dans le petit tas pêle-mêle, la carte ne présentait guère d'intérêt en soi. Florent, qui se rappelait ses cours d'histoire, se souvenait que le connétable de France avait été nommé capitaine du Mont.

Il s'apprêtait à reposer la carte, et laissa sa main en suspens.

Une force intérieure l'en empêchait. Il n'en comprenait pas la raison et cherchait le détail qui lui aurait échappé.

Le déclic s'opéra enfin.

Un autre mont.

— Nom de Zeus ! jura-t-il.

Il composa le numéro de son contact à l'Élysée.

Ce dernier engagea la conversation sans cérémonial ni solennité.

— Commissaire Bargamont ? Que puis-je pour vous ?

Florent comprit que son numéro était préenregistré dans le portable de son interlocuteur.

— Prévenez d'urgence le service de sécurité du Président. J'ai la conviction absolue que sa vie est en danger.

— Nous vous remercions de votre sollicitude, mais sachez que le service de sécurité du Président est toujours sur le qui-vive et qu'aucune menace n'a été identifiée à ce jour.

— Je viens justement d'en identifier une, de menace, et particulièrement sérieuse.

— Commissaire, si vous pensez qu'à vous seul, vous pouvez déjouer un complot de cette nature… En revanche, nous vous recevrons avec plaisir pour que vous nous expliquiez tout cela en personne, à l'occasion.

Florent était en pétard, furax. Prêt à éparpiller dans tout Paris l'obscur fonctionnaire façon puzzle.

— Mais bougre de crétin, pourquoi croyez-vous que je téléphone ? Pour vous proposer une séance de macramé ?

À l'occasion ? C'est bien ça que vous avez dit ? À l'occasion de ses funérailles, au Président, c'est cela ?

D'un ton extrêmement calme, l'énarque complètement déconnecté de la réalité rétorqua :

— Commissaire, allons, allons, un peu de sang-froid. Inutile d'être agressif ou discourtois. Voulez-vous que nous prenions rendez-vous ? Nous avons une disponibilité le 14 mars. 17 heures. Est-ce que cela pourrait vous convenir ?

Florent se demanda sur quelle planète il vivait.

— Écoutez-moi bien, le plénipotentiaire de la connerie. Je fais mon rapport immédiatement. J'informe vous avoir alerté. J'espère pour vous qu'il n'arrivera rien au Président dans l'intervalle.

Florent raccrocha sans laisser l'opportunité d'une réponse.

Il était urgent qu'il rentre au 36 et qu'il informe le Chat, ainsi que le ministre de l'Intérieur. Il trouverait dans les deux cas une oreille beaucoup plus attentive.

Ce qui n'était pas très compliqué en soi.

Trois couleurs. Bleu, blanc, rouge.
Trois mots. Arrestation, jugement, prison.
Karine Giebel

Chapitre XXVI — 24 février 2017, 18 h
Enfin du grain à moudre

Florent prit une grande inspiration avant de pénétrer dans le bureau de son chef. Il y trouva un Loïc Gerbaud et un Sébastien Jacques tout feu tout flamme, s'agitant autour de Granville comme deux écoliers auxquels on venait d'annoncer qu'ils partaient en vacances scolaires pour une durée indéterminée.

Le Chat participait de bonne grâce à cette effusion, avec un sourire en coin. Florent était d'autant plus surpris qu'il l'avait prévenu de son arrivée, et de la gravité des révélations qu'il s'apprêtait à faire à l'équipe.

Il ne s'attendait guère à une telle volubilité. Et encore moins à leur explosion de joie. Les visages se figèrent à son arrivée.

Florent les agressa sans préliminaire.

— Je peux savoir ce qui vous met dans un état pareil ? Parce qu'avec ce que j'ai à vous dire, vous allez moins ricaner dans deux minutes.

Granville prit immédiatement la défense de tout son petit monde.

— Pas la peine de monter sur tes grands chevaux, Barga. Ils ont bien bossé et il y a aussi des bonnes nouvelles qui méritent d'être partagées.

Un adoucissement type Soupline plus tard, Florent accepta d'écouter.

— Allez-y, je suis tout ouïe !

Sébastien Jacques, courageux, envoya Loïc au front pour faire son rapport.

— Vas-y, dis-lui, toi.

— Bon, Barga, on a découvert deux éléments très importants. Tu sais, le genre de détails qui peuvent te permettre de faire un grand saut dans une enquête.

Florent l'interrompit.

— Putain, tu veux que je t'envoie un bristol par la poste pour que t'accouches ?

— Bon ok, on a un point commun entre Stromboli et Daura. Elles ont travaillé ensemble de 1968 à 1974 dans une clinique, dans un bled du 95. Montragis, non attends, Montmagny. Oui, c'est ça, Montmagny. À la frontière du 9 cube.

Florent se détendit un peu. L'information était effectivement primordiale. Mais le naturel revint au galop.

— Bon boulot, les gars. En même temps, je peux savoir ce que vous foutez encore là ? Vous ne devriez pas être déjà sur place en train de retourner tous les bureaux pour avoir des infos ?

Loïc répondit sans se démonter.

— Si, si, on avait les vestes à la main. Mais il n'y a aucune trace de la satanée clinique sur Internet. Elle a disparu, enfin, elle a dû fermer.

Barga ne put cacher sa déception.

— Et comment qu'elle s'appelle c'te clinique ?

— Des Sources. La clinique des Sources, rétorqua Jacques.

Les toisant avec toute l'arrogance de son regard vert acier, il s'étonna :

— Il va quand même falloir m'expliquer ce qui justifiait de danser dans tous les sens.

Sébastien s'emporta, toutes proportions gardées.

— Tu fais chier, là, Barga. On t'a dit : deux infos. Tu pourrais attendre la deuxième avant de nous chier des bulles.

L'impatience légendaire de Florent refit surface.

— Qu'est-ce que tu fous, alors, vas-y !

— On a retrouvé le bras droit du fils de Puponi, surnommé Padent, dessoudé.

— Et ?

— Et il est mort comme le père de Puponi, Auguste.

— Je suis supposé danser, là, moi aussi ?

— Un carreau d'arbalète en travers du cœur.

— Alors ça, ça change tout, évidemment. C'est même carrément intéressant. Vraiment.

Loïc l'interrompit.

— Attends, ce n'est pas le meilleur.

— Qui est ?

— Que l'enquête sur le meurtre du père de Puponi avait été confiée à Gavalda, et, et ? Roulement de tambour...

Loïc le mima.

— Et notre ami Cholle. Eh oui, comme tu as l'habitude de le dire toi-même, ça fond dans la bouche comme des pieds de tabouret.

— Ça, mon petit Loïc, je le savais déjà, Olivier m'en avait informé. Désolé de te gâcher ton petit effet, ajouta-t-il goguenard à un Loïc dépité.

Florent reprit son sérieux et poursuivit.

— Et le Puponi, le fils, on peut le trouver où ?

— Il crèche dans le Var, loin de tout, dans un village du nom de Sillans-la-Cascade. Entre Salerne et Draguignan. Si tu veux, dans quatre heures, quatre heures trente, on y est. Pour minuit.

— Euh, Loïc, ce n'est pas que je ne veux pas monter dans ta voiture, mais il doit y avoir 850 à 900 bornes. Quatre heures trente, tu ne crois pas que tu t'emballes un peu ?

— Déjà, il n'y en a que 845, et je n'aurai même pas besoin d'aller à fond. Et puis, la nuit, il n'y a personne, on est tranquilles. Détends-toi un peu. À croire que c'est une torture que de te faire monter dans ma caisse.

— Ce n'est pas la caisse, comme tu dis, qui est en cause, c'est ta manière de la conduire. Des fois, je me demande si tu n'es pas rentré dans la police juste pour pouvoir utiliser ton engin. Je n'ai pas le choix de toute façon, alors allons-y... Mais ce n'est vraiment pas de gaieté de cœur, crois-moi.

Florent virait progressivement au vert à la seule idée de passer plus de quatre heures à plus de 200 km/h. Il se tourna vers Sébastien :

— Trouve-moi un moyen de prévenir le Puponi en question, qu'on puisse le voir dès ce soir. Sinon, on ira le secouer un peu demain matin à la première heure. On sera de retour dans l'après-midi. Pendant que j'y pense, Seb, tâche de me retrouver qui a été directeur de la foutue clinique pendant toutes ces années, pour que l'on puisse avoir une causette aussi.

Granville observait la scène d'un œil satisfait. Fier de ses équipes, en général, il l'était. Mais son Florent, il se serait damné pour lui.

Il s'en voulait presque d'avoir douté de son poulain et regrettait son jugement à l'emporte-pièce. Seul le temps permet d'affiner son jugement. Faute de quoi le présumé innocent est immédiatement coupable. Florent allait dénouer l'imbroglio, il en était maintenant persuadé.

Ce qui ne l'empêcha pas de noter qu'il allait partir tête baissée dans le feu de l'action, sans révéler la raison de cette réunion impromptue. La curiosité le taraudait et l'emporta.

— Florent, tu n'oublies pas un truc ? Juste comme ça, par hasard ? s'amusa son chef.

Ce dernier, surpris du ton gouailleur, se fendit d'un immense sourire.

— Je t'appelle sur la route. Mais tu ne vas pas aimer. C'est du boulot pour toi.

— J'attends ton coup de fil. À plus.

Le repentir est un jugement
que l'on porte sur soi-même.
Ménandre

Chapitre XXVII — 24 février 2017, 22 h
TGV

— Dis-moi, Barga, tu m'entends ?

— Oui, c'est bon.

La communication avait eu quelques difficultés à s'établir.

— Tu es assis, patron ?

— Oui, vas-y Florent.

— Écoute, j'ai l'intime conviction que celui qui est visé au final, c'est le président Hubert Clarck.

Le Chat répondit du tac au tac.

— Tu as toute mon attention.

Florent se concentra, pesant les mots qu'il allait utiliser.

— Le résumé est assez simple, en fait, et c'est franchement évident.

— Ça n'est pas très rassurant, ton introduction.

Un blanc de quelques secondes s'installa.

— Attends, il faut que je respire deux secondes. Loïc vient de doubler un camion à moins de quinze centimètres. À 240, tu sens la faucheuse toute proche. Je ne peux même pas lui demander de ralentir, il ne m'entend plus. Bref, je reprends. Je base ma déduction sur les points suivants. Un : nous sommes face au tueur professionnel le plus efficace que nous ayons pu connaître. Quinze ans d'activité sans éveiller le moindre soupçon. Deux : on a la chance de tomber dessus juste parce qu'il a décidé d'utiliser du cyanure.

Et parce qu'il a décidé de faire un coup d'éclat particulièrement retentissant. Bref, j'abrège. Avec son cyanure, il a abattu deux petites vieilles et un ministre. Pas vraiment de lien comme ça, quand tu y penses, mais il y en a forcément un. On a trouvé une piste, comme tu le sais, avec la clinique des Sources.

Le Chat s'impatientait.

— Où veux-tu en venir ?

— J'y suis presque. Trois : dans le même temps, on reçoit par voie d'arbalète ou de drone, sur le seuil de l'Élysée, une carte postale, une photo d'une série télé, et une pub pour du café. Je ne te cache pas que je n'y aurais attaché aucune importance si le Président lui-même n'avait pas insisté. Pas parce qu'il me l'a demandé, non, mais parce que je m'interroge sur ce que cela peut bien représenter à ses yeux.

— Avance, les circonvolutions, ça m'énerve.

— Te fâche pas, mais tout est important dans ce raisonnement. Ça te turlupinerait pas, toi, que le Président te convoque pour trouver le mec qui lui a envoyé une publicité ? Certes, le mode de transmission est destiné à attirer l'attention, mais tout de même, il doit en recevoir plusieurs milliers par semaine, des courriers bizarres, non ?

— Si, sûrement, continue.

— La carte postale avec le Stromboli me faisait réfléchir. Tellement évident, que je pensais que ça l'était trop. Ça me travaillait sans cesse. Mais c'est sur l'image de la série que j'ai perdu beaucoup de temps. Tu te rappelles ? La tête de renard en décomposition. Je cherchais le lien avec le sang, comme un avertissement, vu que cela vient de *True Blood*. Mais j'en avais une mauvaise lecture. Le gars nous a servi un jeu de mots à deux balles. Le renard est en train de se faire bouffer par des asticots. Les vers dînent. Ça déclenche quelque chose chez toi ?

— Mais oui, c'est clair ! Comment n'ai-je pas fait le rapprochement ! Bien vu, en tout cas. Mais alors la pub Legal, c'est pour quoi ?

— Là, je dois admettre que je cale encore. Je ne vois pas le rapport avec Hélène Daura qui est notre troisième victime au cyanure. Il paraît que je suis doué pour comprendre et déjouer les tours des psychopathes, mais je sèche.

— Tu en as parlé à Emmanuelle ? Qu'est-ce qu'elle en pense ?

— Nous sommes tous les deux dans le brouillard. Je dois aussi te dire que j'ai contacté l'éminence pas très grise qui est mon contact à l'Élysée. Ce con m'a pris de haut sous prétexte qu'il sort de l'École Nationale des Arnaqueurs. Je lui ai dit que je pensais que Clarck était très certainement la prochaine cible, il m'a proposé un rendez-vous aux calendes grecques.

— Je t'ai toujours dit que ce pays crèverait avec ces énarques.

— On est bien d'accord. Cela dit, j'aimerais bien interroger le Président, mais je ne pense pas qu'il soit d'accord pour se prêter à mon petit jeu. Au moins pour savoir ce qui peut les lier tous les quatre, Verdine, Daura, Stromboli et lui. Une magouille politique, probablement. Une affaire de gros sous, de cul, de trahison, à nous de trouver.

Florent s'interrompit brusquement.

— Attends, je m'accroche...

Trente secondes plus tard, Granville rompit le silence.

— Barga, tu es toujours là ? Allô ?

— Gérard, tu te rappelles le film *Taxi* ? Je suis en train de vivre la même chose. Ce dingo de Loïc double le TGV. Et dire que je croyais que c'était une connerie qui n'arrive qu'au cinéma. Ça m'arrive en ce moment. Vendredi 24 février 2017, 22 h 17. Je viens de croiser les regards des voyageurs qui nous ont pris pour deux fous. À l'arrivée, je vais quand même lui expliquer qu'il devrait ralentir un peu.

— Ça s'impose, effectivement.

— Grand chef vénéré, je vais raccrocher. Emmanuelle a tenté de me joindre à deux reprises. Je te laisse tirer les ficelles pour que les services de sécurité soient avertis.

— J'appelle de Quezac de suite. Et je lui dis que cela vient de toi. Les choses devraient avancer dans les dix minutes.

— Merci. Je te contacte demain dès que nous sommes sur la route, si j'ai mis la main sur le Puponi, bien sûr.

Les deux hommes raccrochèrent simultanément.

Florent appuya longuement sur la touche 2 de son combiné, premier raccourci disponible.

Emmanuelle décrocha.

— Il était temps. J'aurais pu crever quatorze fois avant que tu ne me rappelles.

Florent répondit sur un ton caressant.

— Ça va, ma belle. J'étais en ligne avec le Chat. Je te raconte dès que toi tu me dis où tu en es.

— Tu veux savoir quoi ? Que c'est une mission de merde au possible ? Eh bien voilà, c'est une mission super merdique.

— Pourquoi ça ?

— Ne te fous pas de ma gueule. Je savais que tu m'envoyais au casse-pipe, mais ils ne sont pas faciles, les forains, je te le dis. Muets comme des carpes, pour ceux qui savent, ou vides comme le tonneau des Danaïdes, pour ceux qui ont trop picolé. Avec une mémoire au point mort. Ils sont tous au courant qu'il y a eu, un jour, un super numéro avec un Guillaume Tell, dans les années 90 à 2000.

— Ça fait un bail, ça.

— Oui. Aucun témoignage n'est concordant. Mais il y a une chose sur laquelle ils sont unanimes : apparemment, il s'agissait d'un virtuose incroyable. Un trompe-la-mort de l'arbalète. Je ne sais même plus si c'est vrai ou si cela relève de la légende, tellement l'histoire devenait de plus en plus incroyable à chaque fois.

— À ce point ? Raconte !

— Le truc le plus hallucinant que le mec aurait fait, c'est de tirer sur une pomme, avoir le temps de recharger, puis tirer sur un des morceaux avant qu'il ne touche le sol. Même le vrai Guillaume Tell passerait pour un touriste du tir à l'arc à côté. Bon, si c'est vrai, bien sûr. Sauf que celle-là, je l'ai entendue trois fois déjà.

— Tu es où, là ?

— J'arrive sur Bordeaux. Il y a le Fratellini qui y sera demain. Je vais sortir les atouts charme pour obtenir des réponses.

— C'est ça, essaie de me rendre jaloux.

— Tu n'as qu'à être là, tu en aurais profité aussi. Je crois que je vais mettre mon legging en cuir avec la veste qui va bien. Imagine que j'oublie mes sous-vêtements et que le zip soit coincé à la mauvaise hauteur...

Emmanuelle adorait taquiner Florent sur le sujet. D'autant qu'il raffolait qu'elle mette ses menaces à exécution, pour lui, en privé.

— C'est dégueulasse, ce que tu fais.

— Fallait pas m'envoyer sur une de tes missions à la con.

Florent la rassura.

— Arrête un peu. Tiens d'ailleurs, je t'envoie le numéro de Guillaume Céru. Il prend un train demain matin pour Bordeaux. Tu le récupères à la gare et vous filez à Corn.

— Qu'est-ce que c'est que ce plan à la noix encore ? Et c'est loin ça ?

— Alors là, pas du tout. Trois heures de route, pas plus. Je voudrais avoir votre avis sur le meurtre de la vieille Stromboli. Et que tu me fasses une enquête de voisinage. Sans oublier d'aller voir les locaux pour avoir toutes leurs infos.

— Et Guillaume, c'est pour quoi ?

— Pour qu'il te donne son analyse d'expert sur le sujet. Essaye de le titiller un peu pour qu'il nous débusque une piste.

Un truc de tireur d'élite que nous ne pouvons pas connaître. En même temps, tu vérifies qu'il a un alibi. Vu le niveau de notre gars, il fait toujours partie de mes suspects. Je n'ai pas trouvé ce qui pouvait clocher dans son alibi pour Verdine, mais bon… il est presque trop beau. Bref, tu vois ce que tu peux faire. Ok?

— Ça va encore être une journée éreintante. Je serai de retour demain soir à la maison. Et toi, tu ne voulais pas me raconter?

— Si, si. Voilà.

Florent déballa sa petite histoire et recueillit l'assentiment d'Emmanuelle sur sa théorie. Elle lui assura qu'elle chercherait également ce que cachait la pub pour le café Legal.

Ils se quittèrent, manifestant à l'autre le manque provoqué par leur absence respective.

Florent composa ensuite, ce qui était nouveau dans sa routine, le numéro de Johanna. Il espérait qu'elle soit toujours éveillée.

Cela ressemblait de moins en moins à une corvée, quelque chose à ne pas oublier de faire.

Et il appréciait de plus en plus le plaisir que cela lui procurait.

Un doux envahissement, qui n'était vraiment pas simple à intégrer à son quotidien.

Il faut avoir bien du jugement
pour sentir que nous n'en avons point.
Pierre Carlet de Chamblain de Marivaux

Chapitre XXVIII — 25 février 2017, 0 h 10
Décalé

La BMW était brûlante.

Loïc s'en était défendu, mais il avait roulé extrêmement vite, beaucoup trop vite. Et les kilomètres avaient été engloutis, avalés, absorbés par l'infernal bolide. Ils avaient pris le temps de grignoter un sandwich à chaque ravitaillement au stand. Deux pleins, en l'occurrence.

Les deux hommes s'étaient rapidement perdus dans le petit village qui, en hiver, n'hébergeait pourtant pas plus de deux mille habitants. Ils avaient dû rebrousser chemin.

Le patronyme du village de Sillans-la-Cascade chantait l'été malgré la relative froidure qui les saisit à la descente du véhicule. La villa était construite à l'abri des regards. La clôture naturelle que représentait la falaise plongeante vers la Bresque garantissait une protection contre les intrus.

Antoine Puponi les attendait dans son salon.

Son garde du corps leur avait aimablement demandé de déposer leurs armes dans une petite caisse encastrée dans le mur. Il leur remit la clé pour la durée de l'entretien. Florent se demanda mentalement ce que ce petit coffre avait dû voir passer comme calibres, tant le rituel du lascar était rodé.

L'homme qui les accueillit, la cinquantaine, le visage marqué, les salua chaleureusement.

— Aio ! Bienvenue dans mon humble demeure. Commissaire Bargamont et capitaine Gerbaud, c'est bien ça ?

Florent répondit, amusé par la caricature vivante qu'il avait devant lui.

— Merci de nous recevoir si tardivement, monsieur Puponi.

Il fut immédiatement interrompu par la voix chantante du Corse.

— Avez-vous un document qui justifie de votre nom, ainsi que de vos qualités ? J'ai plusieurs contrats sur ma tête, je pense que vous comprenez. L'heure tardive et cavalière n'arrange rien...

Devant l'inutilité d'une discussion, ils s'exécutèrent tous deux de bonne grâce. Les vérifications faites, les choses sérieuses pouvaient enfin commencer.

Florent prit un ton respectueux et solennel.

— Monsieur Puponi, nous ne venons pas remuer de vieux souvenirs tragiques. Nous sommes sur la trace de celui qui est probablement le responsable de la mort de votre père, ainsi que de celle de votre subalterne.

La nouvelle interruption se fit sans ménagement.

— Qué subalterne ? Padent était mon ami, et l'ami de mon père. Il savait d'où on vient.

Florent sentit qu'il était temps de marquer son territoire. La bonbonne de testostérone en production chez les quatre hommes l'y obligeait s'il voulait éviter l'explosion. Il ne s'excusa pas.

— Merci pour cette précision qui nous ramène à l'hypothèse que vous avez également dû émettre. Ces assassinats sont personnels. Pour le second, Padent, on sait que vous ignorez l'identité de l'assassin, sinon nous ne serions pas là. Et vous vous en seriez occupé personnellement.

Antoine Puponi étudia Florent de son regard intrusif.

— Oooh, tu n'es pas un flic comme les autres, toi. Pas le temps de prendre les autres pour des cons, pas le temps. J'aime ça, j'aime. Tu n'es pas là pour te foutre de ma gueule. Tu as toute mon attention. Mais réfléchis à tes questions. Je ne suis pas une balance.

Florent était satisfait de son introduction. En revanche, il marchait sur un fil ténu au-dessus des chutes du Niagara et ne se sentait pas l'âme d'un Charles Blondin.

— Monsieur Puponi, je n'émets ici que des hypothèses, mais je pense que nous sommes face à une rivalité à très haut niveau. Il doit s'agir de votre adversaire direct, si je peux m'exprimer ainsi. N'importe quel petit compétiteur local aurait fini lesté au fond d'une crique pour avoir osé toucher un de vos proches.

Le sourire qui traversa le visage du Corse en dit long sur son assentiment.

Loïc observait l'échange des deux grands fauves. Deux super prédateurs prêts à se jeter l'un sur l'autre. Ils se jaugeaient, se reniflaient et attendaient la meilleure occasion de porter l'estocade au petit jeu du « j'en ai des plus grosses que toi ». Il balaya du regard le salon dans lequel ils étaient installés. De nombreux fusils de chasse étaient accrochés au mur, ce qui l'amena à se demander s'ils étaient chargés ou demeuraient de simples objets de décoration. Les meubles laqués modernes tranchaient avec leur propriétaire, empreint de traditions séculaires dans son attitude et dans son verbe.

Florent reprit.

— Mais quelle que soit la compétition, sportive, scientifique, industrielle, commerciale ou économique, les acteurs se tiennent parfaitement informés de la stratégie, de la politique de leurs adversaires. Le vôtre, même s'il est le commanditaire de ces deux meurtres, n'a pas laissé suffisamment de traces pour vous permettre de lever vos doutes. Suis-je dans une direction qui pourrait correspondre à votre état d'esprit, monsieur Puponi ?

Le visage de l'insulaire s'illumina de nouveau.

— Je ne vais pas vous demander le nom de votre adversaire, et de toute façon j'en ai une idée assez précise. En revanche, je pourrais vous demander si vous avez un indice, ou un point que vous seriez prêt à nous communiquer sans rompre votre serment de silence. Après tout, les ennemis de mes ennemis sont mes amis.

Antoine réfléchit, pesa le pour et le contre. Sachant sa fin imminente, il se résolut à aider ce flic parisien qui avait osé venir l'interroger au milieu de la nuit.

Ils n'avaient rien en commun.

Non.

À part les couilles, peut-être.

— Toi, tu as de la chance. Je ne vais te dire qu'une chose. Et tu vas quitter cette maison en silence et ne jamais revenir. Trouve le Scorpion, Bargamont, trouve le Scorpion et tu auras tes réponses.

Florent se leva, prit sa veste. Loïc l'imita, comprenant que l'entretien venait de s'achever. Étonné cependant que son chef ne poursuive pas.

À peine installé dans la voiture, il ne put s'empêcher de le questionner.

— Bon, Barga, depuis quand tu respectes ce qu'on te dit ? D'habitude, il suffit qu'on te demande quelque chose pour que tu fasses l'inverse. Permets-moi d'être super étonné.

Florent imita le mafieux et son accent savoureux.

— Prends la leçon Loïc, prends la leçon.

Redevenu sérieux, il précisa.

— Ce genre de type, qui accepte de te recevoir à son domicile au milieu de la nuit et qui te donne un ordre alors qu'il vient de te faire une faveur, tu ne discutes pas. Tu ne négocies pas. Tu prends et tu te casses. C'est ce que nous avons fait. Maintenant, la vraie question est la suivante : est-ce qu'il s'est foutu de notre gueule ou pas. Avec son histoire de Scorpion, il va falloir soulever pas mal de pierres pour le trouver. S'il ne nous trouve pas avant. À moins que ce ne soit qui tu sais qui se fasse piquer le caisson. Cela ne ferait pas bonne presse pour nos carrières respectives. Allez, on descend sur Toulon.

Florent indiqua une adresse à Loïc.

— Qu'est-ce qu'on va faire là-bas ?

— Non, qu'est-ce que TU vas faire là-bas ? Quand tu arrives, demande à parler à Cyrielle Monclair de ma part. Tu lui diras juste que tu es mon ami. Après, détends-toi.

Mi-intrigué, mi-amusé, Loïc s'exécuta. Son chef avait encore bien des secrets à lui livrer. Et celui-ci n'allait probablement pas lui déplaire.

Tout juste garé, Florent entra dans l'hôtel où ils avaient réservé une chambre. Il montra la porte au contour de velours sur le trottoir d'en face.

— Allez, va faire une bise à Cyrielle de ma part.

Loïc avait bien une idée de ce qui se cachait derrière la porte de l'établissement. Mais il était curieux et excité comme un gamin la veille de Noël.

— Tu ne viens pas, toi ?

— Non, il y a Emmanuelle, maintenant. Je me suis promis d'être fidèle et je n'ai aucune envie de rompre ma promesse.

Loïc fut un brin déçu. Intimidé aussi. Florent poursuivit.

— C'est ma manière à moi de te dire merci. Je ne l'ai jamais fait.

— Bon bah, de rien. À demain alors.

— Oui, à demain…

Ce ne sont pas nos sens qui nous trompent,
mais c'est notre volonté qui nous trompe
par des jugements précipités.
Malebranche

Chapitre XXIV — 25 février 2017, 1 h 40
Waouhh

Loïc traversa la rue et sonna. Et comme dans les films, un clapet s'ouvrit et laissa entrevoir une tête à la mine patibulaire.

Il hésita.

— Bonsoir, je suis Loïc.

— Et alors ?

— Et alors, euh, je suis un ami de Florent Bargamont et je souhaite parler à Cyrielle Monclair.

— Un ami de qui ?

— Florent Bargamont.

Le clapet se referma sans autre indication, ni prévenance.

Loïc commençait à se demander si Barga ne l'avait pas envoyé dans un traquenard. Un canular à la Granville. Il doutait sérieusement.

Ce n'est qu'au bout d'une bonne minute que la porte s'ouvrit sur une vision enchanteresse. Une grande brune, sublime, dans une longue robe noire au décolleté profond, échancrée de la taille jusqu'aux chevilles, l'accueillit langoureusement. Elle lui tendit la main.

— Bonsoir, jeune homme. Comment connaissez-vous Florent ?

— C'est mon patron, mais je crois pouvoir dire que je suis également son ami.

— Alors sois le bienvenu. Les amis de Florent sont mes amis.

Il sentit le parfum de Cyrielle l'enivrer quand, pressant sa très généreuse poitrine contre la sienne, elle se rapprocha de lui. Le jeune capitaine put ainsi confirmer ses soupçons. La créature ne portait rien sous sa robe. En son for intérieur, il remercia mille fois son chef pour cette bonne surprise. Il ne serait probablement jamais allé dans un endroit de ce type de sa propre initiative… et il était ravi que l'erreur soit réparée !

— Viens, suis-moi.

Elle lui enserra fermement la main, ne lui permettant plus de rebrousser chemin, si tant est qu'il en ait eu l'envie.

Ils s'engagèrent dans un couloir à la lumière tamisée. Loïc, intimidé, pénétrait dans un antre inconnu à l'atmosphère feutrée, intensifiée par la moquette rouge couvrant les murs et étouffant les sons. Ils entrèrent dans une première pièce au fond de laquelle un DJ prenait des poses à la David Guetta.

La musique sexy et entraînante n'était pas de nature à déplaire à une clientèle lascive et déjà grisée.

Une ambiance festive régnait.

Du champagne ou des cocktails colorés emplissaient les verres. Aucun code vestimentaire imposé. Des jeans côtoyaient des costumes Hugo Boss.

Les femmes portaient des robes laissant apparaître plus de peau que le tissu n'en cachait. Les poitrines, les hanches et les cuisses s'offraient aux regards impudiques.

Un jeune homme dansait lentement sur un podium. Son corps parfait attirait tous les regards. Ses abdominaux sculptés dans le roc attisaient la convoitise des clientes. Une jeune blonde le rejoignit pour entamer une danse sensuelle dont on devinait qu'elle était bien rodée. La jeune fille se retrouva rapidement dévêtue. Les caresses se firent plus pressantes, explorant les seins superbement refaits, les cuisses se balançant au rythme de la musique et la courbe du fessier galbé et rebondi.

Cyrielle installa Loïc à une table proche du spectacle et lui demanda ce qu'il souhaitait boire.

— Une Grey Goose, si vous avez.

Cyrielle le toisa.

— Tu es vraiment un ami de Florent, toi. Comment va-t-il ?

— Bien, vraiment bien. Toujours sur des enquêtes taillées pour lui.

— Il aurait pu venir tout de même, reprocha la tenancière, un brin déçue.

Loïc, qui ne perdait pas une miette du spectacle, lui répondit distraitement.

— Il était crevé. Il dort à l'hôtel, en face. Il m'a dit qu'il prenait son petit déj à huit heures. Il n'avait aucune raison de me raconter ça, donc le connaissant, c'est un rendez-vous. Pour vous.

— Bien, merci pour le message, ne bouge pas, je t'apporte ton verre.

— Merci.

Les yeux écarquillés, Loïc observa le jeune homme enduire sa partenaire d'huile parfumée. Son corps brillant et soyeux, tout en courbes, atteignait la perfection. À son tour, elle acheva de le déshabiller entièrement, libérant des attributs plus que convenables.

Sans la moindre hésitation, elle s'en saisit et s'agenouilla.

Une soudaine agitation emplit le public. Les hostilités étaient lancées, la soirée pouvait réellement commencer dans un concert de caresses et de soupirs.

Des couples quittèrent la salle par une porte dissimulée derrière un rideau que Loïc n'avait pas remarqué.

Sa surprise fut totale lorsqu'en lieu et place du verre commandé, un seau à glace fut placé sur sa table par une sculpturale rousse aux formes généreuses. Coiffée et maquillée comme Christina Hendricks dans *Mad Men*.

Loïc s'apprêtait à la remercier lorsqu'elle s'assit à sa gauche sans plus de cérémonie. Elle fut aussitôt rejointe par une brune tout aussi magnifique que sa comparse, et lui rappelant cette fois Krysten Ritter dans *Jessica Jones*. La nouvelle venue posa quatre verres sur la table, puis s'installa à sa droite. Enfin, une blonde racée, sosie d'Ashley Benson dans *Pretty Little Liars*, apporta la fameuse bouteille au verre opaque et ses oies qui s'envolent, et compléta le trio infernal.

Les présentations furent faites et les prénoms aussitôt oubliés. En revanche, le message de « Krysten » fut limpide.

— On ne sait pas qui tu es, mais Cyrielle a été très claire sur la façon dont nous devons nous occuper de toi.

L'hôtesse lui prit la main et se leva. Immédiatement suivie par les deux autres, portant chacune les réjouissances avec classe et assurance en direction de la porte dissimulée.

Ils entrèrent dans la backroom.

La nuit inoubliable de Loïc resta à jamais dans son jardin secret, dont même Florent n'avait pas la clé.

Nos ennemis approchent plus de la vérité
dans les jugements qu'ils font de nous
que nous n'en approchons nous-mêmes.
La Rochefoucauld

Chapitre XXX — 25 février 2017, 9 h 55
Quel cirque !

Emmanuelle venait de faire trois fois le tour du jardin public qui s'étendait entre la rue de la Course et le cours de Verdun, et sur lequel le cirque s'installait. Elle tâchait de repérer celui ou celle qui serait à même de la renseigner.

Elle était fermement décidée à obtenir des résultats et devait pour cela changer de stratégie.

La plaque de la PJ n'avait rien donné, et l'accent parisien n'avait pas aidé. Pas question de rester sur un échec supplémentaire, la liste des cirques d'envergure se réduisant comme peau de chagrin.

Elle savait que dès qu'ils le pourraient, les gens du cirque iraient « Chez Pompon ! » pour y avaler une petite gueuze – ambrée de préférence – et que ce serait le moment de leur tirer les vers du nez.

Mais pour l'heure, le travail de forçat des artistes primait. Les mâts s'élevaient et défiaient le soleil. La grande toile se hissait et les baltringues s'affairaient à la tendre.

Les heures avançaient et la rapprochaient de la pause déjeuner. Et là, ce serait à son tour d'entrer en scène.

Elle décida de s'installer à une table près de la vitrine et commanda deux bières.

Se débarrassant en toute discrétion de la première, elle dézippa sa veste et ouvrit les trois premiers boutons de son chemisier. Sa poitrine généreuse ferait office d'appât, espérait-elle.

Les premiers forains, tous bras tatoués exposés, arrivèrent et s'installèrent. Une tournée fut commandée et les regards se firent insistants.

Sans pudeur. Sans gêne. Les mâles aiguisaient leurs ergots et attifaient leurs crêtes.

Le combat de coqs allait pouvoir commencer.

C'était à celui qui irait aborder la bombasse, et qui la prendrait comme une chienne dans les toilettes. Elle ne paraissait pas bien farouche et dans un état d'ébriété propice à une petite partie de jambes en l'air.

Un gros lourdaud d'à peine vingt ans, plus téméraire que les autres, s'approcha de la table. Une caricature.

— Alors mam'zelle, on vient s'encanailler dans les bistros.

Emmanuelle leva doucement les yeux vers lui. Et l'apostropha.

— T'as quel âge, toi ?

— Oh, mais c'est qu'elle est rapide, la petite. C'est intime ça, comme question. Il faudrait au moins qu'on échange les téléphones pour se dire des choses comme ça. Mais si tu viens avec moi, là derrière, je vais te le dire. Et puis on pourrait apprendre à se connaître, pas vrai ?

Les mecs sont vraiment prévisibles, se dit-elle. Même si là, c'était carrément affligeant ; elle avait l'impression de tourner un film de série B.

— Désolée, mais tu n'es pas trop mon type, je cherche un mec plus mûr. Un gars qui a de l'expérience. Tu vois ce que je veux dire ?

Un rictus de rage envahit le jeunot, qui laissa libre cours à son agressivité.

— Espèce de salope, je vais t'en donner de l'expérience Viens derrière !

Il saisit Emmanuelle par le bras.

Elle le toisa d'un regard soudain devenu très sombre. Et lui parla d'une voix grave et d'un ton sans appel qu'elle ne se connaissait pas.

— Enlève ta sale patte!

Ils se jaugèrent. Tout d'un coup, le gars semblait moins sûr de lui. La fille était-elle vraiment soûle ? Et puis, ce regard... Son instinct de préservation lui intima de se retirer avec panache. Il lâcha haut et fort un :

— Connasse.

Les spectateurs de la scène en furent pour leurs frais, eux qui espéraient un esclandre bien scabreux. Ils reprirent leur conversation et firent du jeunot éconduit leur nouveau sujet de raillerie.

Emmanuelle ne baissait cependant pas les armes. D'un regard circulaire, elle essayait de repérer sa proie.

Celle qui lui apprendrait enfin quelque chose d'utile. Sans qu'elle-même ne se dévoile.

Elle finit par tomber sur un petit vieux auquel elle aurait été bien en peine de donner un âge, tant il était ridé. De ces stries profondes qui lacèrent le cou et le visage, témoignages d'une activité nécessitant de nombreuses heures en plein air. Sec comme un coup de trique.

Elle avala sa bière et se leva dans sa direction, faisant mine de tituber légèrement.

Elle manqua de tomber sur sa cible, ayant « involontairement » accroché son pied à une chaise rangée impeccablement sous sa table.

Emmanuelle s'excusa platement.

— Oups, pardonnez ma maladresse. Je ne vous ai pas fait mal, au moins?

La réponse ne fut pas encourageante et ne l'aida guère à engager la conversation.

— Non.

Sans aucune gêne, Emmanuelle s'installa à la table du pauvre type qui n'aspirait qu'à une chose, boire son verre tranquillement.

— Excusez-moi, vous travaillez au cirque Fratellini, vous aussi ?

Il la toisa sans répondre. Elle poursuivit.

— Oui, parce que cela fait pas mal d'agitation dans le quartier. Vous restez combien de temps, enfin je veux dire, vous allez faire combien de représentations ?

L'homme répondit, toujours aussi peu loquace :

— Quatre.

— Ah, quand même. J'aime bien le cirque. Je me souviens, quand j'étais petite, dans les années quatre-vingt-dix par là, il y avait un numéro avec un gars qui faisait du tir à l'arbalète. Il était incroyable.

Un miracle se produisit.

— Guillaume Tell.

Emmanuelle enfonça le clou.

— Oui, c'est ça, il faisait des trucs de dingue. Vous le connaissez ?

— Tout le monde connaissait son numéro.

— Ah, il ne le fait plus ? C'est dommage. En vous voyant vous installer, j'ai repensé à lui et espéré qu'il soit là. C'est moche ce que vous me dites. Je serais venue au spectacle sinon.

— Il y a plein d'autres numéros grandioses.

— Oui, je m'en doute. Mais puisque vous l'avez connu, vous savez ce dont je parle. Il était fantastique. Et quand il tirait sur le morceau de pomme avant qu'il ne touche par terre ! Vous vous souvenez ?

Le type commença à s'impatienter.

— Oui, bon, je peux finir de déjeuner tranquillement maintenant ?

— Oh, vous n'êtes pas très sympa, vous pourriez au moins me dire pour quel cirque il travaillait, je ne m'en souviens pas.

— Le Sambouria. Allez, fichez-moi le camp maintenant.

Emmanuelle tenait enfin quelque chose.

— Merci ! Je ne m'en serais jamais rappelé. Et il est où ce cirque maintenant ?

— Il est mort. Cassez-vous, je vous ai dit.

Elle se leva sans demander son reste. Elle en avait tiré le maximum.

Il allait falloir remonter aux sources pour retrouver des membres de ce cirque et probablement de la famille qui le tenait, afin d'en savoir plus sur le virtuose au carquois.

Emmanuelle prit ses affaires et se dirigea vers son véhicule. Elle devait récupérer à la gare un autre Guillaume.

***

Une fois le quai identifié, mademoiselle de Quezac, en retard, s'orienta dans la gare pour se poster à une sortie stratégique. Le train avait déjà vomi sa cargaison de voyageurs et seul un individu restait sur le quai déserté. Deux et deux faisant quatre, elle se dirigea vers lui.

— Guillaume Céru ?

L'homme leva les yeux de son portable et lui offrit un large sourire.

— Oui. Vous avez eu du mal à trouver la gare ? lança-t-il d'un ton taquin.

— Non, j'étais à la recherche d'un homonyme suisse.

— Ah. Et vous l'avez trouvé ?

— Pas encore, mais ça va le faire.

Marquant une pause, Emmanuelle planta ses prunelles dans les siennes.

— Vous avez votre permis ?

— Oui, j'ai tous mes points. Cela dit, je sais à qui m'adresser pour faire sauter mes PV, dorénavant.

— Mouais, c'est plus aussi simple, maintenant.

Elle lui lança les clés du véhicule de location.

— C'est vous qui conduisez. Direction Corn dans le Lot. Pour les radars, je m'en occupe. Donc, si vous voulez nous faire gagner du temps, je ne suis pas contre. Je m'occuperai des crevards sur la route en cas de besoin.

***

— Bastien ?

Confortablement assis dans le siège baquet de la M3, qui pour une fois roulait à vitesse raisonnable, le commissaire Bargamont comptait bien en profiter pour faire avancer l'enquête. Accoudé contre le rebord de la vitre, il tenait son téléphone de deux doigts, nonchalamment.

— Tu en es où, dans le développement du programme qu'Emmanuelle t'a demandé ?

— Bonjour, comment ça va ? Oui, moi ça va! Et vous ça va ? Arrêt immédiat en station civilisation.

Florent ne réagit pas.

Il patienta.

Devant l'absence de réponse, Bastien Seffredi se résigna et enchaîna.

— J'ai bien avancé. Cela dit, devant la quantité de variables et d'informations à saisir, il va me falloir encore des mois pour obtenir le moindre point corrélatif. Pour votre gouverne, les dossiers envoyés remplissent mon salon. Certes, mon appartement est petit, mais vous avez cruellement envahi mon espace perso avec toute votre paperasse.

— Dépêche-toi, comme ça tu en seras débarrassé. Enfin moi, je dis ça, je dis rien.

— Pas drôle, Florent, du tout.
— En résumé, là, tu n'as que dalle ?
— Je n'aime pas la forme, mais le fond y est.
— Tu connais le Scorpion ?
— Quoi ?
— As-tu déjà entendu parler du Scorpion ?
— Non, j'aurais dû ?
— Je me demandais si tu ne serais pas le mieux placé pour le retrouver. J'ai entendu parler d'un Internet caché, pas accessible à tout le monde.
— Tu veux parler du Darknet ?
— Oui, le terme m'échappait mais c'est bien ça.
— Et il fait quoi, le Scorpion ?
— C'est l'auteur des dossiers qui embourbent ton appart. Motivé à le retrouver ?
— Tu es doué pour me prendre par les sentiments, là. Grave que je suis motivé.
— Voici ce que tu vas faire si tu arrives à le dénicher.
— Je suis tout ouïe.
— Passe par l'identification, regarde des photos de repris de justice et trouves-en un qui ressemble à Loïc. Tu vois le genre, moche, bossu avec les dents de travers.
À l'évocation de son nom, Loïc perdit de sa concentration.
— Tu as sucé un clown toi, ce matin ? Tiens, pour la peine, je m'arrête à la prochaine station, il faut que je sorte Coquette.
Florent éclata de rire.
— Sérieusement ? Coquette ? Tu lui as donné ce nom-là ? Et tu dis ça devant les filles ? Bonjour Micheline, moi, c'est Coquette. Coquette, je te présente Micheline.
Florent se tordait dans la voiture.
Les larmes aux yeux, il reprit son sérieux et poursuivit avec le prodige de l'informatique.

— Bon, tu m'auras compris, un gars qui lui ressemble. Tu étudies son pedigree et tu te fais passer pour lui. Tu prends contact avec le Scorpion. Tu lui expliques que le sosie de Loïc veut dessouder quelqu'un de son entourage que tu auras identifié. Et tu me préviens dans la seconde dès que c'est fait.

— C'est marrant comment tu vois les choses. Ça a l'air tellement simple. Tu crois que sur le Darknet, tu vas dans les pages blanches, tu tapes Scorpion et tu vas tomber sur son adresse, son téléphone et son RIB ?

— Non, mais tu es un magicien, pas vrai ?

— Je vois. Pas moyen de discuter quand tu as quelque chose en tête.

— Exactement. Tu me rappelles vite alors ?

— Ok, ok, j'ai compris. Je cherche un gusse qui fera l'affaire et je passe lundi.

— Merci, et bon week-end.

La conversation achevée, Florent reprit son sérieux habituel et retourna d'un air morne à la contemplation de la campagne qui défilait.

Le légendaire regard glacial laissa soudainement passer une étincelle malicieuse. Un sourire fendit son visage tandis qu'il secouait la tête.

— Coquette…

***

Arrivés par le nord de Corn, Emmanuelle et Guillaume eurent quelques difficultés à s'orienter. Trouver le petit bout de chemin conduisant au théâtre des opérations de police en cours n'était pas aisé, dans ce petit village reculé du Lot. Heureusement, la chance leur souriait : il n'y avait pas de neige. Le plateau élevé devait régulièrement en être couvert en plein hiver.

Sur le trajet, la conversation resta parfaitement banale. Guillaume n'ouvrant aucune brèche, Emmanuelle fit de même. Elle se contenta d'évoquer sa rencontre avec Florent et leur première enquête, ce qui les occupa un bon moment.

Les scellés sur la porte d'entrée de la dernière maison du hameau annonçaient la fin de leur périple.

Emmanuelle observait les environs. Depuis la route principale, ils avaient dû parcourir un bon kilomètre sur un chemin sinueux, alternant asphalte et cailloux. Se garer à proximité sans alerter les voisins paraissait difficile, voire impossible.

Mais y avait-il des voisins, d'ailleurs ? Les volets des quelques maisons qu'ils avaient dépassées étaient clos. On pouvait se poser la question.

Le chien de la mère Stromboli n'avait sans doute pas eu le temps de la prévenir avant d'être abattu.

Aucun détail n'avait été laissé au hasard, aucun risque n'avait été pris.

La vieille semblait isolée de tout et de tous. Quatre jours s'étaient passés avant que quelqu'un ne s'aperçoive de sa fin tragique. Et encore, cela aurait pu être bien pire, compte tenu du fait que sa fille ne l'appelait que tous les deux mois. Le téléphone sonnant dans le vide l'avait inquiétée. En hiver, madame Stromboli se barricadait dans sa maison à partir de 16 h 30 ; elle n'avait donc aucune raison de ne pas décrocher.

Il lui était arrivé quelque chose.

Et pour cause.

La maison reculée, acculée à un piton rocheux, n'offrait aucune issue secondaire, aucune échappatoire.

Emmanuelle sortit son smartphone et composa le numéro des locaux pour les informer de son arrivée.

Pas de réseau. Ni téléphone, ni data.

Elle pesta.

— Il y a encore des zones non couvertes en France ? Ce n'est pas possible ! Guillaume, il va falloir faire demi-tour jusqu'à ce que ça capte. Il faut les prévenir de notre présence.

— Ça t'ennuie si j'y retourne à pied ? lui demanda Guillaume. Après trois heures de route, cela va me dérouiller les jambes. Je leur téléphone de ta part. Qui dois-je appeler ?

L'idée de rebrousser chemin vers la voiture n'enchantant pas Emmanuelle, celle-ci acquiesça à sa proposition.

— Le capitaine de gendarmerie Brochant, il sait que nous sommes en route. Tiens, voilà le numéro.

— Ok, je me dépêche.

Emmanuelle lui tourna le dos et commença son examen. La maison était ceinte par un épais muret en pierre solide, plusieurs fois centenaire. Pas très haut, un mètre vingt tout au plus. Le portail ne tenait en revanche que par les bons vœux du Saint-Esprit. Elle n'osa le manipuler de peur de le voir s'effondrer en poussière. Le terrain de la propriété ne devait pas faire plus de cinq cents mètres carrés. La maison en imposait. Fière, droite, austère. Son plan était typique des constructions de la région et lui permettait de défier le temps sans frémir.

La nuit venait de s'abattre et Emmanuelle ne put s'empêcher de frissonner. Elle frayait son chemin avec l'application torche de son smartphone. Un silence de mort régnait, intensifiant chaque craquement causé par les animaux, seuls êtres vivants à un kilomètre alentour. Cervidés et sangliers étaient de sortie au crépuscule et rôdaient probablement à quelques dizaines de mètres.

L'idée de faire connaissance avec l'un d'entre eux n'enchantait guère Emmanuelle et fit courir un frisson le long de son échine. Elle éprouva le besoin de se rassurer et vérifia que son Taurus PT 99 était bien logé dans son holster. *On ne sait jamais.* Elle fit le tour de la bâtisse, découvrant ainsi trois autres maisonnettes sur le même terrain.

L'ensemble entourait une piscine.

L'idée de revenir ici passer les vacances d'été lui traversa l'esprit. *Avec un peu de soleil, je me verrais bien m'allonger sur un transat, à lire un bouquin recommandé par les Mordus de thrillers.*

Elle se dirigea vers la première dépendance et actionna la crémone, mais la porte resta close. Emmanuelle s'approcha alors de la fenêtre pour balayer de sa lampe l'intérieur de la pièce. D'après ce qu'elle en vit, il s'agissait là soit d'une maison d'hôte, soit d'une chambre d'amis.

Tout semblait propre et en ordre. Elle fit demi-tour pour inspecter les deux autres petits corps de logis, s'attendant à les trouver dans le même état.

Son intuition se confirma. Les portes restèrent closes et l'intérieur ressemblait aussi à une chambre d'hôte.

Son examen terminé, elle bifurqua pour revenir vers le logement principal. Là où la vieille Stromboli avait écrit son dernier chapitre. Les scellés en interdisaient l'accès à tout visiteur un peu trop curieux.

Elle sortit son Laguiole, un petit canif en nacre que lui avait offert Florent pour son dernier anniversaire. Il n'y avait que lui pour offrir un cadeau pareil à une femme. « Qu'est-ce que tu paries que tu vas l'utiliser plus tôt que prévu ? » avait-il dit. L'histoire lui donnait raison. Elle allait pouvoir s'en servir pour découper la feuille et le sceau apposés en travers du chambranle et de la porte d'entrée.

Derrière elle, des cailloux crissèrent et des pas résonnèrent. Guillaume Céru était de retour. Ce qui la rasséréna. L'endroit était franchement lugubre à cette période de l'année. Qu'est-ce qui avait pu motiver Marie-Noëlle à venir s'enterrer dans un endroit aussi reculé, isolé et balayé par les vents ?

Emmanuelle avait besoin de se détendre un peu.

— Guillaume, c'est toi ?

— Oui, Emmanuelle. J'ai pu joindre les gendarmes. Ils arrivent dans une vingtaine de minutes. On peut rentrer. Ils refermeront la baraque derrière nous. Je n'ai pas trop compris si on devait les attendre. Bref, ils sont en chemin. Tu vas enfin pouvoir m'expliquer pourquoi Florent a souhaité que je vienne.

— Je crois qu'il cherche n'importe quoi qui pourrait nous mettre sur la piste du tueur de Verdine.

La surprise se fit sentir dans le ton de Guillaume.

— Quoi ? Le même mec a tué un ministre à Paris et une petite vieille au fin fond du trou du cul du monde ? C'est une blague ? Vous me faites marcher, tous les deux ?

Dit comme cela, l'interrogation était légitime. Mais Emmanuelle ne fit pas planer le doute plus longtemps.

— Non, la balistique est formelle. Inutile de te rappeler que tout ceci est strictement confidentiel. Au moins, si c'est dans la presse demain, je saurai que c'est toi.

— Tu peux compter sur moi.

— Très bien, c'est donc le moment pour toi de nous dire ce que tu en penses.

— Déjà, le gars était bien informé. Car tu ne trouves pas ton chemin comme ça, sans de bonnes indications. La cible ne peut pas être fortuite. Exit la théorie de la balle perdue. Il voulait la mort de madame Stromboli. Sans souffrance. Vu qu'il n'y a pas un chat à un kilomètre à la ronde, n'importe quel pervers aurait pu venir et l'exécuter tranquillement. Idem pour des racailles prêtes à venir torturer pour le fun ou pour quelques euros : elle aurait pu gueuler à s'en faire péter les cordes vocales. Selon moi, il a cherché l'efficacité. Un bon angle, une balle et bye-bye. Entrons, la position du corps et l'impact dans la fenêtre nous donneront des indications supplémentaires.

Le traditionnel pot de fleurs à côté de la porte fut soulevé. La clé dégotée. Et le canif put enfin opérer.

Ils entrèrent par la cuisine. La table en chêne perpendiculaire à un grand îlot central accueillait le visiteur affamé. La pièce rectangulaire taquinait les quarante mètres carrés. Sur leur droite, en contrebas de trois marches, une majestueuse cheminée défiait les canapés du grand salon.

Attirés par l'espace, ils descendirent vers la cheminée. Aucune trace de sang ne maculait les tomettes. Les lumières basse tension, économiques, chauffaient doucement. La lumière se diffusait péniblement et rendait l'atmosphère funèbre. Une angoisse sourde s'empara d'Emmanuelle qui fut rassurée de ne pas se trouver seule dans la tombe de Marie-Noëlle Stromboli. Elle parla pour calmer sa peur.

— Où a-t-elle été tuée ? Je ne vois aucune trace.

Guillaume perçut son trouble.

— Raisonnons logiquement, regardons où donnent les fenêtres.

Joignant le geste à la parole, il entreprit d'ouvrir le volet du grand salon.

— Regarde Emmanuelle, nous sommes en face d'une piscine et du plateau. Pas d'accès, pas d'issue de secours et surtout, le plus important, le tueur se serait retrouvé en contrebas. Trajectoire beaucoup plus difficile à analyser. Mauvaise pioche. Pas la peine d'ouvrir l'autre fenêtre en face, elle donne sur la falaise. Non, je ne vois qu'une solution, la fenêtre de la cuisine. Remontons.

Ils rebroussèrent chemin, Guillaume ouvrant la marche, longèrent la grande table en chêne massif et rejoignirent l'îlot. Un sifflement funeste déchira le calme qui les enveloppait. Guillaume hurla.

— Couche-toi !

En un temps record, il s'était retourné et jeté sur Emmanuelle pour la plaquer au sol. L'impact dans une pierre du mur projeta de multiples éclats. La vitre de la cuisine pulvérisée projeta elle aussi une myriade de miettes coupantes. On n'entendait plus que le souffle haletant d'EDQ.

La balle avait frôlé Guillaume de quelques centimètres.

— On nous tire dessus, finit-il par dire, au cas où cela aurait échappé à sa comparse.

Emmanuelle sortit son arme. Alors qu'elle s'était juré de ne jamais s'en servir, elle la dégainait déjà pour la seconde fois de sa carrière.

— Elle t'est passée au ras de la casquette, non ? questionna-t-elle, reprenant une expression chère à Florent.

— Je crois bien, oui.

Guillaume était calme. Son visage ne laissait rien paraître. Emmanuelle ne put s'empêcher de le lui faire remarquer.

— Ça n'a pas l'air de te traumatiser outre mesure.

— Hein, si, enfin non. J'ai vécu pire dans la Légion. Harcelé pendant une demi-journée par des rebelles qui nous tiraient dessus à l'arme automatique comme si nous étions des lapins de garenne, c'est le genre de situation qui t'apprend à garder ton sang-froid.

Guillaume rampa vers le frigo.

— Qu'est-ce que tu fous ? demanda la compagne de Bargamont.

— Je vais voir entre l'îlot et l'évier, je suis sûr que c'est là-bas qu'elle est morte.

— Tu n'as que ça à penser plutôt que de trouver une solution pour se tirer d'ici en vie ?

— Je ne vois pas trop ce qu'on a d'autre à faire. La baraque a des murs tellement épais qu'on ne risque rien en étant allongés. Les gendarmes vont arriver d'une seconde à l'autre. Tiens, bingo ! Elle a rejoint ses ancêtres entre les meubles de cuisine et l'îlot central.

Une seconde balle siffla. Quelques morceaux supplémentaires de pierre volèrent. Emmanuelle se rendit à l'évidence :

il avait raison, ils ne risquaient rien. En tout cas tant que le tireur n'avait pas décidé de s'approcher et de finir son boulot à bout portant. Elle rampa pour se loger derrière le pied de la table et faire face à la porte d'entrée. Elle serait prête si quelqu'un s'aventurait à la franchir. Guillaume tendait l'oreille.

— Écoute, c'est déjà fini. La cavalerie est sur le chemin. J'entends un diesel qui approche.

— Tu dis ça comme si tu étais déçu. Tu as failli y passer tout de même.

— Non, je n'y crois pas une seconde. Vu la qualité de ton gusse, il ne m'a pas loupé. Il ne voulait pas m'atteindre. Ce n'est qu'un simple avertissement. Je ne sais pas où vous en êtes dans votre enquête, mais apparemment, vous êtes sur la bonne piste. Il le sait et il n'aime pas ça. Vous vous rapprochez sans doute de lui et la prochaine fois, je pense qu'il sera moins magnanime. Soyez sur vos gardes.

Emmanuelle n'en revenait pas du sang-froid de Guillaume. Elle était d'accord en tous points avec son raisonnement ; en revanche, il lui aurait fallu plusieurs heures pour parvenir aux mêmes conclusions.

La camionnette bleue arrivait et les pétarades d'une moto indiquèrent le départ du tueur.

Probablement.

Emmanuelle souffla. Elle était trempée de sueur et se mit à trembler convulsivement. Guillaume s'approcha et l'enlaça pour l'apaiser.

— Respire un bon coup. Ça va se calmer rapidement, crois-moi.

Elle s'accrocha à cette idée. Elle ne souhaitait pas que la maréchaussée la voie ainsi. Il était temps qu'elle reprenne le contrôle d'elle-même et se maîtrise. Elle le souhaitait de toutes ses forces, mais son corps ne répondait pas.

Les échanges avec la gendarmerie furent brefs. Emmanuelle espérait que ce qu'elle allait rapporter à Florent lui permettrait de réfléchir et d'avancer.

Quant à elle, elle n'aspirait qu'à rentrer et se cacher quelques heures sous la couette.

C'est une grande misère de ne pas avoir assez d'esprit pour parler et pas assez de jugement pour se taire.
La Bruyère

Chapitre XXXI — 26 février 2017, 0 h 55
Réconfort

Les retrouvailles de Florent et d'Emmanuelle furent voluptueuses et tendres. La tension nerveuse des derniers jours les avait mis à cran.

Physiquement et psychologiquement.

Leur besoin de se retrouver était intense.

Physiquement et psychologiquement.

Ils avaient longuement fait l'amour, sensuellement, délicatement. Emmanuelle voulait se sentir rassurée, câlinée et chouchoutée. Après la frayeur qu'elle venait de vivre, elle ressentait un besoin vital, primaire, de protection, de sérénité, de se blottir derrière son bouclier, son garde-fou, son roc.

Elle avait beaucoup pleuré ensuite, libérant le trop-plein d'émotions.

Allongés en cuillère, ils savouraient cet instant de calme. Florent l'enserrait de ses bras puissants. Elle sentait la rondeur ferme de ses pectoraux dans son dos, le galbe des muscles de ses cuisses contre les siennes, elle était enfin en sécurité. Enfin, elle pouvait s'épancher sans crainte d'être jugée, enfin elle pouvait confesser sa peur de mourir, sa prise de conscience du fil ténu qui les retenait ici-bas. Elle n'était pas visée personnellement, elle le savait, mais si elle s'était dirigée la première vers la cuisine de Marie-Noëlle Stromboli, c'est elle qui aurait pu écoper des balles de 12.7.

Toujours les mêmes, Guillaume avait été formel. La balistique le confirmerait très certainement.

Ce qui ne laissait aucun doute sur l'identité du tireur.

Florent était parvenu aux mêmes conclusions que Guillaume.

Ils devaient sérieusement considérer l'hypothèse de la mise en garde.

Un cador de cette envergure ne commet pas d'erreur.

Une balle à dix centimètres de la tête était forcément un message. À gauche, à droite, ils auraient toujours pu spéculer sur le vent, ou un mauvais calcul de la trajectoire. Au-dessus, ça ne collait pas.

Et la chance ? Guillaume l'avait évoquée. Il paraît qu'au front, tous lui disaient que les balles tournaient autour de lui sans jamais le toucher. Un replay de sa vie de légionnaire au front ? Le doute subsisterait et ils n'écarteraient aucune hypothèse sans preuve, mais cela restait peu probable.

La véritable question restait cependant en suspens.

Comment avait-il été informé de leur présence ?

Emmanuelle était sûre d'elle. Tout au long du trajet depuis Bordeaux, elle avait scruté son rétroviseur sans relâche. Et elle pouvait affirmer avec certitude qu'aucune moto ne les avait suivis.

Le tueur avait-il des connexions avec la gendarmerie de Figeac, seule à être avertie de leur venue ? Avait-il piégé leurs téléphones ? Ils les feraient vérifier dès le lendemain. Et puis, comment avait-il pu arriver si vite ?

Ou plus grave, avait-il infiltré le 36 ? Y avait-il un traître parmi eux ? Étaient-ils traqués ? Autant de questions qui allaient les occuper pendant un certain temps, et qui s'ajoutaient à une liste déjà longue.

Florent était résolu à démêler cet imbroglio et arrêter l'hécatombe.

Et pour cela, il allait devoir rencontrer l'homologue et alter ego d'Antoine Puponi.

Le député Robert Sebian.

Ce qui l'obligeait à utiliser une carte qu'il s'était pourtant promis de ne jamais tirer.

Appeler le parrain d'Emmanuelle et tirer profit de l'indéfectible affection qu'il portait à sa filleule. Mais au diable son ego, ce qui comptait, c'était faire avancer son enquête.

Et ce serait chose faite à l'aube. Pas le choix.

Si tu t'affliges d'une cause extérieure,
ce n'est pas elle qui t'importune,
c'est le jugement que tu portes sur elle.
Marc Aurèle

Chapitre XXXII — 26 février 2017, 10 h 55
La politique

Emmanuelle ne décolérait pas.

— Mais tu te rends compte que tu es un grand malade ! On pourrait quand même prendre une journée de repos tous les deux, non ? Il ne va pas s'envoler, ton assassin. Cela fait vingt ans qu'il carbure à l'adrénaline. Je doute qu'il parte en fumée du jour au lendemain.

Tout en conduisant, Florent tentait de la tempérer et ramait lamentablement.

— Ma belle, si tu ne voulais pas bosser le dimanche, il ne fallait pas choisir ce métier.

— Mais je n'ai pas dit ça, bordel. Je m'en fous qu'on soit dimanche. Je veux juste une journée avec toi, sans ta fille et sans que ton esprit soit embarqué dans la tête d'un monstre, c'est possible, ça ?

Il préféra éluder. Ne pas jouer la carte du supérieur hiérarchique. Mais il bouillait intérieurement.

— Allume la radio et change de disque. Ça ne sert à rien qu'on s'engueule, on est attendus chez Sebian.

— C'est ça ton stratagème ? Changer de sujet, botter en touche, et surtout ne pas me répondre ?

— Tu n'es pas très juste. Le choix est plutôt limité, tu ne crois pas ? On a qui sur le dos, à part une machine à tuer qui nous a repérés ? Le ministre de l'Intérieur.

— J'en fais mon affaire.

— Oh, mais c'est malin ça, et le Président aussi, tu en fais ton affaire ? Vas-y, je t'écoute.

— Je vois. Pas moyen de discuter. Monsieur sort la carte de la star. Le Président a lui-même commandité le héros national.

— Mais tu es incorrigible. Je m'en serais passé, figure-toi. Bon, arrête ta crise de jalousie stérile. Nous n'avons pas le choix. Il faut qu'on avance. Allez, allume la radio.

— À quoi ça sert ? Ils vont nous rebattre les oreilles avec les élections présidentielles qui auront lieu, je te le rappelle, le 23 avril 2017.

— Et ?

— Rien, c'est plié, il faut reconnaître qu'il a remis la France d'aplomb, le Clarck. La croissance n'a jamais été aussi forte. Les classes moyennes dépensent à tout va depuis qu'on a arrêté de les « massatraquer ». Le pays est de nouveau au travail. Et l'espoir de faire naître ses enfants dans un monde de croissance a restauré les ambitions. Comme quoi, le courage a des vertus.

— Tu vois, il n'est pas si mal que ça ce président, finalement.

— Oh, ce que tu peux m'énerver à toujours vouloir avoir raison !

— Mais J'AI toujours raison, non ?

— C'est stérile, il vaut mieux s'arrêter là. Dis-moi plutôt ce que tu envisages pour cuisiner le Sebian.

— Pour ne rien te cacher, je n'en ai pas la moindre idée. Je vais improviser. Une chose est sûre, il ne va pas nous voir arriver de gaieté de cœur. Une fois le sieur calmé, on va pouvoir l'attaquer sur le Scorpion.

Emmanuelle resta songeuse.

— Qu'est-ce qui te fait croire qu'il le connaît ? lui demanda-t-elle.

Florent réfléchit tout en se concentrant sur la route.

— Tout le monde le sait, c'est un mafieux. Mais il a réussi à éliminer ses concurrents comme ses ennemis sans jamais être inquiété. Et je crois que je n'ai compris que très récemment pourquoi. Ce Scorpion dont on parle compte à son actif une cinquantaine de meurtres qui n'ont rien en commun, si ce n'est que les trois quarts des victimes ont des antécédents criminels. On pourrait certes imaginer que le Scorpion soit un justicier de la nuit. Il ne lui manque plus que le T-shirt et les bas bleus, un string rouge pour s'envoler et retourner sur la banquise. Mais tu vois le décor, nous ferions assurément fausse route. Je crois plutôt qu'il est le bras armé, mais sans attache, sans relation, sans connexion, qui nous permettra de remonter aux commanditaires. Cela lui a sûrement coûté beaucoup d'argent, au Sebian, mais malgré les rumeurs, les dénonciations, et la quantité d'enquêtes diligentées à son encontre, rien n'a jamais pu être retenu contre lui.

— Tu te rends compte de ce que tu viens de dire? Si je résume, il suffirait de passer commande auprès d'un bon petit tueur à gages pour n'être jamais inquiété.

— Dit comme ça, ça tient la route! Non, je pense surtout que leur système de communication est parfaitement au point et que grâce à cela, ils n'ont jamais laissé de traces. Et je dirais même plus, jusqu'à encore très récemment, nous n'avions même pas connaissance de son existence. Sans ce foutu cyanure, le Sebian continuerait à dormir sur ses deux oreilles. D'ailleurs, je m'en rends compte en te parlant, je suis quasi persuadé qu'ils ont changé régulièrement de moyens de communiquer pour éviter que la routine ne les confonde.

— C'est sûr, si deux génies du crime se sont mis à bosser ensemble, pas étonnant qu'on mette aussi longtemps à leur tomber dessus.

— Concentrons-nous, je crois que nous arrivons. Et voilà, un bel hôtel particulier dans le 16e, il aurait tort de se gêner.

***

La petite A3 franchit la lourde porte et ses pneus crissèrent dans la cour recouverte de gravier blanc, où une Aston Martin V8 Vantage Volante bleu électrique retint l'attention de Florent, ainsi qu'une Bugatti EB112, dont il se demanda comment Sebian avait pu récupérer un des deux exemplaires existants.

Une fois garé et les trois marches du perron grimpées, le couple pénétra d'un pas déterminé dans un grand hall. Le plafond cathédrale était orné d'un lourd chandelier tout en dorures et cristal rappelant la galerie des Glaces, et intensifiant l'impression de magnificence du lieu. Pourtant habitués à fréquenter la place Beauvau, ils n'étaient pas préparés à un tel étalage de luxe. Emmanuelle tentait sans succès d'évaluer le prix d'une propriété de cette envergure. Elle voyait les millions défiler : trente, quarante, cent millions ? C'était d'une telle démesure et si éloigné de son système de valeur qu'elle en était incapable. Une question la taraudait : le sel de l'illégalité avait-il une saveur si intense qu'il parvenait à corrompre une personne vivant déjà dans l'excès et l'opulence ? Elle ne comprenait pas.

Un majordome anachronique les accueillit pompeusement, maniant avec un art certain les formules ampoulées.

— Madame, monsieur, de quelle façon puis-je vous être agréable ?

Florent cassa l'ambiance.

— Commissaire principal Bargamont, capitaine de Quezac, Criminelle. Pourriez-vous informer le tôlier de notre présence ? Il est déjà au courant de notre visite. Le ministre de l'Intérieur lui-même lui a téléphoné.

Le sexagénaire droit comme un I se tourna tel un automate, sans manifester la moindre émotion, fidèle à l'attitude d'un Carson de *Downton Abbey*. Il n'en pensait certainement pas moins.

Florent ne put s'empêcher d'en jouer et le stoppa dans son élan.

— Ah ! et s'il vous plaît...

Il attendit qu'il s'arrête et se retourne.

— ... dépêchez-vous, nous sommes attendus.

Emmanuelle lui balança un grand coup de coude et amorça un gondolage de rigolade. Elle était toujours hilare lorsque Robert Sebian lui-même vint les chercher à l'accueil. Fallait-il qu'ils soient si importants que monsieur le député daigne venir les quérir personnellement ?

— Mademoiselle de Quezac, monsieur Bargamont. Venez, ne restons pas là.

Trois hommes en noir, jambes écartées et mains derrière le dos, étaient discrètement positionnés dans les couloirs. Le fil torsadé qui dépassait de leur oreille indiquait leur connexion avec un central. Une des tentures bougea et un quatrième homme surgit d'un espace dissimulé dans l'entrée.

Florent nota les multiples caméras de surveillance. Certaines ostensibles, intimidantes, d'autres plus discrètes, réparties sur tout l'espace, ne laissant aucun angle mort.

Un véritable Fort Knox. Mais l'endroit ne transpirait pas pour autant la sérénité. La peur, la nervosité et une tension palpable régnaient en maîtres dans ce sanctuaire de l'iniquité.

Impassibles, les gardes du corps ne les quittaient pas des yeux.

Les trois protagonistes s'installèrent dans un canapé d'angle suffisamment vaste pour qu'une compagnie de CRS puisse y prendre l'apéro.

Confortable, en cuir d'excellente qualité, il ne dépareillait pas. Florent, pour montrer qu'il n'était pas impressionné, s'y lova nonchalamment, comme à la maison.

Un café leur fut servi dans de la porcelaine fine de Sèvres. Robert Sebian manifesta enfin un peu d'impatience.

— Qu'est-ce qui vous amène un dimanche matin ? Et comment avez-vous osé me faire sonner par de Quezac ? Inutile de me raconter qu'il s'agit d'une homonymie malencontreuse, j'ai fait mes devoirs et je sais que vous êtes sa nièce.

Emmanuelle se sentit pousser des ailes.

— Parfaitement, monsieur le député. Et si c'était à refaire, je n'hésiterais pas.

Sebian, tendu, prêt à rompre, manifestait une fébrilité inhabituelle pour un homme public n'ayant officiellement rien à se reprocher.

— Je vous suggère d'être brefs. Ma famille m'attend.

Florent fonça tout de go et prêcha le faux.

— Monsieur le député, nous sommes ici dans le cadre de l'assassinat du ministre Verdine. Nous avons de multiples raisons de croire que vous êtes en relation avec le Scorpion. Si cela peut vous rassurer, vous n'êtes pas suspect, pas plus que nous ne sommes là concernant vos activités illicites.

— Mais je ne vous permets pas !

Florent, autoritaire, leva la main en signe de silence.

— Ne vous prenez pas la tête ! Je m'en fous de la tirade que vous allez nous servir. Je ne suis pas ici pour vous chercher des noises. Dites-moi seulement comment vous prenez contact avec le Scorpion et comment faire pour remonter jusqu'à lui ?

Robert Sebian resta bouche bée. L'homme qu'il avait en face de lui ne s'achetait pas, il n'était pas corruptible et ne serait surtout pas dupe. Ses yeux verts vifs et perçants en avaient sûrement trop vu.

Impossible de croire que même lui, le mafieux, le député de la Ve République, pourrait lui faire avaler des couleuvres.

Il réfléchit à une porte de sortie. Il n'était pas question qu'il se mette à table devant un petit flicaillon. Même si celui-là était digne d'un certain respect. Ils se jaugèrent, comme deux combattants de MMA qui s'affrontent dans l'octogone de l'UFC.

— Comme vous avez pu le constater, je suis sous pression. J'ai un contrat sur la tête. Pour tout dire, j'en ai toujours eu un, de près ou de loin.

Florent l'interpella. Verbalement. Il rêvait de le faire physiquement, mais cela devrait attendre.

— Vous avez le Scorpion sur le dos ?

— Non, pas que je sache. Un peu de patience, commissaire. Je suis sur le billot, ma tête va bientôt tomber. Je le sais. Je ne sais pas quand, mais c'est chose certaine. On n'échappe pas au Croate.

— Pardon ? Qu'est-ce que vous venez de dire ?

— Bâna, le Croate. C'est lui qui est en charge.

Florent et Emmanuelle ne purent cacher leur surprise.

— Mais comment le savez-vous ? dirent-ils en chœur.

— Vous connaissez l'adage : *Connais ton ennemi et tu te connaîtras toi-même.*

— Très bien, mais Sun Tzu est absent au comptoir depuis un moment alors si on passait aux faits ?

— Vous êtes ici parce que vous commencez à connaître votre ennemi et que c'est par mon biais que vous pensez l'atteindre. Vous faites la même chose que moi, alors ne faites pas semblant d'être étonnés.

Florent commençait à s'agacer.

— Mais pas du tout, monsieur Sebian. Nous venons vous voir pour que vous nous parliez du Scorpion et vous nous renvoyez le ballon avec un Croate. Le Scorpion est croate ? Les énigmes à deux balles, on est obligés ?

Robert Sebian se figea, fixant intensément Florent. Il se leva, fit mine de se resservir du café dans sa tasse encore pleine. Puis se retourna d'un coup vers lui.

— Et si vous aviez raison ? Je n'y avais jamais pensé. Et si le Scorpion était le Croate ? Mais oui, c'est évident !

La révélation venait sans doute de faire tomber ses ultimes réserves.

La sincérité manifeste du député avait convaincu Florent.

— Je vous retourne la question, pourquoi croyiez-vous jusqu'à maintenant qu'ils étaient deux ? Et donc, vous connaissez le Scorpion. Alors, si on pouvait aller à l'essentiel...

Une lueur amusée traversa les yeux du sexagénaire et fit perdre de sa superbe à ce grand tribun du mercredi après-midi. Ce satané flic venait de marquer un point.

— Pourquoi ? Parce que je ne l'ai jamais envisagé. Tout simplement.

— Et que pouvez-vous nous dire d'autre ?

— Pas grand-chose, si ce n'est que le simple fait d'en parler avec vous équivaut à la peine de mort. Mais dans mon cas, cela ne change plus rien. J'attends le moment où j'entendrai un sifflement et où ce sera trop tard. Vous avez vu avec Verdine, non ? Vous avez vu l'exploit dont il est capable. Abattre un ministre à plus de mille mètres, cela ne vous impressionne pas ? Eh bien, vous devriez l'être. D'ailleurs, j'ai un petit conseil. Ne vous approchez pas trop car vous pourriez devenir sa cible, vous aussi. Moi, comme je vous le disais, j'ai dit au revoir à ma famille et à mes proches. Je suis, en quelque sorte, prêt. Alors je raconte un peu. Mais pas trop.

Emmanuelle et Florent étaient stupéfaits. Les révélations devenaient saisissantes et inattendues.

— Comment pouvez-vous être sûr qu'il s'agit du Croate, comme vous l'appelez ? Et comment connaissez-vous son nom ? Et pourquoi ne vous cachez-vous pas ?

— Vous n'avez donc aucune connaissance de ses méthodes. Si je me cache, c'est après ma famille qu'il en aura, jusqu'à ce que je sorte. Vous voyez une alternative? À part accepter mon sort...

Le cerveau de Robert Sebian turbinait tandis qu'il se livrait.

Il tapa sa paume avec son poing. Singeant un programme que seuls les gens d'une autre génération et de la TSF pouvaient connaître, il s'exclama:

— Mais c'est bien sûr! Pour son nom, je viens de comprendre' Vous êtes allés voir ce coquin de Puponi. Votre information concernant le Scorpion, elle vient de lui.

Robert Sebian se mit à rire grassement.

— Mais en fait, il a la même trouille que moi. C'est comique, parce que je vous parle de Bâna pour les mêmes raisons.

Emmanuelle l'interrompit.

— Pardonnez-moi, mais vous êtes un homme qui ne souffre pas la contradiction, ni qu'on vous résiste. Comment tolérez-vous qu'il vous maîtrise et vous domine de la sorte ? Que ce soit lui le maître du jeu?

La question permit à Sebian de comprendre ce à quoi il n'avait jamais réfléchi.

— Ce qu'on recherche, quand on commence avec lui, c'est la tranquillité, l'anonymat. Pas de contact physique. Pas d'échanges personnels. Le prix est payé, et tout se déroule comme annoncé. Aucune nouvelle. Pas même un entrefilet relatant ses exploits dans les canards. Alors, on recommence. On élimine tranquillement la concurrence.

— C'est bon pour les affaires.

— Oui, vous avez raison, mais c'est avant tout pratique. Puis on réalise qu'il est onéreux. On voudrait négocier les prix. On voudrait le rencontrer, le connaître. Et là, on commet une erreur. Celle de vouloir se rapprocher. C'est interdit dans les règles qu'il fixe et ça coûte très cher. Il m'avait prévenu. Il a tué le messager qui a tenté de le suivre, puis un deuxième, plus proche, car je n'ai pas voulu céder au chantage. Puis un troisième. Et la note est salée, alors on ne recommence pas, d'autant qu'on sait qu'il détient des preuves. Et qu'on sera le prochain sur sa liste.

— Vous auriez pu cesser de contracter, l'orage passé.

— C'est vrai, mais après cet épisode, je suis devenu parano. Je me suis dit que si je ne le contactais plus, il viendrait s'occuper de moi. Alors dès que le besoin s'est fait sentir, je n'ai pas hésité bien longtemps. Enfin, et vous ne me direz pas le contraire, je n'ai jamais été inquiété par le moindre de vos services. Il n'y a rien qui me relie à lui d'aucune façon.

Florent ne put s'empêcher un sarcasme.

— Un bon petit collègue de travail, en somme. Il y en a qui vont à la pause-café et d'autres qui se font des petites tueries.

— Évidemment, je ne dirais rien devant un juge, si seulement vous y songiez.

Le député marqua une pause. Il fixait le sol, les yeux dans le vide ; ses pensées vagabondaient. Il reprit sur un ton mélancolique.

— Quoi qu'il arrive, les procédures sont si longues et les tribunaux si engorgés que je doute d'en avoir le temps.

Florent tenta son va-tout.

— Puisqu'on en est là, vous pourriez peut-être nous dire comment on le contacte ?

La réponse se fit cinglante.

— Il n'en est pas question. Ma famille n'a pas à souffrir de mes errements. Le simple fait d'avoir cette conversation la met déjà en danger.

Il montra du doigt Emmanuelle et poursuivit.

— Sans elle, vous n'auriez jamais franchi la porte d'entrée de cet hôtel particulier. Cet endroit est théoriquement imprenable. Mais vous l'aurez remarqué, dans théoriquement imprenable, il y a théoriquement.

Emmanuelle et Florent notèrent que son sens de l'humour restait intact malgré l'épée de Damoclès qui planait au-dessus de sa tête.

Le commissaire Bargamont décida d'écourter l'entretien.

— En résumé, vous nous avez décrit l'existence d'un tueur implacable et infaillible, et qui change de pseudonyme selon les contacts. On dirait de la littérature de gare.

Florent ironisa :

— Sors de ce corps, Gérard de Villiers !

— Vous ne devriez pas faire le malin, et puisque tout comme moi, vous êtes un lecteur de Sun Tzu, et ce sera le mot de la fin, réfléchissez à ceci : *Tout l'art de la guerre est basé sur la duperie.*

Les salutations d'usage achevées, Florent et Emmanuelle se retrouvèrent sur le perron. Un goût d'inachevé en bouche. Ils en avaient appris beaucoup, cependant.

Le tueur changeait d'armes en fonction des besoins, et ils avaient affaire à une seule et même personne.

Leur métier pouvait parfois conduire à des situations ambiguës. Le Scorpion, Bâna le Croate, quel que soit son nom, avait dans son viseur deux membres de la pègre nationale que la police n'arriverait jamais à arrêter. Pourquoi ne pas baisser le regard pendant quelque temps et laisser faire ? C'était tentant. Était-ce juste pour autant ?

Florent s'interrogea sur la dernière citation. Pourquoi diable avait-il conclu ainsi ? Innocent n'était pas le second prénom de Sebian, pas plus que Modeste ou Parfait, alors qui était dupe ? Lui-même, Emmanuelle ?

Qui ?

Quand on sert le pouvoir en esclave,
il vous ôte toute capacité de jugement.

Chapitre XXXIII — 27 février 2017, 10 h 55
Accélération

Ludovic, en T-shirt Adidas, pantalon Nike, veste capuche Puma – un véritable Décathlon sur pattes –, dévalait la rue du Faubourg-Saint-Honoré. Chevauchant son VTT, la chaîne tendue au maximum, il slalomait entre les voitures qui peinaient à atteindre les sept ou huit kilomètres-heure.

Autant dire qu'elles polluaient un maximum, alors qu'elles dégageraient quatre fois moins de CO_2 si elles roulaient deux fois plus vite.

Denys d'Halicarnasse, l'historien grec, n'avait-il pas déjà professé en 20 avant Jésus-Christ que le plus sûr moyen de ruiner un pays était de donner le pouvoir aux démagogues ?

Pensées bien éloignées des préoccupations de Ludovic, qui venait de fêter ses seize ans.

Pour l'instant, il voulait se débarrasser de son paquet. Il ne lui appartenait pas, mais il en était le coursier.

Une grosse enveloppe matelassée.

Pas bien lourde.

Peut-être 150 grammes, et encore. Autant dire que cela ne le chargeait pas trop. Le mec lui avait filé cent euros pour aller déposer une bête enveloppe.

Au 55 de la rue, tout près.

— Ne t'arrête surtout pas, lui avait dit le mec. Tu pédales à mort et quand tu vois les deux flics qui sont autour d'une grande porte cochère, tu balances l'enveloppe sans réfléchir.

Cent balles valaient bien quelques frayeurs.

Et puis, que risquait-il ?

Même s'il se faisait choper, il raconterait qu'un type lui avait filé de l'oseille pour aller jeter un truc sur la gueule à deux flics.

Pas de quoi passer une nuit en prison.

Son daron lui mettrait sûrement une taloche ou deux.

Il s'en foutait, avec cent balles, il avait de quoi s'acheter cinq barrettes de shit. Les copines du lycée le suceraient pour une demie.

Quelques belles pipes en prévision.

Faire le coursier dans ces conditions lui convenait donc plutôt bien.

Quand il arriva à l'adresse indiquée, il se rendit compte qu'il ne s'agissait pas de l'adresse de monsieur Tout-le-Monde. Certes, la pierre de taille ne dénotait pas dans le quartier. Mais les colonnes, l'immense grille en fer forgée de plusieurs mètres de haut et les garde-corps en pierre, taillés sur le mur d'enceinte, lui rappelaient vaguement quelque chose.

Il avait dû voir le bâtiment à la télé, mais il n'avait plus la moindre idée de l'identité du locataire.

Un premier passage rapide pour vérifier l'adresse et repérer les lieux suffirait.

Le gars avait pris en photo sa carte d'identité.

S'il ne livrait pas correctement au 55, il viendrait le démonter chez lui, avait-il ajouté.

Vu les épaules et le regard du mec à se chier dessus, valait mieux éviter de se rater.

Les cent balles, il en avait besoin.

Le sentiment du devoir accompli aussi.

Une première pour lui.

***

Sébastien Jacques découvrait le tribunal de commerce de Pontoise, juché à flanc de colline.

L'ouvrage moderne surplombait la vallée de l'Oise et permettait de contempler de loin Paris dans sa brume poisseuse.

Achevé en 2005 et destiné à accueillir un grand nombre de visiteurs, il ne brillait pas par son ergonomie. La faute à tous ces grands décideurs qui privilégiaient avant tout leurs finances.

Ainsi, seul un tout petit nombre de places de parking avait été prévu.

Obligeant tous les visiteurs à se garer le plus loin possible.

Sur des places payantes, bien évidemment.

Le plan du racket organisé était sans faille : quinze à vingt minutes de marche aller et retour, le temps de passage au portique de sécurité, l'attente au guichet où cinq fonctionnaires accomplissent fièrement le travail de deux personnes, pour finalement vous renvoyer à un autre guichet (alors qu'un premier venait de vous enjoindre à attendre à ce dernier), le renseignement enfin obtenu – ouf ! – mais impliquant de revenir avec d'autres documents pourtant non listés sur Internet… et un joli papillon verdâtre vous attend sur votre pare-brise. Techniquement impossible de passer sous la barre des quatre-vingt-dix minutes, sachant que c'est le temps maximum alloué pour stationner.

Garé sur le boulevard Jean-Jaurès, le commandant Jacques transpirait à grosses gouttes quand il parvint au sommet de la quarantaine de marches, terme de l'ascension de la rue Victor-Hugo. Il accédait enfin au privilège de pousser la porte circulaire en réparation.

Sa carte de la PJ en main, il s'apprêtait à affronter ce que des centaines de Franciliens avaient le bonheur de vivre au quotidien : les affres de l'administration dans toute leur splendeur.

L'agent de sécurité lui lança un grand bonjour sincère. L'examen de la carte fut minutieux. Sébastien Jacques écarta le pan de sa veste, devançant la question sur la présence d'un calibre. Le portique fut désactivé le temps de son passage.

Il s'expliqua à l'accueil, qui lui présenta le bureau du greffe du tribunal de commerce comme le Graal de sa quête.

Il s'empressa de grimper les étages et arriva devant le guichet, sécurisé par une épaisse glace antichoc.

Pourquoi un tel besoin de sécurité?

Un créateur d'entreprise qui arrive au terme d'un périple digne d'un parcours du combattant ne souhaite plus qu'une chose: remettre ses documents, obtenir son *Ausweis* de travail et démarrer son activité. L'excès de précaution était sans doute superflu.

Deux fonctionnaires à la surcharge pondérale ostensible réceptionnèrent le commandant en mode porte de prison.

Il tenta néanmoins d'établir un contact chaleureux.

— Bonjour mesdames, je suis Sébastien Jacques, Police judiciaire, je souhaite avoir accès à vos archives, s'il vous plaît.

Sans un regard, l'une des deux préposées lui servit une réponse cinglante à travers l'hygiaphone.

— Il faut aller sur Internet.

Sébastien poursuivit calmement.

— Oui, mais il n'y a rien sur le net, je cherche des infos sur une clinique qui a fermé début 1975 et…

L'agent étant bien décidée à se débarrasser de lui, la réponse fusa.

— Il faut aller au ministère de la Santé pour les cliniques.

— Mais ce ministère est-il compétent pour vos archives papiers?

— Au ministère de la Santé, je vous dis.

Sébastien Jacques commença à manifester certains signes d'impatience. Mais déterminé à obtenir un résultat dans de bonnes conditions, il poursuivit sur un ton poli.

— Votre idée est excellente, mais figurez-vous que c'est ledit ministère qui m'envoie ici car à cette époque, c'étaient les greffes qui détenaient les documents d'ouverture des sociétés commerciales telles que les cliniques.

Acculée au fond de l'impasse, elle cherchait un prétexte pour ne pas s'exécuter.

— Vous avez pris rendez-vous ?

Devant tant de mauvaise foi, le commandant Jacques montra cette fois les crocs.

— J'ai des vies en jeu, là. Je ne peux pas attendre de prendre un rendez-vous, ou plutôt que vous ayez envie de bouger votre gros cul de feignasse. Alors vous allez m'ouvrir cette putain de porte pour que je puisse faire mon travail, bordel !

C'est à ce moment précis que le commandant Jacques comprit la nécessité de la vitre renforcée. N'importe qui aurait des envies de meurtre face à un tel comportement. Ici, la notion de service public n'était justement qu'une notion.

Il prit une grande inspiration, profonde, lente et salutaire, et poursuivit d'un ton mielleux et sarcastique.

— Pourriez-vous, s'il vous plaît, ouvrir la porte du greffe pour que je puisse consulter les archives ? Ou bien dois-je contacter mon ministre de tutelle qui va appeler votre ministre pour que celui-ci défonce votre gueule de connasse décérébrée ? Et vous n'avez pas idée de la chance de m'avoir en face de vous.

Si Florent était venu, elle aurait mangé, la feignasse. Qu'est-ce qu'elle aurait pris ! J'aurais bien voulu assister à ça. Et pouvoir raconter un truc drôle à mes petits-enfants au coin du feu, se dit-il *in petto.*

Sans doute habituée à entendre toutes sortes d'insultes, l'employée finit par lâcher un :

— Un instant, je me renseigne auprès du président du tribunal.

Jacques poussa un soupir de soulagement.

— À la bonne heure.

***

Lancé à toute allure, Ludovic eut néanmoins le temps de remarquer que les flics chargés de surveiller l'entrée du 55 dénotaient. Aux côtés des traditionnels agents vêtus de bleu, deux autres préposés de faction arboraient un accoutrement bizarre. Des gants blancs, un chapeau obsolète avec un plumeau rouge, et des lanières or qui joignaient l'épaule aux boutons d'une veste noire. L'adolescent ne put s'empêcher de penser : *La dégaine, s'te plaît, les pingouins sont de sortie !* La tradition rivetait le passé au présent.

Le garçon prit son élan afin d'accumuler un maximum de vitesse pour s'échapper sans encombre.

Une fois l'enveloppe balancée sur le flic des temps modernes, il mit un coup de pédale supplémentaire pour s'engouffrer à contresens dans la rue de Duras, puis il prit à droite dans la rue Montalivet dont l'étroitesse le protégeait d'une poursuite en voiture. À nouveau en contresens dans la rue d'Aguesseau et à droite dans la rue de Surène, il se dirigea plein nord dans le boulevard Malesherbes pour disparaître définitivement.

Les cent euros avaient été honnêtement gagnés.

Un filet de sueur le long de la colonne et quelques coups de pédale bien appuyés plus tard, il atteignit les grands boulevards pour acheter son shit. Il souriait tout en se demandant ce que pouvait bien contenir cette enveloppe, et pourquoi un type était prêt à payer cent balles pour faire le travail de la Poste, alors que cela lui aurait coûté 3,20 euros.

Un frisson lui parcourut l'échine et le fit tressaillir.

Et si c'était de la poudre blanche ? Le poison qu'il avait vu à la télé. Il ne se rappelait plus bien le nom. De l'artax ? Du batrax ? De l'anthrax.

Oui, ça lui disait bien quelque chose, l'anthrax.

Il serait recherché par toutes les polices de France.

Il avait fini par comprendre qui habitait au 55.

Et par prendre conscience de la situation épineuse dans laquelle il se trouvait peut-être.

Se planquer devenait sa priorité absolue.

Regarder les infos aussi.

***

Une charmante jeune femme d'une trentaine d'années, mademoiselle Séverine Lucas, accueillit Sébastien Jacques aux archives. Dotée d'une réelle conscience professionnelle, elle interrompit son travail pour accompagner le commandant et voir dans quelle mesure elle pouvait lui être utile. Vêtue d'un jean et d'une chemise large baba cool, elle avait un sourire qui ne laissait pas indifférent. Sébastien Jacques fit néanmoins consciencieusement le topo sur sa recherche.

Ils entrèrent dans une pièce aux dimensions réduites, équipée de plusieurs ordinateurs.

— Où sont les archives ? demanda-t-il.

— Elles sont devant vous, répondit Séverine Lucas.

— Je ne m'attendais pas à ça.

— Et c'est quoi, ça ?

— Eh bien, des ordinateurs ; je croyais arriver dans une grande salle poussiéreuse, avec des rangées d'étagères chargées de cartons étiquetés. Comme dans les films, quoi. Vous me comprenez, n'est-ce pas ?

— Oui, commandant, je vous taquine. Mais depuis 2013, toutes les archives du Val-d'Oise ont été numérisées.

Tout n'est pas en ligne sur Internet. En revanche, ces ordinateurs ont accès à toutes les données scannées. Et vous trouverez la réponse à vos questions ici. Je vais vous montrer comment cela fonctionne. C'est un peu ardu au début.

Satisfait d'avoir affaire à une personne compétente, Sébastien Jacques prit place face à un écran plat de 24 pouces.

Séverine observait l'officier du coin de l'œil. Elle le trouvait séduisant malgré sa cinquantaine et ses cheveux grisonnants. Un petit air de George Clooney, pas désagréable du tout, même si elle n'était pas fan de la coiffure en brosse.

Elle le titilla pour le tester.

Depuis que son copain l'avait larguée comme une vulgaire baudruche, et pour ne pas s'apitoyer sur son sort, elle collectionnait les conquêtes. Elle ne s'en cachait pas auprès de ses copines qui l'enviaient secrètement, à double titre : Séverine était jolie, et elle s'affranchissait du jugement sociétal.

Elle n'était pas une fille facile. Car elle choisissait qui la ferait jouir de la vie, et quand.

Tout en lui expliquant le fonctionnement du logiciel, elle appuya ostensiblement sa poitrine contre l'épaule de l'officier.

Elle lui indiqua où cliquer, quel menu utiliser ; quand il bloquait, elle lui prenait la main, au sens propre, et le guidait. La tension monta ainsi progressivement dans la petite pièce. Sébastien Jacques ne se montra pas longtemps insensible à tant d'empressement.

***

Le flic qui avait reçu l'enveloppe en plein thorax était furibond. Il n'avait même pas vu le cycliste débouler, occupé qu'il était à mater le cul d'une superbe Russe, chargée comme un mulet avec ses achats luxueux.

Il s'en voulait terriblement.

Le type aurait sorti un calibre et fait feu, il ne serait plus de ce monde pour en témoigner.

La surprise passée, il eut tout juste le temps de voir le dos de ce qui lui semblait être un adolescent, un jeune homme tout au plus.

L'enveloppe était matelassée. Calligraphiée. À l'attention de monsieur Clarck.

Un examen tactile suggéra la présence d'éléments autres que du papier à l'intérieur.

Il appela le commandement pour se faire relever et donner le paquet aux gars de la scientifique.

Une volée de bois vert s'abattit sur lui : comment était-il possible de n'avoir rien vu venir et d'être incapable de décrire une potentielle menace pour le Président ?

Impossible évidemment d'évoquer la belle Slave à l'origine de la distraction.

Restait la piste des caméras de surveillance pour découvrir l'identité du facteur.

Il fallut un peu plus de vingt minutes pour que les démineurs s'assurent de l'absence de danger d'explosion, et trente autres minutes pour que les blouses blanches fassent leurs analyses et ouvrent enfin la missive.

L'étonnement se lut sur tous les visages.

Un bout de ficelle, un élastique, un trombone et deux ziploc.

De qui se moquait-on ?

L'information fut relayée et transmise à qui de droit. Puis les éléments furent envoyés au service indiqué par l'Élysée.

À travers les sacs plastiques transparents, Florent Bargamont observait les échantillons d'énigmes supplémentaires qui venaient d'atterrir sur son bureau.

Si le schéma se répliquait, quelqu'un allait mourir ou bien était déjà mort.

Ces objets hétéroclites étaient sûrement le moyen de découvrir son identité.

Tous les messages étaient d'une manière ou d'une autre adressés au Président, et c'était ce qui troublait Florent. Il devait forcément connaître la signification de tous ces éléments, ou au moins en avoir une idée. La publicité, la photo du générique, la carte postale, et maintenant des attaches.

Deux sur quatre étaient identifiés. Verdine et Stromboli. Florent devait rassembler les pièces du puzzle qui, une fois complet, livrerait de lourds secrets ou de sombres manigances impliquant le président Clarck. Car sinon, pourquoi fourguer l'enquête à l'un des ténors du 36 ?

Lorsque la boîte de Pandore s'ouvrirait, tout risquait de lui exploser au visage, et il n'aimait pas ça, mais alors pas du tout.

Pour l'heure, Florent n'entrevoyait aucune issue à cette sordide affaire… et il la pressentait fatale pour le président Clarck. Il avait certes donné l'alerte, mais cela ne suffirait pas. La mort d'Hubert Clarck était imminente, et ils n'y pourraient rien changer, quoi qu'ils fissent.

Florent se trompait rarement.

***

Difficile pour Sébastien de rester concentré. Le parfum sucré de Séverine Lucas lui chatouillait les narines et la promiscuité qu'elle lui imposait menaçait de lui faire perdre le contrôle. Son regard sentait franchement le cul, comme aurait dit Bruno Solo alias Yvan dans *La Vérité si je mens*. Il percevait la rondeur et la fermeté de ses seins dans son dos et dut faire appel à toute sa maîtrise pour rester impassible. Ce qui ne l'empêcha d'avoir un grand coup de chaud et l'entrejambe en ébullition à l'idée d'une Séverine Lucas nue comme Aphrodite, le chevauchant comme Sharon Stone dans *Basic Instinct*. Secouant la tête pour se débarrasser de ses visions volcaniques dignes d'un adolescent prépubère, il fit mine de s'asseoir plus confortablement, d'une part pour se mettre effectivement plus à l'aise – la situation devenant tendue –, et d'autre part pour signifier à mademoiselle Lucas qu'un peu d'espace vital ne leur ferait pas de mal.

Un professionnalisme à toute épreuve, ce Sébastien Jacques.

Enfin, quand même, Séverine Lucas ferait une Sharon Stone très convenable...

Séverine pensait pourtant l'affaire pliée et fut mi-contrariée, mi-amusée par la réaction du commandant. Contrariée, car elle se voyait déjà hurler de plaisir, plaquée contre un mur par le large torse du commandant ; amusée parce que finalement, ce n'était pas tous les jours qu'un homme résistait à ses avances. Sûre de son charme, elle mettait cela sur le compte de la conscience professionnelle du monsieur, et elle se dit que finalement, il n'était peut-être pas comme les autres. Trop tard pour une approche plus sage, elle avait raté le coche.

Après quelques instants de flottement pendant lesquels ils tentèrent de reprendre leurs esprits, ils reprirent leur recherche sur la clinique ayant fait faillite en 1975 ou1976 à Montmagny.

Clinique des Sources. Au 11, rue Pelletier.

Située à côté du stade Charles-Grimaud, du nom d'un gamin tué par les Nazis en 1944, pendant la débâcle de l'armée allemande.

Un crétin, un couard, s'était « fait » un Boche en lui tirant une balle dans le dos, alors qu'il n'aspirait qu'à rentrer en Allemagne le plus rapidement possible et ce, par n'importe quel moyen. Dix-huit jeunes magnymontois furent abattus en signe de rétorsion.

La clinique avait été créée le 30 octobre 1968, par François Desliens, et fermée le 31 décembre 1976.

— Huit ans c'est peu pour une clinique, non ? s'étonna Sébastien.

Il savourait ses recherches. Au sens propre comme au sens figuré. Barga serait content. Il ne manquait plus qu'à dénicher l'adresse du dirlo et l'affaire serait dans le sac.

Mais voilà, la clinique était fermée depuis quarante ans. Et le François en question reposait probablement six pieds sous terre.

Le commandant avait toutefois sa petite idée pour retrouver rapidement ce Desliens.

Direction la trésorerie d'Enghien-les-Bains, où il allait solliciter un inspecteur qui lui était redevable.

Les au revoir furent discrets et courtois, teintés de non-dits, voire peut-être de regrets.

Sébastien Jacques sortit du bâtiment tout émoustillé, arborant un sourire satisfait.

Quelle matinée ! Je doute que mes prochaines fouilles « archivesques » se terminent sur un épisode aussi épicé. Dommage que je ne l'ai pas rencontrée en dehors du boulot, celle-là, je vais peut-être le regretter. Bon, retour à la réalité, j'appelle le boss.

Il se saisit de son smartphone et lança l'appel sans imaginer ce qui allait suivre.

— Barga ?

— Seb, tu as l'info ?

— J'ai retrouvé la trace de la clinique des Sources. Le problème, c'est qu'elle est fermée depuis un sacré bout de temps. Mais j'ai ma petite idée pour débusquer l'ancien propriétaire, si toutefois le gars est toujours en vie.

— Tu en as pour longtemps ?

— Non, je ne crois pas, je suis à Pontoise, le temps de revenir à Enghien, de mettre quelques jetons dans les machines à sous du casino et j'arrive.

— Et c'est le moment de te foutre de ma gueule ?

— Non, je plaisante, c'est tout.

— Ok super, très drôle, je me gondole de rire. Bon, et le type, il s'appelle comment ? Parce que dès que tu as l'adresse, tu m'appelles, que je vienne le cuisiner.

— François Desliens.

Un blanc s'installa.

— Barga ?

— …

— Florent, tu es là ?

— Comment as-tu dit ? François Desliens ?

— Oui, pourquoi, tu le connais ?

— Non, mais je peux t'affirmer que s'il est encore en vie, ce n'est plus pour très longtemps. Pas le temps d'aller à Enghien. Appelle directement ton contact. Dis-lui qu'il s'agit d'une question de vie ou de mort et que nous avons besoin de cette adresse immédiatement.

Le commandant Sébastien Jacques affichait une mine éberluée tellement pittoresque qu'elle aurait interpellé plus d'un badaud.

— Hein ? Quoi ? Je ne comprends rien. Comment tu peux savoir qu'il est toujours en vie ? Juste avec son nom ? Putain, Barga, tu n'es pas facile à suivre.

— Raccroche et appelle. Je te dirai après. On n'a vraiment pas le temps. C'est sans doute déjà trop tard !

Sébastien s'exécuta en maugréant. *Il faudrait savoir. Il est en vie, mais il est peut-être déjà trop tard ! Il fait vraiment chier.* Après un échange bref mais néanmoins efficace, il dégota l'adresse en question. La Mâchepinière. Dans la Mayenne. Un lieu-dit, un aparté dans la cambrousse, un bled parfait pour qui souhaite disparaître.

Effectivement, le gars était toujours en vie. Barga avait, selon l'administration fiscale, encore une fois raison. Mais il allait falloir qu'il s'explique.

Il rappela illico.

— J'ai l'adresse, annonça fièrement Sébastien.

— C'est loin ? répondit Florent sans manifester quoi que ce soit.

— Je viens de regarder sur Maps, c'est à la limite de la Mayenne et de l'Orne. Je t'envoie l'adresse par SMS. Ok ?

— Et merde !

— Pardon ?

Florent avait raccroché.

C'est une grave erreur que d'échafauder une théorie avant d'avoir rassemblé tous les matériaux nécessaires ; cela ne peut que fausser le jugement.
Arthur Conan Doyle

Chapitre XXXIV — 27 février 2017, 13 h
Précipitation

— Loïc ? Loïc ? T'es où ?

Florent hurlait dans les couloirs du 36. Les cris résonnaient d'un étage à l'autre. Certains sortirent de leur bureau pour voir quel était l'énergumène qui braillait de la sorte. D'autres en avaient déjà une petite idée. Et ceux qui reconnurent l'auteur des vociférations retournèrent *illico presto* à leur besogne, feignant d'ignorer le tumulte.

— Vous n'avez pas vu Loïc ? Personne ?

Florent fulminait.

Il allait sortir pour vérifier sur le quai lorsque l'intéressé lui rentra dedans. Sans comprendre pourquoi, le pauvre capitaine se fit incendier.

— Mais bordel de merde, ça fait dix minutes que je te cherche partout !

— Je suis allé me chercher un sandwich, c'est un truc qui se fait vers midi.

— Et ton putain de portable ? C'est aussi un truc qui se fait, de décrocher quand on t'appelle !

Étonnamment, Loïc restait calme.

L'ire incompréhensible de Barga ne le touchait pas. Question d'habitude.

— Au lieu de m'engueuler, tu me dirais ce que tu veux, je pourrais peut-être faire quelque chose.

— Je vais sans aucun doute détester ce que je vais dire maintenant, mais je n'ai pas le choix. Tu as fait le plein ?

— Oui, on va où ?

Loïc se bidonnait intérieurement… Le visage soudainement blafard de Florent était comique. Son chef détestait vraiment la très haute vitesse. Il tenait sa petite vengeance.

— À la limite de la Normandie et des Pays de la Loire.

— Combien de kilomètres ?

— Presque trois cents par l'autoroute.

— On n'en a pas pour longtemps. Une heure et demie à tout casser.

— C'est parti.

Tout juste installé dans les sièges baquets, le commissaire brancha son chargeur. Son téléphone allait fonctionner sévèrement.

Il devait passer une salve de coups de fil importants.

Tout d'abord, prévenir Emmanuelle pour qu'elle déclenche un déploiement immédiat des gendarmes depuis Lassay-les-Châteaux, dans la Mayenne.

Tenter de faire la même chose parallèlement avec ceux de Bagnoles-de-l'Orne.

La Machepinière était à la frontière des deux départements.

Et dans les deux cas, les convaincre d'envoyer un escadron pour encercler la petite propriété de François Desliens et le garder en vie jusqu'à ce qu'ils arrivent.

Et pourquoi ?

Simplement parce que Florent Bargamont avait une grosse, une très grosse intuition.

Un peu léger pour décider un capitaine ou un commandant de gendarmerie.

Non, pour avoir une chance, une impulsion de la place Beauvau sollicitant son homologue de l'hôtel de Brienne s'avérait nécessaire.

Les chaînes de commandement montantes et descendantes seraient ainsi respectées.

Arrivés sur l'A11, les communications se firent plus difficiles. Le compteur de la M3 s'affolait. Sirène et gyrophare allumés, le bolide traçait sa route. Ils ne mirent pas tout à fait cinquante-cinq minutes pour rejoindre Le Mans avant de remonter vers le nord par l'A28 en direction d'Alençon.

Le calvaire s'accentua dans la dernière partie du trajet. Florent fermait les yeux quand son acolyte doublait des camions dans les angles morts.

Et pourtant, malgré sa peur, il devinait que c'était sur leur lieu de destination que se profilait la véritable probabilité de rencontrer la grande faucheuse.

Pour eux, pour les gendarmes, mais surtout pour François Desliens.

Florent reçut un message d'EDQ tandis qu'ils traversaient Pré-en-Pail, l'informant que les gendarmes avaient établi un cordon autour de la maison.

Dans quelques minutes, Florent saurait s'il avait raison.

La traversée de Couterne effectuée, ils tournèrent à droite après avoir franchi la Mayenne et changé de département. Au bout d'un petit kilomètre vallonné, un barrage de gendarmes les accueillit.

Le nom de Bargamont opéra comme un sésame. Un dernier virage à gauche et la Mâchepinière était indiquée sur un vieux panneau rouillé. Une butte, une colline, un promontoire avec quatre maisons. La propriété était clôturée par une haie de troènes au feuillage épars, laissant au badaud improbable la possibilité d'observer au travers.

Ils abandonnèrent leur véhicule au bord du chemin qui constituait le seul accès au lieu-dit.

Le terrain était vaste, proche d'un demi-hectare et en pente douce. Y trônait une maison toute simple : deux portes avec doubles panneaux horizontaux, trois fenêtres et deux chiens-assis composaient sa façade. Un cocker s'en donnait à cœur-joie et finit par faire sortir François Desliens de sa demeure.

Malgré ses injonctions répétées, François Desliens ne parvenait pas à calmer son compagnon à quatre pattes. Agacé, il sortit alors sur le perron pour comprendre ce qui l'agitait ainsi.

Le dentier du vieil homme faillit se décrocher à la vue de l'escadron complet qui entrait dans sa cour.

— Je n'ai rien fait, je vous le jure, je n'ai rien fait ! cria l'homme à la crinière blanche décatie.

— Tout va bien, monsieur Desliens ? interrogea Florent.

Le vieil homme examina attentivement son interlocuteur. Ses yeux, surtout ; il mit du temps à s'en détacher. De grands yeux verts hypnotiques qui le transperçaient et lui filaient la chair de poule. Il baissa le bout de son nez pour tenter d'évacuer la pression. En pleine réflexion, François Desliens se mit à trembler de tous ses membres frêles.

Il n'avait vraiment plus que la peau sur les os, le petit vieux.

Florent lui prit l'avant-bras gauche et Loïc, qui venait de le rejoindre, empoigna l'autre. Ils le portèrent plus qu'ils ne le soutinrent jusqu'à la grande pièce qui servait de cuisine, de salle à manger et parfois, dans certaines fermes, de salle de bains.

Ils l'installèrent confortablement.

— Il faut que je prenne un petit remontant, messieurs, implora Desliens.

— Que voulez-vous ? s'enquit Florent.

— Ouvrez la porte du buffet derrière moi, vous voulez bien, mon garçon. Il doit me rester un petit peu de Suze.

Florent s'exécuta.

Il ne put s'empêcher de s'esclaffer en saisissant une bouteille format familial.

— Eh bien, je vois qu'on ne se laisse pas aller ! Et c'est pour vous tout seul, ça ? La bouteille est presque plus grande que vous.

— Ce n'est pas très gentil de se moquer des vieilles personnes, se plaignit leur hôte.

Après avoir servi trois verres malgré le refus poli de Loïc et Florent, loin de perdre le Nord, il questionna ses invités inattendus.

— Vous m'avez demandé si j'allais bien, tout à l'heure. Je ne suis pas sûr que vous ayez besoin d'un tel déploiement de force pour vous en enquérir. Le téléphone, ça existe, vous savez, même pour les ancêtres.

— Votre téléphone est sur liste rouge, au cas où vous l'auriez oublié. Pas le temps de demander une commission rogatoire pour l'obtenir, d'autant que vous n'êtes suspect d'aucun crime.

— Ah oui, c'est vrai, maintenant que vous me le dites.

Florent abrégea.

— Je ne vais pas tourner autour du pot, monsieur Desliens.

— Allez-y, je vous écoute.

— Je pense que votre vie est en danger, monsieur.

— Vous n'aviez pas non plus besoin de convoquer la cavalerie pour me dire cela ; à mon âge, je le sais bien.

— Je ne plaisante pas, vous savez. J'ai l'intime conviction que quelqu'un veut vous tuer.

— C'est curieux, pourquoi voudrait-on faire cela ? Je ne suis une menace pour personne. Regardez-moi. Qui voudrait faire un truc pareil à un vieillard? Il suffit d'attendre encore un peu et cela va venir tout seul.

— J'aurais bien aimé que vous répondiez à la question que vous venez juste de me poser.

Florent le toisait, essayant de le déchiffrer.

— J'ai payé mes impôts, alors j'espérais être tranquille.

— Je suis sérieux, monsieur Desliens. Ce serait en relation avec la clinique des Sources. Vous vous rappelez avoir été directeur de cet établissement ?

— Dites donc, jeune homme, un peu de respect. Je ne suis pas sénile, que je sache. En tout cas, pas encore. Oui, je me rappelle avoir été directeur de cette clinique, c'est même moi qui l'ai créée. J'ai dû la fermer en 1975 ou 76, les dates m'échappent. Je suis un piètre gestionnaire. J'ai fait faillite. Et pourtant c'est rare dans ce métier. Mais je voulais que les patients soient bien traités. Hippocrate, quoi. Et les dépenses étaient plus importantes que les rentrées. Vous croyez qu'un fournisseur que je n'ai pas payé m'en voudrait encore ?

— Non, je ne le pense pas. Vous souvenez-vous de Marie-Noëlle Stromboli ?

— Très bien, comment va-t-elle ?

— Elle est décédée.

— Ah, c'est ennuyeux.

— C'est tout ce que vous trouvez à dire ?

— Qu'est-ce que vous voulez que je vous dise ? Il doit y avoir près de quarante ans que je n'en ai plus entendu parler. Pour tout vous dire, je crois que ma mémoire avait même oublié jusqu'à son nom. Bon, et vous aviez besoin de venir avec un escadron pour m'informer du décès de cette ancienne collègue ?

Florent commençait à détester sérieusement le bonhomme avec ses remarques à deux sous.

— La compassion, la commisération, la pitié, ce sont des concepts que vous ignorez ?

Le vieil homme prit une longue inspiration.

— Très franchement, j'ai oublié tout ça. Qui veut se souvenir d'un échec cuisant ? J'ai fait faillite. Il faut vivre toute une vie avec un fardeau pareil. De plus, il y a longtemps que mon cœur est mort.

— C'est la solitude qui vous a rendu neurasthénique ou c'est naturel chez vous ?

Florent était vraiment agacé.

— Et si vous me disiez pourquoi vous êtes ici ?

— À la bonne heure. Êtes-vous en contact avec Hélène Daura? Avez-vous été en contact avec Gonzague Verdine ?

— Gonzague Verdine ? Le ministre assassiné ? Je crois que l'unique contact que j'ai eu avec cet homme, c'est devant la télévision, le mois dernier. Quant à Hélène Daura, ne me dites pas qu'elle est morte. Cela constituerait une coïncidence fâcheuse.

Cette fois, Florent appréciait la tournure.

— Je crois que j'ai votre attention maintenant.

— Vous l'avez, jeune homme, vous l'avez. Comment sont-ils morts tous les trois ?

— Un tueur à gages particulièrement doué s'est chargé de leur exécution. Le seul truc, c'est que pour s'assurer du résultat de sa mission, il a assaisonné ses projectiles à la sauce cyanure de potassium. Juste pour être sûr qu'il n'y ait pas de ratés. Ce qui m'amène à vous poser quelques questions.

Florent prit une pause pour réfléchir.

— Auriez-vous, et je vous pose la question sans sarcasme, joué avec ce composé chimique, il y a une quarantaine d'années ? Et si oui, y aurait-il eu un incident ? Un blessé ? Un mort ?

La réponse fut franche, directe et sans équivoque.

— Non, absolument pas, je vous l'assure, sans aucun doute possible.

Florent demeurait sceptique.

— Vous êtes vraiment sûr ?

— Catégorique.

— Prenons alors le problème sous un autre angle. Sachant que nous avons deux personnes de votre établissement qui viennent de se faire raccourcir leur bail sur terre, et que lesdites personnes ont travaillé pour vous, quel est le lien que nous devrions envisager avec Gonzague Verdine ?

François Desliens pâlit.

— Je suis vraiment désolé, mais en toute sincérité, je ne connais pas cet homme, et n'ai absolument jamais été en relation avec lui. Je vous le jure devant Dieu.

Loïc interrompit le septuagénaire.

— Vous êtes croyant au moins ?

Desliens toisa le capitaine.

— Pratiquant, monsieur, et fier de l'être. Donc devant Dieu, je vous le dis. Je ne connais pas et je n'ai jamais connu cet homme.

Florent fut convaincu, même si cela ne l'arrangeait guère.

— Et vos deux salariées ? Qu'ont-elles en commun qui justifierait que quelqu'un souhaite toujours les assassiner quarante ans après ? Le meurtrier ne doit pas être tout jeune. Quel patient est mort par votre faute ? Quelle est l'opération qui a merdé suffisamment pour que quelqu'un veuille se venger après autant de temps ?

— Je redoutais cette question.

Loïc s'interposa à nouveau.

— Tu m'étonnes, il doit en avoir lourd sur le haricot.

— Non, monsieur, c'est tout le contraire. Pas la moindre idée et je sais que cela ne va pas vous satisfaire.

— Gagné papy, gagné.

Florent regarda Loïc.

— Je commence vraiment à avoir une mauvaise influence sur toi, mon Loïc. J'aurais pu la faire celle-ci.

— Si vous avez fait faillite, il doit y avoir des raisons. Des assurances trop chères à payer parce que trop de dégâts sur les clients. Trop peu de personnel pour assurer et une ou deux opérations critiques qui partent en sucette. Le quotidien, quoi.

— Les patients.

— Quoi les patients, justement, je vais finir par ne plus l'être.

— On dit des patients et non des clients. J'ai fait faillite parce que j'étais un mauvais gestionnaire. Il est temps de passer à autre chose.

Encouragé par la remarque de Florent, Loïc s'emporta.

— Eh oh, il se calme papy, hein ? On vient ici pour éviter qu'il ne se fasse trouer la paillasse par le virtuose du dessoudage, alors un peu de reconnaissance, ce serait pas de refus.

— Vos questions ne mènent à rien. Il n'y a eu aucun incident de ce genre dans la clinique pour une raison très simple : nous ne pratiquions que très rarement des opérations pointues. Déjà à l'époque, on essayait de se cantonner aux opérations ambulatoires. C'est pour cela que je suis catégorique. Si je suis en cause, ce n'est pas là qu'il faut chercher.

Florent sauta sur l'occasion et planta ses yeux froids dans les prunelles du vieillard.

— Et où devons-nous chercher, monsieur Desliens, où devons-nous chercher ? Ce serait plus simple si vous nous le disiez, vous ne croyez pas ?

— Inspecteur...

— Commissaire, on dit commissaire, monsieur Desliens. C'est un peu comme pour les patients, vous voyez ?

— Commissaire, je ne sais pas quelle peut être la raison de tous ces meurtres. Je ne vois pas ce qui pourrait susciter l'intérêt acharné d'un redoutable criminel.

Une nouvelle fois, Florent prêcha le faux.

— Bon, de toute façon, avec ce qu'on a sur vous, on va gentiment visiter votre domicile avec votre accord, sans rien déranger, et puis on vous emmène à Paris. Je vais vous placer en garde à vue.

— Mais vous n'avez pas le droit, mais vous n'avez pas le droit, bégaya le papy.

— Vous n'avez qu'à coopérer ! Loïc, lève-toi et regarde dans la pièce d'à côté si tu trouves quoi que ce soit qui pourrait corroborer notre thèse. Et ne chamboule rien ! On ne voudrait pas que monsieur porte plainte pour exercice inapproprié de la force publique.

Sachez vous éloigner, car,
lorsque vous reviendrez à votre travail,
votre jugement sera plus sûr.
Léonard de Vinci

Chapitre XXXV — 27 février 2017, 15 h
Small Blind !

Loïc entra dans la pièce sombre et poussiéreuse.

Une table en merisier, un buffet assorti.

Des tableaux, ou plutôt des croûtes accrochées aux murs ternissaient encore un peu plus l'atmosphère déjà lourde.

Le canapé était décoré d'une auréole grasse, témoin des longues heures de sieste devant le poste de télévision.

Une bibliothèque poussiéreuse cachait l'autre pan de la pièce.

Elle contenait principalement des classiques, rangés méthodiquement.

Au centre, de vieilles éditions illustrées des œuvres intégrales d'Apollinaire et de Gorki.

Plusieurs piles de journaux désordonnées s'accumulaient sur la commode. Certaines dataient de plusieurs décennies. Les plus récentes, de quelques décades.

Toute la presse, toutes couleurs politiques confondues, y était représentée. Loïc en feuilleta rapidement un panel, mais ne trouva rien qui l'interpellât.

Il entendait Florent poursuivre son interrogatoire.

— Monsieur Desliens, je viens de me taper trois cents kilomètres pour m'assurer que vous étiez toujours en vie, et pour obtenir des réponses sur ces faits que vous avez qualifiés tout à l'heure de « fâcheuses coïncidences ». Alors j'aimerais une coopération un peu plus soutenue de votre part. Si vous n'y voyez pas d'inconvénient majeur, bien sûr!

— Écoutez commissaire, je vous le répète, je n'ai pas la moindre idée de qui pourrait en vouloir à ma vie.

Florent haussa le ton une fois de plus.

— Vous commencez vraiment à me chauffer. Deux employées viennent de se faire trucider sans avoir la moindre chance d'en réchapper et vous n'émettez pas la moindre hypothèse, même douteuse. Ne serait-ce que pour me montrer, et leur montrer, un peu de respect.

François Desliens tenta une réponse, mais Florent l'en empêcha.

— Pendant qu'on parle, Loïc va nous dégoter une bonne raison de vous emmener à Paris. On va vous mettre en garde à vue quarante-huit heures, dont une bonne dizaine avec une ou deux racailles qui vont bien s'occuper de vous dans la cellule. On va se trouver un bon petit argument tiré de derrière les fagots pour vous relier avec Gonzague Verdine. Et hop, le tour est joué. Rebelote et dix de der, on reprend quarante-huit heures dans les dents.

Les yeux du septuagénaire tournaient dans leur orbite. Son cerveau fonctionnait à plein régime. L'idée d'aller se coltiner quelques dizaines d'heures avec des paumés de banlieue ne l'enchantait guère. Pas d'autre choix que de livrer une théorie à ce flic coriace.

Il crut un instant que Loïc le sauverait quand il le vit revenir dans la pièce, un cadre entre les mains.

— Regarde, Florent, j'ai ce qu'il faut.

Les yeux souriants, le visage triomphant, Loïc avançait, brandissant une photo jaunie par le temps.

— La rentrée des classes à la clinique des Sources à Montmagny-Plage. Tout le monde y est: notre réfractaire ici présent, notre Marie-Noëlle nationale, et notre Hélène.

Attends, attends, ce n'est pas le Gonzague, là, en arrière-plan? Il lui ressemble drôlement.

Florent renchérit, bardé d'ironie.

— Comment ça, Loïc? Tu insinues que monsieur Desliens, docteur en médecine, ancien directeur de feue la clinique des Sources, nous aurait menti? Montre-moi!

Se saisissant du cadre élimé, il fit mine de l'étudier attentivement, méticuleusement, et surtout, hypocritement.

— Oui, on reconnaît bien là, au premier rang, Marie-Noëlle. Elle semble toujours prête à rendre service, hein? Et puis là, à côté, ah oui, c'est bien Hélène Daura. Et derrière le grand dadais, ou plutôt le grand serin, c'est le ministre Verdine. On le reconnaîtrait entre tous. Pas de doute, Loïc. Beau boulot. On va embarquer monsieur.

La terreur s'empara du pauvre Desliens, définitivement acculé. Il se défendit farouchement. Avec les limites de son âge.

— Mais vous n'avez pas le droit, commissaire, c'est dégueulasse. Vous voyez bien qu'il ne ressemble en rien à Verdine. C'est le docteur Hector Baillet, qui travaillait à la clinique. Faire cela à une vieille personne! En plus le grand serin, comme vous dites, c'est moi! M'arrêter pour ne pas être capable de vous répondre ne vous suffit pas, il vous faut m'humilier en plus. Mais vous êtes une ordure, une merde sans nom!

Florent sourit, goguenard.

— Arrêtez de me flatter, monsieur Desliens, je ne vis pas aux dépens de, etc.

Florent imprima avec ses mains un mouvement de moulinet.

Il se dirigea ensuite vers la double porte d'entrée, ouvrit le pan supérieur et harangua le gendarme en faction devant la porte.

— Vous pouvez aller chercher le panier. On a une feuille de chêne, sans le gland, à embarquer.

François Desliens se leva d'un coup de sa chaise, comme pour défier le sort et ses adversaires. Il bomba le torse et s'avança, prêt au combat.

Le petit vieux devint soudainement poussif, son souffle se raccourcit subitement.

Un souffle haché, beaucoup trop irrégulier.

Une douleur profonde et brutale envahit son bras gauche, puis sa poitrine ; il s'écroula dans sa cuisine comme une masse. Sa tête heurta violemment le sol dans la chute. Il finit par lâcher un chuintement rauque suivi de borborygmes inintelligibles.

Florent et Loïc comprirent dans la seconde et hurlèrent à l'unisson à l'adresse du sergent.

— Un défibrillateur, vite ! Et appelez une ambulance, magnez-vous le cul, il nous fait une crise cardiaque !

Loïc avait déjà sauté à califourchon pour lui masser le thorax comme on le lui avait appris au cours de secourisme. Méthodique, calme et avec son incroyable sang-froid.

Dès qu'il était sous l'emprise du stress, il devenait capable d'évacuer toutes les émotions.

À croire qu'il en était totalement dénué. Ce qui, quand on le connaissait, était on ne peut plus loin de la vérité.

Les tuniques bleues arrivèrent très rapidement et ouvrirent de suite la chemise du vieil homme.

Un des gendarmes connaissait visiblement bien la procédure et tous lui laissèrent le champ libre pour intervenir.

Il posa les électrodes sur la poitrine et envoya le choc dès que l'appareil émit le signal approprié.

Une voix mécanique rappelait les gestes à poursuivre. Le massage, la fréquence, le bouche-à-bouche... La réanimation pour les nuls, en quelque sorte.

Un deuxième choc fut envoyé, puis un autre. Ils s'acharnèrent tous au-delà du raisonnable.

Les minutes s'égrenèrent dans un silence contrit.

L'acte de décès indiqua que François Desliens avait quitté le monde des vivants le 27 février à 15 h 34. Emportant avec lui ses secrets et leur unique chance de remonter jusqu'au coupable.

Le corps du défunt fut préparé et transporté en direction de la morgue la plus proche.

Une autopsie serait diligentée par une enquête interne. Elle constaterait qu'il n'y avait pas eu de coups et conclurait que seul le cœur fatigué de François Desliens avait causé un arrêt prématuré en gare du dernier soupir.

Des scellés furent posés, selon la procédure *ad hoc*.

Au loin, une moto pétarada, sans que personne y prête attention.

La tourmente, le cyclone, le tohu-bohu médiatique allait jeter Florent Bargamont en pâture aux rapaces de tous bords.

Et pas seulement médiatique, d'ailleurs.

Quelle bizarrerie dans nos jugements !
Nous exigeons que l'on s'occupe utilement,
et nous méprisons les hommes utiles.
Denis Diderot

Chapitre XXXVI — 28 février 2017, 9 h 05
VDM

— Florent, tu es un irresponsable! Un malade, un névrotique! Il y en a marre de tes méthodes à la con!

Le Chat écumait de toutes parts.

— Comment penses-tu que nous allons gérer ce bordel insensé?

Granville n'utilisait que très rarement un vocabulaire si fleuri.

Les deux grossièretés lâchées en quelques secondes témoignaient de sa profonde irritation. Et aucun signe d'apaisement n'était en vue.

Florent tenta malgré tout de répondre, mais il n'en eut pas le loisir.

Granville, de son index, lui imposa le silence. Lui signifiant notamment que les questions qu'il lançait n'attendaient pas de réponses immédiates, mais qu'il lui fallait libérer les cavaliers de l'Apocalypse qui se déchaînaient dans sa tête.

Il poursuivit donc, levant le ton d'un cran supplémentaire. Comme si c'était possible, le volume sonore étant pourtant déjà considérable.

— Parce qu'au réveil, la tartine tout juste trempée dans la confiture et qui se met à dégouliner sur mon pantalon, tout ça parce que je sursaute en voyant que Maurice de Quezac essaye de me joindre sur mon portable, c'est une expérience que je ne souhaite pas renouveler tous les jours. J'imagine que tu peux comprendre ça, non ?

Gérard Granville n'attendait toujours pas de réponse.

Mais l'orage semblait faiblir.

Il poursuivit cependant avec la même véhémence.

— Je me prends donc Rafales, Scud et Mistral dans la poire depuis la place Beauvau. C'est également une sensation que je ne souhaite pas renouveler, encore moins dès potron-minet.

Florent ne baissait pas les yeux, mais prudent, il ne mit aucune lueur, aucune ardeur, aucune animosité dans son regard.

Et le Chat reprit sa litanie.

— Ah ! Avant que j'oublie. Le standard du 36 qui explose dès l'ouverture. Qu'est-ce qu'on en fait ? Les journalistes font leur travail. Rien à dire. Ils veulent comprendre pourquoi le premier flic de France va déboulonner un petit vieux qui ne demandait rien d'autre qu'on lui foute la paix.

Cette fois, Florent n'en menait plus large. L'orage ne se tassait finalement pas. Il faudrait bien qu'il monte à l'assaut, mais les destriers du grand chef avaient encore un peu trop d'énergie cinétique. Patience resta son maître-mot. Le commissaire principal le morigéna de plus belle.

— Et pour couronner le tout, monsieur nous organise sa petite orgie funèbre au beau milieu du plus grand déménagement du siècle ! Tu mourais d'ennui, avoue, hein, c'est ça ? Le départ aux Batignolles ne te suffisait pas ? Le petit macchabée au passage, c'était pour occuper les foules ? Mais bordel de bordel, qu'est-ce qui t'a pris d'aller enquiquiner un petit vieux de plus de soixante-dix ans ? C'était un danger pour la nation ? Il allait commettre un attentat ? Et tu as trouvé quoi chez lui, redis-moi ce que tu as déniché ? Que dalle, rien, nichts, nada, niet, peau de zob.

Florent commit une erreur. Il interrompit son chef… maladroitement.

— Mais Gérard, il allait se faire buter par le Scorpion ou par le Croate.

Gérard Granville se figea, inspira et toisa son fils spirituel. Celui qu'il ne voulait habituellement jamais réprimander. Mais son regard noir indiqua que la colère venait de monter encore d'un cran. Il posa chacun de ses poings sur ses hanches.

— Mais il se fout de ma gueule ! C'est officiel !

— Pas du tout, osa Florent, qui venait de réaliser sa boulette.

— Tais-toi, ferme-la deux minutes. Redis-moi ça ? Il allait se faire buter par ? Par qui déjà ? Le Scorpion ou par le Croate. C'est du Marvel, du DC Comics ? Je suis bouche bée, stupéfait, le trou du cul en rose ouverte. Non, beau résultat, bravo, bravo. Tu ne savais pas comment décider entre les deux, donc tu as fait le boulot toi-même. C'est ça ? Toujours prêt à rendre service, le Bargamont. Scout toujours. Comment tu t'y es pris ? Tu es allé voir Emmanuelle et Loïc et vous avez tiré à la courte paille celui qui allait dégommer pépé ? On n'est jamais mieux servi que par soi-même, dit le proverbe ? Et d'ailleurs, c'est qui ces deux cons ? Le Scorpion et le Croate ?

Florent, scolaire, leva la main. Précaution utile.

La dérouillée était légitime. Injuste mais légitime.

Il était coupable mais pas responsable. (Ça sonnait bien aussi dans cet ordre-là.)

L'heure de se défendre était venue.

— Je ne suis pas sûr qu'il s'agisse de deux personnes. C'est probablement la même. Et nous pensons que notre tueur à gages hors normes endosse ces deux surnoms.

Granville ne décoléra pas.

— En fait, si je t'écoute, tu ne sais rien. Et avec rien, tu vas persécuter un petit vieux au point qu'il nous canne dans les doigts. Tu n'es pas sérieux ?

— Si je peux en placer une…

Cette fois, Florent n'attendit pas l'autorisation.

— Voilà ce que je pense. A/ On reçoit une carte postale du volcan italien le Stromboli. Marie-Noëlle du même nom est assassinée chez elle. B/ On reçoit une photo du générique de *True Blood* où des asticots dévorent un renard. Gonzague Verdine est abattu devant un parterre de journalistes et de badauds.

— Allez, fais-toi plaisir, je te rappelle que tu me l'as déjà dit.

— Les vers dînent.

— Voilàààà ; continue.

— C/ Enfin, on vient de nous transmettre, toujours en provenance de la rue du Faubourg-Saint-Honoré, la photo d'un enlumineur. L'Élysée ne nous l'avait pas envoyée avant car c'est le seul indice arrivé par courrier, sans esbroufe. Ils n'ont donc pas fait de suite le rapprochement avec l'enquête.

Granville fronça les sourcils, en proie à une cogitation aiguë.

— Quel rapprochement ? Je ne vois pas, là non plus.

— Tu donnes ta langue au Chat ?

— Très drôle. Non, vraiment, très drôle. Tu crois que c'est le moment de la faire, celle-ci ? Tu l'avais en prévision depuis un moment, tu la gardais au chaud et c'est maintenant, alors que je suis au bord de te dépecer, de te découper en menus morceaux, que tu me la sors de ton chapeau ? Je ne te félicite pas. Continue. Un enlumineur, je ne vois pas.

— J'ai mis un certain temps avant de comprendre, moi aussi. Message concernant Hélène Daura. Que fait un enlumineur, dis-moi ?

— Inutile, j'ai compris. Bon, et Desliens ?

— Ziploc, ficelle, élastique, ça t'évoque quoi ?

— Des liens, des attaches. L'enfoiré. Il nous nargue. Donc, tu as dépêché un escadron de gendarmerie, traversé une partie de la France à plus de 200 km/h pour un jeu de mots de bac à sable. Tu aurais pu aller voir monsieur du Scotch aussi ? Et puis monsieur Trombone… à coulisse.

— J'aurais pu, effectivement, sauf que François Desliens, Hélène Daura et Marie-Noëlle Stromboli ont tous les trois travaillé dans la même clinique, qui a fermé il y a quarante ans. Et que les coïncidences à ce niveau-là ne peuvent plus être fortuites. Voilà, tu sais tout. Reste la pub pour le café Legal, dont je n'ai toujours aucune idée de la signification.

— Pas évident, je te l'accorde. Il nous reste un sérieux problème à traiter.

— Un seul ?

— Pourquoi l'Élysée ?

— Ça, grand chef, c'est la question que j'aurais bien aimé poser à Desliens. Il a nié farouchement pour Verdine. Cela ne servait à rien que je lui parle de Clarck, il m'aurait renvoyé dans mes cordes. C'est pour cela que j'ai voulu l'intimider, le faire venir ici pour lui mettre la pression. Bien sûr que Clarck est impliqué. Mais je ne me vois pas rentrer dans son bureau et lui dire : « Bonjour monsieur le Président, puis-je savoir ce que vous avez fait de suffisamment dégueulasse pour que le tireur d'élite le plus prolifique du monde veuille vous faire passer de vie à trépas ? »

— Tu ne peux pas en être sûr…

— Ah non ? Pourquoi crois-tu qu'il m'ait chargé de l'enquête et que j'aie accédé à son bureau sans rendez-vous ?

— Tu peux lui laisser le bénéfice du doute, non ? Pour une fois que nous avons un président sans casserole... Même les journalistes d'investigation les plus tenaces n'ont rien trouvé.

— Euh, patron, j'ai beau avoir beaucoup de défauts, un ego surdimensionné, de là à croire que le Président aime me faire la conversation, il y a un pas que je ne franchirai pas. Même son larbin est à mes ordres. Je lui demande n'importe quoi et les ficelles sont tirées.

— C'est troublant, c'est indiscutable.

— Paradoxalement, il voudrait attirer l'attention qu'il ne s'y prendrait pas mieux. Et ce faisant, il s'exonère. Sauf s'il le fait sciemment pour que je le pense, afin que je l'exempte de tout soupçon.

— Arrête-toi, je sens que tu vas me perdre. C'est toujours pareil avec ces hommes politiques, pas moyen de savoir ce qu'il y a au fond d'eux.

Les deux hommes firent une pause, pensifs, presque recueillis.

— Patron, il va falloir me couvrir ; je vais prendre des risques. Je ne t'en parle pas pour ne pas te mettre en porte-à-faux.

— Ah non, non, non ! Les conneries, c'est bon. Non, nous avons besoin de calme, là. Déjà, tu es suspendu pour quinze jours.

— Quoi ? Tu rigoles ? Tu me fais marcher ?

— Pas le moins du monde. Les ordres viennent d'en haut.

— D'en haut ? Jusqu'où en haut ?

— Bah, tu sais qui.

Florent regarda le Chat, effaré.

— Le parrain de Manue n'aurait jamais fait ça... Quand Emmanuelle va l'apprendre ! Je voudrais bien voir la tronche du ministre quand il va se faire démonter par sa petite princesse de filleule.

Florent s'arrêta tout net.

— C'est bon, enlève la caméra, tu m'as eu.

La réponse attendue ne vint pas.

— Donne-moi ton Beretta et ta carte, s'il te plaît. Quinze jours. Ce n'est rien. L'exemple. Tu comprends ? L'exemple.

— Sa race, l'exemple. Tu as vu comment j'ai failli finir la dernière fois que tu m'as suspendu ? Et qui poursuit l'enquête, hein, qui ?

— Officiellement, moi !

— Il y a belle lurette que tu n'as plus fait ça ! Tu sais encore poser des questions à un suspect ?

Florent était hilare. Pour peu de temps.

— Tu veux que je rajoute dix jours pour insubordination? C'est comme le vélo, ça ne s'oublie pas. Et puis le dernier qui a interrogé un témoin vient de se faire suspendre parce que, au passage, le témoin en question a eu un petit infarctus ; alors pour la veilleuse, c'est le moment. De toute façon, dans officiellement, il y a un pendant: officieusement. Et là, mon petit coco, il vaut mieux que tu sois discret. Refile le bébé à Loïc. Et à Manue. Tu nous le fais en sous-marin et le tour est joué.

Le Chat posa la main sur l'avant-bras de Florent, requérant son attention.

— Ne fais rien de visible pendant les quinze prochains jours, s'il te plaît. Si ça part en sucette, je ne pourrai pas te sauver. La fois de plus, c'est la fois de trop.

Florent comprit qu'il avait atteint une sorte de limite virtuelle infranchissable, et que seuls les résultats pourraient le remettre en selle.

— Je te suis. Je fais attention. Je sors par la porte de service?

— C'est mieux. De toute façon, le porche d'entrée est complètement bloqué par les journalistes. Ce n'est pas comme si tu avais le choix. Regarde-moi.

Les grands yeux noirs du Chat accrochèrent les lames émeraude de Florent.

— Je compte sur toi.

Florent tourna les talons sans répondre. Il savait déjà qu'il ne tiendrait pas.

Tout le monde se plaint de sa mémoire,
et personne ne se plaint de son jugement.
La Rochefoucauld

Chapitre XXXVII — 1er mars 2017
Tu es mort si tu parles

Bastien Seffridi tenait le bon bout.

Enfin, il l'espérait.

Il venait d'ouvrir un mail sur son remailer.

L'adresse qu'il avait créée, sans être trop ostentatoire, annonçait la couleur sans équivoque :

recherche.nettoyeur@mixmail.fr

Il avait arrosé tous les forums qui lui paraissaient suffisamment suspects pour y véhiculer ce type de messages, tout en changeant les intitulés pour s'y retrouver.

Urgent : Grand nettoyage de printemps.

Urgent : Opération débarras.

Urgent : Opération vide-greniers.

Bastien ne craignait guère les limiers du net ; il avait pris toutes les précautions nécessaires. Mais il tenait surtout à éviter tous les petits malins qui le mettraient sur de fausses pistes ou qui tenteraient du chantage de patronage.

Au milieu d'un fatras inutilisable d'insultes, de propositions délirantes ou encore de menaces presque dissimulées, un message sibyllin accompagné d'un fichier exécutable attira son attention.

Pour assouvir ton désir, clique.

À peine le temps de déconnecter et d'isoler son portable de son réseau personnel, qu'un message lui parvint, comportant une clé d'encryption de 128 bits.

Suffisamment costaud pour qu'un hacker ou un informaticien indélicat ne puisse décoder son message trop rapidement ; assez faible pour que l'armée et même la NSA ne s'y intéresse pas de trop près.

Bastien s'encouragea. *Bon, les risques sont limités ; en cas de pépin, j'expliquerai que je suis mandaté par Florent. L'ordi est déconnecté, il est vidé. Au pire, le gars d'en face prendra contrôle d'une coquille vide. Presque vide.*

Le doigt en suspens, il double-cliqua sur l'exécutable.

Une fenêtre dévoila alors des instructions :

Veuillez déposer la clé d'encryption ici.

Bastien obtempéra et opéra le *drag and drop* ordonné.

La fenêtre s'agita, quelques lignes de code défilèrent. Bastien n'eut pas le temps de détecter toutes les modifications apportées.

L'ensemble se stabilisa enfin.

Une boîte de dialogue venait d'être mise en place.

Plutôt balaise, le mec, se dit Bastien. *Il ne vient pas de découvrir Unix pour les nuls. Il y a assurément de la pratique derrière tout cela.*

— Votre message a attiré mon attention. Qui êtes-vous ? Et que voulez-vous ? Mais avant de répondre, sachez que la communication sera interrompue à toute tentative de mensonge. Est-ce clair ?

— Oui.

Bastien réfléchit. Il ne voulait pas se découvrir trop vite. Mais le fil ténu sur lequel il allait devoir marcher pouvait rompre à tout instant.

— Je suis un repris de justice qui préfère garder l'anonymat pour l'instant. Je ne peux pas bouger sans risque. Je veux que l'ordure qui m'a balancé crève. J'ai fait huit ans de taule à cause d'un rat.

— Très bien, pour l'instant. Mais je n'agirai pas sans connaître votre CV in extenso. *Il faudra être beaucoup plus précis. Comprenez-vous et acceptez-vous ? Attention, j'en sais peut-être déjà plus sur vous que vous ne le pensez. Le nom de la cible ?*

— *Kevin Darsin.*

— *Où réside-t-il ?*

— *Rue du Colonel-Fabien à Aubervilliers, dans un immeuble en brique au-dessus d'un café.*

— *Photo ?*

— *Oui, j'en ai une. J'ai pensé que vous pourriez en avoir besoin.*

— *Un instant.*

Quelques secondes plus tard, une case s'ouvrit au milieu de la fenêtre, suivie d'un ordre.

— *Déposez-la à l'endroit prévu.*

— *C'est fait.*

Bastien n'avait pas attendu. Cela lui paraissait évident.

— *Pourquoi l'urgence ?*

— *Parce que je sors de huit ans de placard et qu'il est plus que temps qu'il paye. Cela fait huit longues piges pendant lesquelles il a pu profiter de la vie pendant que moi, je moisissais au fond du trou. C'est suffisant, comme urgence ?*

— *Je pense que cela me conviendra, pour l'instant. Pourquoi êtes-vous tombé ?*

— *Drogue. Ça change quelque chose ?*

— *Non. Avez-vous des espèces disponibles ? Et combien ?*

Bastien le trouva gonflé.

— *Vous ne devriez pas me donner le prix, plutôt ? C'est à la tête du client ?*

— *Bien sûr. Combien de disponible sans aller à la banque ?*

Le jeune Seffridi comprit l'intérêt de la question. Emmanuelle l'avait briefé sur cette éventualité. La machine à tuer faisait varier ses tarifs non pas en fonction de la cible, mais de ce que le commanditaire pouvait payer immédiatement, sans traçage possible. Personne n'allait jamais à la banque pour chercher un montant significatif sans éveiller les soupçons. Sa réponse allait conditionner la suite des opérations. Un montant trop élevé, pas crédible. Trop faible, pas de contrat.

Il se jeta à l'eau.

— *Neuf mille euros.*

— *C'est bien, vous savez négocier. Mais ce sera douze mille.*

Bastien supposa que le gars anticipait le fait que les clients minorent les sommes. Mais au jeu de dupes, il avait quelques longueurs d'avance.

— *Vous recevrez par mail le lieu et l'heure du rendez-vous. Votre nouvelle adresse mail : trompemoietjetetue@mixmail.fr, la mienne est tuesmortsituparlesdamien@mixmail.fr. N'utilisez que l'application que je vous ai installée. Elle garantit votre anonymat, et le mien.*

La session fut coupée instantanément.

Bastien n'en menait pas large.

Au moins, les précautions qu'il avait prises payaient.

Comme il l'avait anticipé, le gars avait eu accès à tout l'ordinateur. Effectivement, son interlocuteur en savait déjà beaucoup. Damien Baillard était le nom de la couverture de Loïc choisie pour piéger le Scorpion. L'ordinateur était truffé de références et de documents le concernant, et Damien ressemblait comme deux gouttes d'eau au courageux capitaine.

La traque était lancée. Il était temps que la chance du Scorpion tourne.

Il va pas falloir qu'on me fasse chier avec des PV pendant un moment, pensa Bastien.

Florent, tu m'es redevable. Et pas qu'un peu...

Il n'y a rien de plus hasardeux que le jugement
basé sur des paroles sans les avoir croisées avec les faits

Chapitre XXXVIII — 8 mars 2017
Big Blind !

À la fin de cette journée, les journaux auraient leurs gros titres. Mais ils ne feraient pas encore le lien entre ces manchettes et d'autres de leurs articles, relégués en pages faits divers. Dans les rédactions, certains percevraient sans doute quelque chose d'énigmatique, d'insaisissable, mais personne ne se hasarderait à échafauder des théories fumeuses.

Comment pourrait-il en être autrement ? Aucune ressemblance apparente, aucune analogie, aucun point commun autre que le cyanure, point resté confidentiel.

Et pourtant.

La journée avait commencé tôt. Florent s'affairait à invectiver les ouvriers du chantier, courant d'un bout à l'autre de la maison.

Les grandes baies vitrées allaient arriver d'un instant à l'autre. L'installation était assez technique, et la moindre erreur occasionnerait tant des retards que des frais supplémentaires conséquents.

Ils étaient plus qu'impatients de profiter enfin de leur nouvelle verrière, juste au-dessus du salon.

Un grand *Dring!* retentit, tandis que l'écran du téléphone fixe s'alluma.

Florent et Emmanuelle dormaient en cuillère. La couette d'été ayant été sortie prématurément, ils avaient opté avec délice pour cette solution de chauffage.

L'afficheur digital les narguait : 4 h 37.

C'en était fini de son rêve. Sans même lui avoir laissé le temps d'admirer leur nouveau *skydome*, dans ce salon qu'ils ne connaîtraient pas plus que la grande maison qu'ils ne posséderaient sans doute jamais.

— Impossible d'avoir une nuit complète !

Florent savait qu'il allait être désagréable pour le restant de la journée. Il ne pourrait contenir la mauvaise humeur qui le collerait, gélatineuse et pâteuse, du genre dont on ne parvient pas à se débarrasser.

Peu de gens connaissaient ce numéro.

Le Chat, Loïc, Jean-Christophe Hellard et Maurice de Quezac, côté pro.

La famille d'Emmanuelle n'aurait jamais osé appeler à une heure pareille.

Florent prit volontairement le ton le moins enjoué qu'il avait en stock.

— Ça a intérêt à être important !

— Barga, tu dormais ?

— Putain, non, je comptais des confettis.

Florent ne reconnut la voix qu'à cet instant. Il ne l'aurait pas placée en haut de la liste ; son attention en fut décuplée.

Et son interlocuteur, visiblement ravi de la situation, pavoisait sans vergogne.

— Oui, je sais, c'est dur de s'arrêter au milieu d'une activité aussi sympa. C'est un peu comme quand on vous appelle au beau milieu de votre anniversaire de mariage.

Florent écarquilla les yeux, tout en se frottant le sommet du crâne à s'en faire mal. Il n'en revenait pas.

— JC, mais ça fait des semaines ! Tu m'en veux toujours ?

— Moi ? Ah non ! Non, non. En revanche, ne t'attends pas à recevoir un faire-part de ma femme avant un moment. Un looooong moment. D'ailleurs, c'est marrant, dès qu'on m'a réveillé ce matin, vers 2 h 30, elle a toute de suite pensé à toi. Étonnant, non ?

Florent venait de comprendre qu'il ne s'agissait pas d'une vengeance, mais bien d'une affaire qui allait lui tomber sur le râble.

— Bon, ok JC, le message est passé. Cela dit, au prochain ministre qui se fait estourbir, je te contacte quoi qu'il arrive, c'est non négociable.

— Débrouille-toi juste pour que cela ne tombe pas le 22 janvier.

— Marché conclu.

— Bon, amène-toi, s'il te plaît. Il y a une relation à toi qui vient de passer de vie à trépas. Je sais que tu es suspendu, mais j'ai besoin de toi.

Florent avait du mal, encore englué dans le sommeil.

La machine était récalcitrante à démarrer. Pour une fois qu'il dormait bien ! Et qu'il rêvait vraiment, pas un de ces cauchemars sombres et brutaux qui vous sortent de chez Morphée en sueur et haletant.

Emmanuelle commença à se manifester.

— Viens te coucher, qu'est-ce que tu fais ?

Florent se dirigea en titubant vers le salon, nu comme un ver.

Le froid se faisait sentir et tendait ses muscles, les faisant saillir davantage. Il poursuivit la conversation à voix basse.

— Proche, la relation ?

— Pas que je sache. Mais sur ta liste de gens à surveiller.

— Ah ! Mais encore ?

— Robert Sebian. Ça te parle ?

Florent comprit à cet instant précis que sa nuit était terminée pour de bon.

— Alors je parie sur une balle de calibre 12.7. En revanche, j'ai une question. Cyanure ? Ou pas ?

Jean-Christophe le fit languir.

— Et tu dirais ?

— Je ne crois pas que ce soit l'heure des devinettes. Mais je dirais non.

— Comment le sais-tu ?

— Un pressentiment.

— Ouais, tu as raison, fous-toi de moi.

— Pas cette fois. Bon, je réveille Emmanuelle et nous arrivons. Envoie l'adresse par texto.

— Magne-toi.

— Il est mort, son carnet de bal vient de se refermer. Il peut m'attendre pour sa dernière valse.

— Florent, j'aimerais rentrer chez moi, faire mon rapport et finir ma nuit. C'est possible pour toi d'imaginer que les autres ont besoin de se reposer ? Allez, sois cool et bouge-toi.

— Ok, je me dépêche.

Florent raccrocha. Il s'apprêtait, à contrecœur, à réveiller sa femme pour de bon.

La première vision ensommeillée d'Emmanuelle fut un Florent tout en muscle, à poil, une main sur le chambranle de la porte. L'éclairage de la rue jetait des ombres dansantes sur sa silhouette puissante et élancée, tout en caressant les lignes fermes et sinueuses de son corps d'athlète.

Elle ne put retenir un soupir admiratif agrémenté d'un :

— Popopo…

La vision était enchanteresse : des cuisses taillées dans le roc, des bras puissants dont on rêvait qu'ils vous enserrent, et un torse de nageur olympique.

Sa libido tempêta. Emmanuelle le fit savoir sans cérémonie.

— Viens tout de suite par ici, beau gosse.

— Pas possible, ma jolie. Magne-toi. On a un député qui vient d'être élu avec du 12.7.

— Oui, et alors ? Le bureau de vote est fermé, donc il peut attendre, non ? Allez, sois cool et viens t'occuper de moi, gémit-elle.

Cette conversation calquée sur la précédente le fit sourire et acheva de le convaincre. Emmanuelle devait avoir quelques dons de télépathie.

Le devoir pouvait attendre, mademoiselle de Quezac ne le pourrait pas.

Autant s'exécuter…

***

Florent proposa à Emmanuelle de rester couchée.

Elle se faisait encore câliner un peu dans ses bras. Son amant n'avait pas encore revêtu le masque pâle de la mort qu'il allait contempler encore une fois, alors elle en profitait.

Elle lui posa une question venant de nulle part.

— Florent, tu crois qu'on aura une maison plus tard ?

— Je croyais que tu n'en voulais pas et qu'un appartement te convenait mieux. Tu as changé d'avis ?

— Non, je viens juste de faire un super beau rêve. On était dans un grand salon, comme une immense véranda.

Florent fut abasourdi, mais renchérit.

— Tu sais, avec nos salaires de misère, il vaut peut-être mieux ne pas avoir la folie des grandeurs. Une maison de standing, ce serait super, évidemment. Je vais braquer un voyou sur le chemin et avec l'oseille, on va démarrer fort : avec un canapé.

— Oui, c'est clair, je sais, mais c'était bien agréable comme sensation. Dommage que tu m'aies réveillée, le provoqua-t-elle d'un clin d'œil.

— Continue de rêver pendant que je vais dire adieu à un vieux mafieux.

Florent se leva et sauta sous la douche.

Il ne put s'empêcher de laisser couler l'eau un long moment, même s'il savait que l'heure tournait et que JC allait le pourrir.

Un large sourire s'était fiché sur son visage. Immense, incandescent.

C'était donc ça, l'Amour?

Faire le même rêve sans jamais en avoir parlé avant.

***

— Mesdames et messieurs, veuillez faire place au commissaire Bargamont, qui daigne, avec au moins une bonne heure de retard, nous faire part de sa présence inestimable.

Le ton était sarcastique.

Jean-Christophe Hellard était en rogne et n'avait aucune intention de le dissimuler. Il poursuivit.

— Tu peux m'expliquer ce que tu foutais? Putain, il est presque sept heures!

— Tu veux que je sois sincère ou que je te sorte un pipeau de service?

— Vas-y, j'écoute, mais je ne pense pas que cela va me plaire.

— J'ai compris ce que voulait dire aimer avec un grand A.

Le commandant Hellard ne put cacher sa surprise. La touchante sincérité de son interlocuteur le désarçonna et l'empêcha de lui servir un autre sarcasme.

Et il ne sut que répondre.

— Bon, bien, tant mieux. On passe à autre chose?

Plus tard, lorsqu'il y réfléchirait, Jean-Christophe se demanderait comment il avait pu laisser passer une excuse pareille sans réagir, alors qu'il poireautait depuis plus de deux heures dans le froid matinal de ce début mars.

Et la réponse s'imposerait d'elle-même.

Pauvre type, avec tout ce qu'il affronte depuis des années. Si les monstres qui viennent le hanter, lui sucer la moelle, le faisander de l'intérieur, apprenaient à se taire, il aurait son petit moment à lui, comme tout le monde. Il avait beau être difficile, inaccessible, indécrottable dans tous les sens du terme, il avait bien droit aussi à son petit instant de plénitude. Oui, même Florent Bargamont y avait droit.

L'évidence, voilà pourquoi il s'était tu. L'évidence, et la compassion.

JC Hellard s'en était presque voulu de l'avoir fait venir sur la scène du dernier acte de Robert Sebian.

Mais celle-ci était troublante, inattendue et déconcertante. Et les grands pontes exigeraient rapidement des réponses.

Autant que ce soient les bonnes.

Et puis, il y avait cette lettre adressée au commissaire principal Florent Bargamont.

Dans la poche intérieure de la veste du défunt. Perforée au calibre 12.7.

Quand il reçut le texto, Florent était loin de se douter de l'adresse qui allait lui être communiquée.

Celle de l'entrée du jardin du Luxembourg, au bas de la rue Soufflot.

Il en fut presque content.

Arriver à l'aube et redécouvrir cette lumière si particulière qui éclabousse le Panthéon le projeta vingt-cinq ans en arrière. Il se rassit un instant sur les bancs de la fac de droit ; ceux-là mêmes où il avait usé ses fonds de caleçons.

Le grand portail en fer forgé franchi, un premier rideau de collègues l'arrêta.

Machinalement, sa main droite plongea vers sa poche intérieure gauche, réceptacle de son portefeuille, pour réaliser qu'il n'avait plus sa carte. Il pesta intérieurement.

La présentation ne s'avéra finalement pas nécessaire. Un sergent ayant reconnu Bargamont, le planton ouvrit le passage sans rechigner dès que l'ordre lui en fut intimé. L'attitude respectueuse du représentant de l'ordre en dit long sur l'aura qui précédait le grand flic.

Les échanges d'amabilités furent brefs. JC Hellard n'eut qu'une question :

— Tu m'expliques ce qui a pu se passer ?

— Tu veux dire : pourquoi un député s'est-il retrouvé seul, au milieu de la nuit, assis tranquillement sur un banc de la République, sans la moindre protection ?

— Tu m'ôtes les mots de la bouche. Je te fais un topo rapide. Premièrement : regarde le bosquet derrière la fontaine. C'est de cet endroit que le tireur a appuyé sur la détente. Deuxièmement : vu la taille du calibre utilisé, ton copain du moment a dû utiliser une balle à impact limité. Sans cela, nous aurions de la bouillie de Sebian. Le trou dans la poitrine est suffisamment grand pour tuer, mais pas pour exploser. Troisièmement : il y a des traces de pas dans la poussière qui mènent à lui. Le tueur est venu vérifier qu'il était bien mort après avoir officié. Pas de panique, pas de stress. Le type est vraiment sûr de lui.

— Je crois que tu te trompes, JC.

— Pardon ? Ce n'est pas trop mon genre d'affirmer un truc en l'air. Je te dis que le type est venu devant Sebian.

— Ça, oui !

Hellard était perplexe et le manque de sommeil le fit immédiatement sortir de ses gonds.

— Comment ça, ça oui ? Je ne me trompe pas, alors ! Barga, tu ne vas pas commencer à nous embourber avec tes réflexions à la noix.

— Pas après, mais avant.

La réponse sibylline imposa un moment de silence.

Jean-Christophe était estomaqué, tant par l'assertion de Florent que par les déductions qui en découlaient.

— Tu te rends compte de ce que tu viens de dire ?

Hellard se mit à tourner autour de Florent. S'arrêtant, repartant, recommençant, face à l'impossible conclusion qui devrait pourtant s'imposer à lui.

La situation lui paraissait irréelle.

Jamais, dans sa longue carrière, il n'avait été confronté à cette absurde possibilité.

Il marmonnait.

— Non, ce n'est pas possible. Je refuse d'y croire. Ce serait dingue. Non, il doit y avoir une autre explication. Mais si…

Florent, le sourire aux lèvres, regardait le chef de la scientifique douter, tergiverser, ergoter, conscient de la tornade intellectuelle qui l'ébranlait.

Finalement terrassé, comme résigné, Hellard énuméra les conséquences.

— Si tu as raison, il faut que tu éclaires ma lanterne. Selon moi, ce que tu viens de dire implique les points suivants.

Dans sa logique scientifique impitoyable, Jean-Christophe Hellard en fit une présentation rigoureuse et cartésienne.

— Primo : Robert Sebian, conscient qu'il ne pourrait pas échapper à son assassin, a) a accepté de venir seul, b) la nuit, sans protection, c) a attendu sans broncher, d) et a surtout accepté son sort. Deuzio : Robert Sebian a sans doute pu échanger avec son bourreau sur a) des banalités ou b) les raisons de son exécution. Terzio : Robert Sebian devait connaître le tueur a) personnellement ou b) au moins de réputation. Il doit être malade. Cancer phase terminale ? Je ne vois que cela.

Florent l'interrompit. Il avait un détail supplémentaire.

— Dans ton primo, tu peux rajouter : e) connaissait le jour et l'heure de sa mort, et y était préparé.

Hellard, toujours hébété par sa propre énumération, s'empêtra dans un jeu de mots.

— Ah, tu lis dans le mort du café, aussi ?

Florent ne releva pas et enfonça le clou.

— Tout y est, sauf ta dernière affirmation. L'autopsie nous le confirmera.

Jean-Christophe baissa les armes.

— Bon, admettons tout cela. C'est dingo, hérétique, hystérique, tout ce que tu veux, mais admettons. Tu m'éclaires ?

— La lettre, JC, la lettre. D'ailleurs, tes gars ont-ils fini de l'analyser ? J'aimerais bien la lire. Tu m'as bien dit qu'elle m'était adressée ? C'est mon courrier après tout, et puis comme nous en sommes aux jeux de mots limites, c'est le courrier du cœur, non ? Penses-tu qu'un jour, dans un avenir pas trop lointain, je vais pouvoir y jeter un œil ?

JC Hellard lui lança un regard noir, avant d'appeler son collaborateur le plus proche.

— Benjamin, fais une photo de la lettre avec ton téléphone et viens nous voir, s'il te plaît.

Quelques secondes plus tard, Florent tenait le smartphone dans ses mains. Il utilisa le zoom tactile pour déchiffrer le testament olographe. Daté du 7 mars 2017, le document signé témoignait de la solennité souhaitée par son auteur.

Le sang déversé sur la page en rendait la lecture ardue. Florent devinait plus qu'il ne lisait. La lettre était presque totalement maculée, à l'exception de sa partie supérieure qui, étonnamment, restait quasiment intacte.

Paris, le 7 mars 2017

À l'attention du Commissaire principal Florent Bargamont

Cher Commissaire,

Je s___ _ace à m______us mai__ au toucher si délicat. Je réa_____ _____tenant qu'il ___ __ témoin de ma vie de lab__.

De d____ure, de dé___ement pour ma fa__lle __ __ d___tion pour la F____. Ce pays qui nous ensor_____, nous __voûte et nous rend c___bles en so_ __m de to____ _es exactions. Cela permet de les just___er.

Cela per___ _e se les p__d__ner, et __is sur___t de le_ __blier.

Di__ _u'elles m'_____ _____ché d_ dor__r _____t un mensonge _______ ___uel je ne m'a_____erais pas _ ___ ins____ si _______ulier de mon ________ce.

Je pré____ que __ _____rier vo__ __it remis, car au mo___t du __and re___, ___ __paces von_ ___dir leu__ comp____ __ur s'a____rier une ____ __us _____tante que celle qui leur ___ _ue.

M__ ___cats sont informés, mais v___i ce qui compte pour moi.

Je s___aite qu_ __ _______ent signé __ _ate du 2 ___s en l'___de de m_____ Swindle à P___s soit _____qué et exécu__ __ __talité.

Le_ ___alités mise_ __ côté, il es_ __mps pour ___ d'êt__ _____ête av__ ___s.

In____e d'irriter l_ _rand secré____e du man___ent de la _aux.

D_____, le S________, est u_ _____tion de la L_____ sur le_ _rdres ___ p__________ ______ment c____.

U__fois pr___, j'ai été ch___é de l____ager, de __ _urveil-ler, et de __ ___________. En d'au___s ter____ je lui ai don__ _es mo_____ _inanciers __ __venir ce qu'_____ ____ ________d'hui.

U__ sem____ de mort sa__ __faut. T_____rs discr___ _____ __tirer la moi___e _____tion __ __ns raté à ___ _____.

A__s, j__ __pris goût. _____ontrats ____ de_____ _____son-nels. Le __________ __________ pro____ vo__ _____ si facile____.

Et j'ai _____ __ demande de ____.

Je n'ét___ __us son unique _____. D'aut___ __clama____ __ur part ___________.

Leur _____ __ sang.

Et _____ __ __ur a donné. C_ __ir encor_.

Il ___ ________ d'avoir rend_______s avec l_ _ort. Et d'_ _____r de ___ _____ ___.

Un sui_____ __posé.

Un ____________ volontaire.

Inut___ __ __fuir ou de __ ___ger, les r___ésailles se_____t s___ __mi__. __ _____ cela, je ne le souhait_ ____ _ mes proche_ ___x-là q__ __urtant iron_ __ délect__ __ ma __________ sous couvert de chau___ __rmes.

Ce so___ __ me tiendra_ ________usement devant l'archange.

Et privilè__ supplémen_____, j'ai pu choisir l'instrument de ma fin.

Je me suis décidé pour u__ ___le.

Je perçois son intensité, j'_____ sa fulgurance.

Et j'ai payé pour cela.

Dans ce monde devenu fou, __ ___ possible d'acheter son gra__ ___ngeon.

J'espère vous avoir donné ___fisamment d'indications po__ __uvoir vous aider dans votre enquête. Suffisamment, sans t___ _éveler, toujours pour protége_ ___ proches.

Méfiez-vous ! Dh____ ___a est impitoyable.

Bonne chance dans ___ __couvertes futures.

*Robert Sebia_*

Florent reprit sa lecture plusieurs fois, tentant de décrypter le texte quasi indéchiffrable. Il en obtiendrait probablement une meilleure version dès lors que tous les traitements chimiques et autres analyses seraient achevés. Pour l'heure, un sentiment de satisfaction se dégageait. En effet, la missive lui permettait d'affiner ses idées, et les prémices d'une piste se dessinaient.

Après une ultime relecture et avec le soutien de Jean-Christophe, il traduisit la lettre ainsi.

Paris, le 7 mars 2017

À l'attention du Commissaire principal Florent Bargamont

Cher Commissaire,

Florent commentait sa lecture, cherchant l'approbation ou la contradiction chez Jean-Christophe.

— C'est sûr, le début nous arrange, mais ce n'est pas le plus important, malheureusement. *Je suis face à mon sous-main au toucher si délicat.* Le type a voulu faire dans le mélo avant de mourir. Il serait allé direct aux faits, nous aurions pu tout comprendre. Et puis quelle idée de mettre la lettre dans sa poche intérieure. Pas très prévoyant, pour quelqu'un qui veut faire des révélations.

Jean-Christophe, amusé par le commentaire, rétorqua :

— Tu ne crois pas que tu exagères un peu, là ? Devant la mort, je pense que tu as le droit d'être distrait, non ? Vas-y, poursuis.

— Ok. *Je réalise maintenant qu'il est le témoin de ma vie de labeur. De d____ure...* Là, je verrais bien droiture. Mais si c'est le cas, il n'a pas manqué d'air jusqu'à la fin, le père Sebian.

Florent vit que JC le dévisageait.

— Je reprends. *De droiture, de dévouement pour ma famille et de dévotion pour la France. Ce pays qui nous ensorcelle, nous envoûte et nous rend coupables en son nom de toutes les exactions.*

— Ça pourrait être « capables en son nom de toutes les exactions ».

Florent approuva.

— Ça n'a pas fondamentalement d'importance pour l'instant, mais gardons-le en mémoire pour la suite. On ne sait jamais. Donc : *coupables ou capables en son nom de toutes les exactions. Cela permet de les justifier. Cela permet de se les pardonner, et puis surtout de les oublier. Dire qu'elles m'ont empêché de dormir serait un mensonge ________ ___uel je ne m'a______erai pas _ ___ instant si particulier de mon existence.* Pas la peine de s'énerver à déchiffrer ce passage, je pense que l'on en tire l'essence sans avoir besoin du détail.

— Ouais, vas-y.

Florent s'agaçait de l'insistance du commandant.

— Tu as un train à prendre, là ? Tu pourrais être un peu plus patient, non ?

— Permets-moi de me marrer quand c'est toi qui dis ça ! Et je te le ressortirai quand tu me donneras vingt-quatre heures pour un boulot d'une semaine.

— Moi, ce n'est pas pareil. J'en ai besoin.

Jean-Christophe souffla devant tant de mauvaise foi.

— Allez, ne te fais pas prier !

Florent continua.

— *Je préfère que ce courrier vous soit remis, car au moment du grand repas, les rapaces vont ___dir leurs comp_____ __ur s'a_____rier une ___ __us ______tante que celle qui leur est due.* On s'en tamponne le coquillard. *Mes avocats sont informés, mais voici ce qui compte pour moi.* Idem. *Je souhaite que ce testament signé en date du 2 mars en l'étude de maître Swindle à Paris soit ______qué et exécuté en totalité.* Itou. Sauf qu'après, on n'a vraiment pas de bol. Il a fallu que la partie intéressante baigne dans le sang.

Pointant son doigt, Barga questionna Jean-Christophe.

— Le premier mot, là, tu en penses quoi ? *Les ___alités mises de côté, il est temps pour moi d'être honnête avec vous.*

— Je verrais bien « formalités ».

— *Les formalités mises de côté.* Tu crois ? C'est bancal. Mais peut-être.

— Pour la suivante, je nage dans le potage, affirma Hellard.

— Nous sommes deux, acquiesça Florent. Rien de rien. Comme je dis toujours, que de chique, nothing, nada, niet. Et celle d'après, c'est de la bisque. *In____e d'irriter l_ _rand secré____e du man___ent de la _aux. D_____, le S________, est u_ _____tion de la L______ sur le_ _rdres ___ p__________ ________ment c____.* Cela s'arrange un petit peu ensuite. *Une fois pr___, j'ai été c______ de ________er, de le surveiller, et de __ ____________. En d'autres termes je lui ai donné les moyens financiers de devenir ce qu'il est aujourd'hui.*

— Permets-moi d'émettre quelques réserves. Certes, la fin est claire, en revanche une mauvaise interprétation du début et nous ferons fausse route.

— *Une semaine de mort sa__ __faut.* Cette phrase, elle ne veut rien dire. Je pane que dalle. *Toujours discr___ _____ __tirer la moi___e ______tion __ __ns raté à ___ ______* Là, je suis dans la semoule la plus épaisse. Tu as une idée ?

Jean-Christophe fit mine de regarder autour de lui. Et posa son index sur son torse.

— C'est à moi que tu parles ?

— Je vois. Bon, reste avec moi pour la suite. Histoire de servir à quelque chose.

Florent afficha un sourire narquois.

— *A__s, j__ __ pris goût. _____ontrats _____ de______ ___sonnels. Le ___________ ___________pro_____ vo__ ______ si facilement.*

Florent tenta très maladroitement d'imiter Laurent Cabrol.

— Le brouillard s'épaissit et n'est pas de nature à vouloir se lever avant un petit moment. Au sud, c'est la même mélasse infranchissable. Et nous devons prévenir nos auditeurs du caractère improbable de nos futures déductions.

Et j'ai ____ __ demande de ____.

Je n'étais plus son unique _____. D'autres réclamaient leur part __________.

Leur ____ __ sang.

Et ____ __ __ur a donné. C_ __ir encore.

Il ___ _______ d'avoir rend______s avec l_ _ort. Et d'_ _____r de ___ _____ ___.

Un sui____ __posé.

Un __________ volontaire.

Inutile __ __fuir ou de __ ___ger, les représailles se_____t s___ __mi__. __ _____ cela, je ne le souhaite pas à mes proches, ceux-là qui pourtant iront se délecter de « ma mort ??? » *sous couvert de chau___ __rmes.*

À partir de là, on peut terminer sans trop de risques de se tromper. Malheureusement, cela n'a pas grand intérêt.

Ce soir, je me tiendrai courageusement devant l'archange.

Et privilège supplémentaire, j'ai pu choisir l'instrument de ma fin.

Je me suis décidé pour une balle.

Je perçois son intensité, j'_____ sa fulgurance.

Et j'ai payé pour cela.

Dans ce monde devenu fou, il est possible d'acheter son grand plongeon.

J'espère vous avoir donné suffisamment d'indications pour pouvoir vous aider dans votre enquête. Suffisamment, sans trop révéler, toujours pour protéger mes proches.

Méfiez-vous ! D_____ Bâna est impitoyable.

Bonne chance dans vos découvertes futures.

Robert Sebian

Florent, inquiet, interrogea Jean-Christophe.

— Dis-moi, tu penses que tes gars vont pouvoir nettoyer le document ? Et que je pourrai rapidement avoir toute la lettre ?

— Je ne peux pas te le promettre. Mais ils sont déjà dessus.

— Une chose est sûre, Robert Sebian a financé la personne dont il parle. La personne, ou l'organisation. Par déduction empirique, je crois même pouvoir affirmer que c'est lui qui a casqué pour que la machine de guerre que nous avons sur les bras ait pu obtenir les moyens techniques de se développer. Merci à lui.

— Oui, mais comme dirait l'autre, pas de meurtriers, pas de fins limiers.

— Là tout de suite, il est dépité, le limier…

Florent indiqua qu'il était temps de rentrer.

Il salua tout le monde et descendit à pied le boulevard Saint-Germain pour rejoindre la Seine. Flâner sur les quais lui permettrait, il l'espérait, d'élucider quelques points encore obscurs.

Son esprit s'envola et flotta au-dessus de la ville endormie, bouillonnant de réflexions pêle-mêle.

Robert Sebian était si conscient du caractère inéluctable de sa fin qu'il ne s'est pas défendu. Il n'a pas tenté de quitter le territoire avec sa famille. Il aurait pu partir, il est assez riche pour le faire. Peut-être qu'avec les petits-enfants, cela faisait trop de monde à déplacer, trop d'explications à fournir. Cela dit, vu les mots employés, il ne les portait pas tous dans son cœur. Et c'est sûrement réciproque. Éprouvait-il du remords ? Qu'est-ce qu'il a voulu me dire ? Il aurait pu m'appeler. Cela aurait été plus simple. Le Scorpion, ou le Croate, n'a quand même pas des antennes partout. Il ne peut pas tout savoir, tout contrôler. Ce qui voudrait dire que la peur qu'il inspire est suffisante pour que tout rationnel s'efface. Il vaut mieux que nous soyons sur nos gardes. Et plus particulièrement quand nous allons nous rapprocher de lui. Plus nous serons près, plus dangereuse sera notre mission. Il n'y a plus qu'à espérer que nous arrivions à le débusquer par surprise, sinon ce sera un carnage dans nos rangs. L'objectif suivant est Bastien. C'est notre porte d'entrée.

Bastien Seffridi, Florent en était convaincu, permettrait d'attraper un gros poisson. Peut-être pas le grand squale, mais au moins un pilote qui lui indiquerait la bonne direction.

Florent s'appuyait sur cette hypothèse avec ferveur. De toute façon, il n'avait rien de plus motivant à se mettre sous la dent pour l'instant.

***

La journée aurait mérité de s'achever sans tumulte supplémentaire.

Mais dans cette affaire aux contours incertains, l'absence de règles devenait la règle.

La partie adverse avait décidé d'enclencher la vitesse supérieure.

Vers 19 heures, un appel du sud informa l'équipe qu'une nouvelle nuit serait mise en parenthèse.

Branle-bas de combat et changement de planning.

Emmanuelle avait réussi, au prix de multiples démarches, à remonter la piste de Sambouria. Le patriarche du cirque terminait sa longue vie de labeur dans une maison de retraite de l'Eure. Il lui faudrait donc décaler le rendez-vous qu'elle avait pris.

Quant à Loïc, il devrait renoncer provisoirement à compléter le pedigree de Damien Baillard et recueillir de nouvelles photos. Ce qu'il avait appris jusque-là faisait froid dans le dos. Du Zola, en tube. Et concentré.

Un père alcoolique, au chômage depuis tellement longtemps qu'il ne devait pas se rappeler avoir travaillé un jour. Une mère racoleuse à ses moments perdus. Des frères et sœurs tout aussi haut sur l'échelle sociale. Lui avait suivi le parcours classique : petite frappe, petits larcins, puis grande frappe, gros deals. Il s'était fait serrer. Et Kevin Darsin l'avait balancé.

Damien était sous contrôle judiciaire. Une présence policière discrète fut mise en place pour le surveiller : il était impératif qu'il se tienne à carreau. Un retour au mitard compromettrait leur plan.

La nuit était déjà tombée lorsque Barga et son équipe virent se dessiner l'aéroport militaire de Vélizy-Villacoublay, où un petit jet les attendait.

Direction Toulon.

Le Falcon 7X, estampillé République française et affrété par le ministère de l'Intérieur, les attendait sur le tarmac, ainsi qu'un jeune capitaine de l'armée de l'air, les bras de chemise parfaitement remontés malgré la fraîcheur de la température. Maurice de Quezac avait joué de son influence pour que son équipe ne perde pas de temps inutile. Une petite heure de vol et la scène qui les attendait révèlerait ses secrets. Du moins, une partie d'entre eux.

Emmanuelle, qui s'amusait de cette nouvelle aventure, était d'humeur joviale. Pour peu de temps, certainement : la brève description qui leur avait été faite n'appelait pas à la gaieté. Alors autant profiter de ces derniers instants de tranquillité et du petit jet. Elle rêvait, la tête collée contre le hublot, à cette vie de milliardaires qui ne voyageaient que dans ces conditions luxueuses.

Elle ne s'inquiétait pas non plus pour son estomac : celui-ci avait vécu les heures les plus sombres de son histoire lors de la poursuite du tueur à la charade, et EDQ était maintenant prête à affronter n'importe quelle scène de crime sans broncher.

De plus, il fallait reconnaître que le Scorpion/Croate travaillait proprement. Efficace. Pas plus d'effusions qu'il n'en fallait.

Performance, productivité et professionnalisme avant tout. Tout était dans le package marketing.

Le voyage se déroula sans encombre. L'accueil, en revanche, fut glacial. Les gendarmes qui les attendaient n'étaient ni commodes, ni loquaces.

Ils n'appréciaient guère que des Parisiens déboulent en jet privé pour venir piétiner leurs plates-bandes. Mais les ordres étaient les ordres, et quand on est dans la grande muette, on les exécute. Ainsi, le trajet se fit dans un silence de mort. Il était tard, et les organismes fatigués n'aspiraient qu'à un peu de calme.

Florent et Loïc reconnurent la maison du Corse. Un oiseau de mauvais augure arguerait du fait qu'il ne faisait pas bon les rencontrer. Sauf en cas d'envies suicidaires.

Cette fois, les traces étaient encore fraîches. Mais ils ne savaient toujours pas quel animal ils traquaient. Capable d'agir à deux endroits distants de huit cents kilomètres dans la même journée. La durée entre les deux meurtres était suffisante pour que la même personne ait pu les commettre. En revanche, cela ne laissait guère de temps à la préparation. Chaque attaque les étonnait encore un peu plus par sa hardiesse et sa témérité.

Le jardin ressemblait à un champ de bataille.

Le Scorpion ou le Croate n'avait pas seulement exécuté Antoine Puponi, il avait décimé la totalité des gardes et du personnel.

Les gendarmes, Florent, Loïc et Emmanuelle réfléchissaient à l'enchaînement des événements et des meurtres.

Comment un seul homme avait-il pu pénétrer dans la propriété et y effectuer un tel carnage sans se faire repérer ?

Un ninja ?

Seul un homme de l'ombre et de la mort en aurait en effet été capable.

Fantasme.

Un pro surentraîné, c'était plus probable.

Pour l'instant, le seul scénario envisageable semblait le suivant : le tueur avait utilisé son arbalète pour immobiliser tour à tour chacune de ses victimes, qu'il rattrapait avant qu'elles ne touchent le sol, évitant ainsi tout bruit qui aurait pu donner l'alarme ; une manœuvre qui exigeait à la fois une extrême proximité, et bien sûr une totale maîtrise dans la manière de porter les coups. Au même moment, il leur tranchait la gorge avec une lame aiguisée. Limitant tout risque de râle.

Les corps s'étaient alors vidés.

Et les mares de sang obligeaient les enquêteurs à slalomer.

Les deux premiers gardes avaient dû être fauchés dans le même dixième de seconde. Aucun des deux n'avait eu, semble-t-il, le temps de se saisir de son arme. Aucun signe de crispation des mains sur une crosse ou un téléphone.

Dans l'entrée, à l'endroit même où Barga et Loïc avaient dû laisser leurs armes lors de leur première visite, gisait celui qui les avait accueillis. Un trait fiché dans la trachée. Un sourire béant séparait la tête du reste du tronc.

Impossible de traverser le couloir sans souiller leurs chaussures. Ils firent donc le tour par les portes-fenêtres du salon pour entrer et examiner la pièce maîtresse de l'exposition.

Tous trois eurent la même sensation de déjà-vu.

Les photos et les descriptions du meurtre d'Auguste Puponi correspondaient à ce qu'ils avaient sous les yeux. Un *remake*.

Antoine était mort dans les mêmes circonstances que son père, et des mêmes blessures.

Trois flèches transperçaient son corps.

Poumon, épaule et cœur.

Inutile de tergiverser : le tueur était revenu seize ans plus tard s'en prendre au fils. Et il avait pris soin de perpétrer son acte avec un mimétisme absolu.

Nostalgie ?

De nouvelles questions surgissaient. Comme s'ils n'en avaient pas suffisamment.

Après avoir pris soin de passer inaperçu pendant si longtemps, le Scorpion, le Croate ou le ninja n'hésitait plus. Il ne se dissimulait plus. D'ailleurs, avaient-ils affaire à un ou plusieurs tueurs ? Agissaient-ils de concert ? Y avait-il compétition dans le grand marché du trucidage de masse ?

Il fallait que cela cesse. Rapidement.

Si tu t'affliges d'une cause extérieure,
ce n'est pas elle qui t'importune,
c'est le jugement que tu portes sur elle.
Marc Aurèle

Chapitre XXXIX — 9 mars 2017, le matin
Le nid de coucous

Emmanuelle roulait en direction de l'Eure et d'un bled que même le GPS avait préféré oublier. Son intuition lui disait que la maison de retraite était proche. Pourtant, lorsque au milieu de nulle part, cernée par les champs et la forêt, elle entendit le GPS annoncer fièrement : « Vous êtes arrivé à destination », elle pesta intérieurement.

C'est une blague ? Du vert, du vert, et rien que du vert. Et pas de réseau, bien entendu. Florent, il y a des moments, je te déteste. Pourquoi faut-il toujours que tu m'envoies sur des missions miteuses ?

Elle s'encouragea, sentant qu'elle en avait besoin.

Avance encore un peu, ma chérie. On ne sait jamais, il y a peut-être un petit chemin, ou un panneau. Enfin, quelque chose. Comment font les gens qui viennent visiter leurs petits vieux ?

Le nez au-dessus du volant, Emmanuelle scrutait les alentours tout en avançant au ralenti. Peu à peu, la moutarde lui montait au nez.

Il n'y a pas cent cinquante hypothèses. Soit je suis aveugle, et il est urgent que je retourne voir mon ophtalmo à Aulnay, soit le GPS s'est gouré. Fais confiance à ton toubib et essaye plutôt de retaper l'adresse dans l'appareil.

Un chauffard la doubla à vive allure, avertisseur coincé sur volume maximal.

Emmanuelle pesta à nouveau.

Toi, tu as de la chance que je ne me transforme pas en pervenche. Et ce n'est pas l'envie qui m'en manque. Si je pouvais m'exonérer de cette mission à la noix pour mon cher et tendre, je n'hésiterais pas une seconde.

Enfin, à la sortie d'un virage, la maison de retraite apparut. Emmanuelle ne put dissimuler sa joie et lança à qui pourrait l'entendre dans ce coin reculé un grand « Hourra ! »

Ouf ! Il était temps, j'en peux plus. Je commençais à me demander où j'allais atterrir.

Le panneau à l'entrée mentait honteusement sur la marchandise : « La jouvence ».

Emmanuelle ne put réprimer un sourire. Leur service marketing n'avait visiblement aucun état d'âme.

Elle entra dans une grande allée bordée de tilleuls. Le bâtiment moderne et blanc était de taille conséquente. Un immense mouroir où la grande fossoyeuse avait établi ses quartiers.

Un thanatopracteur laissa la place à une équipe des pompes funèbres venue chercher un cercueil. Celle-ci, habituée, officiait sans la moindre compassion ni empathie.

Emmanuelle chercha une place où se garer. Le parking était conséquent et avait été prévu pour accueillir un grand nombre de visiteurs. Malheureusement, la mousse au sol témoignait surtout de leur absence.

Elle referma le col de sa veste dès qu'elle eut verrouillé sa portière et s'élança d'un pas déterminé vers l'entrée. Elle traversa un sas aux doubles portes automatiques et se retrouva dans une grande salle chaleureuse et éclairée.

Une hôtesse l'accueillit avec un franc sourire.

— Bonjour, mademoiselle, puis-je vous aider ?

Emmanuelle sortit son portefeuille et exhiba sa carte de la PJ.

— Bonjour, j'ai pris rendez-vous pour rencontrer monsieur Sambouria. Le docteur Clément a donné son accord.

Pouvez-vous le prévenir de mon arrivée, s'il vous plaît ? Il souhaite assister à l'entretien.

La jeune femme qui lui faisait face lui répondit sur un ton poli et professionnel.

— Avec plaisir, mademoiselle. Je le préviens immédiatement. Installez-vous dans les sofas juste derrière vous. Il ne devrait pas y en avoir pour longtemps.

Emmanuelle parcourut le hall d'un regard circulaire tout en se dirigeant vers les canapés. L'endroit n'était pas luxueux, bien que le business du « vieux » soit lucratif.

Elle se réjouissait déjà de parcourir les revues disposées, de celles que l'on trouve chez son coiffeur, mais fut rapidement interrompue. Un petit bout d'homme peinant à remplir sa blouse blanche vint à sa rencontre. Ses grosses lunettes lui mangeaient totalement le visage et lui donnaient un air cocasse.

— Capitaine de Quezac, je suppose ?

Le médecin lui tendit une main amicale.

— Oui, docteur, enchantée.

Celui-ci s'écarta afin de la laisser le précéder, l'orientant de sa main tout en précisant :

— Par ici, je vous prie.

Ils firent quelques pas. Le médecin stoppa son hôte.

— C'est bien pour monsieur Sambouria, n'est-ce pas, capitaine ?

—Oui, c'est ça, docteur. Pourquoi ? Un problème ?

— Non, non, pas de problème, mais vous avez le temps ?

— J'ai tout mon temps, mais je n'ai pas beaucoup de questions à lui poser.

— Bon, tant mieux. Parce que monsieur Sambouria est un petit vicieux.

— Que voulez-vous dire ?

— Oh, rien de bien particulier, vous verrez. Vous en avez sûrement vu d'autres.

— Vous ne me rassurez pas beaucoup, là.

— Il n'est pas méchant, vous ne risquez rien. C'est juste sa mémoire qui peut être très sélective, et il en joue.

Leur conversation les avait conduits devant la porte de Sambouria. Le toubib fit les présentations.

— Vous avez de la visite, c'est le capitaine de Quezac de la Police judiciaire de Paris qui vient vous voir.

— Je n'ai rien à lui dire. Je déteste les flics.

Par acquit de conscience, il leva les yeux vers l'intéressée. Sa mâchoire tomba. Il opta pour une autre tactique.

— Vous auriez pu me préciser qu'il s'agissait de Miss France, hein, docteur ? On n'a plus trop l'habitude de voir passer d'aussi jolis brins de fille dans cette chambre. Elle est gentille au moins ? Pas comme les autres sorcières !

— Bonjour monsieur Sambouria, interrompit Emmanuelle. Voilà un accueil très sympathique. Vous m'avez l'air d'avoir l'œil taquin. Vu votre âge, il me semble que vous nous faites le petit polisson, minauda-t-elle.

— Venez vous asseoir en face de moi, que je puisse vous voir. Vous savez, quand on devient vieux, le matériel ne fonctionne plus très bien.

Emmanuelle s'exécuta de bonne grâce et lui offrit son plus beau sourire. Et posa sa première question.

— Monsieur Sambouria, je viens pour vous parler de votre cirque. Vous aviez de magnifiques numéros. Je voudrais que vous me parliez de Guillaume Tell.

La réponse ne fut pas celle escomptée.

— C'est gentil de venir me voir pour mon cirque. Mais nous ne faisons plus de numéros. Les animaux ont été vendus à des zoos. Et puis la famille s'est dispersée.

Le visage du vieil homme se figea. Les yeux noirs vagabondèrent dans une grande étendue de vide. Il revint à lui après quelques secondes.

— Bonjour mademoiselle, dit-il à Emmanuelle quand il la découvrit face à lui. Vous êtes la nouvelle infirmière ? Vous êtes drôlement jolie. Ça va me changer des vieilles peaux.

Le capitaine de Quezac se remémora les termes du docteur et en comprit la signification. Elle avait pris la réflexion au second degré, mais manifestement, elle s'était trompée.

— Je ne suis pas infirmière, je suis venue vous parler de votre cirque, monsieur Sambouria.

— De mon cirque ? Quelle idée, il est fermé depuis un moment. On avait des numéros magnifiques pourtant. Les « flying ducks », par exemple. Des trapézistes incroyables, qui volaient littéralement au-dessus de la piste comme s'ils défiaient la gravité.

— Oui, j'en ai entendu parler, vous aviez des animaux aussi.

Emmanuelle tentait une approche moins directe.

— Les animaux étaient merveilleux. Mais j'ai un petit-fils qui a perdu une main à cause d'une satanée panthère noire. Elles sont rapides, ces bestioles. Le gamin s'est fait arracher le poignet d'un coup de griffe, alors qu'une demi-seconde plus tôt, elle était allongée au sol et se roulait dans la paille.

— J'espère qu'il s'agit là du seul accident que vous ayez eu.

— Non, malheureusement, il y en a eu un autre, grave, dramatique. Tout est arrivé à cause de Guillaume Tell.

Emmanuelle se dandina sur son siège, impatiente.

— Ah ? Qu'est-il arrivé ?

— Un drame, voilà ce qui est arrivé.

— Un drame ?

EDQ avança prudemment ses pions.

— Je ne veux pas remuer le couteau dans la plaie, mais j'aimerais bien que vous m'en disiez un peu plus, si cela ne vous est pas trop douloureux.

— Vous l'avez vu, le Guillaume ? À l'œuvre, je veux dire. De mémoire de forain, c'était l'attraction la plus démente jamais mise en scène sur la piste aux étoiles.

— Non, je dois admettre que je n'ai pas eu cette chance. J'en ai, en revanche, entendu beaucoup de bien. Allez-y, racontez-moi, vous en mourez d'envie !

Emmanuelle de Quezac était proche d'avoir les réponses tant attendues. Elle n'en manifesta rien pour autant, même si son cœur battait la chamade comme pour son premier rendez-vous amoureux.

— Guillaume tournait, sautait, virevoltait tout en explosant des ballons avec son arbalète. Il rechargeait en un temps record. Et il les explosait dans toutes les positions : allongé, à l'envers, en roulant. Vous auriez dû voir les spectateurs, les grands comme les petits étaient dingues. Ils croyaient avoir tout vu, ils pensaient que rien ne pouvait surpasser les prouesses accomplies. Et ils se trompaient. Son final était impossible. Et à chaque représentation, il renouvelait l'impossible. D'ailleurs, c'est ainsi qu'il appelait son numéro, l'Impossible.

À cet instant précis entra l'aide-soignante venue faire la chambre. Le grand-père Sambouria la regarda s'affairer, son esprit l'avait à nouveau quitté. Lorsque celle-ci eut terminé son manège, il posa son regard sur Emmanuelle. Et s'arma de son plus beau sourire.

— Bonjour Miss France, ça c'est une chance, j'ai Miss France qui est venue me voir dans ma chambre, décocha-t-il. Et elle est où votre écharpe ?

Le capitaine Emmanuelle de Quezac commença à s'impatienter version Florent Bargamont, et son humeur massacrante n'avait rien à envier à celle qui était la marque de fabrique de son compagnon. L'infirmière avait ruiné tous ses espoirs. Elle garda néanmoins son flegme et tenta, elle aussi, l'impossible.

— Ce Guillaume Tell était incroyable alors. Tout le monde se rappelle son fantastique final. C'est ce que vous me racontiez.

— Ah, vous n'êtes pas Miss France ? Mais qui êtes-vous ?

— Je suis Emmanuelle, une passionnée des grandes familles du cirque, affirma-t-elle pour ne pas perdre le fil de son entretien.

— Emmanuelle, c'est un prénom coquin ça, rétorqua-t-il. *« Mélodie d'amour chantait le cœur d'Emmanuelle qui bat cœur à corps perdu. Mélodie d'amour chantait le corps d'Emmanuelle qui vit corps à cœur déçu. »*

Le père Sambouria chantonnait l'air célèbre de Pierre Bachelet. Mais malgré sa prestation d'une incontestable qualité, l'intéressée n'en apprécia ni le lyrisme, ni l'intention. Peut-être aussi avait-elle trop entendu la ritournelle ?

— C'est très joli, vraiment, mais vous me racontiez le drame et le numéro de Guillaume Tell. Votre histoire était passionnante. Voulez-vous continuer ?

— Guillaume ? Le drame ? Ah oui, c'est arrivé à cause de Guillaume. Il faut comprendre que tous les gamins du cirque voulaient être Guillaume et faire son numéro. Ils jouaient tous avec une arbalète et surtout, ils tentaient tous de faire l'Impossible.

— Je vous écoute, c'est captivant, encouragea Emmanuelle.

— Avez-vous la moindre idée de ce que représentait sa prouesse ? La pomme était posée sur la tête de son assistante. Guillaume se tenait à dix grands pas. Je m'en souviens car il faisait compter le public surchauffé, excité à chacun d'entre eux. Vous comprenez, tout le monde venait le voir, l'Impossible. C'était le clou du spectacle de notre cirque. Dans le silence de mort qu'il exigeait, il visait la pomme en son centre, presque au millimètre. La pomme éclatait en deux bouts égaux de part et d'autre de la jeune fille. Guillaume avait un second trait dans sa main, qu'il armait avant même le premier impact, et il visait et accomplissait l'Impossible : le second trait percutait un des deux bouts de pomme avant qu'il ne touche le sol. Et dans ce silence pesant, une seconde devenait éternelle ; celle qu'il fallait au spectateur pour intégrer ce qu'il venait de voir, et que son cerveau devait encore comprendre et analyser. Mais quand un jour, un des gamins tua sa petite sœur en jouant avec son arc, Guillaume quitta le cirque sur-le-champ. Le père de la petite lui avait reproché de ne pas avoir rangé l'arme et l'avait injustement accusé, alors que le garnement avait grimpé par la fenêtre de sa caravane et dérobé l'arbalète à son insu. Et on ne revit plus jamais l'Impossible. Le cirque ne se remit pas non plus de la disparition de son numéro phare.

C'était donc vrai ! Emmanuelle se parlait à voix basse. Toutes ces rumeurs n'en étaient pas. Guillaume Tell faisait partie intégrante de la légende du cirque.

Il lui restait une question. LA question.

— Qui était Guillaume Tell ? Comment s'appelait-il ?

Les yeux de Sambouria pétillèrent. La révélation ne serait pas gratuite.

— Approchez-vous, mon petit ! Approchez-vous, je vais vous le dire à l'oreille, car je ne l'ai jamais révélé à personne. Mais ma mémoire s'efface, et il faut bien que quelqu'un le sache avant que je ne parte.

Emmanuelle se leva et tendit son cou sans se faire prier. Les mains baladeuses du vieux chenapan lui flattèrent le fessier.

Elle laissa faire, conciliante. La fin justifiait les moyens.

Il lui susurra le secret qu'il avait jalousement gardé.

Emmanuelle le regarda, stupéfaite.

À l'impossible, seul l'Impossible est tenu.

Elle quitta les lieux, bouleversée, sans voix. Salua l'hôtesse du bout des lèvres lorsqu'elle sortit.

Elle mourait d'envie d'appeler Florent, mais s'en empêcha. Elle voulait voir sa tête lorsqu'elle le lui dirait. Et si possible, elle ferait une photo.

Le désespoir aveugle le jugement.
Edward Bunker

Chapitre XXXX — 9 mars 2017, 7 heures
All In !

Bien décidés à stopper l'hécatombe, Loïc, Sébastien, Marc et Florent avaient passé plusieurs heures, enfermés dans le petit bureau, à échafauder un certain nombre de plans, de stratégies, de tactiques. Le tueur à gages avait suffisamment officié, il était temps de le mettre à la retraite. Bastien avait été intégré dans la boucle et les ordres étaient en cours d'exécution. Emmanuelle aurait un joli résumé en fin de journée, lorsqu'elle serait de retour de sa virée dans l'Eure.

Malgré de fortes réticences liées à la suspension de Florent, le Chat avait donné son accord et la caisse noire fut ouverte. Les douze mille euros en cash avaient quitté leur bas de laine.

Et ne demandaient qu'à servir.

Les échanges pouvaient enfin commencer.

Après une courte nuit de sommeil, tous se retrouvèrent chez Bastien, dont l'ordinateur portable fut allumé sous les regards impatients de ses acolytes. Sur les conseils de l'informaticien, c'est Loïc qui allait échanger avec le Scorpion.

Bastien avait commis une erreur la première fois, une erreur de taille, même si elle était heureusement restée sans conséquence : il avait totalement zappé la webcam de son portable. Le Scorpion aurait pu l'activer à distance d'un claquement de doigt, et c'en était fini de leur plan… et probablement de lui aussi, car une fois à découvert, on n'échappe pas à ce type d'individu. Vu le niveau d'organisation du tueur, celui-ci avait sans doute obtenu des photos depuis leur dernière conversation. Il valait mieux ne pas tenter le diable. Loïc fut donc installé derrière le clavier après un grimage version Damien Baillard. Le micro avait été purement et simplement déconnecté et serait officiellement hors service.

Le jeune capitaine pourrait ainsi lire les échanges à voix haute, ces derniers s'opérant uniquement via le clavier.

La question de la caméra avait également été soulevée, mais il leur avait semblé plus prudent de l'activer. Deux périphériques hors service, c'était un gyrophare dont il valait mieux se passer. Bastien avait reçu un mail imposant un rendez-vous virtuel ce jeudi matin à 7 heures. Inutile de courroucer par un retard inopportun celui qui faisait figure d'ennemi public numéro 1.

Ainsi, toute l'équipe patientait nerveusement dans l'attente du bip annonciateur des hostilités. L'heure du rendez-vous était dépassée depuis dix-sept minutes ; chaque seconde qui s'égrenait paraissait une éternité et la fébrilité était quasiment palpable.

Ce n'est que vers 7 h 25 que la machine, jusque-là silencieuse, daigna se manifester. L'application ouvrit une boîte de dialogue, laissant apparaître une simple question.

— *Êtes-vous prêt ?*

Déterminé, Loïc tapota sur le portable de Bastien.

— *Oui.*

— *Ceci est votre dernière chance de vous désengager. Voici quelques règles très simples à respecter. Je ne connais qu'un seul châtiment pour leur non-respect. La mort, la vôtre ou celle d'un proche, et dans ce dernier cas, le prix négocié sera doublé au titre de dommages et intérêts. Avez-vous compris ?*

— Bon, bah, il ne rigole pas, marmonna Loïc.

Il tapa la même réponse que précédemment, un « oui » sans équivoque.

— *Très bien. Voici les règles. Règle n° 1 : Obéissez sans réfléchir à toutes mes instructions. Ne changez rien et ce, sous aucun prétexte.*

Règle n°2 : Il est totalement interdit d'avoir le moindre contact ou échange de quelque nature que ce soit, et avec qui que ce soit, à propos de notre contrat.

Règle n°3 : Il est en particulier totalement interdit d'informer la police de nos échanges.

Enfin, règle n°4 : Ne portez en aucun cas un appareil de type GPS, téléphone portable ou encore balise de géolocalisation pouvant être tracé.

Je vous renouvelle ma mise en garde ainsi que ma question. Il est encore temps de faire machine arrière, avez-vous compris ?

— *Oui, j'ai compris.*

Loïc commenta d'un ton laconique :

— Pour un peu, il finirait par vous foutre les jetons.

Un nouveau message apparut.

— *Très bien. Mettez l'argent dans un sac de sport. Pour les prochaines heures, assurez-vous de respecter toutes mes indications et tout se passera bien. Ne me testez pas !*

— *Je suis prêt,* confirma encore une fois Loïc qui en avait assez d'attendre et souhaitait passer à l'action.

— *Prenez l'ordinateur portable que vous utilisez en ce moment. Je vous le répète, laissez votre téléphone à votre domicile. Soyez à l'ouverture – c'est-à-dire à 9 heures – au Cyber Cube Odéon, rue Mignon. Vous pourrez vous connecter à Internet et y recevoir d'autres instructions.*

La connexion s'interrompit immédiatement, sans que Loïc ait eu le temps de taper un simple ok.

Bastien le prévint d'un ton assuré :

— Il va pouvoir tracer l'adresse IP du café et s'assurer ainsi que tu es bien où tu dis être. Depuis le domicile de Damien, il ne faut pas plus d'une heure pour rejoindre le sixième arrondissement. Il a tout calculé. Il aura sûrement un œil sur toi dès que tu y entreras.

Florent inspira et regarda Loïc.

— Tu es sûr de vouloir le faire ? Tu as bien conscience du danger que représente l'énergumène et qu'aucune erreur n'est possible ?

— Barga, je me suis enrôlé dans la police pour ce genre de mission, alors oui, je suis sûr de vouloir y aller et dégoter la clé qui nous permettra de remonter à notre gars.

— On va te suivre de loin. Du plus loin que l'on puisse. Allez, file et sois prudent !

— Bon, ça va, je ne vais pas à l'abattoir non plus !

Loïc empaqueta le portable et s'éclipsa sur-le-champ. Il attendrait en amont de la rue, peut-être y décèlerait-il un mouvement inhabituel.

Florent et Sébastien décidèrent de leur position respective. Ils pourraient communiquer par téléphone. Le petit monde quitta l'appartement réduit de Bastien.

Hébert et deux autres binômes du 36 furent également placés en retrait, prêts à intervenir en back-up.

***

À 8 h 30 précises, Gary O'Gild et Erik Stevenson entrèrent au 36, quai des Orfèvres. D'un pas déterminé, les deux hommes se dirigèrent vers l'accueil, après avoir expliqué leur cas au planton de service. Habillés avec classe, ils se déplaçaient avec une forme d'élégance et de légèreté. Une très jolie femme d'une quarantaine d'années les accompagnait. Maniant la langue de Molière et de Simenon avec aisance, ils étaient cependant trahis par leur accent, qui ne laissait pas le moindre doute sur leurs origines.

— Bonjour, nous voudrions voir le commissaire principal Florent Bargamont.

Le préposé à l'accueil décrocha son téléphone, composa le poste de l'intéressé et fit preuve de délicatesse lorsqu'un interlocuteur répondit.

— Salut, y a trois rosbifs à l'accueil qui veulent parler à Barga. Tu sais où il est ?

(...)

— Non, ah, qu'est-ce que je leur dis ? C'est des collègues du Yard à voir leur tronche, et surtout leurs papiers.

(...)

— Ah bon, bah si le Chat veut les voir, c'est plus simple. Quelqu'un va les accompagner. Bien ! Très bien !

Le préposé, sans leur jeter le moindre regard, leur proposa de s'asseoir et de patienter. Il désigna machinalement la rampe bringuebalante maintenant les trois sièges fixés les uns aux autres. D'un geste de la main, les hommes de Scotland Yard opposèrent un refus poli, probablement motivé par l'hygiène douteuse desdits sièges.

***

Loïc avait attendu patiemment dans l'entrebâillement d'une porte cochère, observant calmement les allées et venues. Sa concentration était à son maximum, comme lorsqu'il pilotait son bolide. Attentif à tous les détails, cherchant à capter le moindre signe.

À l'heure indiquée, il pénétra dans le cybercafé. Après s'être enquis des tarifs pour une demi-heure, il régla sa connexion.

La fenêtre d'échange de son ordinateur portable s'ouvrit aussitôt les login et mot de passe renseignés.

Et le message s'afficha.

— Allez dans la dernière cabine d'essayage du Celio Club, 134 boulevard Saint-Germain. Vous avez vingt minutes.

La fenêtre se referma aussitôt. Il n'était pas resté plus de dix minutes dans l'établissement. Il se mit en route sans se retourner, attentif à ne pas faire repérer ses collègues. Ceux-ci lui emboîtèrent le pas à distance respectable. Florent le suivait du regard pendant que, dans une rue parallèle, Sébastien pédalait sur un des Vélib qu'ils avaient empruntés pour ne pas se laisser distancer. Cela fonctionna plutôt bien. Loïc arriva sur place à 9 h 30, alors que la boutique n'ouvrait qu'à 10 heures. Il comprit immédiatement pourquoi son contact l'avait fait arriver une demi-heure plus tôt : les vitrines annonçaient un déstockage total et 80 % de réduction, et une foule respectable se tenait déjà devant. Il s'agissait pour la plupart d' épouses ou de copines venues faire la razzia pour leur homme ; même si quelques spécimens masculins se distinguaient. Il se faufila dans la foule sous les jurons indignés de ces dames, prêt à foncer le premier aux cabines d'essayage. Une ravissante métisse ouvrit enfin, et il s'engouffra dans le magasin, poussé par la cohue derrière lui.

Il fit mine de chercher un pantalon à sa taille et se saisit du premier qu'il trouva, sans se soucier de sa couleur, ni même de sa coupe. Il se dirigea d'un pas volontaire vers les cabines et identifia rapidement celle indiquée par le tueur. Sous le siège, il repéra un sac en toile. Sans la moindre hésitation, il l'ouvrit pour en découvrir le contenu hétéroclite. Une perruque et des postiches roux, une veste et un pantalon en treillis ainsi que des sous-vêtements. Pour compléter la panoplie, des lunettes noires et un béret vert. Un message dactylographié contenait des instructions supplémentaires.

— *Enfilez le tout, même si ce n'est pas à votre taille. Laissez sur place, dans ce sac, vos objets personnels, et transférez l'argent dans le sac US Army fourni. Rendez-vous immédiatement au Procope, rue de l'Ancienne-Comédie. Montez au premier étage. Dans le tiroir de droite de la commode, sur le chemin des toilettes, vous trouverez un téléphone.*

Loïc se changea sans réfléchir. Il était méconnaissable.

Une fois ses affaires rangées, il sortit. À travers la vitrine, il reconnut l'enseigne du célèbre café.

Pourquoi diable m'a-t-il indiqué l'adresse, alors qu'on le voit d'ici ? C'est bizarre son truc. Bon, j'espère que Barga et Seb vont me reconnaître, avec cet accoutrement. Parce que si l'habit ne fait pas le moine, il fait le militaire en perm.

Il quitta le magasin par la sortie latérale, rue de l'Ancienne-Comédie, attiré par l'enseigne du Procope comme le papillon de nuit par la lumière.

Il n'eut qu'une trentaine de mètres à marcher. L'établissement accueillait de nombreux clients qui se délectaient de leur petit déjeuner. Orienté immédiatement par les panneaux peints et finement décorés, Loïc identifia la commode, en ouvrit le tiroir et se saisit d'un vieux Samsung, déposé comme prévu. Aucune anicroche dans le plan du tueur.

***

Florent regardait sa montre et s'impatientait. Les équipes, en liaison permanente, posaient la même question en boucle.

— Alors, tu le vois ?

— Non, toujours pas depuis que tu m'as posé la question, il y a dix secondes.

— Mais cela doit bien faire dix minutes qu'il est entré là-dedans.

— Détends-toi, Florent. Ils font peut-être l'échange en ce moment même.

— M'étonnerait. Trop tôt dans le processus. Je lui donne encore cinq minutes, et ensuite on y va. Ce n'est pas normal. Tu es bien sûr ? Tu as bien regardé les personnes qui sont sorties ?

— Florent, je suis devant le Danton. J'ai les yeux rivés sur la porte du Celio. Loïc n'est pas encore sorti. Juste un jeune étudiant, un militaire et deux femmes d'une quarantaine d'années. Donc, non, pas de Loïc. Et toi?

— Juste un jeune homme.

— Et si c'était l'un d'eux, le contact ? Loïc a peut-être des instructions pour rester là un moment?

— Putain, je le sens pas! Il doit y avoir un truc. J'aurais jamais dû accepter qu'il parte sans *tracking device*.

— Ah c'est malin, ça. Avec le moindre détecteur, tu aurais mis la vie du petit en jeu. Tu sais très bien que ce n'était pas possible. Et Loïc est un grand garçon.

— Et s'il lui était arrivé quelque chose?

***

Le Chat écoutait attentivement ses trois interlocuteurs. Leur version des faits était bien différente de celle de Florent, enfin de Johanna. Une seule chose était sûre: une certaine Gabriella était bien assise en face de lui. Gérard Granville tenait dans ses mains un passeport émis par Sa Majesté la reine d'Angleterre. Le document était incontestablement officiel. Leur histoire paraissait crédible. Mais il ne voyait pas comment l'annoncer à Florent.

Il revérifia encore une fois.

— Redites-moi, comment avez-vous eu l'idée de venir ici?

— Mister Granville, encore une fois, après des semaines de recherche, et au regard de la condition de Johanna, nous avons envisagé beaucoup des hypothèses. Y compris celle de l'enlèvement, malgré le peu de relevance qu'elle représentait vu les pièces en notre possession, n'est-ce pas?

— Et pourquoi cela?

— Mister Granville, il n'y avait aucune trace d'effraction. Ses affaires sont disparues, mais de manière ordonnée, comment dire ? Vous voyez? Elle a pris de la monnaie, et puis ses documents. Mais il n'y a aucune trace d'un voyage vers la France et c'est pourtant notre dernière carte pour la retrouver.

— Qu'est-ce qui vous fait penser qu'elle pourrait être ici ?

— Mister Granville...

Il fut interrompu derechef.

— Arrêtez avec le « Mister » à tout bout de champ !

— Pardonnez-moi, mais comment dire ?

— Rien, vous ne dites rien justement, enfin, juste ce que vous voulez dire. Vous voyez ce que je veux dire.

La mimique du Chat trahit son agacement d'avoir été confus. D'un geste, il leur intima de poursuivre.

— *All right*, ok. Miss Gabriela Wilkes ici a toujours dit à sa fille qu'elle devait apprendre le français. Sans lui avoir donné la moindre explication. Johanna, selon elle, a dû trouver suspecte la façon qu'elle a eu de s'intéresser à cette enquête de police française. Celle suite à l'assassinat de votre ministre. Et surtout du policier en charge. Mister Bargamont.

***

Le portable trouvé dans la commode était allumé. Loïc en effleura l'écran qui afficha un message.

Sortez par le cours du Commerce Saint-André, empruntez la rue André-Mazet puis la rue Dauphine. Traversez la Seine au Pont-Neuf et prenez le métro. Asseyez-vous dans le premier wagon, à une fenêtre côté quai. Direction La Courneuve.

Loïc se demanda combien de temps durerait ce petit jeu de piste. Il fallait bien reconnaître que côté partie adverse, la prudence était de rigueur.

Le capitaine Gerbaud sentait néanmoins que ses filets de sécurité sautaient un par un. Certes, sa confiance envers Florent restait intacte et absolue. Si quelqu'un était capable de veiller sur lui en toutes circonstances, c'était son chef bien-aimé.

Mais si les moyens techniques ne suivaient pas, il avait de quoi s'inquiéter… Un doute sournois et insidieux s'immisça en lui.

Les yeux du capitaine Courage travaillaient à repérer celui ou celle qui était censé surveiller ses faits et gestes. Jusqu'à présent, rien ne lui avait paru suspect, ni intrigant.

Il ne prit que quelques minutes pour se rendre à la bouche de métro indiquée. N'ayant pas d'argent pour acheter un billet, il se faufila derrière un étudiant pour franchir le portillon automatique. Ce dernier, le casque Bose vissé sur les oreilles, ne lui prêta aucune attention. Il avait bien pensé à utiliser un des billets de banque rangés dans le sac, mais la négociation n'était probablement pas le point fort du tueur.

Et lui refiler de la menue monnaie ne serait sans doute pas apprécié.

De plus, cela faisait peut-être partie du plan global de surveillance à son endroit. Autant frauder dans la joie et l'allégresse.

Quel sentiment étrange que celui d'épier, tout en se sachant épié.

Ne pas savoir d'où et quand viendrait le danger. S'en remettre aux autres pour sa propre sécurité, ne pas avoir d'autre choix que celui de foncer tête baissée.

Florent, Sébastien, Marc et Loïc avaient tous évoqué l'hypothèse de l'abandon si les choses dérapaient. Mais dès lors qu'ils avaient pris contact sous le nom de Damien Baillard, ils avaient mis la vie du gamin en jeu. Le petit délinquant ne méritait pas une fin tragique.

Loïc restait égal à lui-même.

Imperturbable.

Toutefois, un observateur aguerri aurait pu déceler un soupçon d'inquiétude dans le pincement de lèvres du capitaine : tous les sièges de la rame étaient occupés.

Il dut laisser passer trois stations avant qu'un siège correspondant aux instructions ne se libère. Ce n'est qu'à Opéra qu'il put enfin s'installer à côté d'un grand gaillard plongé dans la lecture d'un article de *20 minutes* signé Laurent Bainier sur un thriller sanglant que Loïc se promit d'acheter dès l'enquête bouclée, histoire de se changer les idées.

***

— Seb, Marco, j'y vais. Je ne tiens plus.

— Barga, tu es sûr de toi ? Tu vas te faire repérer.

— Non, c'est trop long ! J'y vais, je vous dis. Tenez-vous prêts, resserrez tout le périmètre. S'il y a du mouvement, intervenez ! En douceur si possible. Ou en force, mais ne laissez personne s'échapper. J'attends votre top à tous dès que vous serez en position. Et magnez-vous !

Le retour radio fut très rapide ; les six hommes n'avaient pas traîné pour exécuter les ordres. Florent était à cran et personne n'aimait être dans son collimateur dans ces moments-là. Il entra dans le magasin de prêt-à-porter et fonça sur la vendeuse qui rangeait une pile de T-shirt.

— Vous n'avez pas vu un jeune homme un peu pressé entrer ici à l'ouverture ?

— Si, mais il n'était pas très sympathique. Il a pris un jean, je crois, et est allé en cabine d'essayage. D'ailleurs, cela fait un moment. Je ne l'ai pas vu ressortir.

Les yeux de Florent balayaient le magasin. Sans s'excuser, ni prononcer un mot supplémentaire, il fonça, renversant un portant sur son passage et n'y prêtant pas la moindre attention. Pas plus qu'aux réprimandes fleuries de la jeune métisse.

Il inspecta les cabines libres. À la dernière, il prit la pleine mesure de la situation. Seul le sac dans lequel se trouvait l'argent traînait au sol. Mais Loïc avait bien fait les choses : à l'intérieur trônaient, bien en évidence, les instructions du tueur.

Il reconnut les vêtements que son capitaine portait. La déduction fut immédiate.

Mais quel connard je suis! Le militaire.

— Les mecs, Loïc est parti, il est habillé en militaire. Cernez le Procope!

— Ok, on y va!

— Mais putain ne cause pas, tu devrais déjà courir !

Florent avait traversé la rue de l'Ancienne-Comédie à toute berzingue, glissant sur le capot d'une C5 qui avait manqué le percuter de peu, et ne faisant aucun cas des injures vociférées par le conducteur furieux. Il pénétra l'établissement après avoir franchi le sas, et retrouva Hébert, arrivé le premier sur les lieux. Ils cherchaient un militaire. Le tour fut rapidement fait. Et il fallait se rendre à l'évidence. Aucune trace de Loïc sur les trois étages de restauration.

— Marc, sors ta carte et fonce dans les cuisines et les bureaux.

Sa propre carte ayant été confisquée, Florent opéra un tour de passe-passe avec la carte de son club de gym. Abusant l'ensemble des convives, il hurla à la cantonade:

— Quelqu'un a-t-il vu un militaire?

Du fond de la première salle, une rombière peinturlurée et parée ostentatoirement de multiples couches de bijoux leva un bras timide. Florent fondit sur elle.

— Qu'avez-vous vu, madame?

— Savez-vous que les gens qui viennent ici aspirent au calme et que vos méthodes sont insupportables?

Florent utilisa toute la diplomatie dont il était capable pour ne pas se montrer trop désagréable.

— Elle veut une tarte, l'omelette norvégienne?

— Comment osez-vous me parler ainsi, savez-vous qui je suis?

Au bord de l'explosion, Florent rassembla le peu de calme qui lui restait et, d'une voix posée, mielleuse, séductrice, posa la question pour laquelle il avait accompli cet effort incomparable.

— Pardonnez-moi pour mes méthodes, chère madame, mais avez-vous vu un militaire passer ? C'est une question de vie ou de mort.

— Oui. Je l'ai vu.

Florent perdit patience.

— Alors est-ce que vous pourriez me raconter en détail ce que vous avez vu, ou faut-il que je vous envoie un bristol et que je convoque les journalistes ?

— Le naturel, il galope, avec vous, il galope.

La mégère embourgeoisée, au chignon parfait, se dandina sur sa chaise, mal à l'aise face au ton direct du commissaire principal. Elle poursuivit néanmoins.

— Puisqu'il s'agit de vie ou de mort, voici ce qui s'est passé. Lorsque je me suis rendue aux commodités, un militaire roux mal vêtu et pas rasé m'a adressé la parole. Vous noterez bien : sans que je l'y aie invité. La jeunesse est d'une telle impolitesse. Tout se perd, vous savez.

Florent posa sa main sur celle de sa locutrice.

— Vous l'avez vu, me disiez-vous.

— Oui, et figurez-vous que je n'avais absolument pas compris ce à quoi il faisait référence, jusqu'à ce que je vous voie. Lorsque je l'ai croisé dans le couloir, il m'a murmuré que, si je voyais un commissaire furieux, et il avait précisé que cela ne manquerait pas d'arriver, je devais lui dire « Station Pont Neuf ».

Je t'aime Loïc, je t'aime.

Florent avait déjà quitté la vieille femme, la laissant sur place comme deux ronds de flan.

— Les gars, station Pont Neuf ! Le premier arrivé va au guichet, les autres dans les couloirs et moi, j'appelle le poste de sécurité de la RATP.

Comme un chœur à l'unisson, Florent entendit un grand :

— Ok, on y va Barga !

Inutile d'expliquer ou de tergiverser, l'équipe avait saisi l'urgence de la situation.

***

La rame se vidait progressivement à l'approche du terminus. Arrivé Porte de la Villette, Loïc se demandait sous quelle forme allait se manifester le tueur. Ses réflexions trouvèrent un écho inattendu lorsque la sirène destinée à avertir les voyageurs de la fermeture imminente des portes retentit à la station Quatre Chemins. Les portes s'étaient déjà fermées quand un « jean capuche » vint appliquer une feuille de papier sous le nez d'un Loïc surpris par sa soudaine apparition. Le message était simple : *« Fort d'Aubervilliers, 170-174 rue Jean-Jaurès. Camionnette blanche CS-314-VV. »*

Le type a vraiment tout prévu, se dit Loïc. *À pied, le métro, un véhicule maintenant. Heureusement que je sais conduire.*

Le jean et la capuche avaient déjà disparu, et la rame s'élançait dans le tunnel. Mécaniquement, Loïc regarda le plan. La prochaine station serait la bonne.

Il espérait au fond de lui que Florent et l'équipe étaient bien sur ses traces.

Une fois descendu à la station Fort d'Aubervilliers, il décida d'appliquer un petit stratagème qu'il venait d'élaborer. Il allait prendre le temps de regarder le plan des rues sur le quai. Sans exagérer. Le dosage serait critique. Il espérait que ses collègues étaient dans la rame suivante. Il s'y accrochait dur comme fer. Ensuite, il quitterait tranquillement la station dès que le métro entrerait en gare.

Le plan était à l'autre bout du quai, ce qui lui permit de gagner un peu de temps.

La station donnait dans la rue Jean-Jaurès. Il n'aurait pas beaucoup à marcher pour se rendre à son prochain rendez-vous.

Il avait un bon pressentiment. Tout se passerait comme prévu. L'échange se ferait sans encombre. Le seul point qui restait en suspens était de parvenir à isoler un élément, un indice, qui permettrait au 36 de remonter jusqu'à l'ennemi public numéro un.

Personne n'envisageait qu'il fasse l'honneur de sa présence, mais un infime détail pouvait mener à une piste, et c'était ce sur quoi ils comptaient.

Une fois en haut des marches, l'écart de température prit Loïc par surprise. Les yeux plissés par le vent cinglant, il longea le parking, ainsi que le centre équestre Zingaro, tout en examinant les plaques de chacune des camionnettes garées. Un premier véhicule de gendarmerie, toute sirène allumée, descendit l'avenue à tombeau ouvert. Toujours rien. Le capitaine commençait à se demander s'il n'avait pas raté le fourgon.

Il croisa un second véhicule de police, roulant cette fois à allure modérée.

Ils ont du taf apparemment par ici. Ils ne doivent pas s'ennuyer. Sa réflexion tourna court quand il vit le bâtiment de la Gendarmerie nationale.

Il se fout carrément de ma gueule ! Il me donne rendez-vous au nez et à la barbe des keufs. Pratiquement devant chez eux. C'est complètement dingue.

Loïc stoppa tout net. Il venait de repérer un Ford Transit blanc. La plaque était la bonne. Il en fit le tour pour s'assurer qu'il n'y avait pas d'instructions dissimulées.

Rien.

Le portable remis au Procope sonna.

***

Essoufflé d'avoir couru comme un dératé, Sébastien Jacques arriva le premier au guichet de la station Pont Neuf. Il s'écrasa contre la vitre, sa carte de flic exhibée autant qu'elle pouvait l'être. Il harangua le préposé sans circonvolutions.

— Avez-vous vu un militaire il y a moins d'une demi-heure ?

— Non, monsieur. C'est très calme ce matin. Seulement quelques touristes.

— Vous avez des caméras en local ?

— Non, monsieur, tout est relié au poste de sécurité central.

— Ouvrez-moi un portillon, je vais voir en station si je peux trouver quelqu'un qui l'aurait vu.

— Cela vous fera un euro et quatre-vingt-dix centimes.

— Pardon ? Vous êtes complètement barré ! Ouvrez-moi un portillon s'il vous plaît, je n'ai vraiment pas de temps à perdre. Et dépêchez-vous, sinon je vous colle une amende pour obstruction à l'exercice de la force publique.

Sans manifester la moindre émotion, tel un automate, le préposé actionna un bouton libérant le premier portillon.

— Voilà, c'est fait.

Seb, d'une voix grave et lancinante, étira sa réponse.

— Merrrrci.

De la jambe, il fit pivoter la barre du tourniquet, tout en poussant de la main la porte métallique. Il hésita : gauche, droite ? Quel couloir emprunter, quelle direction ?

Il se décida pour le nord. Il crut à sa chance quand il vit un groupe de musiciens jouant du Toto et leur *Africa.* Sans la moindre forme de cérémonie, Sébastien les interrompit au milieu du célèbre refrain. Leur réponse fut sans appel. Le quatuor venait de s'installer et n'avait encore vu personne. Leur corbeille désespérément vide corroborait leurs dires.

Jacques tourna les talons et continua sa course le long des couloirs, jusque sur le quai. Mais une rame venait de partir, et celui-ci était désert. Et personne ne lui répondrait non plus sur le quai d'en face. Sébastien Jacques devait se rendre à l'évidence : c'est bredouille qu'il allait devoir contacter un Florent Bargamont en éruption volcanique.

— Barga, rien sur les quais, je suis désolé.

— Ne bouge pas de là. J'ai le commissaire Michaud qui est au PC de sécurité. J'ai bien fait de l'envoyer là-bas, celui-là. Il a ordre de leur rentrer dans le lard s'ils ne coopèrent pas.

Étrangement, et à l'encontre des procédures, la mention de l'enquête sur la mort de Gonzague Verdine, combinée au nom de Quezac, opéra comme un sésame. Les pros de la molette et du clavier firent rapidement apparaître les enregistrements des caméras installées station Pont Neuf.

Les secondes s'égrenaient cependant. Le temps filait, malgré les efforts de chacun.

Et Loïc était toujours seul. La tension était à son comble.

Il allait devoir affronter l'échange sans back-up.

Mais qui mieux que lui pourrait remplir cette mission si délicate ? Son sang-froid à toute épreuve lui servirait de kit de survie. Il avait l'argent, il avait respecté toutes les consignes. Cela ne pouvait que bien se passer.

Hébert et les deux binômes cerclaient la station, continuant de chercher un indice qui les mettrait sur la piste de leur collègue.

Florent restait en surface, les yeux rivés sur son téléphone et ses barres de réception.

Mais qu'est-ce que fout Michaud, bordel, qu'est-ce qu'il fout, putain, je vais le tuer ce con ! Il ne faut pas trois ans pour exploiter deux petits films merdiques.

N'y tenant plus, il composa le numéro de celui qu'il vilipendait à distance. Florent se trouva scotché, et resta silencieux lorsque son correspondant décrocha.

— Barga, ne fais pas chier ! Pas le temps de gérer ta colère. J'y suis presque. Ne me fais pas perdre de précieuses secondes.

Florent regarda son téléphone comme s'il s'agissait d'un ovni. Ce genre de réponse, c'était lui qui les servait normalement. Tout était dit.

Et puis, finalement, le Graal :

— Tous en direction de La Courneuve. Je commence l'analyse des quais. Je vous envoie un SMS à tous dès que je sais où le petit est descendu.

Florent répercuta à ses sbires et s'engouffra dans la station. Les vociférations résonnaient dans les couloirs crasseux de la RATP lorsque les passagers sur son chemin eurent l'impression de se faire renverser par un trente-huit tonnes, mais le commissaire principal Florent Bargamont n'en avait cure. Son petit Loïc était en danger, sans appui, sans filet et il était plus qu'urgent que son mentor vienne à sa rescousse.

Florent rejoignit toute l'équipe sur le quai alors que le métro entrait en gare.

— Dès qu'on arrive, on se sépare dans toutes les directions. Le premier qui voit quelque chose envoie un message. On garde son téléphone dans la main pour sentir la vibration. Pas de sonnerie. C'est clair ?

Un oui franc et massif s'ensuivit.

Le reste du trajet se fit dans un silence de cathédrale. Conscient de l'importance de sa mission, chacun restait concentré.

La vie de l'un des leurs était en jeu. Et entre poulets, tous les coqs étaient prêts à se sacrifier pour un poussin.

***

— Installez-vous derrière le volant.

Le capitaine Loïc Gerbaud, alias Damien Baillard, ouvrit la porte avant gauche du Ford Transit et s'assit. La communication fut interrompue.

— Ne vous retournez pas.

La voix venait de l'arrière du véhicule. Un appareil mécanique la déformait, et Loïc n'aurait pu en identifier le propriétaire, même s'il le connaissait.

— Vous avez l'argent ?

Loïc indiqua le sac US Army de l'index. La voix trafiquée poursuivit.

— Jetez-le à l'arrière. Sans vous retourner. Et sans geste brusque.

L'ordre exécuté, un autre fusa.

— Prenez les menottes sur le siège passager et enserrez vos mains autour du volant.

Loïc n'aimait pas la tournure des événements, mais son choix était restreint. Il ne savait pas non plus si une arme était braquée sur lui. Il s'exécuta malgré lui, le cœur battant.

Une chaleur étouffante emplissait l'habitacle et la buée commençait à ruisseler sur les vitres.

À l'arrière, le tueur ou son complice, s'il en avait un, comptait tranquillement les billets.

Le gars était tellement sûr de lui qu'il prenait son temps.

— Vous avez une préférence pour le dossier Kevin Darsin ?

La question désarçonna Loïc.

— Que voulez-vous dire ?

— Délai ?

— Le plus rapidement possible, je suppose.

Le capitaine Gerbaud fit de son mieux pour interpréter son rôle.

— Vous pourriez le faire souffrir, le bavard ?

— Non, ce n'est pas au catalogue, ni une commande à la carte. Et ce n'est pas une question d'argent. On me l'a souvent proposé. Je fais disparaître les ordures de cette planète. Pas une raison pour devenir un fou sanguinaire.

— Le Kevin, ce n'est pas un enfant de chœur. Il mérite, objecta le flic infiltré.

L'individu rétorqua d'une manière abrupte qui décontenança Loïc.

— Vous ne devriez pas la ramener. Vous pourriez être dans ma ligne de mire. Vous n'avez pas les mains très claires non plus. Je pourrais très bien gérer votre dossier et le classer assez rapidement. Pour votre gouverne, si je devais un jour répondre devant la justice divine, je n'ai tué que des personnes qui le méritaient. Même s'il faut parfois chercher très loin. Mes commanditaires m'ont toujours fourni les éléments de leur culpabilité. Et je défie quiconque de me contredire sur le sujet. Être un assassin d'ordures fait-il de moi une ordure ? La justice nous a laissés tomber.

Le tueur était calme. Il parlait comme un être sensé, raisonnable, l'antinomie de l'illuminé qui se serait décrété vengeur masqué.

Loïc comprit qu'il n'y voyait pas une mission, mais un boulot comme un autre. Le type se faisait payer pour rayer de la surface de la terre des salopards qui, un jour ou l'autre, avaient commis des actes ignobles.

Ils devraient donc creuser un peu plus l'historique du garçon de café, du plombier et de la femme au foyer exécutés de la main de ce redoutable assassin.

Loïc perçut une vibration de portable.

Le tueur décrocha.

— Oui ?

(...)

— Sûr ?

(...)

— Je ne voulais pas de ça ! Pas le choix. Es-tu d'accord ?

Une longue inspiration plus tard, son portable éteint et rangé, il s'adressa à nouveau à Loïc.

— Qu'y a-t-il de si difficile à respecter les règles ? Je vous ai demandé à trois reprises si vous les compreniez.

Il marqua une brève pause.

— Vous les avez acceptées. Je n'ai pas rêvé.

Il soupira fortement.

— Et bien entendu, c'est vous qui allez me taxer de tueur, d'assassin sans conscience, sans foi ni loi. Mais vous êtes incapable de respecter votre propre parole, donnée à trois reprises. Comme Pierre face aux Juifs de Palestine. On est toujours prêt à se renier soi-même et les autres pour ses intérêts. J'exècre ce monde.

Loïc comprit que quelque chose venait de déraper. Il ne savait pas encore quoi. Il proposa une issue.

— Bon, pas de panique, vous avez l'argent. Vous pouvez partir. Je ne vous ai pas vu. Vous ne risquez rien.

La réponse vint sans appel, ni émotion. D'une voix désincarnée, robotisée.

— Vous ne comprenez rien. Que reste-t-il si l'on ne respecte plus rien ?

Le ton était affligé, d'une tristesse, d'une morosité intenses. Une neurasthénie désespérante. Tous les malheurs du monde venaient de s'échouer sur les épaules du Scorpion Croate... ou du Croate Scorpion.

Sincérité ? Ou méthode Coué pour ce qui allait suivre...

Loïc entendit un vacarme et un bruit de liquide qui se déversait. Il reconnut l'odeur entre mille. Et cela ne sentait pas bon. Non. Pas bon du tout. Il s'acharna sur les menottes et le volant du Transit.

Le souffle chaud et puissant d'un dragon venait d'embraser le véhicule.

La porte à l'arrière se referma en silence.

***

Florent Bargamont eut un pressentiment. Un mauvais. Celui qui vous prévient que plus rien ne sera jamais comme avant.

À peine sorti de la bouche de métro, il vit au loin une grande flamme danser.

Pourtant habitué au pire, il se refusait à envisager ce que son instinct lui criait. Il se mit à courir. Puis il sprinta.

Quand il ne fut plus qu'à quelques mètres du véhicule embrasé, d'où s'échappaient les hurlements de douleur qui attroupaient les badauds, le cœur de Florent Bargamont se déchira. Malgré la chaleur incandescente, il se jeta sur la portière de droite et l'ouvrit. Le corps en fusion de Loïc était déjà rendu méconnaissable par les flammes qui le caressaient de toute leur énergie destructrice. La fournaise provoquée par les volutes d'essence consumait les chairs, ravageait les muscles à vif. Loïc se tourna vers Florent. Deux globes oculaires sans paupières, et presque sortis de leur orbite, fixèrent durant une seconde éternelle le commissaire principal Bargamont.

Un geste de la tête, désormais sans cheveux, en signe de pardon. Puis il s'arc-bouta et ce qui restait du corps hurla et s'écroula.

À ce moment précis, Sébastien se jeta sur son patron pour le décoller des enfers vers lesquels il était prêt à se jeter. Pour accompagner le gamin, le fils, l'ami, le frère qu'il avait couvé d'une affection grandissante.

Florent se débattit comme un véritable diable et ils ne furent pas trop de six pour le maintenir au sol, Hébert et les deux binômes venus prêter main-forte à un Sébastien Jacques voulant protéger Florent de lui-même.

Il n'y avait plus rien à faire.

Pour l'instant.

Mais Florent ne l'acceptait pas. Trop de colère, trop de douleur en lui pour pouvoir dominer le tsunami émotionnel qui venait de pulvériser tous ses mécanismes de contrôle.

Les prochains jours seraient terribles, pour tout le monde.

Inutile de lui parler, de le calmer. Florent avait quitté les sentiers de la raison.

Hébert fit preuve d'intelligence, une fois n'étant pas coutume.

— Je viens de lui enlever son pétard. Ça lui évitera de faire un carnage.

Les cris, les pleurs de désespoir d'un des plus grands flics de France – si ce n'était le meilleur – se mêlaient dans une plainte déchirante qui glaça tous les spectateurs venus constater les dégâts. Un son qui les réveillerait la nuit, et leur ferait maudire leur voyeurisme morbide.

Constatant que la situation était maîtrisée, les six hommes ayant enfin réussi à menotter le forcené, l'un des flics appela les secours.

Il était temps.

Le véhicule avait cramé dans son intégralité. Il n'y aurait aucun indice. Et ça, personne ne se sentirait capable de le lui annoncer.

Trois gendarmes vinrent les rejoindre, ahuris par le spectacle qui s'offrait à eux. Un cordon de sécurité fut rapidement mis en place.

Il allait falloir prévenir Emmanuelle, le Chat et le ministre.

Le jugement d'un seul
n'est pas la loi de tous.
Jean-Baptiste Louis Gresset

Chapitre XXXXI — 9 mars 2017, plus tard
Les oies s'envolent

Le commissaire Florent Bargamont s'était calmé. En apparence… Dans un état de léthargie où se confondaient songes et réalité, il tomba dans les bras de Jean-Christophe Hellard lorsque celui-ci apparut sur la scène de crime.

— On est là, avec toi, Florent… Nous aussi on l'adorait, Loïc.

Une grande détresse se lisait dans le regard de Florent, auquel ses yeux rougis et empreints de démence donnaient une apparence de zombie.

— Je n'ai pas pu l'empêcher, JC. C'est à cause de moi qu'il est mort. Tu comprends ? Tout ça est de ma faute.

— Qu'est-ce que tu racontes ? On a tous envie de s'infliger plus de douleur que nécessaire. Mais Loïc est… était un grand garçon. Il connaissait les risques de ce métier de dingue. Et il les a pris en connaissance de cause.

— Je n'ai pas réussi à le convaincre qu'il fallait porter une balise. Un truc qui ferait qu'on ne pourrait pas le perdre de vue. Et comment je vais aller leur dire, à monsieur et madame Gerbaud, que leur fils unique vient de mourir au front ? Comment ? Je suis responsable. C'est à moi de leur dire, tu comprends ?

— Tu veux que je vienne avec toi ?

— Non, c'est pire, ils n'oseraient peut-être pas me poser toutes les questions qui vont les hanter à partir de maintenant.

Leur vie va s'achever dans quelques heures. Je les imagine là, bienheureux devant leur poste de télévision ; je vais sonner chez eux, les déranger et leur dire que leur raison de vivre, leur fiston, leur petit prodige vient de mourir dans d'atroces souffrances. Et tout ça à cause de moi.

Jean-Christophe écoutait patiemment les propos décousus de son collègue et ami, mais ne savait comment apaiser tant de douleur et de souffrance. Eux, les compagnons de l'horreur et des scènes macabres, se trouvaient aujourd'hui réduits à l'impuissance.

— Arrête, Florent, pas la peine de t'autoflageller. Les bœufs-carottes vont s'en charger.

L'IGPN, la police des polices... Le commissaire principal Florent Bargamont fit preuve d'un instant de lucidité et réalisa la situation catastrophique dans laquelle il se trouvait.

Le Chat avait insisté sur le caractère discret de ses actions à venir. Il était en effet toujours sous le coup de la suspension administrative.

Et voilà qu'il se retrouvait à la tête d'une opération qui se révélait être un fiasco national. La mort spectaculaire du jeune capitaine ne manquerait pas de faire la une des journaux. Non, décidément, cela ne ressemblait en rien à une opération en sous-marin.

Sa carrière s'arrêtait en même temps que celle de Loïc. Peut-être était-ce une juste punition.

Gérard Granville serait dans l'incapacité de le couvrir, cette fois. Comment le pourrait-il ? Les succès très médiatisés de l'équipe de Florent lui valaient une cohorte de jaloux, qui se feraient un plaisir de le descendre en flammes… sans mauvais jeu de mots. Même le ministre ne prendrait pas le risque politique de le couvrir.

Florent Bargamont venait de tout perdre. Son seul ami. Et ce pour quoi il était fait. Ce dans quoi il excellait.

Excepté aujourd'hui... Aujourd'hui, tout était parti de travers. Une petite erreur d'inattention. Une seule. Il n'avait pas envisagé le déguisement. L'assassin avait été plus fort que lui.

La probabilité qu'il fasse un petit séjour à l'ombre se profilait également. Et le choix d'un avocat particulièrement efficace deviendrait rapidement une priorité.

Le couple qu'il formait avec Emmanuelle volerait en éclats. Comment supporter les risques qu'elle encourrait au quotidien pendant qu'il ferait le vigile dans un supermarché ? Qui accepterait de l'embaucher, d'ailleurs ?

Il se perdait dans les méandres de ses réflexions, mais l'image de Loïc le hantait et ne le quittait pas. Il fallait coûte que coûte retrouver le salopard qui lui avait si injustement arraché la vie.

— JC, trouve-moi un indice ! N'importe quoi d'exploitable.

— Barga, tu sais comme moi que le feu ne laisse rien.

— Une fois, juste une fois. Juste cette fois.

Le célèbre commissaire, la voix chevrotante et chargée d'émotion sincère, avait perdu toute sa verve, toute son assurance.

Cinq minutes plus tard, les deux compères entendirent une sirène et un véhicule arrivant à vive allure. Gérard Granville en sortit. Et avec lui sa légion de mauvaises nouvelles.

Le visage du divisionnaire, défiguré par la colère, l'angoisse et la tristesse, en fit frissonner plus d'un. Sans le moindre préambule, il invectiva Florent, assis dans un véhicule de pompiers et flanqué d'Hébert et de Jacques qui ne le quittaient pas d'une semelle afin de tenir à l'écart les journalistes avides de détails croustillants. Déjà, les vidéos virales assorties de commentaires se réjouissant de la mort d'un pourri de flic circulaient partout sur le net et se répandaient à vitesse grand V.

— Tu peux me raconter et me dire dans quelle panade on est ?

— Il est mort, chef. Loïc est mort. L'enculé l'a fait cramer, vivant, dans le Transit derrière toi. Enfin ce qu'il en reste. Il l'a menotté et il l'a allumé. Tu te rends compte. Comme ça, une allumette et une vie qui s'en va. Va savoir si le gars a eu la moindre émotion. Il a su d'une manière ou d'une autre que nous étions sur ses traces, et il a craqué son allumette. Je ne sais pas ce qui a merdé, chef. On a perdu Loïc dès qu'il est entré chez Celio.

Gérard Granville, la mine affligée, interrompit brutalement le monologue.

— Tu as conscience de la situation dans laquelle tu nous as mis ?

Florent n'avait aucune envie de se battre. Pas en cet instant, quand il portait déjà le lourd fardeau de la mort sur ses épaules.

Il lâcha d'un ton laconique :

— Je me doute que tu as besoin d'un responsable pour couvrir tes arrières.

Le divisionnaire leva la voix.

— Pas MES arrières. Je ne parle pas de moi dans ce bordel atomique. Tu as pensé aux autres gars du service ? Tu as pensé à Emmanuelle ? Tu as pensé à l'image du 36 ? Je t'avais dit opération en sous-marin, et tu me plantes un fiasco national avec un maximum de buzz à la télé ? On parle la même langue ou quoi ?

— Fais-toi plaisir, chef, vas-y.

Gérard Granville sortit de ses gonds. Saisissant sans ménagement Florent par le col, il colla son nez à celui de son subalterne.

— Tu me fais chier, Barga, tu me fais chier. Cette fois, je ne peux pas, tu comprends, je ne peux pas te couvrir. C'est en boucle sur BFM-TV et C-News. Le ministère de l'Intérieur m'a déjà appelé trois fois. Je dois leur servir un coupable sur un plateau d'argent. Et tu es tout désigné pour protéger les autres. Le fusible idéal. Offrir en pâture un des grands du 36, les journalistes vont se régaler et nous foutre la paix. On pourra peut-être éviter les dommages collatéraux et arrêter l'enflure qui nous a flambé le petit.

Florent regarda longuement le Chat. Il détestait ce qu'il venait d'entendre. Mais il était malheureusement d'accord. Il ne lui restait qu'une seule échappatoire : la fuite, disparaître des radars. Il sollicita une faveur.

— Je peux te demander un truc ? Plutôt deux ?

— N'exagère pas non plus. Mais dis toujours.

— Évite-moi la taule, s'il te plaît.

— Tu n'as pas besoin de me demander ça. Cela va de soi. Précise-moi plutôt ce qui te préoccupe vraiment.

— Je pense que tu vas avoir un autre gros problème.

Le sourcil relevé, Gérard Granville le toisa, interloqué.

— Florent, je ne vois pas bien ce qui pourrait être pire.

— Tu en es sûr ?

Florent désigna son annulaire gauche. Gérard Granville comprit qu'il avait effectivement un autre souci, et de taille.

Imaginer qu'Emmanuelle allait rester les bras croisés après la perte tragique de Loïc, la mise en exil de Florent et la cavale tranquille du Scorpion, c'était se foutre un bras dans l'œil jusqu'au trognon. On ne sort pas major de sa promotion en comptant les libellules. Florent reprit :

— Rien ne l'arrêtera. Pas même moi. Alors fais mieux que moi avec Loïc, et assure-toi qu'il ne lui arrive rien.

— Tu as raison, je vais la mettre sur une autre enquête, avec ordre de ne pas s'occuper de celle-ci. Et sinon, elle ira te rejoindre au placard.

— Gérard, je ne suis pas assez clair, visiblement. Je te demande de la protéger. De t'arranger pour qu'elle ne soit jamais seule, toujours épaulée par une équipe solide. Elle n'en aura rien à foutre de tes ordres, d'une suspension, de tout ce que tu pourras imaginer. Ça, je te le garantis. Elle prendra son petit portable, appellera son petit parrain chéri et tu te prendras une volée de bois vert mémorable. Je le sais, tu le sais, alors agissons plus intelligemment. Et si tu ne veux pas avoir un deuxième cadavre sur tes genoux, je ne peux que t'encourager à m'écouter attentivement.

— Je savais bien qu'elle finirait par me chier dans les bottes. Je vais mettre Tixier et Durieux sur le coup.

D'un ton sans appel, il testa Florent :

— Des commentaires ?

Et la réponse souhaitée lui parvint en retour :

— Non, aucun. Mais ils ne vont pas bien le prendre, de devoir faire la baby-sitter.

— Vaudra mieux pas qu'ils la ramènent, maugréa Granville, parce que là, les sanctions administratives pourraient pleuvoir.

Gérard prit une profonde inspiration et posa ses deux mains sur les épaules de Florent.

— Tu es prêt ?

— S'il n'y a pas moyen de l'éviter, allons faire le show.

Le Chat héla Jacques et Hébert, qui s'étaient écartés pour laisser les deux hommes parler en toute discrétion.

— Mettez-lui les pinces, et faites en sorte que tout le monde vous voie.

Complètement hagards, les deux hommes regardèrent tour à tour leur chef direct et leur supérieur dans un va-et-vient d'incompréhension. D'un hochement de tête, Florent les rassura : ils pouvaient s'exécuter sans risque. Il ne se défendrait pas. Bien malgré eux, ils serrèrent donc les bracelets autour des poignets de Florent dès qu'il fut debout, mains dans le dos.

Le Chat émit son dernier ordre :

— Ramenez-le chez lui. Il…

Il s'interrompit dans un soupir ; une fois n'était pas coutume, il décida de faire preuve de lâcheté. Il ne voyait vraiment pas comment il pourrait annoncer à Florent ce qui l'attendait chez lui. Le vase était déjà plein. Et la goutte… la goutte s'apprêtait à couler.

***

Le jingle RTL retentit dans la voiture d'Emmanuelle ; il était précisément midi trente, l'heure du journal de Vincent Parizot et de Christelle Rebière. *Nous ouvrons une nouvelle fois ce journal avec de réjouissants indicateurs économiques. C'est aujourd'hui au tour de l'industrie d'afficher sa bonne santé. Les récentes dispositions mises en place ont permis un retour massif des investissements. La reprise est actée. Encore une raison qui laisse penser que les élections à venir sont pratiquement pliées. On ne voit pas qui oserait défier le président Clarck et le bilan spectaculaire qu'il affiche depuis son élection. Qu'en pensez-vous, Christelle ? Effectivement, Vincent, il faudrait une certaine dose d'inconscience pour critiquer un bilan applaudi à gauche comme à droite. La plupart des problèmes dont souffrait notre pays sont aujourd'hui enfin derrière nous. Il serait illusoire d'espérer trouver un angle. Le Président n'a aucune casserole, les indicateurs sont tous au beau fixe. Mais goûtons notre plaisir et espérons que cela dure. Sans transition, l'actualité est moins heureuse en Seine-Saint-Denis, où un incendie criminel a fait un mort ce matin. L'information n'a pas encore été confirmée place Beauvau, mais selon une source proche de l'enquête, la victime serait le capitaine Loïc Gerbaud, lieutenant du célèbre commissaire Florent Bargamont. Les circonstances de ce drame sont particulièrement tragiques, puisque les assassins n'ont pas hésité à enflammer le véhicule dans lequel il était menotté. La confusion la plus totale semble régner, puisque d'autres sources mentionnent l'arrestation de Florent Bargamont, qui aurait piloté cette opération policière devenue un fiasco alors qu'il était sous le coup d'une suspension. Pour mémoire, nous rappelons que le célèbre flic est l'auteur de multiples arrestations, dont celles de l'infâme tueur à la charade et du non moins horrible bourreau de Belleville.*

Emmanuelle pila et déclencha une série déchaînée de klaxons. Elle se gara péniblement sur le bas-côté et évita l'accident de justesse. Le frein à main tout juste serré, elle se jeta frénétiquement sur son smartphone. Après avoir vérifié qu'elle captait bien la 4G, elle fit défiler les brèves sur tous les sites d'informations en ligne. Les images de Florent menotté tournaient en boucle. Les sourcils froncés, elle lisait et relisait, mais son cerveau refusait d'intégrer les informations.

Elle tenta un premier appel. Florent ne décrocha pas. Logique, un individu en état d'arrestation se voit immédiatement confisquer son mobile.

Elle essaya le Chat, qui lui renvoya courageusement un texto lui conseillant vivement de rentrer à leur domicile, ajoutant que Florent aurait besoin de son soutien. Et que malheureusement la journée n'était pas terminée.

Comment ça, elle n'est pas terminée ? Qu'est-ce que ça veut dire, ce charabia ? Je ne vois pas bien ce qui pourrait être pire que la mort de Loïc.

Loïc. Loïc était mort.

Emmanuelle prit enfin la mesure de la situation et sortit de son déni.

Son collègue, avec lequel elle avait passé de nombreuses heures de travail, dans des conditions éreintantes, mais qui trouvait toujours la force de faire de l'humour. De se moquer respectueusement de Florent. Son collègue qui, malgré sa propre fatigue, avait toujours l'énergie pour aller vous chercher un café, un thé ou un chocolat… Son collègue était mort. Son ami était mort. Fini Loïc, finies les blagues, finies les plaisanteries affectueuses sur ses tics de langage. Rayé de la carte.

Elle éclata en sanglots convulsifs.

Elle s'effondra sur le volant, posant son front sur ses mains.

Les larmes coulèrent en un torrent chaud et salé, ses muscles se mirent à trembler, pris de spasmes incontrôlables. Elle avait bien entendu déjà été confrontée à la mort ; mais jamais celle d'un proche, d'une personne que l'on côtoie au quotidien. Et le vide qu'il allait laisser la terrorisait. Elle allait devoir retourner dans son bureau, seule, face aux deux sièges vides. Et pour combien de temps ?

Elle ne l'avouerait jamais, mais les chevauchées sauvages à 200 km/h l'excitaient comme une adolescente en quête de sensations fortes. Mais ça, c'était avec Loïc, son Loïc, en qui elle avait toute confiance, à qui elle aurait confié sa vie sans l'ombre d'une hésitation. Tout cela était fini, irrémédiablement fini.

Emmanuelle de Quezac resta un long moment sur le bord de la route avant de se résoudre, le cœur en morceaux, à appeler son oncle. Celui-ci décrocha immédiatement, comme à chaque fois qu'elle l'appelait.

— Parrain ?

— Oui ma chérie.

Elle le questionna sans grand espoir.

— Dis-moi que ce n'est pas vrai, ce que je viens d'entendre à la radio.

— Ce n'est pas une bonne journée, Emmanuelle. Elle est même vraiment pourrie.

— Mais pour Florent ? Ce n'est pas possible ? Il a été arrêté. Qui a osé faire ça ?

— Moi.

Maurice de Quezac éloigna le portable de son oreille en prévision de l'éruption vocale qui, en effet, se déclencha aussitôt.

— Mais tu es complètement barjo ? Tu n'as pas fait ça ? C'est pratiquement mon mari, parrain ! L'homme de ma vie, l'homme que j'aime ! Je vais te maudire jusqu'au restant de tes jours. Putain, pas toi, parrain ! Non, non ce n'est pas possible, c'est un cauchemar. Je vais me réveiller !

Maurice connaissait sa filleule et attendit que l'orage se tarisse pour répondre.

— Il faut que tu comprennes que la politique, c'est de la finesse. Si je ne fais rien maintenant, l'hémorragie ne pourra être circonscrite. Granville avait ordre de montrer Florent en état d'arrestation – ce qu'il a fait –, mais au lieu de le ramener dans un panier à salade au 36, il le dépose discrètement chez vous pendant que l'on se parle. Avec interdiction absolue de mettre un orteil dehors en attendant que l'on y voie plus clair et que l'on trouve une porte de sortie. Tu crois que je n'ai pas pensé à toi ? Ça va mieux ?

Une toute petite voix lui répondit.

— Merci, excuse-moi, c'est juste que… je ne sais pas, tout va de travers et, sans Florent, ce n'est tout simplement pas possible. Combien de temps cela va durer ?

— Je ne veux pas être pessimiste, mais au regard du bazar que l'on m'a décrit, ton Florent est dans une panade colossale. Il va lui falloir un bon avocat et une défense serrée. Je vais t'envoyer les noms de ténors du barreau à contacter au plus vite.

— Mon Dieu, à ce point… Il n'a pas tué le Président non plus, que je sache !

— Non, mais un de ses collègues vient de terminer sa route de manière brutale et sous des ordres qu'il n'aurait pas dû donner puisqu'il était suspendu. Franchement, l'IGPN va en faire de la bouillie pour chat. Hum… Désolé pour le jeu de mots inopportun mais involontaire. Je dois te laisser, ma chérie, ne t'inquiète pas trop, je te promets de tout faire pour que cela se passe au mieux. D'accord ?

— Oui. J'ai confiance en toi, mais est-ce que tu seras encore là dans quelques mois, après les élections présidentielles ? Tu es sûr que tu seras reconduit ?

— Écoute, je ne peux être sûr de rien, mais Clarck m'a en estime et considère que le boulot est fait comme il le souhaite à Beauvau, donc j'ai mes chances. D'ailleurs, si je n'avais pas fait arrêter Florent, je me serais fait débarquer illico. Et toute possibilité d'intervenir en sa faveur se serait évanouie. Je pense que j'ai fait le maximum pour limiter les dégâts.

— Tu es vraiment extra, parrain. Merci. Que ferais-je sans toi ?

— Je t'embrasse et je te tiens au courant.

Emmanuelle raccrocha, rassérénée. À moitié. Pas vraiment. Un sursaut d'émotion l'envahit à nouveau et les larmes abondèrent, faisant encore couler son maquillage, ou ce qu'il en restait. Elle frotta ses yeux de ses mains, l'étalant un peu plus. Elle fit un effort considérable pour se concentrer sur la circulation, malgré les sanglots qui lui brouillaient la vue.

Encore une bonne heure et demie de route et elle serait à leur appartement. Dans quel état allait-elle trouver l'homme de sa vie ?

***

— C'est qui, ces énergumènes ? demanda Hébert à l'adresse de Jacques.

— Pas la moindre idée. Toi, Florent ?

Barga regarda mécaniquement, toujours dans un état comateux.

— Non. En revanche, la fille avec eux me dit quelque chose. Ce serait possible de m'enlever les bracelets, au cas où on croise un voisin ?

— Ça doit pouvoir se faire. Cela dit, vu que ta tronche doit être en boucle à la télé, pour la discrétion tu repasseras, ironisa Sébastien Jacques. Si tu peux éviter les conneries, on appréciera.

— Suis pas motivé, là, marmonna Florent. Tu peux être tranquille, Seb. En revanche, eux ne me disent rien qui vaille…

Arrivés à leur hauteur, les deux hommes se présentèrent.

— Gary O'Gild and Erik Stevenson, Scotland Yard. Je crois qu'il n'est pas nécessaire que j'introduise miss Wilkes, ici présente.

Florent fut brutalement tiré de sa léthargie.

— Gabriella ? Que fais-tu ici ? Johanna m'a dit que tu avais été kidnappée. Par le Yard. J'avais un peu de mal à l'avaler, mais avec l'enquête que j'ai… que j'avais sur les bras, je ne pouvais pas me dédoubler. Tu vas bien ?

— Yes Florent, I'm all right. Johanna est ici ?

— Oui, elle est chez moi ! Venez ! Entrez ! Que se passe-t-il ?

Florent ne comprenait rien. Et sonné comme il l'était, ses neurones ne répondaient plus à l'appel.

— Miss Wilkes a porté plainte en Angleterre, commença Gary O'Gild.

— Pour enlèvement et disparition suspecte de Johanna Wilkes, sa fille, renchérit Erik Stevenson.

— Hein, quoi ? Oh, oh, oh, on se calme tout de suite, les cocos. Avec la journée que je viens d'avoir, il va falloir me parler avec des termes plus choisis. Parce que je doute qu'à quatre, vous arriviez à me contenir.

— Tu n'as pas changé, Florent ! Toujours prêt à te battre pour un oui ou pour un non.

Le sourire attendri de Gabriella en dit long sur leur passé.

Le verrou tourna dans la porte. Du fond de l'appartement, on entendit une voix.

— Manue, Papa ?

— J'imagine que cela répond à vos questions de séquestration, d'enlèvement ou je ne sais quelle connerie.

— À vrai dire, votre boss nous avait déjà rassurés. Nous vous faisons courir.

— Marcher, on dit marcher. Mais je n'ai jamais aimé votre humour moisi.

Élevant la voix, il appela :

— Johanna, peux-tu venir s'il te plaît ? Rejoins-nous au salon !

— Okay, Daddy.

Elle se figea à l'entrée de la pièce, détaillant les invités d'un regard circulaire.

— Mum, what the fuck are you doing here?

Gabriella ne put se contenir plus longtemps, elle ouvrit grand les bras et s'avança vers sa fille.

— Ma chérie ! Tu es saine et sauve. J'ai eu si peur...

Les larmes s'accumulaient.

— Pourquoi ? J'étais chez mon père. Celui que tu m'as caché pendant si longtemps !

— Écoute, je n'aurais pas dû, je sais. Mais tu me connais… je suis tellement inquiète… avec ta maladie, j'ai voulu te préserver.

Florent interrompit les retrouvailles, le regard soupçonneux.

— Sa maladie ? Mais de quoi parles-tu ?

Gabriella le regarda, stupéfaite. Puis elle se tourna vers leur fille.

— Tu aurais pu le lui dire, tu ne crois pas ? Et depuis combien de temps n'as-tu pas pris tes médicaments ?

Johanna se rapprocha de Florent.

— Je voulais te le dire, au début. Et puis après, j'étais si bien avec toi, avec vous, Emmanuelle et toi... J'avais peur que tu me renvoies chez ma mère.

— J'espère que tu n'as rien de grave ? On s'en serait rendu compte, quand même ?

Il se tourna vers Gabriella.

— Cela va faire trois semaines qu'elle est chez nous maintenant, et tout s'est très bien passé.

— Je le vois bien, qu'elle est heureuse avec vous. Mais Johanna est NPP, névrotique psychotique à tendance paranoïaque.

La mâchoire de Florent se décrocha.

— NPP ? Mon Dieu, ce n'est pas vrai...

Se massant le front, il tentait de mettre de l'ordre dans ses idées.

— Mais pourtant Johanna a toujours été rationnelle... Je n'ai rien vu ; nous n'avons rien vu. Il n'y avait aucune incohérence dans ses récits.

Gabriella fut sincèrement ébranlée. Elle connaissait Florent et son esprit de déduction.

— Florent, je crois que le changement d'environnement a pu lui permettre de se stabiliser. Et il s'agit là d'une excellente nouvelle. Mais tu comprendras que nous devons ramener Johanna à la maison et vérifier auprès de son médecin traitant si la pathologie a évolué ou si l'absence de médicaments a provoqué des dégâts irréversibles.

Non, Florent ne comprenait pas. Il ne comprenait plus rien, d'ailleurs. Tout son univers s'effondrait ; la litanie de mauvaises nouvelles semblait ne jamais devoir cesser.

Accablé, épuisé, il acquiesça et s'adressa directement à sa fille.

— Johanna, je crois que ta mère a raison. Prépare tes affaires, rentre, soigne-toi, assurons-nous que tout va bien et si c'est le cas, et si ta mère est d'accord, tu pourras revenir nous voir pendant mes prochaines vacances. D'accord ?

Après des adieux douloureux, Florent ferma sa porte à double tour et se dirigea vers la commode.

Son regard s'était figé depuis un moment déjà sur les cinq oies qui prenaient leur envol sur la bouteille de Grey Goose. Et son esprit s'était arrêté, comme s'il avait capitulé. Il n'avait plus qu'une envie. Irrépressible et obsessionnelle. Oublier cette journée et partir avec elles vers d'autres lieux, d'autres cieux.

Les oies le défiaient. Les oies l'appelaient.

Elles le tannaient, le haranguaient, le suppliaient de les accompagner.

Et il succomba.

Il avait oublié cette sensation, celle de la brûlure suave de la Grey Goose glissant dans sa gorge.

Le premier verre tint quelques minutes.

Mais le combat était inégal.

Dès leur envol, les oies ne vous permettaient plus de fouler le sol. Les vapeurs, leurs essences, enivraient tous ceux qui avaient voulu jouer avec elles.

Tous avaient perdu.

Il ne fit pas exception.

Le deuxième verre parut plus petit, ce fut l'affaire de deux gorgées. Il but le troisième d'une seule longue rasade.

Les cacardements devenaient assourdissants, seule la bouteille les maintiendrait silencieux.

Florent la saisit par le goulot et ne la lâcha plus.

Quelques instants plus tard, ses genoux plièrent et il s'affala au sol.

Il n'entendit pas la clé tourner dans la serrure de la porte. Il n'entendit plus rien, s'enfonçant avec délice dans les méandres du néant.

Il faut attendre la mort pour bien juger la vie.
Proverbe français

Chapitre XXXXII — 9 mars 2017, encore un peu plus tard
Effets indésirables

Lorsque Emmanuelle entra dans le salon de son appartement, une odeur malheureusement familière vint lui pincer les narines, ravivant de pénibles souvenirs. De ceux qui demeurent indélébiles quoi que l'on fasse. Et ses synapses ne se trompaient pas. Elle jaugea rapidement la situation.

Florent gisait au sol.

Le cadavre d'une bouteille de Grey Goose à ses côtés. Vide, désespérément vide.

De colère, mais surtout pour canaliser ses propres peurs qui s'intensifiaient de manière exponentielle, elle se lança dans un long monologue.

— Merde Florent, qu'est-ce que tu as foutu ? Tu crois vraiment que c'était le moment de nous laisser tomber ? Pourquoi ? Tu étais obligé, là, juste là ? Et comment je vais faire, moi, hein ! Mon Dieu, regarde dans quel état tu es. Tu as sifflé toute la bouteille, c'est pas possible !

Elle prit son pouls, ce qui eut pour effet de lui faire lever une paupière.

— Ouf, au moins, tu n'es pas dans le coma. Mais putain, qu'est-ce qui t'a pris ! Tu peux pas descendre une bouteille dès qu'un truc te tombe dessus !

Emmanuelle tournait en rond. Aux sens propre et figuré. Elle n'obtint d'autre réponse qu'une logorrhée incompréhensible.

Elle poursuivit néanmoins ses invectives, comme pour s'empêcher elle-même de s'effondrer.

— Allez, ne me laisse pas comme une vieille chaussette. J'ai besoin de toi. Nous avons besoin de toi. Nous tenons à toi. Tu crois que ce n'est pas dur pour nous ? Tu crois être le seul à souffrir ? On aimait tous Loïc.

Une colère sourde montait progressivement et s'emparait d'elle, sournoisement, insidieusement. Elle tapa rageusement la commode de sa paume. Le fracas ne provoqua aucune réaction, et Florent resta à demi-conscient.

— Bon, mon petit coco, il serait temps que tu me parles. Aux grands maux, les grands remèdes !

Elle fonça dans la cuisine et en revint avec un grand verre d'eau froide, qu'elle jeta à contrecœur au visage de Barga. Cette fois, la réaction fut brutale.

— Aaaah ? Mais putain, qu'est-ce qui te prend ?

Il tenta maladroitement d'essuyer l'eau qui dégoulinait de son visage.

Emmanuelle eut un bref sourire, vite contrarié par le délire dans lequel Florent s'était lancé, dans un inextricable charabia.

— Partis, ils sont tous partis.

— Oui, bah, toi aussi, tu es parti. Et j'aimerais bien que tu reviennes le plus vite possible car je commence à angoisser.

— Partis, cimetière. Pas Carole. Elle est pas au cimetière. Je sais pas où est le cimetière. Loïc, envolé, il va revenir. Au cimetière, il va la rejoindre. Mais où est le cimetière ? Dans la bibliothèque. Il est là, le cimetière.

— Florent, je ne comprends pas. Fais un effort, tu veux bien ?

Les grands yeux verts de Florent la contemplèrent. Sans vie, sans étincelle, sans cette lueur qui pouvait tour à tour être terrifiante ou diablement séduisante. La jeune femme eut le sentiment qu'il cherchait à faire passer un message.

— Johanna aussi. Gabriella venue me la reprendre.

Cette fois, Emmanuelle avait bien compris.

Elle fila dans la chambre qu'ils lui avaient aménagée. L'armoire, la commode et l'étagère étaient tristement vides.

— Pourquoi ? Comment est-elle venue ici ? Je croyais qu'elle avait disparu ? Elle refait surface on sait pas comment et elle embarque ta fille ? Mais c'est quoi ce cauchemar ! Je commence à regretter que tu aies vidé la vodka. J'aurais fini par t'accompagner. Tu aurais pu attendre de me raconter avant de te saouler la gueule. Ce n'est déjà pas simple de te voir dans cet état, mais si en plus, je suis informée de la moitié des choses… T'es une vraie plaie, Florent, tu sais ça...

— Flic c'est mort, enchaîna Florent.

— Oui, je sais, ce n'est pas la peine de remuer le couteau dans la plaie. Le pauvre Loïc, il a dû souffrir le martyre.

Emmanuelle n'avait pas le temps de pleurer, pas le temps de s'apitoyer sur son sort. De façon surprenante, la tragédie lui donnait la force d'avancer.

— La carte, elle est brûlée.

— Tu ne pourrais pas être un peu plus clair ? Je suis larguée, mais alors complètement. La carte, quelle carte ? Loïc avait une carte ?

Florent s'enfonça dans son délire.

— Desliens, la bibliothèque pas cramée. Les livres.

— Bon, je crois que ce n'est pas la peine. Rallume les lumières à l'étage et on reparlera plus tard.

Son téléphone sonna et elle s'empressa de décrocher.

— Allô !

— Bonjour Emmanuelle. L'accueil est plutôt froid, dis-moi.

— Pardon chef. Mais je ne suis pas en mode « grosse éclate ». Florent vient de s'envoyer une bouteille de Goose et est en plein délire. Alors si vous pouviez me dire ce qui se passe...

Le Chat fit un bref rappel des faits, sans pour autant omettre de détails.

— Il n'en est pas question. Je n'ai pas besoin de garde-chiourmes.

— Écoute Emmanuelle, c'est un ordre de Florent. Son dernier en tant que flic. Et je tiens à l'honorer. Donc, je t'envoie Tixier et Durieux, que cela te convienne ou pas.

— Oui, bah, ce n'est pas comme si j'allais en avoir besoin. Je ne vais pas partir en guerre sans savoir où aller. J'ai une piste. Une intuition, mais rien de concret. Il me faudrait au moins une certitude. Évidemment… si c'est Florent qui vous l'a demandé. Mais dites-moi, son dernier ordre en tant que flic, vous n'allez pas un peu vite en besogne, là ?

— Je crains que non, Emmanuelle. Je ne vois pas trop comment il pourrait s'en sortir sur ce coup-là. Il a franchement dépassé les bornes. Et même ton oncle n'y pourra rien. L'IGPN va le crucifier.

— Ah, je comprends mieux ce qu'il baragouine depuis tout à l'heure. Mais je n'ai pas dit mon dernier mot, je le sortirai de là, maugréa-t-elle. Bon ok, je les attends vos baby-sitters.

— Une dernière chose : Sébastien Jacques arrive aussi. Je me suis dit que deux rideaux de défense ne seraient pas de trop. Ça, c'est mon cadeau personnel. Et avec vous, deux précautions valent mieux qu'une.

— Rassurez-vous, je ne vais pas faire l'idiote et aller défier le Scorpion toute seule.

— À la bonne heure.

Ils raccrochèrent sans les banalités d'usage.

Florent, lui, poursuivait sans discontinuer.

— Loïc, parti, la carte brûlée dans la bibliothèque.

Cette fois, Emmanuelle lui hurla dessus, espérant le secouer et le sortir de son état semi-comateux.

— Quoi, la bibliothèque ? Quelle bibliothèque ? Tu vas me répondre à la fin ?

Le saisissant par le col, elle le secoua de toutes ses forces. Florent se laissait ballotter et un sourire goguenard se figea sur son visage.

— Bah vas-y, fous-toi de ma gueule en plus.

De rage, elle lâcha prise.

— Apollinaire, Gorki, bibliothèque cramée la carte.

Emmanuelle se figea.

— Pardon ? Qu'est-ce que tu as dit ?

Florent répéta mécaniquement.

— Apollinaire, Gorki, bibliothèque, carte cramée.

La jeune femme tournoya dans la pièce comme un oiseau affolé. Elle en était sûrement à son quatrième ou cinquième tour lorsque la sonnette de la porte retentit. Sébastien Jacques se tenait sur le seuil. Les échanges furent brefs.

— Salut !

— Salut Emmanuelle.

Sébastien ouvrit grand ses bras pour serrer Emmanuelle, comme si elle était une petite fille qu'il cherchait à consoler.

— Pas le temps. Mais merci, j'apprécie.

— Quel accueil chaleureux.

— Non, c'est gentil de ta part. Vraiment. Mais dis-moi, tu connais la théorie de l'armée américaine ?

— Ils n'en ont qu'une ?

— Mais non ! Celle qui dit : une fois, c'est un hasard, deux fois, c'est une coïncidence, trois, c'est un complot.

— Tu ne finiras jamais de m'étonner, toi. Non, je ne la connaissais pas celle-là. Mais je ne vois pas où cela nous mène.

— Justement, cela fait trois fois qu'ils sont réunis, ces deux-là.

Les yeux écarquillés de Sébastien en disaient long sur son incompréhension.

— Mais qui, bordel ?

— Gorki et Apollinaire. Viens, on va vérifier. D'abord, aide-moi à porter Florent dans la chambre. Mais avant, on va coller le lit au radiateur, dit-elle tout en joignant le geste à la parole.

— Qu'est-ce que tu veux faire ?

— L'empêcher de picoler. Je vais le menotter. En lui laissant son portable, de l'eau et des petits gâteaux. Et il nous préviendra dès qu'il sera sorti de sa léthargie.

— Il ne va pas aimer. Mais alors, pas aimer du tout. Pose quand même la clé des menottes sur la commode. Ça pourrait servir, proposa-t-il.

— Tu crois que moi, ça m'a fait plaisir de le voir se jeter sur la première bouteille de Grey Goose ? interrogea-t-elle en balançant le petit trousseau.

— Non !

— Eh bien, tu as ta réponse. Sinon, tu as ton arme ?

— Oui, mais qu'est-ce que tu veux faire ?

— On va à la mairie de Montmagny, vérifier si la bibliothèque a trop parlé.

— D'accord, dès que tu arrêteras de parler codé… et dès que Tixier et Durieux seront là.

— Pas de temps à perdre. Envoie un texto. Je vais chercher mon Taurus, et un petit Beretta, on ne sait jamais. Vous ne pourrez pas dire que je ne suis pas prudente.

Ceux qui ont du jugement
l'exercent aussi bien en jugeant des pierres
qu'en jugeant des hommes.
Joseph Joubert

Chapitre XXXXIII — 9 mars 2017, qui n'en finit pas Magnymontois

— Dépêche-toi, Séb, s'impatienta Emmanuelle. Hors de question que ce salopard nous file entre les doigts. Il n'a gagné que la première manche. À partir de maintenant, j'en fais mon affaire.

— C'est bon, Manue, on peut y aller, lui répondit Sébastien Jacques en remettant son portable dans sa poche.

Il lui semblait voir un Florent Bargamont au féminin et cela n'était pas fait pour le rassurer, mais alors pas du tout.

— Je te confirme que Tixier et Durieux nous retrouvent sur place, poursuivit Seb. En revanche, ils seront un peu en retard.

— Pour aller se rencarder dans une mairie, il n'est peut-être pas nécessaire de se ramener à cinquante, tu ne crois pas ?

Pointant Florent du doigt, Emmanuelle fit un bref inventaire.

— Il a de quoi boire, manger, pisser – heureusement que je viens d'y penser –, et il a aussi son portable. Mon petit Florent, tu vas pouvoir nous faire un bon gros roupillon, railla Emmanuelle. Tu vas surtout pouvoir faire ceinture pendant un moment ! Ça t'apprendra à nous avoir mis dans la mouise avec ta vodka, assena-t-elle.

— Je ne voudrais pas être à ta place quand il se réveillera, minauda son collègue.

Le trajet Paris-Montmagny se fit dans les bouchons et ralentissements habituels.

La petite ville du Val-d'Oise n'était pas réputée pour son intérêt touristique ; tout au plus les deux flics auraient-ils pu lever la tête, s'ils avaient été moins absorbés par leur réflexion, pour admirer la très belle église que Maurice Utrillo avait plusieurs fois immortalisée sur toile, et qu'un maire avait imaginé raser dans la frénésie immobilière des années soixante-dix.

Le bâtiment de la mairie, lui, privilégiait la sobriété et la fonctionnalité, ce qui convenait très bien à Manue, qui poussa avec empressement la porte vitrée renforcée par des ferronneries.

L'accueil fut souriant et chaleureux.

— Que puis-je pour vous ? demanda la quinquagénaire après leur avoir souhaité la bienvenue.

— Capitaine de Quezac et commandant Jacques, nous aimerions vérifier votre registre de l'état civil, s'il vous plaît.

Colette Jocelyn scruta avec une attention soutenue les deux cartes de Police judiciaire que l'on venait de lui présenter. L'identité des visiteurs vérifiée, elle leur répondit.

— Ah, c'est bien embêtant, mais je crains que cela ne soit pas possible. La personne qui s'en occupe est absente aujourd'hui. Nous ne sommes pas nombreux ici. Et puis, il est presque 16 heures, nous n'allons pas tarder à fermer.

— Écoutez, nous venons de Paris et nous sommes sur une enquête très délicate. Nous avons seulement besoin de consulter les registres, et nous repartons dans la foulée.

— Ce n'est pas sur ordi, ou en ligne ?

— Je ne pense pas, assura Emmanuelle. Nous cherchons des informations datant de 1974.

Sa priorité était d'entrer dans le bureau, à tout prix ; il serait toujours temps de réfléchir une fois à l'intérieur.

— Ah oui, je comprends. Bon, cela devrait pouvoir se faire, conclut la fonctionnaire toujours avenante. Attendez, je vais fermer la porte d'entrée, je vous accompagne et nous pourrons regarder cela ensemble.

— C'est très gentil à vous, merci.

Moins de deux minutes plus tard, ils entraient dans la pièce qui abritait les registres.

— Cela ne devrait pas être long, indiqua madame Jocelyn. Les registres sont vides depuis que la clinique des Sources est fermée. Seuls les accidents de naissance survenus dans la commune sont désormais répertoriés. Et ils sont rares, heureusement. Peut-être un ou deux tous les deux ans, quand la mère n'a pas pu rejoindre l'hôpital et que les pompiers sont en retard.

Les registres sur l'étagère n'avaient pas été consultés depuis belle lurette, comme en témoignait la poussière accumulée. Emmanuelle se saisit d'un premier sans attendre d'autorisation : elle changea d'époque et atterrit juste après la Seconde Guerre mondiale. Sébastien Jacques comprit que leurs réponses se trouvaient dans le dernier ou l'avant-dernier registre. La sensation de voyager dans un passé finalement assez récent était délicieuse et intrigante à la fois. Qui étaient ces Vacher, Gillet ou Delord ? Les patronymes défilaient. Les prénoms aussi fleuraient bon la nostalgie. Les Nathalie, Valérie, Sophie, Stéphane ou Éric annonçaient les années soixante-dix. Les pages se succédaient : octobre mille neuf cent soixante-quatorze, août, juillet et enfin juin.

N°230/1974 CERU Guillaume

Le premier juin mille neuf cent soixante-quatorze à zéro heure cinq est né au 1 rue des Sources, Guillaume de sexe masculin de père inconnu et de Paule Céru née en Indonésie française le 12 août 1951. Dressé le 4 juin 1974 à 15 heures sur la déclaration de Marie-Noëlle Stromboli 34 ans assistante de direction et Viviane Trinquet responsable état civil par délégation.

Emmanuelle et Sébastien se regardèrent, surexcités et heureux de voir leur intuition confirmée.

— Je crois que nous tenons enfin quelque chose de solide, balança Seb. Et dire que c'était sous notre nez depuis le début.

— Oui, sauf qu'on l'a écarté car il n'a pas pu assassiner Verdine, je te le rappelle, rétorqua EDQ le front plissé. Au moment du drame, il était sur un stade de foot avec deux cents témoins et autant de vidéos perso. Regardons les naissances suivantes…

N°231/1974 DUVOCHELLE Fabrice

Le trois juin mille neuf cent soixante-quatorze…

— Non, ça ne correspond pas. Et avant? questionna Emmanuelle qui trépignait d'impatience.

— Ce ne sera pas le même jour non plus, répondit le flic concentré sur le registre. Tu vois, on passe en mai.

— Lis quand même.

N°229/1974 NAY Maxime

Le trente et un mai mille neuf cent soixante-quatorze à 23 heures 55 est née au 1 rue des Sources, Maxime de sexe féminin sous X. Procès-verbal dressé le 3 juin 1974 à 11 heures par Hélène Daura infirmière 28 ans et Viviane Trinquet responsable état civil par délégation.

La mâchoire de Sébastien Jacques manqua de se décrocher.

— Si je m'attendais à ça!

— C'est un peu ce que j'espérais, décocha triomphalement Emmanuelle. Nous ne sommes pas tout à fait venus par hasard.

— Ce n'est pas un peu facile de dire ça après avoir trouvé, non? Ou alors, explique.

— C'est grâce à Loïc et à la dernière conversation que nous avons eue tous les deux. Elle tournait dans ma tête suite à…

La voix d'Emmanuelle s'étrangla malgré elle.

— Enfin, tu comprends... Je ne sais pas pourquoi, il m'a parlé de la bibliothèque de Desliens.

— Abrège, bon sang! C'est pas un épisode de Columbo.

— Tu connais beaucoup de personnes qui ont les œuvres intégrales de Gorki et d'Apollinaire chez elles?

— Ça existe? Mais non, bien sûr que je n'en connais pas. Mais je ne vois toujours pas le rapport.

— Je t'aide: Maxime Gorki et Guillaume Apollinaire. Et là, tu le vois mieux, le rapport?

— Oh putain... Cela dit, on ne peut pas non plus s'emballer pour une simple coïncidence, même si elle donne à réfléchir, je te le concède.

— Tu as raison! Mais en voici une autre, de coïncidence: la tête que tu as faite il y a deux minutes, eh bien, j'ai fait la même lorsque le père Sambouria m'a dit que Guillaume Tell était une fille et qu'elle s'appelait Maxime.

— ...

— Ah, tu vois, ça t'en bouche un coin, hein!

— Tu m'as quasiment convaincu. Et le complot?

— Pardon?

— Oui, le complot, ta théorie de l'armée américaine, la troisième coïncidence, quoi.

— La troisième fois que les deux prénoms se sont retrouvés côte à côte, c'est lorsque Guillaume a raconté sa jeunesse aux garçons. Et là encore, merci Loïc de m'en avoir fait un résumé circonstancié. La fillette qui partageait le placard avec Céru avait pour diminutif Maxou. Pour Maxime, très probablement Et un, et deux, et trois!

— Les deux sont donc jumeaux, nés à dix minutes d'intervalle. Il s'est donné du mal, le père Desliens, pour qu'ils ne soient pas tracés, ces gamins. Mais je pense à autre chose. D'après toi, c'était Maxime qui était au stade? Et Guillaume qui faisait le boulot?

— Ça ne tient pas debout, je sais. Mais pour l'instant, je sèche. Bon, je crois que nous avons tout ce qu'il nous faut, tu es prêt ? demanda Emmanuelle, les sourcils froncés et le regard déterminé.

— Prêt à quoi ?

— On va leur faire la peau !

Emmanuelle parlait d'un ton froid, glacial, dénué de toute émotion.

— Eh, oh, il va se calmer Zorro. On va tout faire dans les règles, répondit le commandant Jacques qui pressentait les ennuis arriver.

Emmanuelle colla son nez contre celui de son collègue.

— Les règles ? De quelles règles parle-t-on ? De celles qui font qu'on termine au barbecue ? Et Loïc, tu y penses à Loïc ? Et Florent, tu y penses à Florent ? Écoute-moi bien mon coco. Tu viens avec moi si tu en as. Sinon, je me passerai de ton aide. Et dans ce cas, surtout fonce à l'IGPN pour les prévenir. On est en guerre ! Au cas où tu ne l'aurais pas remarqué.

— La question n'est pas là. Tu veux aller te jeter dans la gueule du loup sans préparation, sans renfort ?

— Dis-moi ce qu'on devrait faire alors ? cracha Emmanuelle. T'as une meilleure idée ?

— On explique tout à Granville. Et on monte une opération solide.

— Ah super ! Je te laisse expliquer à Granville que nous sommes sûrs de nous parce qu'un état civil mentionne deux personnes dont les noms de famille sont différents mais dont les prénoms sont ceux de deux poètes du xxe siècle chers à un directeur de clinique. Et que l'un de ces deux prénoms est celui d'une ancienne star du cirque, en tout cas si l'on en croit un vieillard alcoolique, et peut-être, je dis bien peut-être, celui d'une petite fille dont nous ne savons rien, si ce n'est qu'elle a été mentionnée lors d'une conversation dont nous n'avons aucune retranscription – ça, Granville va adorer ! Et parce que j'ai une belle gueule, il va nous dire : mais allez-y, les enfants, faites une descente chez notre consultant – merci Florent au passage, comme ça les flics passent encore pour des nazes – qui par ailleurs a un alibi long comme deux bras ! Faites ! Et si par miracle nous réussissons à le retourner version crêpe, je te laisse t'occuper d'un juge pour avoir une commission rogatoire ! Et voilà... Tu en dis quoi ?

Sébastien fut déstabilisé. Les arguments d'Emmanuelle ne manquaient pas de bon sens. Et il devait se ranger à l'évidence, c'est exactement ce que le Chat ou toute autre personne sensée dirait.

— Ok Emmanuelle, je te suis. Cela dit, ils sont dangereux. Je n'ai pas envie de finir comme le gamin.

— Nous ne reproduirons pas la même erreur, tu peux en être sûr. Cette fois, nous tirerons les premiers. Pas question qu'on serve de pigeon d'argile au milieu d'un ball-trap.

— Je pense quand même qu'il faudrait attendre Tixier et Durieux.

— Ras la casquette. Tu veux que je te donne mon avis ? S'il y a bien une chose à laquelle il ne s'attend pas, le Guillaume, c'est qu'on déboule maintenant.

— C'est incroyable, ce mimétisme. On dirait du Florent dans la lettre et l'esprit, railla Sébastien.

— Je ne suis pas sûre que ce soit le moment de te foutre de ma gueule, répondit sèchement Emmanuelle.

— Pardon patron, même si je suis le plus gradé. J'imagine que tu as un plan ?

— Oui, et qui ne fait pas dans la dentelle, asséna-t-elle.

— Qu'est-ce que je suis supposé comprendre ?

— Direction Aulnay-sous-Bois, visite de l'arsenal, on charge et on va se faire le Guillaume et la Maxime.

— L'arsenal ?

— Oui, c'est le garage secret de Florent. Inutile de te faire un discours... Totale discrétion sur le sujet, évidemment. Je te fais confiance et je suis sûre que je ne regretterai pas de t'avoir mis dans la confidence.

— Et dire que l'on croit connaître les gens ! Florent nous fait toujours le coup du « je n'aime pas les armes, blablabla... »

— Détrompe-toi. Il a de quoi fournir trois armuriers. Tu verras bien.

— Et pour Tixier et Durieux ?

— Dis-leur que tu as une envie irrépressible d'aller taquiner le goujon et qu'on part faire un tour en barque en Sologne.

— Et sérieusement ?

— C'est toi le plus gradé, après tout. Invente, innove, sois créatif.

— Mademoiselle de Quezac, en ce qui concerne le grade, si on se rate, je crois qu'on dégringole tous les deux à la case départ ! Et ça, c'est dans le meilleur des cas. Allons voir ton arsenal, je déciderai sur place si on y va ou pas.

— À la bonne heure.

***

— Maxou, je n'avais pas le choix. Je ne sais pas si tu te rends compte. Le capitaine Loïc Gerbaud ! Le môme, en plus d'être flic, était très proche de Bargamont. Qu'est-ce que j'étais supposé faire ?

Guillaume Céru et Maxime Nay déployaient leurs arguments, reflets fidèles de leurs différences de caractère. La Légion avait pu apporter à l'un le calme et la sérénité dont ils avaient été privés pendant leur jeunesse. La rude école machiste du cirque avait accentué l'intransigeance et l'impétuosité de l'autre.

— Rien, tu as bien fait. Ils peuvent tous crever, ces bâtards de flics.

— Je ne suis pas aussi sûr que toi. Nous allons les avoir sur le dos plus rapidement que tu ne l'imagines. Peut-être qu'une caméra m'aura repéré, ou un témoin… Florent me connaît, il pourra remonter jusqu'à moi en un rien de temps.

— On s'en fout. On a presque terminé. On se fait l'enculé de fils de pute et on se casse sur notre île. On a mis tout le blé à l'abri. Nos armes sont pratiquement toutes transférées. Avant qu'ils viennent nous chercher aux Bahamas, on peut dormir tranquilles. On va pouvoir vivre notre rêve au soleil. L'océan, la pêche, la plongée, et plus aucun connard pour me tripoter ou nous faire chier.

— De tous ceux dont nous nous sommes occupés, ce sera de loin le plus délicat.

— Arrête de te torturer, Guillaume. Je sais que tu veux me préserver coûte que coûte, mais tu ne crois pas que je suis capable de me défendre toute seule ?

— Je sais, mais tu n'es pas non plus Rambo qui se fait l'armée russe à lui tout seul. Contre dix hommes peut-être, mais sûrement pas contre les équipes du RAID. Il faut garder la tête froide.

— Cela fait trois ans que l'on se prépare. On a toutes les informations nécessaires. Tu penses que le bâtard pourra nous échapper ? Franchement, je ne crois pas.

— Arrête de l'appeler comme cela. Tu sais très bien que je déteste ce mot.

— Oui, tu as raison, c'est un enculé de fils de pute. Rien d'autre.

— Tu devrais prendre une verveine.

— Je te jure que je rigolerai autant que tu veux dès que je serai sur notre plage, nue comme un ver, à me faire dorer le popotin entre deux siestes dans un hamac sous les cocotiers.

— Il faudra quand même que l'on prépare nos vieux jours…

— Tu ne crois pas que d'ici là on aura le temps d'y réfléchir ?

— Si…

— Alors arrête de stresser, et si tu veux te détendre, revoyons le planning des opérations. Ok?

— Tu as raison, comme toujours, souffla Guillaume.

Guillaume était le studieux, le laborieux, quand Maxime ne pensait qu'à son seul et unique objectif: se venger.

Leur vie n'avait pas été un long fleuve tranquille.

L'abandon, ils auraient pu pardonner, éventuellement. Avec l'âge, la maturité, ils auraient compris.

La trahison, pas question.

Le temps de la vengeance était enfin arrivé.

Et le chapitre ultime allait bientôt s'écrire. Enfin!

***

Les yeux écarquillés comme ceux d'un gamin chez Toys'R'Us, Sébastien Jacques ouvrait les caisses et les sacs les uns après les autres. Kalachnikov, Uzi, Sig Sauer, FA-MAS, Beretta, Mauser, HK-416, et la liste n'était pas complète. Des grenades de toutes sortes, aveuglantes, assourdissantes, à surpression, à fragmentation. Des lunettes de vision nocturne. Et bien entendu, toutes les munitions qui allaient avec. Le rêve du parfait mercenaire. Tout l'attirail pour déclencher la Troisième Guerre mondiale.

— Alors, tu en as assez? questionna Emmanuelle.

— Non, j'en ai de trop. Je vais avoir du mal à choisir maintenant. Et puis comment allons-nous trimballer tout ça? s'inquiéta Sébastien.

— Il n'est pas question de tout emmener! Tu prends juste les armes que tu connais et avec lesquelles tu es sûr de dégommer ces ordures. Plus quelques outils de base dont on pourrait avoir besoin, scie, pied-de-biche, etc.

— Je sais qu'on fait une connerie. Je le sens. Mais le pire, c'est que j'ai envie de la faire. Je suis presque à la retraite, mais j'ai besoin de ma dose d'adrénaline. Et puis je l'aimais bien, le gamin. Et franchement, le finir au barbecue, c'était vraiment dégueulasse. Alors cette fois, Manue, je suis vraiment avec toi. Allons-y !

Sébastien Jacques s'était automotivé et gonflé à bloc.

Les sacs furent chargés. Le premier hayon du garage fermé, Emmanuelle ouvrit le second ; la double porte empêchait les curieux de voir ce qui se tramait.

La surprise les percuta de plein fouet.

— Levez les mains en l'air et ne bougez plus !

La vraie morale se moque de la morale,
c'est-à-dire que la morale du jugement
se moque de la morale de l'esprit,
qui est sans règles.
Blaise Pascal

Chapitre XXXXIV — 10 mars 2017, 00 h 05
Assaut

— Vous vous croyez drôles ? siffla Emmanuelle. C'est malin de nous foutre une trouille pareille.

— Oh, oh, Jennifer, c'est de bonne guerre, riposta Tixier. Tu nous as baladés toute la journée. Durieux et moi, on a le sentiment que tu ne vas pas être très coopérative. Et ça nous plaît moyen.

— Et d'ailleurs, qu'est-ce que vous foutez à une heure pareille à Aulnay ? interrogea son acolyte.

— Le Chat vous a demandé de la protéger, pas de lui faire passer un interrogatoire, répondit Sébastien du tac au tac.

— Geoffroy, détends-toi. Tu crois que ça nous amuse de faire les nounous ? Nous avions des enquêtes, figure-toi. Qu'il a fallu refiler à d'autres à cause de son petit copain qui a mis tout notre service dans la panade. Alors, si vous vouliez bien coopérer, ce serait très sympathique de votre part. Si ce n'est pas trop te demander, Aglaé.

Emmanuelle, agacée, s'adressa à Durieux tout en désignant Tixier de l'index.

— C'est quoi, cette manie ?

— Quelle manie ? rétorqua-t-il amusé.

— Je vois qu'on ne va pas trop rigoler.

Se tournant vers Sébastien Jacques, elle lui murmura :

— Prépare ton Taser. Dès que je dis « Florent », tu crames Tixier, je m'occupe de l'autre débile.

Comprenant qu'il n'avait pas le choix, le commandant se tint prêt tandis qu'Emmanuelle continuait la conversation pour leur laisser le temps de se préparer.

— Et au fait, les deux tourtereaux, comment nous avez-vous retrouvés ?

— On a fait les pages jaunes. On a cherché à « touristes en promenade » et nous voici.

— Je vois : indécrottables. Allez, j'enterre la hache de guerre. Cela ne nous mènera nulle part.

Emmanuelle posa sa main sur le bras de Durieux en signe d'apaisement et de reddition.

— Plus sérieusement, vous avez tracé nos téléphones ?

— Évidemment ! Rien de mieux que la technique pour remettre la main sur des objets égarés qui n'ont pas envie d'être retrouvés…

— Ok, j'ai compris le message subliminal. Vous avez été ultrarapides, ceci dit.

— Tixier est très lourd, mais il a des contacts très utiles parfois. Franchement, Seb nous avait à peine envoyé son texto que vous aviez déjà déguerpi. On a deviné que vous essayiez de nous semer. Connaissant le caractère indépendant de Barga, on s'est dit que tu devais avoir été à bonne école. On a tout faux ?

— Tu parles de qui là ?

Emmanuelle tâtait le terrain pour s'assurer que Sébastien serait dans le timing.

— Tu parles de mon petit ami ? De Florent ?

D'un même élan, ils pressèrent comme prévu leur gâchette. Les Taser envoyèrent leurs cinquante mille volts, et les deux policiers s'écroulèrent comme deux pantins.

Sébastien souleva Durieux en le tenant par les aisselles :

— Prends ses pieds, on va d'abord mettre celui-là dans leur voiture.

— Putain, je voudrais pas être dans les parages quand ils vont se réveiller !

— Si tu veux mon avis, il y en a un autre dans ce cas-là.

— Mon Florent ? Tu rigoles ? Une fois la première demi-heure passée, pendant laquelle il t'a tellement pourri que tu ne sais plus qui tu es, ni comment tu t'appelles, eh bien ensuite, c'est très gérable. Qu'est-ce qu'il est lourd, le Durieux !

— Il doit avoir du plomb dans les chaussures, c'est pas possible, souffla Sébastien.

— Au moins.

— J'espère que Tixier sera plus léger !

Malgré la relative fraîcheur d'une nuit de mars, Manue et Seb suaient à grosses gouttes. Ils parvinrent enfin à installer Durieux et Tixier à l'arrière de leur véhicule ; les vitres teintées ne pouvaient pas mieux tomber.

Ils s'apprêtaient à partir quand Emmanuelle, mutine, eut une idée. Elle manœuvra Tixier, lui plaçant la tête, et surtout le nez, sur le bas-ventre de Durieux.

— Tu te lances dans la blague de potache ? s'esclaffa le très sérieux commandant Sébastien Jacques.

— Oui, j'en crevais d'envie. Imagine leur tête quand ils vont se réveiller, et puis surtout, imagine si des uniformes les repèrent. Et hop ! Souriez, une petite photo et un moyen de négociation pour nous, railla EDQ en rangeant son smartphone.

Ils se regardèrent et éclatèrent de rire à gorge déployée, d'un rire nerveux mais libérateur.

Une fois dans leur voiture, ils retrouvèrent sérieux et concentration, et leur visage se fit de nouveau grave. La parenthèse était refermée.

À cette heure soit tardive, soit très matinale, le trajet jusqu'à Montmorency fut bref. Emmanuelle n'était pas encore descendue de voiture que Sébastien avait déjà claqué la portière et disparu sans un mot. Elle comprit immédiatement son intention lorsqu'elle le vit réapparaître lesté d'une échelle en aluminium.

— Où as-tu trouvé ça ?

— La camionnette garée deux places plus loin. On en aura sûrement besoin.

Chargés de leur matériel et de ladite échelle, ils abandonnèrent la voiture au sommet des coteaux et se faufilèrent jusqu'à la maison en traversant la célèbre forêt.

Le calme et le silence alourdissaient encore la tension qui montait au fur et à mesure qu'ils se rapprochaient de la bâtisse. Leurs charges les rendaient gauches et peu mobiles, et accentuaient les traces qu'ils laissaient dans la terre. Tant pis pour la discrétion… Arrivés au pied du mur situé côté est, donnant sur la forêt, ils verrouillèrent les canaux de communication de leurs talkies sur une fréquence peu utilisée. Une fois le bouton de brouillage et d'encryptage actionné afin d'éviter toute écoute impromptue ou détection goniométrique, et après avoir effectué les tests de base, ils grimpèrent sur l'échelle installée en triangle. La phase d'observation et de préparation débutait. Ils commencèrent par recenser les différents moyens de défense de la clôture. Le mince barbelé ne les inquiéta guère. Le premier filin électrique dissimulé habilement dans le barbelé non plus. La haie de pyracanthas était plus menaçante : haute et dense, avec des épines longues de plusieurs centimètres et acérées comme la mâchoire d'un requin-tigre.

En peu de temps, ils purent identifier une douzaine de capteurs de mouvement. De ceux qui provoquent un feu d'artifice de lumière, pas dangereux mais dissuasifs.

Pas de caméras en vue, en revanche.

Et si on parvenait à franchir ces différents rideaux de défense, il faudrait ensuite entrer.

Tom Cruise et sa Mission Impossible seraient les bienvenus.

— Procédons dans l'ordre, réfléchit Emmanuelle. Je te propose que l'on commence par dérouter le fil électrique, ensuite, on enlève le barbelé, on met les capteurs HS et enfin on passe la clôture. Ça te va ?

— Comment tu traverses la haie ? Tu as vu les épines ? s'inquiéta Sébastien.

— Avec le gilet en kevlar, je n'ai pas trop peur pour le corps. Et je vais me protéger le visage du mieux que je peux. En revanche, on va dérouiller au niveau des jambes.

— Mouais... On se servira de nos blousons pour les protéger, cela devrait atténuer un peu.

— Bonne idée. Pour les détecteurs de mouvement, au silencieux, cela ne devrait pas poser de problème, même si on se loupe sur un ou deux tirs.

— Dis-moi, Manue, j'ai comme un gros coup de mou... Tu es sûre qu'on ne va pas au casse-pipe ? Ce n'est pas finalisé tout ça, on n'est pas prêts...

La voix de Sébastien était chevrotante.

— Séb, ce n'est pas le moment de te dégonfler ! Loïc ne se poserait pas la question. Il serait là pour nous venger et prêt à en découdre de la manière la plus virulente qui soit. Et comme je te l'ai dit, je pense que c'est notre seule chance, là, maintenant, parce qu'on n'aura jamais suffisamment de preuves tangibles pour emporter l'agrément d'un juge. Ils ne nous attendent pas, leur vigilance sera relâchée et c'est là-dessus que je compte.

— Je sais que tu as raison... Mais avant de foncer tête baissée, je voulais juste te rappeler que nous allons pénétrer sans aucune préparation l'antre du tueur à gages le plus prolifique du XXIe siècle.

— Ce n'est pas très dur non plus, nous sommes en 2017, railla-t-elle pour masquer sa propre appréhension.

— Très bien, je vois que rien ne te fera changer d'avis.

— Non, rien, en effet.

— Ok, allons-y ! Je commence avec l'électricité et le barbelé. Et toi avec les détecteurs.

Emmanuelle avait toujours adoré tirer. Que ce soit à la fête foraine avec des carabines à plomb au canon tordu – système imparable pour qu'aucun client n'atteigne la cible – ou depuis son entrée dans la PJ, elle trouvait un véritable plaisir à faire des cartons.

Elle avait déjà fait usage de son Taurus sur un être humain. Expérience très perturbante. Même si celui qui avait péri sous ses balles le méritait selon elle amplement, ses nuits se trouvaient beaucoup plus agitées et ses cauchemars la laissaient parfois pantelante et trempée de sueur.

Un à un, les capteurs furent détruits, sans plus de bruit qu'une noix tombant de son arbre.

Et dire que je ne suis qu'à une trentaine de mètres et que l'autre salopard nous a fait ça à plus de mille deux cents mètres. On ne joue pas dans la même cour. Je dois quand même lui tirer mon chapeau, si j'ose m'exprimer ainsi.

— Seb, c'est bon de mon côté, et toi ? chuchota Emmanuelle dans son talkie.

— Oui, presque prêt.

— J'ai trouvé comment entrer. Autrement que ce qu'on avait prévu. Moins difficile et moins risqué. Le toit. C'est de la tuile mobile. Je suis légère, je ne les casserai pas. J'en enlève une petite dizaine, et ensuite je sectionne un ou deux liteaux. Une fois à l'intérieur, nous aviserons.

— J'adore ce plan. Ultra-détaillé et solide. Cela dit, je préfère, parce que la serrure à crocheter, ça ne me disait rien. On va utiliser le cordon d'ajustement des barreaux. Je vais le balancer de l'autre côté de la haie pour apporter l'échelle avec nous.

Ainsi fut fait. Légère mais haute, celle-ci atteignait sans peine la gouttière. Emmanuelle n'hésita pas une seconde. La nuit avançait et les multiples précautions qu'ils prenaient pour ne pas faire de bruit commençaient sérieusement à entamer leur capital temps.

Manue enlèverait délicatement les tuiles, les lâcherait, et Seb les rattraperait non moins délicatement ; manœuvre chronophage mais assurant un silence absolu.

La tension était encore montée d'un cran. Tant qu'ils étaient dans le jardin, ils avaient toujours la possibilité de s'enfuir en cas de réveil impromptu de leur hôte. C'en était fini de ce relatif sentiment de sécurité. Plus d'échappatoire en cas de complications.

Emmanuelle ôta un gant pour enlever la première tuile. Faisant levier avec ses doigts, elle put l'extraire de l'enchevêtrement qui la maintenait fixée aux autres tuiles.

— Je te balance la première, murmura-t-elle dans le micro de son talkie.

— Vas-y.

Ni le froid ni la fatigue n'avait de prise sur eux. La concentration était à son comble ; ils n'avaient pas le droit à l'erreur. Leur principal ennemi était la précipitation. Chacun de leurs mouvements se devait d'être calculé, mesuré. Deux, trois, cinq tuiles se retrouvèrent au sol rapidement. L'espace entre les liteaux supportant celles-ci étant trop faible, Emmanuelle comprit qu'elle devrait enlever plus de tuiles que prévu pour se frayer un chemin.

Quelques perles de sueur plus tard, trois rangées avaient été débarrassées, sur un bon mètre environ.

— Tu as décidé de nettoyer tout le toit ? s'alarma Seb.

— Ne m'en parle pas, j'ai l'impression que ça n'en finit pas. Ça devrait être bon d'ici une petite dizaine de tuiles.

J'en peux plus, je transpire comme une pute dans une église.

— Charmant… Respire au maximum, c'est le stress.

— Je sais bien, mais j'ai tellement la trouille de faire du bruit que je finis par me tétaniser.

— Tu y es presque. Tu veux la scie pour les tasseaux ?

— Je descends. Je vais boire une gorgée d'eau et je remonte. J'espère que les frottements de l'égoïne ne vont pas déclencher des vibrations dans toute la baraque…

— C'est sûr, il va falloir y aller très doucement. Mais il est presque 3 heures et il va quand même falloir avancer. Si un des lascars a le sommeil léger, on est faits comme des rats.

— On peut plus reculer de toute façon, alors c'est reparti.

Le courage dont faisait preuve Emmanuelle déclencha un sourire admiratif de la part de son aîné. *Elle en a la petite, faut reconnaître,* ne put-il s'empêcher de penser. Cependant, Sébastien n'était vraiment pas rassuré. Il guettait le moindre son, le moindre mouvement. Chaque craquement ou bruissement d'ailes le faisait sursauter, le tendant comme un arc. Le cran du capitaine de Quezac l'impressionnait purement et simplement. *Je ne sais pas si ce sont les contraires qui s'attirent, mais ces deux-là se sont plutôt bien trouvés. Peur de rien, motivation à revendre, acharnement sans faille, à côté d'eux Bonnie and Clyde feraient office de perdreaux effarouchés.*

Sébastien Jacques marqua une pause dans sa réflexion. Frappé par le parallélisme évident entre ses deux collègues et le couple Guillaume/Maxime. Une angoisse irrépressible le saisit aux entrailles. *Ça va mal finir.*

La scie officiait sans relâche sur le bois sec. Malgré l'extrême douceur dont faisait preuve Emmanuelle, le sentiment d'être entendue à des kilomètres à la ronde la rendait nerveuse. Le temps pressait. Encore une heure et les premières lueurs de l'aube les mettraient à découvert sur le toit du sympathique professeur d'EPS Guillaume Céru.

Quinze minutes furent nécessaires pour découper l'un des quatre petits tasseaux. La voie était libre. L'accès au grenier enfin ouvert, Sébastien Jacques dissimula au mieux le matériel dans les haies et buissons du jardin, en croisant les doigts pour qu'aucun voisin trop curieux ne donne l'alarme en cas de réveil très matinal. Restait ensuite le problème de l'échelle… Pas d'autre choix que de la laisser sur place et espérer que personne ne s'en inquiète. Le commandant Jacques se signa juste avant de gravir la petite dizaine d'échelons le menant sur le toit. Sa déconvenue fut brutale. L'entrée improvisée par Emmanuelle était parfaite… pour elle. L'espace entre les poutres le narguait, lui signifiant clairement qu'il aurait mieux fait de suivre un régime.

— Putain, Emmanuelle, comment veux-tu que je passe ? chuchota-t-il, exaspéré.

— Comme moi !

— Tu te fous de moi ? Tu as vu ta corpulence, tu as vu la mienne !

— Débrouille-toi pendant que je cherche la trappe d'accès au premier étage. Et prie pour qu'elle ne débouche pas dans la chambre de Guillaume.

Seb râla intérieurement. *Et alors vous, vous faites quoi dans la vie ? Oh moi, rien de spécial. Je me déshabille au milieu de la nuit sur les toits. Mais attention, pas n'importe lesquels. Si possible ceux de la maison d'un tueur. Emmanuelle, Emmanuelle, que me fais-tu faire ?*

Le gilet ôté, la ceinture tombée, la parka déposée, Sébastien se contorsionna telle une danseuse étoile, s'arrachant la peau du dos sur une dizaine de centimètres. Il ne put contenir un râlement étouffé. Mais le tout finit par passer. Maintenant la lampe torche dans sa bouche pour vérifier où il posait ses rangers, il put se harnacher à nouveau et se préparer au combat, qu'il savait imminent et inéluctable. Le léger clic dans son oreillette le fit s'arrêter pour mieux entendre sa collègue.

— J'ai trouvé.

Sébastien Jacques releva le nez. Pour constater avec dépit que la lampe indiquant la position d'EDQ était à son exact opposé. Il allait devoir jouer à saute-mouton sur les solives à jour.

Quelques contorsions plus tard, il rejoignit une Emmanuelle les fesses en l'air, en équilibre sur les mains, en train d'ausculter le système de fermeture de la trappe. Un homme restant un homme, ses pensées dérivèrent un court instant. *Il ne doit pas s'ennuyer le Florent, avec un cul pareil. Pardon chef, mais quand même...* Mais il redevint parfaitement impassible au moment de poser sa question :

— Comment envisages-tu la suite ?

— Regarde toi-même, mais je crois que c'est assez simple. On a de la chance. Il n'y a pas de serrure, juste le loquet de fermeture. Mon seul souci est de savoir comment maintenir la trappe et la faire descendre doucement, sans bruit. Il va falloir que l'on soit bien coordonnés. Je déverrouille la trappe, tu attrapes illico le côté droit et je me charge du gauche aussi vite que possible. Il ne faut pas se rater, ça doit être instantané. Ça te va ?

— Oui, je n'ai rien de mieux en stock de toute façon. Attends que je me positionne bien.

Sébastien Jacques s'accroupit, coinça fermement sa chaussure droite entre deux bastaings et encercla son mollet gauche dans un câble électrique qui traînait. Il put ainsi basculer la majeure partie de son corps en avant. Ce serait plus commode pour maintenir la trappe de ses deux mains ; avec son escalier escamotable, elle devait peser son poids. Normalement, les ressorts de tension visant à ralentir la chute permettront une descente contrôlée. Ils l'espéraient.

Une fois en position, un regard de connivence et une longue inspiration plus tard, Emmanuelle déverrouilla l'accès. Ils pénétraient dans l'antre du semeur de mort.

Tout se déroula comme prévu.

Ou presque.

Au jour du jugement, la plume du savant
pèsera autant que l'épée du guerrier.
Proverbe indien

Chapitre XXXXV — 10 mars 2017, 4 h 30
Réveil difficile

— Putain, mais qu'est-ce que c'est que ce boxon ?

Le cliquetis métallique déclencha une seconde salve de jurons.

— Quel est l'enfoiré qui m'a attaché ? Je vais lui bousiller sa gueule à ce connard.

Florent expérimentait un réveil difficile, et même douloureux. Il avait l'impression qu'une barre en métal lui scindait le cerveau en deux. Il tenta de se masser le front de sa main gauche et constata les dégâts. Son poignet droit menotté au radiateur en fonte de la chambre. Une bouteille vide au sol, une pleine, des gâteaux et son téléphone. Enfin un élément intéressant ! Il se jeta dessus et commença par vérifier l'heure d'une main malhabile : 4 h 30. Vendredi 10 mars. *J'aurais peut-être pas dû me jeter sur la Grey Goose. J'ai soif maintenant.*

Il dévissa le bouchon et porta le goulot à ses lèvres. Puis réalisa qu'il avait plus utile à faire.

— Manue ?

Il attendit une réponse qui ne vint pas. Il réitéra.

— Manue ? Putain, t'es où? Elle se fout de moi, là ! Elle s'est barrée en me laissant attaché !

Florent ne savait pas s'il était plus incrédule que furieux ou l'inverse. Ok, elle était furax, mais là, elle y allait un peu fort. Sans grand espoir, il voulut tenter un dernier appel. Peut-être s'était-elle assoupie sur le canapé du salon ? Il cria à pleins poumons – et au diable les voisins.

— Emmanueeeeeeeeeeelle !

Il devait se résigner : le grand silence qui lui répondait témoignait de sa solitude. Et la situation dans laquelle il se trouvait n'était guère enviable. Il fouilla la pièce du regard, mais il dut se rendre à l'évidence très rapidement : un élément fondamental manquait pour une sortie tout en élégance. La clé des menottes. Où était-elle, cette foutue clé ? *Elle ne s'est quand même pas cassée sans me laisser la clé ? Elle doit être planquée quelque part, elle veut juste me rendre dingue pour se venger. Je l'ai mérité, je vais donc me la fermer même si pour le principe, je vais péter un câble et un gros.* Florent, de sa main gauche, chercha sous le matelas, farfouilla dans la taie d'oreiller. En vain. La moutarde lui montait progressivement dans chacune de ses narines. Il se saisit rageusement du téléphone pour appeler EDQ – elle allait dérouiller. Un message de Jean-Christophe Hellard attira son attention. *« Regarde tes mails, nous avons pu décrypter la lettre de Robert Sebian. »* Florent ne se fit pas prier. Après tout, l'engueulade pouvait attendre. Il ouvrit sa messagerie, téléchargea la pièce jointe et la lut fébrilement.

Paris, le mardi 7 mars 2017

À l'attention du commissaire Florent Bargamont

Cher Commissaire,

Je suis face à mon sous-main au toucher si délicat. Je réalise maintenant qu'il est le témoin de ma vie de labeur. De droiture, de dévouement pour ma famille et de dévotion pour la France. Ce pays qui nous ensorcelle, nous envoûte et nous rend capables en son nom de toutes les exactions. Cela permet de les justifier.

Cela permet de se les pardonner, et puis surtout de les oublier.

Dire qu'elles m'ont empêché de dormir serait un mensonge honteux auquel je ne m'abaisserai pas à ce moment si particulier de mon existence.

Je préfère que ce courrier vous soit remis, car au moment du grand repas, les rapaces vont ourdir leurs complots pour s'approprier une part plus importante que celle qui leur est due.

Mes avocats sont informés, mais voici ce qui compte pour moi.

Je souhaite que le testament signé en date du 2 mars en l'étude de maître Swindle à Paris soit appliqué et exécuté en totalité.

Les banalités mises de côté, il est temps pour moi d'être honnête avec vous.

Inutile d'irriter le grand secrétaire du maniement de la faux.

Dhanus, le Scorpion, est une création de la Légion sur les ordres d'un personnage éminemment connu. Une fois prête, j'ai été chargé de l'engager, de la surveiller, et de la contracter. En d'autres termes, je lui ai donné les moyens financiers de devenir ce qu'elle est aujourd'hui. Une semeuse de mort sans défaut. Toujours discrète, sans raté à son actif et sans attirer la moindre attention.

Alors, j'y ai pris goût. Les contrats sont devenus personnels. Le sentiment d'impunité procuré vous égare si facilement.

Et j'ai fait la demande de trop.

Je n'étais plus son unique client. D'autres réclamaient leur part d'impunité.

Leur part de sang.

Et elle la leur a donné. Et ce soir encore.

Il est étrange d'avoir rendez-vous avec la mort. Et d'y aller de son plein gré.

Un suicide imposé.

Un assassinat volontaire.

Inutile de la fuir ou de la piéger, les représailles seraient sans limite. Et même cela, je ne le souhaite pas à mes proches. Ceux-là qui pourtant iront se délecter de ma disparition sous couvert de chaudes larmes.

Ce soir, je me tiendrai courageusement devant l'archange.

Et privilège supplémentaire, j'ai pu choisir l'instrument de ma fin.

Je me suis décidé pour une balle.

Je perçois son intensité, j'envie sa fulgurance.

Et j'ai payé pour cela.

Dans ce monde devenu fou, il est possible d'acheter son grand plongeon.

J'espère vous avoir donné suffisamment d'indications pour pouvoir vous aider dans votre enquête. Suffisamment, sans trop révéler, toujours pour protéger mes proches.

Méfiez-vous ! Dhanus Bâna est impitoyable.

Bonne chance dans vos découvertes futures.

Robert Sebian

Florent ne put réprimer un *Nom de Dieu !* Ses neurones tournaient à plein régime.

« Dhanus Bâna est impitoyable. » Putain, ça me rappelle quelque chose, mais quoi ? Dhanus, j'ai vérifié dans le dictionnaire, c'est une espèce de scorpion. Bâna, c'est un village en Croatie. D'où son surnom de Croate. Mais les deux termes accolés me parlent. Putain de mal de tête. Florent se gratta le sommet du crâne avec son poing pour y faire circuler le sang. *Reprends un peu d'eau et pisse un coup. Dhanus Bâna ! Dhanus Bâna ! Qu'est-ce que c'est, bon sang ? Où ai-je vu ces mots ? Eh, mister la truffe ! Et Google, c'est pour les chiens ?*

Il lança Internet sur son smartphone et tapa les deux mots, sans prêter attention à la faible intensité lumineuse de son écran. Les premiers liens ne renvoyaient à rien qui puisse l'aider et surtout ne suscitaient aucun souvenir.

Un froncement de sourcils plus tard, il eut le déclic espéré.

Shiva, et l'Inde. Il cliqua sur le lien. Ce fut la dernière opération que la batterie de son téléphone lui autorisa. L'appareil s'éteignit sans pitié.

— Non, non, non, tu ne vas pas me faire ça, pas maintenant ! Ce n'est pas possible ! C'est quoi ce bad trip ? MERCI Emmanuelle d'avoir pensé à mon portable, vraiment, merci. Mais tu aurais pu me le mettre en charge. Comment je fais maintenant, hein ? Taper sur le sol comme une brute épaisse pour affoler les voisins du dessous ? Pas sûr que ce soit une bonne idée... Tu aurais pu me laisser un mot, Emmanuelle. Tu aurais dû…

Perplexe, inquiet, Florent envisageait le pire, et monologuait en boucle comme Manue l'avait fait au même endroit, quelques heures plus tôt.

— Putain, mais où es-tu ? J'espère qu'il ne t'a pas pris la géniale idée d'aller traquer le tueur. En même temps, pas possible ! Comment pourrais-tu savoir où il se planque ? À moins qu'il y ait quelque chose qui m'échappe ? Mais quoi ?

La panique envahissait progressivement un Florent Bargamont pourtant habituellement allergique à ce terme. Mais il n'était plus question de rationalité, à ce stade ; ses sentiments pour Emmanuelle balayaient tout le reste.

Il se redressa d'un coup. Instantanément, la menotte le rappela à l'ordre et l'obligea à se rasseoir sur le bord du lit.

Il venait de se rappeler.

Une bouffée nostalgique l'envahit. Son voyage de noces, et Carole. Le tsunami du 26 décembre 2004 et ses paysages de fin du monde, apocalyptiques. L'odeur de putréfaction qui s'imprègne dans chacun des pores de la peau.

Et la recherche d'une disparue qui ne reviendra pas.

Mais avant la Thaïlande, ils avaient tous deux bourlingué un bon moment en Inde.

Bon gré mal gré, Florent avait visité un nombre incalculable de temples. Par amour pour Carole, il s'était coltiné les désirs de sa belle et avait crapahuté dans tout ce qui pouvait ressembler à un lieu de culte.

Et rien n'arrivait au hasard dans cette vie. Cela, Florent y croyait dur comme fer.

Aujourd'hui encore, il en avait la preuve.

Enfin, il appréhendait la solution du puzzle qui les avait mis sur des charbons ardents depuis des semaines.

Dhanus Bâna, l'allégorie de l'amour, symbolisée par un arc et une flèche. L'Éros hindou, avec une différence majeure : l'arc et la flèche ne font qu'un et sont interchangeables. L'arc devient flèche et la flèche devient arc.

Dhanus Bâna !

Rien ne nous trompe autant
que notre jugement.
Léonard de Vinci

Chapitre XXXXVI —10 mars, à l'aube
Peur primale

Emmanuelle et Sébastien pouvaient être fiers. Tout s'était déroulé selon le plan qu'ils avaient improvisé au dernier moment ; ils étaient entrés en silence malgré la multitude d'obstacles. Le plus dur restait néanmoins à faire : visiter les lieux avec le risque de tomber nez à nez avec Guillaume, ou Maxime, ou les deux. Leur vie ne tiendrait alors qu'à leurs réflexes et leur longue expérience. Le succès de leur opération-commando reposait sur l'effet de surprise. À bien y réfléchir, d'ailleurs, opération-suicide serait plus approprié. Leurs sens étaient donc en alerte maximum. Chaque porte à ouvrir était un véritable supplice, et les grincements inévitables autant d'occasions de se faire repérer.

Les deux flics avaient remonté la trappe dans un souffle et un silence vertigineux. Ils avaient atterri sur un palier. Derrière eux, une première porte dont le pêne eut le bon goût de ne pas être enclenché. Le moment de vérité approchait ; la tension était palpable. Doucement, Emmanuelle tira la poignée. Et le grincement tant redouté leur fit le plaisir de ne pas se manifester. Cette pièce servait probablement de chambre d'amis. Elle semblait figée dans le temps ; une épaisse couche de poussière recouvrait les meubles. Demi-tour, direction la seconde pièce de l'étage. Cette fois, ils allaient devoir tourner la vieille poignée en porcelaine. Sébastien se chargea du challenge. Et…

Il échoua.

Le pêne claqua d'un bruit sec et puissant lorsqu'il quitta la gâche. Impossible que personne n'ait rien entendu.

Les nerfs en pelote, il ne leur restait qu'à se préparer à un assaut imminent.

Mené par une machine de guerre impitoyable, sur son terrain de jeu.

Comme toujours, rien ne se passa comme prévu.

Depuis le fond de la pièce, à l'abri des regards, une arme était pointée sur eux. Un Beretta surmonté d'une lunette à visée laser.

Un point rouge mortel se dessina sur le cœur d'Emmanuelle, annonciateur d'une fin inéluctable.

Un frisson glacé parcourut l'échine de Sébastien. Tout était joué.

Ils festoieraient d'ici peu à la table de l'ange de la mort.

Deux vies qui s'achèvent sur une erreur, une impatience, un mouvement d'humeur, une vengeance irréfléchie.

On ne joue pas avec le Mal.

Celui-ci finit toujours par triompher, dans la douleur et sans demi-mesure.

Emmanuelle glissa ses doigts entre ceux de Sébastien en un au revoir silencieux. Ils s'unissaient dans un ultime souhait : ne pas subir les affres de la mort comme l'avait fait Loïc.

La cruauté était-elle vouée à toujours triompher ? Les fins heureuses n'étaient-elles que des mensonges à classer au rang des rêves enfantins, des illusions destinées à nous rassurer, nous emmitoufler d'espoir, nous abandonner dans un cocon si confortable qu'il nous aveugle sur la terrible cruauté de la vie ?

Le cocon avait volé en éclats ; leur route s'achevait.

Une voix grave, calme et impérieuse ordonna :

— Déposez vos armes sur le sol. Chacun votre tour. Mademoiselle de Quezac, vous commencez. Ne tentez rien.

Je vous aurai abattu tous les deux avant que l'un de vous n'ait armé son jouet. Votre petit Taurus me fait l'impression d'un accessoire Barbie, et il en va de même de votre Glock 9 mm, commandant Jacques. Si vous n'y voyez pas d'inconvénient, nous allons procéder avec méthode et sérénité pour éviter toute tentative inutile et illusoire de votre part. Vous ne m'échapperez pas. Ne me faites pas injure en l'imaginant.

Guillaume Céru poursuivit son monologue, avec la même impassibilité.

— Dès la première seconde où vous avez touché ma clôture, j'ai su que vous alliez faire une tentative désespérée et vouée à l'échec. J'ai sincèrement espéré que vous abandonneriez, que vous rencontreriez des difficultés rédhibitoires, bref que vous tourneriez les talons.

Emmanuelle ne se démonta pas et prêcha le faux.

— Tu crois peut-être que nous sommes seuls ?

— Non, je ne le crois pas. J'en suis sûr. La cavalerie ne déboule jamais par les toits. N'oubliez pas que j'ai plus de missions en milieu hostile que toute votre équipe réunie. Je reconnais que le fait d'attaquer maintenant était brillant. Je ne l'avais absolument pas envisagé. Je n'ai jamais tué d'innocent de toute ma vie de chasseur. Jamais. Ce flic, il n'a pas respecté les règles. Je vous avais prévenus. Je l'avais prévenu. À trois reprises. Trois, comme saint Pierre. Mais il a trahi sa parole. Pourquoi a-t-il fallu que ses mots soient entachés de fourberie, de mensonge ? Ce n'est pas parce qu'on est flic que tout est permis. Voilà où cela nous mène : à cette tragédie.

Un crachin dans son talkie mit fin à sa tirade biblique.

— Amène-toi ! S'ils sont ici, c'est qu'ils ont compris.

(…)

— Je dois admettre qu'ils ont été bons. Je vais leur poser la question. Viens, nous devons décider de la marche à suivre.

Il pencha la tête pensivement.

— Qu'est-ce que je vais faire de vous ? C'est une bonne question. Mais avant, comment avez-vous compris ?

— Qu'est-ce que ça change ? balança Emmanuelle, arrogante.

— Rien. Cependant, la clémence n'étant pas ma qualité première, je vous encourage à manifester un peu plus de considération envers votre adversaire.

Les deux flics baissèrent les yeux. Il y avait un fond de vérité dans ses propos. On ne défie pas des générations de flics à travers l'Hexagone sans susciter un minimum d'égards.

— La théorie du complot selon l'armée américaine.

— Oui, je la connais. Quels sont les trois points ?

— Le récit de votre enfance, la bibliothèque de Desliens et le cirque Sambouria, murmura Emmanuelle.

— La bibliothèque ?

— Vous portez les prénoms des deux auteurs fétiches de celui qui a orchestré vos naissances.

— Je vais devoir vous remercier d'avoir élucidé une énigme qui nous taraude, Max et moi, depuis des années. Je ne peux que vous tirer mon chapeau.

Maxime choisit ce moment pour entrer, et enveloppa la pièce d'un silence glacial. La silhouette filiforme, mais néanmoins dotée de muscles saillants, était surmontée d'un très joli visage, quoique marqué par la rudesse de sa vie passée. Le passant croisant son regard ne témoignerait que d'une chose : l'impérieux besoin de baisser les yeux, sans savoir vraiment pourquoi. La détermination et la froideur des prunelles de Maxime Nay étaient tout bonnement terrifiantes ; stigmates des sévices endurés, des épreuves surmontées, de la détresse de sa vie de misère et de souffrance.

Emmanuelle ne put réprimer un petit frisson. *Et dire que je croyais que Florent avait de quoi foutre la trouille avec ses yeux verts.*

Les deux prisonniers ne firent pas mieux que le passant.

— Descends-les, ordonna sèchement Maxime. Règle-leur leur compte en bas.

Guillaume obtempéra.

— Retournez-vous, et avancez. Prenez l'escalier devant vous. Le moindre geste inapproprié et je vous mets une balle là où ça fait mal sans pour autant vous tuer. Vous allez vous vider comme des porcs pendant des heures. Faites-moi confiance.

Devant la menace plus que crédible, pas question de jouer aux héros.

Sébastien ouvrit la marche, suivi de près par une Emmanuelle anéantie. Ainsi, tout s'achevait là, dans cette vieille maison. Le regret de n'avoir pas eu d'enfant se fit poignant et l'étouffait. Elle pensait aussi à la tristesse de ses parents quand Florent leur annoncerait la terrible nouvelle. Ils seraient dévastés. Tout comme sa tante et son oncle. Florent sombrerait dans un gouffre sans fin.

Voir les deux femmes de sa vie mourir pratiquement sous ses yeux. Et se reprocher cette bouteille de Grey Goose avalée un peu trop rapidement. Il ne s'en remettrait pas, cette fois. Son avenir s'annonçait sombre. Et rien que pour cela, elle s'en voulait profondément d'avoir échoué. L'homme qu'elle aimait par-dessus tout allait terriblement souffrir.

Les marches que l'on monte pour accéder à l'échafaud, Sébastien et elle les descendaient pour se rapprocher inexorablement des enfers.

Parvenus dans l'entrée, ils furent enjoints d'ouvrir une porte dissimulée derrière un rideau. Une autre volée de marches les accueillit.

Le sous-sol, vaste, était pratiquement vide, à l'exception d'une chaudière et de trois étagères sur lesquelles s'entassaient quelques outils, des bocaux de confiture, un lot de vis, deux ou trois bricoles qui semblaient abandonnées là depuis des lustres ; rien d'extravagant.

Un détail clochait. Ce n'était pas le lieu idéal pour commettre un crime. Deux, encore moins. Les professionnels savaient que le sang laisse des traces indélébiles, même après de multiples lavages. Ils ne pouvaient pas mourir ici.

Le commandant Jacques et le capitaine de Quezac restèrent pantois lorsque Guillaume approcha de la chaudière ce qui ressemblait étrangement à un Vigik, un petit appareil gros comme une pièce de deux euros et utilisé par les facteurs pour pénétrer les immeubles pourvus d'un digicode.

Un pan de mur en métal pivota.

Indétectable. L'aimant électromagnétique rendait impossible son ouverture sans le Vigik. Simple et pourtant si efficace. Un escalier de fortune composé de parpaings et de rondins s'engouffrait dans des profondeurs que le faible éclairage ne permettait pas d'évaluer.

Un vent frais les cueillit.

— Où allons-nous ? s'enquit Emmanuelle qui venait d'abandonner tout espoir, si tant est qu'il lui en restait.

— Les anciennes carrières de Montmorency, rétorqua Guillaume. C'est un vrai gruyère là-dessous, et assez profond. L'avantage, c'est qu'on n'y entend rien, c'est calme, et toujours à la même température. Un peu humide, ce qui pourrait poser problème pour les armes, mais je nous ai arrangé un petit arsenal à l'abri de la corrosion. Cela nous a permis de considérablement améliorer nos conditions d'entraînement. Surtout moi : l'arbalète ne nécessite pas un champ de tir de plus de soixante-dix mètres ; j'ai pu m'entraîner non-stop. Nous avons un tunnel de trois cents mètres de long, là-dessous. Pour Maxime, c'était plus compliqué. Au début, c'était parfait. Mais dès qu'elle nous a fait du 100 % sur un euro, il nous a fallu sortir, avec les risques que cela engendrait. Mais ma sœur et moi sommes doués pour ce qui est de la précision. D'autres le sont pour le chant, la musique, le cinéma, l'écriture. Nous, notre talent, c'est de ne jamais rater une cible. Appelez ça comme vous voulez : fatalité, destinée…

L'heure était à la confession funèbre.

Un substitut à la dernière cigarette du condamné, tenu en joue dans un couloir sombre sans la moindre échappatoire et qui avait, à ce titre, le droit de savoir.

L'urgence invitait à réciter un *Notre Père* ou un *Je vous salue, Marie* avant qu'il ne soit trop tard. Emmanuelle, croyante davantage par tradition que par conviction, priait en silence. Ses lèvres bougeaient au rythme de ses intonations mentales.

Plus ils descendaient, plus leur étonnement grandissait. Une centaine de marches les conduisirent jusqu'au tunnel, éclairé de néons fluorescents et au bout duquel se distinguaient à peine une série de cibles de tailles et de formes variées.

Le petit groupe parcourut quelques mètres et bifurqua sur la droite, dans une autre galerie qui débouchait sur une pièce bétonnée servant de sas, et sur plusieurs portes. Guillaume en ouvrit une. Pas de serrure inutile. Qui pouvait suspecter un tel dédale ? La réponse fusa avant même que la question ne soit posée.

— Aucun risque d'être dérangés, j'ai muré le seul accès à notre galerie. Impossible de vous retrouver ici.

Dans un geste désespéré, Sébastien fit alors volte-face et se jeta sur son geôlier qui, trop sûr de lui, s'était imprudemment rapproché. La balle percuta le commandant avant même qu'il ne soit en mesure de toucher l'assassin. La rapidité d'exécution du policier n'était pas en cause. Guillaume avait réussi l'exploit de viser et de lui exploser la clavicule dans cet infime laps de temps. Un hurlement bouleversant traversa la pièce.

— Vous êtes tous les mêmes, les flics ! Vous vous croyez toujours les plus forts ! Mais je vous avais prévenus, non ? Pourquoi n'écoutez-vous jamais ?

Le tueur semblait sincèrement écœuré.

— Pardonne-nous de vouloir rester en vie et de faire notre métier !

— Le problème n'est pas là ! Vous analysez mal les risques, vous commettez des erreurs grossières. Einstein disait déjà que la définition de la folie est de reproduire les mêmes actes en espérant un résultat différent. Selon cette définition, vous êtes complètement fous !

— Un peu simpliste, comme raisonnement, s'emporta Emmanuelle, qui peinait à aider un Sébastien dont le souffle devenait inquiétant.

— Installez-vous au sol, ordonna Guillaume.

Il fouilla dans un tiroir et en tira deux paires de menottes.

— Main gauche main droite, pied gauche pied droit. Au cas où il vous viendrait l'idée d'une autre folie.

L'épaule fracassée de Sébastien et son autre main entravée avec celle d'Emmanuelle lui rendaient tout mouvement impossible. Pour couronner le tout, la main gauche d'Emmanuelle fut attachée à l'établi qui trônait dans la pièce.

Maxime apparut alors et ne put cacher son mécontentement.

— Pourquoi sont-ils toujours en vie ?

Guillaume se justifia d'un ton paternel.

— Parce que nous n'avons pas besoin qu'ils meurent. Dans quarante-huit heures, nous serons loin, et il est inutile d'ajouter deux flics de plus à notre palmarès. Nous avons toujours été rigoureux sur le choix de nos victimes. Ce n'est certainement pas le moment de changer de stratégie.

— Son petit copain, il va débouler et tout foutre en l'air, s'agita-t-elle nerveusement.

— Paradoxalement, je suis davantage inquiet de son absence. Le connaissant, il aurait dû intervenir depuis longtemps.

Il se tourna vers Emmanuelle.

— Pourquoi Florent n'est pas là ?

— Il s'est pris une cuite.

— Pardon ? Ce n'est pas le moment de te foutre de moi, tu ne crois pas ?

La jeune femme accrocha son regard à celui de Guillaume pour lui montrer qu'elle ne mentait pas.

— Je sais, souffla-t-elle. Aussi surprenante que soit cette réponse, c'est pourtant la vérité. Il s'est envoyé une bouteille après la mort de Loïc, son éjection du 36 et le départ de sa fille. Le pack 3 en 1 ! Je lui en voudrai toute ma vie de m'avoir laissé tomber aujourd'hui… même si je dois admettre qu'il a quelques circonstances atténuantes.

Guillaume acquiesça tout en restant dubitatif sur un point.

— Et vous allez me faire croire qu'il ne sait pas où vous êtes ?

— Pour être parfaitement honnête, c'est grâce à lui que nous avons compris pour les prénoms. Dans son délire, il ânonnait sans arrêt les mêmes mots à propos de la bibliothèque de Desliens. Nous sommes allés vérifier à l'état civil de Montmagny, et nous voilà. Peut-être que Florent n'a pas encore capté, mais c'est dans son subconscient, alors il viendra, soyez-en sûrs. Que nous soyons morts ou pas, d'ailleurs. Ça ne changera plus rien pour lui. Vous lui avez déjà ôté sa raison d'être. Il doit quitter le 36 et ne connaîtra jamais les Batignolles.

— Guillaume, finissons-en, veux-tu ! Tu vois bien qu'elle nous mène en bateau.

— Non. Elle dit la vérité. Regarde-la et tu comprendras. Prépare les affaires. Il nous reste un salopard à buter, et nous quitterons cette vie de misère. Je te rappelle que le bateau est déjà en route et arrivera sur site avec tout notre barda dans un peu moins de soixante-douze heures. Nous avons tout juste le temps d'en finir et de disparaître. Les tuer ne changera rien. J'enverrai les clés des menottes à Florent avec l'adresse pour qu'il vienne les délivrer. Au moins, ça nous fera un dernier levier en cas de pépin. Va chercher de l'eau, une couverture et de quoi manger.

Dix minutes plus tard, les deux policiers se retrouvèrent seuls. Une lumière blafarde les éclairait avec peine, les rendant ironiquement fantomatiques.

Malgré la douleur qui lui irradiait la poitrine, Sébastien jaugea Emmanuelle et éclata d'un rire rauque.

La communication s'établit et Emmanuelle l'accompagna. Ils étaient en vie et tous deux riaient aux éclats. L'adrénaline s'estompait, la peur de mourir à brève échéance également. Leur situation restait cependant précaire. Deux litres d'eau, trois paquets de Pepito et une grande inconnue : quand Florent viendra-t-il les secourir ? Survivront-ils jusque-là ? Que leur arrivera-t-il si, lors de leur dernière mission, leurs ravisseurs tombent sous les balles ? D'accord, cette hypothèse était peu probable, mais elle n'en demeurait pas moins terrifiante.

Le capitaine Emmanuelle de Quezac et le commandant Sébastien Jacques en tireraient une leçon de vie. La précipitation et la haine étaient de bien piètres conseillères. Pour l'heure, le contact de leurs corps leur apportait une chaleur douce et réconfortante. La fatigue alourdissait leurs paupières, mais ni l'un ni l'autre ne souhaitait se laisser gagner par le sommeil. Pas encore. La quiétude les gagnait progressivement après cette journée riche en émotions, en souffrances et en sensations extrêmes, les baignant dans une félicité artificielle. Le manque de sommeil se faisait maintenant lourdement sentir. Presque quarante-huit heures non-stop sans dormir, les organismes étaient épuisés.

— Sébastien ?

Emmanuelle marqua un temps d'arrêt.

— Je peux te poser une question ?

— Bien sûr. Tout ce que tu veux. Sans vouloir plomber l'ambiance, avec ce que l'on vient de vivre et ce qui risque de nous arriver, je crois que l'on peut quasiment tout se dire.

— Ne t'inquiète pas, je ne serai pas aussi indiscrète, rassura-t-elle. Qu'est-ce qu'on fera après tout ça ?

— Que veux-tu dire ? On ira se reposer et puis le lundi suivant, on retournera pointer.

— Impossible. Tu t'imagines rentrer dans le bureau vide ? Sans Loïc, sans Florent ?

— Je sais bien qu'on ne va pas remplacer le gamin, mais je ne vois aucune raison pour que Barga ne revienne pas.

— D'après mon oncle, l'IGPN va l'assaisonner au court-bouillon. Apparemment, ils l'ont en ligne de mire depuis un moment ; ils ne peuvent pas le voir en peinture. Tu sais bien que la méritocratie est salement décriée. Et Florent, avec ses résultats, est en première position, donc l'homme à abattre. La mort de Loïc est le passeport pour la sanction ultime. La révocation. Je me vois mal recevoir des ordres d'un autre patron, aussi bon soit-il.

— Je comprends. Mais ton oncle… il ne peut rien faire ?

— Pas cette fois.

— Je vais devoir aussi m'y faire, alors. C'est paradoxal, mais avec le mal que j'ai eu à m'habituer aux sautes d'humeur de Florent et à son caractère détestable, je me demande comment je vais faire avec quelqu'un d'autre. Nous sommes vraiment des animaux irrationnels...

Emmanuelle changea de sujet de conversation.

— Tu crois qu'il viendra ?

— Qui ? Florent ? Comment peux-tu en douter ? Je te l'interdis. Il est temps que tu fermes un œil et que tu te reposes. Mais avant, si tu veux bien, nous allons utiliser ta ceinture pour me faire un garrot. Je ne sais pas combien de temps nous allons devoir rester ici, alors prenons quelques précautions.

Ça fait un mal de chien. Il ne faudrait pas que ça s'infecte trop vite, sinon tu vas te retrouver avec un poids mort sur le dos.

— Arrête! Je ne suis pas d'humeur à entendre ce genre d'inanité.

Un râle déchirant emplit le souterrain lorsque Emmanuelle serra. Sébastien, sans grand succès, tentait de réprimer ses cris pour ne pas affoler sa comparse. Mais la douleur qui le traversait était d'une telle intensité qu'il ne put éviter l'évanouissement.

Quelques claques et un peu d'eau froide plus tard, il reprit ses esprits dans un état semi-comateux.

— Tu m'as fait peur. J'ai cru un instant que j'avais fini par te tuer, bafouilla Emmanuelle, franchement inquiète.

— Il va en falloir un peu plus pour te débarrasser de ma vieille carcasse, renchérit-il en esquissant un sourire qui tenait plus du rictus, témoin de la souffrance qu'il endurait. Allons, cette fois on va dormir un peu. Viens contre moi, on va se tenir chaud. Il sera toujours temps de réfléchir à nos possibilités à notre réveil.

Il faut apprendre pour connaître,
connaître pour comprendre,
comprendre pour juger.
Narada

Chapitre XXXXVII — 10 mars 2017, toujours trop tôt Compte à rebours

À son réveil, ou du moins dès qu'il avait pu aligner trois pensées sans que la douleur ne lui vrille le cerveau, Florent avait compris.

La lettre de Robert Sebian l'avait éclairé ; mais surtout, la voix de son cher Loïc mentionnant Maxime Gorki et Guillaume Apollinaire dans la bibliothèque de Desliens tournait en boucle dans sa tête. Il se souvenait de Céru leur parlant de Maxou ; il visualisait aussi l'effigie de Dhanus Bâna et les armes interchangeables... Tout concordait. Les alibis de Guillaume pouvaient se vérifier à l'infini, il n'était pas l'auteur des meurtres par balle. *À l'inverse, je suis persuadé que ceux commis à l'arbalète sont l'œuvre de Guillaume, au cas où Maxime serait mise en cause. Comment et où avait-elle acquis cette expertise... mon petit doigt me dit qu'Emmanuelle a dû le découvrir chez Sambouria,* réfléchissait Florent. *La prochaine fois que tu as une information de cet acabit, Manue, donne-la-moi dans la seconde. La prochaine fois... Y aura-t-il une prochaine fois ?*

Dès qu'il jugea que l'heure le lui permettait – c'est-à-dire quelques minutes après avoir résolu l'énigme du couple de tueurs –, Florent déclencha une tempête dans tout l'immeuble. *Mon garçon, cela va être le moment de faire un boxon comme tu n'en as jamais fait, histoire d'être sûr de voir rappliquer les copains.*

Le sol se mit à vibrer dans un boucan infernal, au rythme du battement de ses pieds. Et pour une fois, tout se déroula selon ses plans. Les voisins vinrent se plaindre vertement du vacarme intolérable qui provenait de chez les Bargamont et de Quezac. Habitués à leur présence invisible et silencieuse, la colère le disputait à la surprise.

— Ce n'est pas bientôt fini, votre raffut, il y a des gens qui bossent ! Sous prétexte que l'on est flic, on se croit tout permis. Si ce n'est pas honteux, ce manque de respect !

— Appelez les flics justement, et la gardienne, elle a la clé de la porte d'entrée ! Je suis coincé à l'intérieur. Menotté au radiateur, beugla Florent d'une voix désespérée. Et si vous pouviez faire vite, s'il vous plaît, ce serait génial.

— Vous êtes sérieux, là ? hésita le voisin un peu moins furibond.

— Je ne pourrais pas l'être plus.

Florent l'entendit descendre quatre à quatre les escaliers, au risque de se rompre le cou.

Le tohu-bohu grandit encore avec l'entrée en action de celle qui maintenait l'ordre et la discipline au sein de la copropriété, et détenait les clés.

— C'est intolérable de faire un bruit pareil. Et puis m'obliger à sortir de bon matin au saut du lit, regardez la honte que c'est. Même pas le temps d'enlever mes bigoudis, maugréa-t-elle.

La dégaine était cocasse, c'était indiscutable. Les chaussettes mi-mollet engoncées dans des Birkenstock première génération, la robe de chambre à fleurs taillée dans les rideaux d'une arrière-grand-mère, et pour parfaire l'ensemble, la couronne de rouleaux rose fluo… De quoi susciter la jalousie des Vamps !

La clé tourna et la porte s'ouvrit enfin. Le troupeau de curieux se tordait le cou pour profiter du spectacle dont on ferait immanquablement des gorges chaudes dans tout l'immeuble.

Florent les prévint sans ménagement.

— Le premier qui fait une remarque grivoise va bouffer les menottes une fois que je serai libéré. Madame Gandois, je n'ai jamais été aussi content de vous voir. Merci à tous d'être venu vérifier mon état de santé, décocha un Florent ironique. Vous pouvez rentrer chez vous maintenant. Nous allons nous débrouiller.

Déçu, le petit groupe fit demi-tour tout en marmonnant.

— C'était bien la peine de faire un bazar pareil pour nous renvoyer dans nos pénates aussi rapidement.

Florent secoua la tête, désabusé par tant de bêtise humaine.

— Madame Gandois, puis-je vous demander de m'apporter mon chargeur qui est dans l'entrée, s'il vous plaît ? Pour mon téléphone, crut-il bon d'ajouter.

— Ce n'est pas parce que je suis gardienne que je suis débile, lui rétorqua-t-elle, l'œil mauvais.

Le réveil en fanfare l'avait visiblement mise de mauvaise humeur.

— Pardonnez-moi, madame Gandois, il n'y avait pas de mauvaise intention.

— Mouais ! C'est ce qu'on dit.

Florent baissa les yeux et les mains en signe d'abandon. Aucune raison d'argumenter. Fébrilement, il se contorsionna pour brancher ledit chargeur à la prise murale. Enfin, il allait se reconnecter au monde des vivants. Déconfit, il dut se rendre à l'évidence ; les fabricants, dans un souci d'économie permanent, avaient fourni un câble beaucoup trop court pour ses besoins actuels. Pestant, il essaya à nouveau.

— Excusez-moi, dans le tiroir du bas de la commode dans l'entrée, il y a une multiprise à rallonge, pourriez-vous me l'apporter ?

L'aller-retour se fit rapidement. Et le smartphone put revenir à la vie.

— Son Altesse a besoin d'autre chose ?

— Non, madame Gandois. Merci.

Florent se demanda si elle avait remarqué les menottes qui le privaient de ses mouvements et ne put s'empêcher d'afficher une moue d'incompréhension. *Je dois sûrement payer pour toutes les fois où j'ai été désagréable. J'espère, en tout cas. Bon, c'est le moment de savoir ce que foutent Tixier et Durieux.* Appeler Manue n'était pas une option envisageable. Ne sachant pas dans quel pétrin elle était allée se fourrer, Florent voulait éviter toute sonnerie de téléphone ou simple vibration qui pouvait la mettre en danger.

Une fois le nom de Durieux identifié dans ses contacts, il effleura l'icône d'appel. Quelques instants plus tard, la voix grave et ensuquée de Durieux se manifesta.

— Alloooo !

— C'est Barga, ça n'a pas l'air d'être la grande forme ?

— Tu te fous de ma gueule ? Putain, ta salope de copine nous a tasés. Et comme si ça ne suffisait pas, avec l'enfoiré de Sébastien, ils nous ont installés dans une position plus que compromettante. Heureusement que tu appelles avant que quelqu'un n'ait pu prendre une photo.

Florent se promit de creuser l'histoire une fois l'affaire terminée. Il faudrait qu'il demande à Emmanuelle ce qu'elle avait bien pu traficoter. Durieux qui proférait deux insultes dans une même phrase, c'était du jamais vu. Un sourire silencieux s'étira, mais son interlocuteur le perçut.

— Un mot de travers, Barga, et je te jure que je te défonce la prochaine fois que je te vois !

— Mais non, ne sois pas si mélodramatique. Où êtes-vous ?

— À Aulnay-sous-Bois, à côté d'un Shurgard.

Florent percuta immédiatement. Mauvaise nouvelle : Emmanuelle était partie en guerre. Bonne nouvelle : elle avait embarqué du matos. Son visage se ferma. *Guillaume, je te jure que si tu l'as touchée, tu vas tester toutes les formes de souffrance que j'ai pu répertorier au cours de ma longue carrière auprès des dégénérés de la pire espèce. Pas besoin d'imaginer, juste de reproduire.*

Son cerveau triait les informations à toute vitesse. Le temps était compté.

— Je sais où ils sont partis, affirma-t-il.

— Ravi de le savoir. Et alors ? questionna Durieux, toujours agacé.

— Durieux, je ne vais pas te prendre pour un con, alors écoute et décide de ton propre chef. Je ne fais plus partie des effectifs, comme tu dois le savoir. Je n'ai donc aucune légitimité à te demander quoi que ce soit, mais Emmanuelle est en route chez le plus grand tueur professionnel que l'Hexagone ait connu et très franchement, je crains pour sa vie. Venez me libérer. Prenez de quoi faire sauter les menottes qu'Emmanuelle m'a mises. Tu vois, tu n'es pas le seul à t'être retrouvé dans une position délicate... Si tu ne dis rien, je ne dis rien. Bref, vous rappliquez, et ensuite on prend d'assaut la baraque de Guillaume Céru. Préviens toutes les équipes que tu peux rameuter dans un délai record.

— Et je leur dis quoi, aux équipes ?

— Que tu sais qui a tué Verdine ! Ça va t'ouvrir des portes, crois-moi !

— Mais je croyais que Céru était un consultant que tu avais toi-même contacté pour t'aider dans ton enquête !

— Oui, il s'est bien foutu de nous. Et il a une complice. Une gamine qui partageait sa vie de misère quand ils étaient ballotés d'une maison d'accueil à l'autre. Ils ont dû tomber amoureux et nous rejouer Bonnie and Clyde.

— Intéressant !

— Mouais... Permets-moi de ne pas adhérer.

— Oui, enfin bon, tu m'as compris. Attends... Tixier se réveille. Je ne sais pas si j'avais la même tête, mais c'est pathétique.

— Pas le temps de plaisanter là, Manue est en danger !

— Ok, ok, mais elle ne s'est pas privée de plaisanter, ELLE… Bref, continue pendant qu'il démarre.

— D'abord, on retrouve Manue et Seb ; une fois certains qu'ils sont hors de danger, on récolte tout ce qu'on peut sur la façon dont ils vont s'y prendre pour atteindre leur prochaine cible.

— Tu dis ça comme si tu savais qui c'est ?

— Oui, c'est Clarck.

— Toujours la folie des grandeurs, toi ! Tu parles de notre Président ou je rêve ?

—Pas le moins du monde. J'avoue ne pas savoir pourquoi, mais j'ai le pressentiment que ce sera l'apothéose de leur épopée meurtrière.

— Et ça veut dire quoi, dans ton esprit ? Qu'ils veulent faire un carton médiatique ?

— Je crois surtout que ce sera leur dernière intervention et qu'ils disparaîtront fissa. Vu qu'ils ont réussi à passer sous tous les radars depuis quinze ans, cela va être un jeu d'enfant pour eux, pour peu qu'ils quittent l'Europe.

— Donne-moi quand même quelques détails. Si je dois rameuter toute la cavalerie, je préfère connaître les tenants et aboutissants. Si ça ne t'ennuie pas trop, bien sûr. Je n'ai pas encore d'autre plan de carrière, si tu vois ce que je veux dire.

Vu le bourbier inextricable dans lequel il était enlisé, Florent comprenait en effet très bien.

— Je vais t'expliquer, mais rassure-moi, vous êtes bien en route ?

— Non, penses-tu, on prend un café, on s'arrête chez le teinturier, le boucher et on arrive. Je t'écoute.

Le trajet entre Aulnay et l'appartement de la rue de Saint-Mandé se fit au rythme des explications de Florent, qui exposa tous les éléments accréditant ses propos. Avec en point d'orgue les étranges messages reçus par l'Élysée.

À leur arrivée sur place, les deux compères ne purent réprimer l'envie d'immortaliser l'image d'un Barga dans un état pitoyable. La bonne nouvelle, c'est qu'il n'avait plus besoin du coupe-boulon ; Durieux venait de repérer la clé des menottes sur la commode. Après un regard assassin bien appuyé, et lorsque son poignet fut libéré de son entrave, Florent laissa échapper un profond soupir de soulagement.

— On a bien réfléchi, Durieux et moi, indiqua Tixier. On te suit à fond sur ce coup-là. Mais tu sais que c'est ta dernière cartouche.

— C'est ma dernière dans tous les cas, de toute façon.

***

Sans mandat officiel, difficile de convaincre beaucoup de monde. De Quezac ne voulait plus entendre parler de Bargamont et ne laissa même pas l'opportunité à Florent de l'informer de la situation périlleuse de sa filleule. Le ministre était déterminé à donner une leçon à son futur neveu. Ils se comportaient comme deux coqs de basse-cour, aucun des deux ne voulant baisser pavillon. Le premier refusant de parler au second, ce dernier s'interdit donc d'informer le ministre, via tout autre biais, de ce qui se tramait.

L'équipe de choc était donc constituée d'amis proches de Tixier et Durieux, et de ceux qui leur étaient redevables. Ils étaient néanmoins remontés à bloc et prêts à en découdre pour la bonne cause. Concentration et détermination se lisaient sur tous les visages. En tout, une dizaine d'âmes motivées et prêtes au combat. Gilets ajustés, rangers serrées, armes chargées… il était temps de passer à l'action.

Et comme c'était la règle dans cette affaire, rien ne se passa comme prévu.

Après avoir fait sauter la petite serrure du portillon – celui-là même où Guillaume les avait accueillis lors de leur première visite –, la traversée du jardin se fit sans encombre. La porte d'entrée présentait, comme beaucoup de pavillons dans la vallée de Montmorency, une vitre taillée en biseau opaque laissant filtrer la lumière tout en préservant l'intimité. Elle vola en éclats sans sommation. Les pièces du rez-de-chaussée furent investies dans l'instant, le premier étage quelques secondes plus tard.

Et il en fut de même pour le sous-sol. Rien. Rien de rien.

Florent put ressentir cette formidable frustration qu'avait dû éprouver en son temps Napoléon devant la politique de la terre brûlée menée par le tsar Alexandre Ier. Le refus de combattre était pour l'assaillant la pire des situations, l'impossibilité d'agir et d'entreprendre se révélant particulièrement déstabilisante.

La maison était vide, désespérément vide. Après s'être assurée de l'absence de piège mortel, l'équipe entreprit d'étudier chacune des pièces avec méticulosité. Une recherche méthodique, supervisée par Barga. Un binôme par pièce en quête du moindre indice, sans pour autant mettre tout sens dessus dessous.

Une demi-heure plus tard, ils devaient se rendre à l'évidence. Ils avaient fait chou blanc et l'échec était une nouvelle fois cuisant. Certes, l'état du toit les avait interpellés, mais ils ne purent en tirer aucune conclusion.

Les esprits s'échauffaient et la responsabilité allait incomber une fois de plus à l'instigateur de l'opération. Tixier, Durieux et Bargamont tinrent conciliabule pour discuter de la situation.

— Barga, il faut te faire une raison ! Même si ta théorie semble juste, ils ne sont pas là. Emmanuelle et Sébastien ne sont pas ici, asséna Durieux.

— Il faut te rendre à l'évidence, renchérit Tixier.

Florent réfléchissait, se mordant la lèvre.

— Quelque chose nous échappe forcément. Tout est logique. Emmanuelle n'a pas pu aller ailleurs. Ce qui signifie qu'ils se sont fait épingler ici. Pas de traces de lutte. Rien ! J'ai du mal à croire qu'ils se soient rendus sans la moindre résistance.

— Ils n'en ont peut-être pas eu l'occasion, Florent. Arrête un peu, c'est mort.

— Écoutez, quelque chose ne tourne pas rond. Vous avez vu ces tuiles manquantes ? J'ai du mal à croire qu'il s'agisse de simples travaux. On redéploie les équipes une dernière fois. Si on ne trouve rien, j'abandonne. Ça vous va ?

— J'ai ta parole, Barga ?

— Tu l'as !

Tixier dispatcha toutes ses équipes, qui ne se privèrent pas de râler.

Florent Bargamont ne s'avouait pas vaincu. Son instinct lui intimait de continuer et il lui avait rarement fait défaut. Il y avait nécessairement un élément, un détail, une poussière qui n'était pas à sa place. Coûte que coûte, il devait le trouver ; la vie de Manue en dépendait.

Il commença par le premier étage. Son regard ne se portait par sur les meubles, ni les objets. Il essayait de s'imprégner des pièces, de ressentir les vibrations des mouvements récents, de les imaginer.

Dans un état presque second, comme suspendu dans l'espace, décroché du temps, Florent se déplaçait tel un somnambule.

La raison n'avait plus sa place, seules les perceptions comptaient.

Florent Bargamont y était habitué. Il s'immergeait dans les pensées intimes des monstres qu'il traquait depuis des années. Rien de tangible, juste des ressentis. L'ex-commissaire principal poursuivit sa plongée au rez-de-chaussée, puis au sous-sol. II ne ressentait rien qui puisse lui servir. Il revint lentement à la réalité tangible et d'un regard circulaire, analysa la pièce.

Une étagère métallique, quelques bocaux, des outils. Et le carnet d'entretien de la Frisquet, la chaudière à condensation.

Ma pauvre Manue, ma retraite forcée n'est peut-être pas une mauvaise chose. Je ne ressens plus rien. Regarde où j'ai atterri. Ses grands yeux verts se posèrent sur la plaque de métal derrière l'étagère. *Je ne suis pas un grand bricoleur, mais pourquoi s'enquiquiner à rajouter un panneau comme ça derrière une étagère ?*

Il la secoua énergiquement. Mais l'ensemble resta scellé et immobile.

C'est bizarre, quand même... Il constata que tous les rayonnages étaient fixés au mur via un panneau en fer, ou d'un alliage quelconque. *Ne cherche pas, mon vieux ! Ça doit être un truc d'isolation, ou pour mieux la fixer.*

Découragé, Florent Bargamont se rendit à l'évidence.

Manue n'était pas là et n'était probablement jamais venue !

La lente ascension vers la sortie lui parut une éternité.

Son échec était cuisant, définitif et impardonnable.

Une seule option restait dans sa besace : appeler le président Clarck pour s'enquérir de son emploi du temps, et espérer qu'il y puiserait une idée.

Autant rêver debout ! Comment peux-tu croire qu'on te le communiquera ? Tu n'es plus rien, mon cher Barga.

Plus rien !

Crains surtout le jugement de ceux qui te jugent
au nom de celui qui a dit : ne jugez point.
Maurice Chapelan

Chapitre XXXXVIII — 10 mars 2017, matinée
Citadelle

Ils s'apprêtaient à fermer définitivement la maison. Les équipes ne râlaient plus. Le flair du plus grand flic de France n'était plus qu'un souvenir. Et si les supérieurs tournaient le dos à Florent Bargamont, ils avaient sans doute des raisons qu'ils ignoraient. La déchéance de l'homme autrefois adulé faisait peine à voir et il était inutile d'en rajouter.

Tout lui avait échappé en quelques heures.

— Tixier, tu as vu des vis ? demanda Florent d'une voix d'outre-tombe.

— Pardon ?

— Je te demande si tu as vu des vis ?

Sans s'énerver, car on ne tire pas sur une ambulance, le flic répondit doucement.

— De quelles vis parles-tu, Barga ? De quoi parles-tu ?

— Dans la cave, le panneau métallique à côté de la chaudière, tu as vu des vis dessus ?

— Hein, oui, non, je n'en sais rien. Mais qu'est-ce que ça peut faire ?

— Les autres panneaux, ils en ont !

— Et ?

— Et ça change tout !

— Tu ne veux pas t'expliquer ? suggéra Durieux, soudainement très inquiet de la santé mentale de son ex-collègue.

— Écoute Florent, tu nous fais tous chier là. Tu comprends ça ? On en a marre. On se casse. Alors fais ce que tu veux, nous, on en a ras la casquette de prendre des risques pour toi. Tu nous avais promis, on t'a écouté et cela ne te va jamais. Va regarder des vis, des boulons, des écrous et même des clous si tu veux. Tiens, fais même des photos. Ciao.

— Putain, les mecs, déconnez pas ! J'en ai pour deux minutes, je me dépêche, il faut que je vérifie.

— Non, c'est non ! aboyèrent-ils tous en chœur.

— Quel mot tu ne comprends pas dans : non, c'est non ? crut bon d'ajouter Tixier.

— Je me débrouille, cassez-vous ! cracha Florent, fort de la conviction qu'il fallait vérifier.

L'ex-commissaire principal trouva sans peine une grosse pierre au sol et courut, vola, sauta au bas de l'escalier du sous-sol. Il commença par taper sur chaque panneau, tendant l'oreille avec application. Un bruit sourd, lourd, s'entendait à chacun des impacts. Il recommença plusieurs fois pour contrôler l'intensité de ses coups. Les sons étaient parfaitement identiques. Il s'approcha ensuite du panneau métallique dépourvu de vis. Il se concentra et le heurta avec une précision d'orfèvre. L'écho et la tonalité que renvoyèrent les vibrations étaient sans appel. Du vide ! Rien que du vide ! Florent tourna comme un dératé dans tout le sous-sol. Il lui fallait des outils suffisamment costauds pour lui servir de levier.

— Revenez, j'ai trouvé ! hurla-t-il. Revenez ! s'époumona-t-il en vain. Mais quelle bande de bâtards ! Enculés de salopards de bouffons !

Dans le même temps, Florent parcourait la pièce du regard, à la recherche d'une masse ou d'un outil du même type. Son regard se figea. Bingo. Il se prépara à frapper.

L'étagère faisait rempart.

Les parpaings, comment tu crois qu'ils vont aimer la masse les parpaings, hein ? s'interrogea Florent, une lueur de folie au fond des yeux.

Il s'assura tout d'abord que le mur sonnait bien creux là où il s'apprêtait à faire déferler toute sa haine et sa colère. Chaque coup fut alors ponctué d'une insulte à l'encontre de ses anciens collègues, qui l'avaient vraiment laissé tomber.

Le mur avait été bien travaillé et surtout armé. Le béton coulé autour des ferronneries glissées entre les parpaings rendait la citadelle pratiquement imprenable. Au bout d'une demi-heure, les mains chargées d'ampoules et suant à grosses gouttes, Florent sentit une légère brise fraîche s'écraser sur son visage. Il approcha son nez du mur et du trou large comme une pièce de deux euros qu'il avait fini par creuser. Il sentit la terre, son humidité et son parfum, qui sur le moment l'enivra de bonheur. Il actionna la fonction torche de son téléphone. Même si le doute n'était plus permis, il préférait vérifier avant de continuer à taper comme un bœuf. La réponse était sans appel. Le vide, rien que le vide sur au moins un mètre de largeur.

Se retournant, il explora à nouveau le sous-sol à la recherche de gants et surtout d'un pied-de-biche. Il trouva deux bouteilles de soda fraîches, qu'il avala comme s'il sortait du désert du Ténéré, et un ciseau en acier muni d'une embase large de trois ou quatre centimètres. *Voilà qui va faire l'affaire,* s'encouragea Florent. Il attrapa un chiffon au passage, et se mit en position. Pour ne pas s'épuiser trop rapidement, il porta des coups précis et mesurés. Ses efforts portèrent leurs fruits rapidement et chaque choc laissait choir de jolis morceaux de béton ou de parpaing.

Les sodas avaient rechargé ses batteries et lui permirent d'assener les coups sans fléchir. Au bout d'une autre heure, fier de son ouvrage, il put enfin se glisser sans accroc de l'autre côté. L'accès débouchait sur un palier, point de départ d'un escalier menant aux entrailles de la terre.

Nom de Dieu, c'est quoi ce truc? Une porte à condamnation magnétique… Un putain de système ingénieux! Florent appuya sur le bouton à côté du panneau et celui-ci s'ouvrit sans délai. *Je vais le bloquer avec quelque chose, inutile de risquer de me râper la couenne au retour.* Aussitôt dit, aussitôt fait. *Y a un interrupteur quelque part dans ce bazar ?* s'interrogea Florent, parcourant fébrilement les lieux du regard. Il le trouva et l'actionna aussitôt. Le spectacle le laissa incrédule. *Sa race, il y a plus de cent marches, mais où est-ce que je suis tombé ?* Florent n'en revenait pas. *Il aurait mis une seule vis, une seule, et je n'aurais jamais vérifié. C'est une putain de vis qui va nous permettre de clore cette enquête. Je dis toujours que c'est dans les détails que l'on se fait attraper. En voici la preuve ultime. Bon, ne nous emballons pas et voyons où mène ce couloir…*

Florent brûlait d'impatience ; Emmanuelle, sa belle Emmanuelle était peut-être au bout du chemin. Vivante?

L'espoir, son moteur, était légitime. Pour autant, était-il fondé?

Il peut très bien l'avoir tuée et descendue chez les rats. Putain, Guillaume, je vais te découper en morceaux! L'angoisse lui comprimait la poitrine et il ne pouvait chasser les images d'une Emmanuelle inerte, les yeux vitreux, les lèvres bleues.

Il tenta de se concentrer sur les marches mal ajustées. La descente délicate s'acheva enfin et la surprise de Florent fut une nouvelle fois colossale.

Mais c'est digne d'un James Bond! Regarde-moi ce tunnel de malade! Il fait combien de long? Loïc me le dirait d'un clin d'œil.

L'impression de recevoir un coup de poignard acéré en pleine poitrine le fit s'arrêter un court instant. *T'inquiète, je vais les défoncer, ils vont payer pour ce qu'ils t'ont fait. Je te le promets.*

Florent poursuivit ses recherches.

Après avoir parcouru quelques mètres, sa mâchoire se décrocha à la vue d'une nouvelle galerie. Il s'engouffra dedans et s'arrêta tout net dans ce qui ressemblait à un sas.

Comme dans un jeu vidéo, il faisait face à plusieurs portes. Son destin dépendait-il de l'une d'entre elles ? Son estomac se contracta lorsqu'il appuya sur la poignée de la première. Il souffla, soulagé, lorsqu'il découvrit que la petite salle abritait seulement un atelier de confection de munitions en tout genre.

On ne risquait pas de remonter jusqu'à eux grâce aux balles, maugréa Florent. *Ils vivaient carrément en autarcie, les salauds ! Un véritable arsenal de guerre, qu'ils ont fabriqué.*

Sur les étagères reposaient des centaines d'étuis montés pour tous types d'armes et de calibres. *Faites votre choix, messieurs-dames ! C'est la grande braderie ! Deux étuis pour le prix d'un !* railla intérieurement Florent, qui d'ahuri devint carrément épaté. *Il a même installé un déshumidificateur pour que les munitions restent en parfait état. Un type comme lui à la tête d'un commando et bonjour les dégâts.*

Toujours sous le choc, Florent essaya la deuxième porte. Il n'était pas encore au bout de ses surprises.

Non, mais regarde-moi ça ! Tout y est ! Les dossiers de tous ceux qu'ils ont butés. Il y a plus de quinze ans de crimes là-dedans, bien rangés dans ces tiroirs. Les plans, les photos, les repères de caméra pour les plus récents. Les mails et courriers. On va pouvoir choper tous les commanditaires. Il ne se l'avouait pas, car sa priorité était de retrouver Emmanuelle saine et sauve, mais il y avait ici de quoi redorer son blason et plus encore. Résoudre quatre-vingts meurtres d'un coup, c'était sa carte de la PJ sur un plateau.

Pour l'heure, seule comptait Emmanuelle. Il allait partir quand un dossier fermé, le seul sur le bureau, attira son attention.

Une fois ouvert, le programme annonçait la couleur. La preuve qu'il cherchait était sous ses yeux.

Enfin presque.

Les plans, les croquis des Grandes écuries du château de Chantilly. Il s'en saisit et passa prestement à la dernière porte. Emmanuelle se trouvait-elle derrière ou bien était-ce le piège tant redouté depuis le début ? *Arrête d'être parano et magne-toi !* Il appuya sur la poignée. Un noir de poix l'accueillit. Sur ses gardes, Florent chercha et trouva un interrupteur.

Une masse informe gisait au sol.

Lorsqu'il reconnut Emmanuelle et Sébastien, son cœur se serra.

C'est fou comme tout est relatif. La mort de Loïc avait anéanti Florent. Mais la perspective de perdre Emmanuelle avait changé la donne. Quelques heures seulement après la mort de son ami, il était capable d'éprouver du soulagement, et même de la joie. Joie néanmoins de courte durée, ascenseur émotionnel oblige. Ils étaient bien là, mais étaient-ils vivants ?

Bargamont s'approcha tel un automate. Tétanisé par la peur, il posa une main tremblante sur le visage de sa compagne. Et expira bruyamment. Vivante, elle était vivante !

— Manue, tu m'entends ? Réveille-toi !

Il inspecta délicatement les corps de ses amis et constata que Seb était sérieusement blessé. Sa poitrine se gonflait cependant à un rythme régulier. Florent lâcha un autre profond soupir de soulagement et décida d'augmenter le volume sonore tout en les secouant gentiment.

— Les enfants, réveillez-vous ! Allez, finie la sieste !

Emmanuelle sursauta. Les yeux éblouis, le cerveau au ralenti, elle décocha néanmoins un immense sourire. Et quel sourire ! Le bonheur et le soulagement se lurent sur son beau visage. Après une ou deux secondes qui parurent des siècles à Florent, elle put enfin ouvrir la bouche.

— Je savais que tu viendrais. C'est fini, tu les as arrêtés ?

— Je suis là, oui… Mais pour le reste, ils courent toujours. Sauf que je sais où ils sont !

— Alors il faut à tout prix se dépêcher. Guillaume nous a laissés en vie. Leur quête s'achève aujourd'hui et ils quitteront le territoire dès qu'ils auront éliminé leur dernière cible.

Emmanuelle parlait encore difficilement, de façon décousue.

— Je fais au plus vite. Je reviens tout de suite, je crois avoir vu un coupe-boulon dans l'atelier. Réveille le pauvre Sébastien qui m'a l'air bien amoché.

— Oui, il a tenté un truc pour nous sauver, mais Guillaume a des réflexes irréels. Seb n'avait pas terminé son geste que la balle l'avait déjà touché. Il a été courageux. Tout ça, c'est de ma faute. Je l'ai convaincu de venir avec moi. Je voulais venger Loïc…

Florent mit délicatement un doigt sur les lèvres de Manue. Il s'approcha encore et la gratifia d'un long baiser sensuel.

— Ne crois surtout pas que je vais oublier ton incartade, lâcha-t-elle.

— Super ! dit Florent. Je suis rassuré sur ton état de santé.

Il sourit.

— Autant que tu veux ! Je le mérite. Bon, je récupère le coupe-boulon, je jette un œil partout dans le souterrain et je reviens.

Cinq minutes après, Sébastien encore hébété de son réveil difficile saluait leur sauveur.

— Tu en as mis du temps. On aurait pu crever !

— C'est pas comme si j'étais totalement libre de mes mouvements.

Des clins d'œil s'échangèrent. Le plaisir de se retrouver surpassait toutes les émotions passées, la peur, la douleur, les griefs. Florent leur fit un bref compte-rendu tandis qu'il les libérait de leurs entraves.

— Pas d'autre salle, mais tout au bout de la galerie, il y a un autre escalier identique à celui que j'ai emprunté. Mon hypothèse, c'est qu'il doit donner dans une autre maison. Et je ne peux en imaginer qu'une : celle de Maxime. C'est tellement brillant ! Ils ont pu s'entraîner à l'abri des regards, le jour, la nuit, quelle que soit la météo. Personne n'a pu les voir ensemble. Ils n'ont jamais été un couple à la ville. Comment les suspecter ? Génial. Tout simplement génial.

— Tu disais savoir où ils sont ?

Désignant le dossier qu'il avait conservé, Florent tapota des doigts l'enveloppe cartonnée.

— Ils sont là, assura-t-il un sourire en coin.

— Abrège, les cachotteries, c'est à proscrire, je crois.

Florent ne put que conclure à la justesse du propos.

— Chantilly, les Grandes écuries. Nous partons sur-le-champ. Je ne sais pas si nous allons réussir à convaincre le Chat et ton parrain. Il faudrait qu'ils décrochent, déjà. Ils sont tellement furax qu'ils ne prennent pas mes appels.

— Déjà, remontons Sébastien et appelons du renfort, proposa Emmanuelle.

— C'est parti.

Monter une centaine de marches bringuebalantes est déjà une tannée. Alors, lestés de 80 kilos en souffrance… l'ascension relevait de l'exploit physique. La blessure était, certes, à l'épaule, mais la perte conséquente de sang avait considérablement affaibli leur collègue. Pour couronner le tout, les menottes sectionnées aux pieds et aux mains entravaient encore les mouvements.

Enfin parvenus au sommet, trempés et éreintés, Emmanuelle et Florent allongèrent Sébastien dans le lit le plus proche. Après avoir resserré le garrot et lui avoir donné un peu d'eau, ils le quittèrent, rassurés par son état combatif. Les renforts n'allaient de toute façon pas tarder à arriver.

Pour récupérer la voiture d'Emmanuelle, ils durent traverser le bois en remontant la pente. Ils reprirent leur souffle, tout en réfléchissant à un plan d'action.

— Pendant que je roule, appelle Tixier et Durieux – qui étaient vraiment furieux de ta petite blague, soit dit en passant – pour qu'ils viennent chercher notre pauvre Sébastien. Ensuite, ils pourront témoigner de ce qu'ils auront vu dans le sous-sol et le Chat nous écoutera. D'ici là, nous serons probablement sur place. Il ne faut pas plus de vingt minutes pour s'y rendre.

On peut juger
du caractère des hommes
par leurs entreprises.
Voltaire

Chapitre XXXXIX — 10 mars 2017, 14 h
Dénouement

Le président Hubert Clarck n'était pas venu à l'équitation par hasard, ni par tradition familiale.

Issu d'un milieu populaire, il avait gravi les échelons à la force du poignet. Il admettait volontiers bénéficier d'un avantage certain : il ne dormait pratiquement pas.

En cas de grande fatigue, quatre heures lui suffisaient pour récupérer. Un quotidien chargé et trois heures de repos le remettaient à neuf. Alors quand tout le monde dormait, le président étudiait, lisait, apprenait. La mémoire étant un muscle qui s'entraîne, il l'avait développée à outrance. Et son disque dur enregistrait, copiait, sauvegardait le moindre détail, les dates, les visages. Il n'était pas exceptionnel que dans le cadre d'une visite d'entreprise, il salue par son prénom un cadre ou un employé avec lequel il avait conversé quelques années plus tôt.

Le Président en personne se souvenait non seulement de lui, mais aussi de son prénom ! L'individu lui était naturellement définitivement acquis et lui accordait sa confiance sans hésiter.

Lorsqu'il avait annoncé les grands thèmes de sa campagne, les avis étaient tranchés. Irréalistes et suicidaires pour certains, concrets et courageux pour d'autres. Après avoir été élu avec plus de 60 % des suffrages, il avait eu les coudées franches pour mettre en place l'intégralité de son programme.

Son mariage avec Éléonore de Sainte-Croix l'avait introduit dans les hautes sphères de la société, avec tous les avantages qui en découlent. Il s'en était fort bien accommodé.

Le ski à Courchevel, Aspen ou encore Gstaad ne recelait plus aucun secret pour lui. Après de multiples tentatives de pilotage, il avait décidé que l'hélicoptère était finalement son jouet préféré. Mais depuis qu'il avait accédé aux plus hautes fonctions, ce plaisir, tout président qu'il était, lui était refusé, pour des raisons évidentes de sécurité.

Cet homme passionné jeta alors son dévolu sur les chevaux. Naturellement, l'intégralité de son entourage, de sa famille et de ses conseillers lui avait recommandé Versailles comme terrain de jeu le plus approprié. Rapidement accessible depuis l'Élysée, un manège et un terrain d'entraînement assez vaste : tout était réuni pour qu'Hubert puisse s'adonner dans les meilleures conditions à l'art équestre. Mais le charme n'avait pas opéré. Les étalons et juments qu'il avait eu le bonheur de monter étaient splendides, mais il lui manquait la petite étincelle qui le faisait vibrer. Détail fondamental pour Hubert, et sans lequel il s'ennuyait rapidement.

Au détour d'une visite officielle au maire de Chantilly, Clarck, disposant pour une fois de quelques instants, avait souhaité visiter les Grandes écuries dont il avait tant entendu parler. Rien n'était trop beau pour Louis Henri de Bourbon, le prince de Condé, passionné de vénerie. Ainsi ce dernier avait-il fait construire entre 1719 et 1740 ce formidable espace, accueillant jusqu'à deux cent quarante chevaux et plusieurs meutes totalisant près de cinq cents chiens.

La renommée mondiale des Grandes écuries de Chantilly n'était pas usurpée. Majestueuses, elles étaient considérées comme les plus belles au monde. Cent quatre-vingt-huit mètres de long dédiés au plaisir et au soin des équidés les plus nobles. Un musée du cheval qui émerveillait petits et grands, avec le clou de la visite : une démonstration de dressage sous le dôme.

Arrivé dans la nef est, le Président tomba nez à naseau avec Otto, le grand Saddleberg alezan. Le puissant étalon sortait de sa stalle accompagné de sa dresseuse, pour aller se réchauffer dans le sauna. Hubert Clarck fut subjugué par son allure, son pas, sa robe. Les privilèges du rang lui permirent d'obtenir rapidement l'autorisation de monter l'animal.

Ainsi, aussi souvent que possible, deux ou trois véhicules banalisés sortaient de l'Élysée tous gyrophares allumés, pour se rendre à Chantilly.

Les rapports entre les deux êtres étaient surprenants. Le cheval piaffait d'impatience dès qu'il entendait la voix de son cavalier.

Frappant de ses sabots la paille qui couvrait le sol, il hennissait comme s'il criait son envie de le rejoindre. Ces deux-là s'étaient trouvés.

Pour éviter la routine, source d'insécurité, les horaires différaient systématiquement. Tout le staff des écuries était prévenu au dernier moment, et chacun se débrouillait pour modifier son emploi du temps en fonction des désirs de monsieur le président Hubert Clarck.

Une demi-heure avant son arrivée, les cow-boys débarqueraient pour cerner l'espace de jeu du chef de l'État.

Dès que le président serait en approche, trois gardes du corps évacueraient les personnes encore présentes dans les écuries. Les trois autres restants attendraient le retour de leurs collègues avec le chef de l'État. Ils entreraient ensuite par la rue du Connétable, traverseraient le musée du cheval, bifurqueraient vers la gauche juste avant le dôme, pour finalement entrer dans la nef est. Les deux extrémités de l'aile dans laquelle se trouvait Otto étaient les seuls accès possibles à celle-ci.

Les menaces reçues quotidiennement par le Président n'inquiétaient pas outre mesure les hommes chargés de sa protection. Seuls les ordres récents émanant de Clarck lui-même leur avaient fait resserrer les rangs.

Une rumeur circulait.

Des messages de nature diverse avaient été envoyés.

L'épée de Damoclès avait quitté son fourreau et s'approchait dangereusement de la gorge d'Hubert Clarck.

Guillaume et Maxime étaient persuadés de sa venue. Passé un délai de quinze jours – sauf voyage officiel à l'étranger –, le Président ressentait un besoin impérieux de monter Otto.

Cela, Maxime avait pu l'apprendre durant ses trois années de service à s'occuper du Saddleberg.

Les deux tueurs avaient donc décidé d'opérer même si l'enchaînement des événements les avait rendus nerveux. Le contrat de Damien Baillard était tombé à point nommé, car ils avaient besoin de se renflouer ; une dépense inattendue auprès des officiels des Bahamas ayant tronqué leur budget de douze mille euros. Cependant, si le timing financier était idéal, la mission s'était révélée une source de déconcentration inopportune.

Le sort de Loïc aurait-il été moins funeste si cette fébrilité n'avait amoindri le sang-froid du tueur d'élite ?

Toujours est-il que le moment tant attendu et si minutieusement planifié était imminent.

Explications, regrets, remords… eux-mêmes ne savaient pas ce qu'ils en attendaient.

Ils avaient tous deux un besoin viscéral de se confronter à l'homme qui, ironiquement, leur avait donné la vie ; cette vie qui leur avait fait horreur un nombre incalculable de fois.

Mais quelles que soient les justifications qu'avancerait le Président, sa mort demeurerait inéluctable.

Les stigmates de leur enfance rythmée par les brimades, les coups et les viols rendaient tout pardon impossible.

Une autre raison motivait la rage et l'inflexibilité des jumeaux.

Et pour celle-là aussi, il devrait payer.

***

Depuis qu'elle travaillait aux Grandes écuries, Maxime vaquait au nettoyage et en faisait deux fois plus que les autres palefreniers. Jamais un mot, toujours discrète, elle excellait dans l'art de ne pas se faire remarquer.

Telle une ombre furtive, elle allait où et comme bon lui semblait.

Elle venait de recevoir le message qu'elle espérait.

Otto devait être prêt et scellé dans une heure trente.

Hubert Clarck allait mourir aujourd'hui.

Il allait devoir s'expliquer devant le Créateur.

Et tous se retrouveraient en enfer et rôtiraient ensemble pour l'éternité.

Les deux assassins en étaient convaincus.

Maxime était à l'affût et venait d'actionner son talkie. Elle avait trouvé un de leurs boucliers de protection.

— Amène-toi ! Direction les écuries côté est. Juste à côté du manège. J'ai un premier bouclier, une femme.

— J'arrive, Maxime, répondit Guillaume, que sa sœur avait réussi à faire rentrer dans l'indifférence générale, en profitant de l'activité bourdonnante. Donne-moi cinq minutes.

— Sinon, je m'en occupe. Je n'ai pas vraiment besoin de toi.

— Tu m'attends ! insista froidement son frère. Il faut éviter les curieux. Inutile de prendre des risques qui foutraient tout par terre.

— Toujours à tout commander, ce que tu peux être chiant !

— Donne-moi juste cinq petites minutes et détends-toi, s'il te plaît.

— Ok.

Il ne servait à rien d'ergoter, Maxime le savait.

Arrivé sur place, il identifia la femme en question. Elle déambulait le nez en l'air, sans prêter attention à son entourage, admirant l'architecture et les peintures des Grandes écuries, loin de se douter de ce qui l'attendait. Le moment était parfait, personne aux alentours. Il fallait faire vite. Guillaume lui fit un grand signe de salut accompagné d'un immense sourire. Sans comprendre ce que ce gaillard lui voulait, elle le lui retourna néanmoins. Aussitôt après, une main se plaqua sur sa bouche et elle reçut une décharge électrique dans le bas des reins. Tout juste de quoi lui faire perdre connaissance ; elle n'en pâtirait pas trop à son réveil.

Une stalle vide l'attendait juste à côté. Ils avaient pensé à tout pour minimiser les risques.

Des gestes précis, mécaniques et efficaces ; les deux pros n'eurent besoin que d'une poignée de secondes pour accomplir leur mission.

Il ne leur restait plus qu'à trouver un second bouclier. Et la chance leur sourit, les confortant dans l'idée qu'ils ne pouvaient échouer ; tous les éléments jouaient en leur faveur.

Son appareil photo dernier cri en bandoulière, les oreillettes d'un IPod vissées au fond du pavillon, il flânait tranquillement. Le même manège se répéta.

Les rôles avaient cependant changé. Une habitude qui leur était chère.

Maxime décocha un sourire éclatant tandis qu'une main puissante passa devant le câble des écouteurs ; s'ensuivit une douleur intense au-dessus de la fesse gauche qui mit le bonhomme K.O.

Deux étrangers se retrouvèrent ainsi bâillonnés et ligotés côte à côte dans une écurie.

— Nous n'avons plus qu'à finir les préparatifs et nous mettre en place, se félicita Guillaume.

***

Guillaume et Maxime avaient installé leurs deux invités endormis dans la stalle faisant face à la sellerie.

Théâtre choisi méticuleusement pour le dénouement de leur dernier acte.

Dans un premier temps, ils avaient pensé au dôme. Le site présentait cependant de nombreux inconvénients stratégiques, avec en point d'orgue les multiples portes d'entrée sur deux niveaux. Du pain bénit pour le RAID, qui les aurait mis hors d'état de nuire en deux temps trois mouvements. Mourir leur importait peu. Mener leur mission à terme, ça, ils en avaient fait leur obsession et leur moteur.

Acculer leur père, lui faire avouer ses crimes puis l'exécuter : voilà ce qui comptait. La fuite et les Bahamas, c'était la cerise sur le gâteau. Et le dôme ne leur en laisserait probablement pas le temps.

Leur choix s'était finalement porté sur la sellerie, passage obligé du Président. Plus petite, elle présentait aussi un avantage non négligeable. À travers les grilles séparant les stalles sur la partie supérieure (le bas étant séparé par des panneaux en bois), on pouvait y observer les deux entrées situées aux extrémités du bâtiment, mais également celle plus étroite qui donnait accès à l'aile est. Cela limitait considérablement les risques de mauvaises surprises.

Depuis sa chambre particulière proche du côté ouest du dôme, Otto parcourrait près de soixante mètres pour atteindre le manège extérieur et s'y échauffer.

Une fois prêt, le Président lui-même lui ôterait son licol et sa longe d'entraînement pour les remplacer par son mors. Il tenait à s'occuper personnellement de tout le processus, lequel se déroulerait comme d'habitude dans la sellerie. Ensemble, ils se rendraient ensuite au dôme. Car les inconvénients que ce dernier présentait pour d'éventuels assaillants étaient autant d'avantages pour qui voulait se protéger. Aucune ouverture sur l'extérieur permettant l'intervention d'un tireur d'élite. Un sérieux gage de sécurité.

Les deux assassins avaient du pain sur la planche. Ils devraient neutraliser les six gardes du corps en un temps record, sans pour autant les tuer. Là résidait leur premier défi. Car en aucun cas ils ne souhaitaient déroger à leurs principes.

Ainsi, deux arbalètes chargées de flèches hypodermiques étaient prêtes à officier ; les mêmes que l'on utilisait pour la téléanesthésie des animaux sauvages en milieu naturel. Elles étaient bien entendu montées, avec un système de recharge automatique quasi instantané.

Ils n'avaient rien négligé. Le produit soporifique contenu dans les capsules leur assurerait la tranquillité dont ils avaient besoin. De quoi endormir sur-le-champ un troupeau d'éléphants en pleine charge.

Guillaume et Maxime auraient donc six hommes à envoyer chez Morphée avant que l'un d'eux ne dégaine ou n'appelle les secours, et dans le même mouvement, ils devraient se saisir du Président.

Puis ils iraient tour à tour chercher leur bouclier humain, pour le cas où les choses déraperaient.

Ainsi fut fait.

Et tout se déroula conformément au plan.

Le premier véhicule arriva sur place. Trois hommes en noir en sortirent et s'assurèrent que les touristes avaient quitté les lieux.

Après une rapide inspection, le président Clarck et sa garde rapprochée purent entrer au complet. C'était le moment choisi par Guillaume et Maxime pour lancer l'assaut.

Les six gardes du corps ressentirent une vive douleur, l'impression d'être piqués par une énorme guêpe quasi simultanément, ce qui empêcha toute riposte de leur part. Le liquide se répandit rapidement dans leur corps et fit son office. Le temps que les cerveaux comprennent que les neurotoxines allaient les tuer – du moins le pensaient-ils –, ils sombrèrent dans un profond sommeil, laissant Hubert Clarck seul, sonné et pétrifié par l'angoisse.

Ses yeux se posèrent alors sur Guillaume. L'incrédulité, la joie, la peur défilèrent tour à tour dans son regard perçant et habituellement insondable.

Il était rattrapé par la vie… et cela le conduirait probablement à la mort.

Le Président s'adressa directement à lui par son prénom et ouvrit des yeux ronds lorsqu'il le vit se harnacher à un individu inconnu et sans connaissance.

— Guillaume ! Qu'as-tu fait ? Ils sont morts ?

— Non, seulement endormis, rétorqua-t-il.

— Comment connaît-il ton prénom, cet enfoiré ? interrogea Maxime hargneusement.

— Qui est-ce ? demanda le Président en s'adressant à Guillaume.

— Comment veux-tu que je le sache ; votre fille, répondit-il aux deux questions d'affilée.

— Ne te fous pas de moi ! ordonna Maxime.

— Comment ? Qu'est-ce que c'est que ces sornettes ? s'étonna Clarck.

Guillaume, pris de court, intima au Président de se la boucler le temps qu'il puisse échanger avec sa sœur.

— Max, je n'en ai pas la moindre idée. Si ça se trouve, ce salaud est au courant de notre existence depuis le début et il nous a laissés crever comme des bêtes.

Le Président s'insurgea aussitôt.

— Eh, oh, non, non, non… il n'y a pas de « notre » qui tienne. Je suis au courant de ton existence, Guillaume, et je ne peux le nier. J'ai appris que j'avais un fils quand tu étais en prison. Mais en aucun cas je n'imaginais avoir aussi une fille !

— Et ce connard, depuis tout ce temps, n'a pas trouvé cinq minutes pour te dire qu'il était ton père, ricana Maxime.

Guillaume, d'un mouvement ferme et autoritaire de la main, ordonna le silence.

— Max, on continue la discussion dans la sellerie. On réveille les deux touristes et on se met en tirs croisés, après avoir attaché le salopard à la grille.

Cela faisait bien longtemps que le président Clarck, habitué à la déférence mielleuse de son entourage, n'avait entendu de telles grossièretés à son encontre. Qui plus est, venant de son fils et d'une prétendue fille dont il ne savait rien.

Quelques minutes plus tard, le chef de l'État se retrouva menotté à la grille de la stalle.

Les deux boucliers humains se réveillaient péniblement. Les sels qu'on leur avait fait respirer venaient de leur donner une nausée aux effluves saumâtres. Mais l'effet était sans commune mesure avec la vision de la scène qui se déroulait sous leurs yeux ébahis.

En découvrant leur situation d'otage, ils découvraient aussi celle du président de la République en personne.

Tout était prêt pour le jugement final.

Enfin presque.

***

Florent et Emmanuelle avaient utilisé la durée du trajet jusqu'à Chantilly pour prendre connaissance des plans récupérés au domicile de Guillaume. La cavalerie suivrait d'ici peu.

Arrivés sur place, après avoir décliné leur identité et indiqué les fréquences de leurs talkies, ils distribuèrent les ordres pour que les accès à la nef est soient bloqués et sécurisés, et pour que tout le personnel soit mis à l'abri. Ne sachant si les locaux étaient piégés, Florent préférait s'attendre au pire et prendre des précautions inutiles.

L'heure était venue pour eux de rejoindre la petite sauterie.

Entrouvrant délicatement la porte, Florent tenta de repérer un éventuel mécanisme mortel, mais il ne décela rien qui y ressemblât. Enhardi, il poussa plus avant la porte, toujours aussi délicatement, tout en s'allongeant sur le sol, le gilet pare-balles d'Emmanuelle sur la tête en guise de protection.

Seul le silence l'accueillit.

Aucun dispositif explosif à redouter pour l'instant. Le gilet n'étant plus d'aucune utilité, il le tendit à Emmanuelle, rampa sur une dizaine de mètres et lui fit signe de le suivre. Elle prit soin de refermer la porte derrière elle.

Ils avancèrent prudemment, se laissant guider par les éclats de voix. Arrivés à quelques mètres, ils entrèrent chacun dans des stalles qui se faisaient face. Le bois n'offrait qu'une protection précaire et illusoire, mais il les rassurait néanmoins.

Florent évalua la situation avec l'acuité qui le caractérisait en jetant un coup d'œil discret au travers des barreaux.

Et découvrit avec stupeur deux otages harnachés devant chacun des jumeaux.

Ainsi que le président Hubert Clarck, attaché à une grille. Un président dévasté, loin de l'homme charismatique et fringant que la France connaissait. Toute assurance semblait l'avoir déserté ; il ne restait qu'une coquille vide, un pâle reflet de celui qu'il avait été.

Il était temps de manifester leur présence.

— Guillaume, c'est Florent. Vous êtes cernés. Tout cela ne rime à rien. Vous ne vous en sortirez pas en tuant le Président. C'est fini.

— Qu'est-ce que tu fous là ? Et pourquoi viens-tu te mêler d'histoires qui ne te regardent en rien ? Si tu viens pour protéger cette ordure que tu appelles Président, tu peux repartir. Attention, c'est une proposition que je ne te ferai pas une seconde fois. Ça ne t'a pas suffi, ce que tu as fait subir à Loïc ?

— N'inverse pas les rôles. C'est toi qui as craqué l'allumette. Donc ne me mets pas ça sur le dos ! Je te dirais volontiers ce que j'en pense en face à face si tu n'avais pas d'otages.

— Nous n'avons jamais tué d'innocents, Florent. Jamais ! Et les otages, comme tu dis, sont nos assurances-vie, répondit Guillaume. Tu as eu de la chance que j'aie reconnu ta voix, j'ai failli tirer sur Clarck. Cela aurait tout gâché. Et avant que tu ne profères des menaces inutiles, sache qu'on n'a pas peur de mourir. Rien ne nous atteint. Nous sommes des impossibles, finit-il dans un souffle à peine audible.

— C'est quoi ce charabia ? marmonna Florent, décontenancé.

— Tu ferais mieux de protéger ta gonzesse avant de venir nous emmerder, cracha Maxime.

— Mais c'est fait, mademoiselle Nay, c'est fait !

— Qu'est-ce que tu racontes, tocard ? lança-t-elle, défiante.

— Emmanuelle est parmi nous et vous entend. Elle va se redresser en même temps que moi. Nous sommes armés et nous ne baisserons pas nos armes tant que les vôtres seront pointées sur vos otages ou sur le Président. Alors, on peut se relever sans se faire arroser au 9 mm ?

Guillaume acquiesça.

— Vas-y ! Mais sache que si tu m'as menti et que ce n'est pas ta femme, je tire pour tuer.

— Je te crois sur parole, ironisa Florent.

Ce genre d'ultimatum n'était pas à prendre à la légère venant de Céru, et il le savait. Emmanuelle se redressa très délicatement, épiant le moindre mouvement des tueurs.

Ceux-ci ne purent dissimuler leur surprise.

— Tu n'es pas le meilleur flic de France pour rien. Comment tu l'as trouvée ? s'enquit Guillaume, avec malgré lui un soupçon d'admiration dans la voix. Tu as conscience que c'est un problème, n'est-ce pas ? Tu m'obliges à tout faire disparaître, poursuivit-il.

De sa main libre, il se saisit de son portable et composa un numéro.

— Ton souterrain doit grouiller de flics, asséna Florent qui commençait à comprendre. Pour les innocents, tu repasseras.

— Qu'est-ce que tu crois ? pavoisa Guillaume tout en actionnant le haut-parleur.

Une voix artificielle et désincarnée tournait en boucle.

« Attention la procédure de destruction de l'espace est programmée. Il reste 2 minutes et 10 secondes avant embrasement… Attention la procédure de destruction de l'espace est programmée. Il reste 2 minutes avant embrasement… »

— Je vois que tout est prévu, commenta Florent, lui aussi impressionné.

Guillaume réfléchissait à toute vitesse. L'arrivée de Florent mettait sérieusement en péril leur retraite aux Bahamas. Certes, ils pourraient se débarrasser des deux flics et du Président en un temps record, mais dans ce cas, pas de confrontation avec leur géniteur. Le procès à charge qu'ils voulaient improviser n'aurait pas lieu. Et il n'en était pas question. Pas après tout ce temps à ruminer leur vengeance. On ne la leur volerait pas. Emmanuelle et Florent devaient accepter son marché.

— Voici ce que l'on va faire, ordonna-t-il. Le vieux a commis des crimes, il doit en répondre. Son procès se fera ici et maintenant.

S'adressant tour à tour aux otages, il les improvisa jurés d'assises, ce qui leur fit perdre le peu de couleurs qu'il leur restait.

Clarck crut bon d'intervenir.

— Autant m'abattre tout de suite si je suis jugé coupable avant d'être entendu.

— Non, il faut que tu souffres, salopard. Tu vas prendre cher là-haut, enculé. La case paradis, tu peux te la mettre profond, éructa Maxime qui ne tarissait jamais d'insultes à l'endroit de Clarck. Tu as de la chance que mon frère soit contre la torture, je t'aurais fait bouffer tes couilles, ça, tu peux en être sûr. Tu aurais payé pour tous ceux qui me sont passés dessus.

Son regard débordant de haine et de mépris percuta Hubert Clarck comme un fouet. Il se sentait mal à l'aise et démuni face à cette fille – sa fille, visiblement – qui l'accusait de tous les maux.

Il ignorait tout d'elle. Un rapport régulier lui rendait pourtant compte des activités de son fils. Et il avait en effet été fait mention d'une jeune femme. Rien qui méritât d'être approfondi cependant, d'autant qu'il souhaitait rester discret, personne n'étant informé de sa paternité hormis les protagonistes du drame en train de se jouer. Cela dit, il aurait tenté d'en savoir davantage s'il avait su qu'elle avait pris une place aussi importante dans la vie de son fils.

Mais ce dernier était passé maître dans l'art de la dissimulation. Professeur d'éducation physique et bénévole dans un club de football, il s'était composé un personnage lisse et impeccable, suscitant la confiance de tous.

Son passage dans la Légion et son calme à toute épreuve forçaient le respect et l'admiration des papas amenant leur rejeton. Aucun ne se serait risqué à élever la voix contre lui. Il avait la réputation de privilégier l'échange et la discussion, et d'exprimer son opinion avec pondération, ce qui permettait de trouver des solutions dans toutes les circonstances.

Une nuée d'informations et de réflexions se télescopaient dans l'esprit en surchauffe de Clarck. La pire décision de sa vie, qui n'avait jamais cessé de le ronger depuis, entraînait des conséquences tardives mais irrémédiables.

Et la prescription légale de trente ans, à quoi servait-elle ?

Une multitude de sentiments enfouis et réprimés refirent surface. Pour la première fois depuis bien longtemps, c'était l'homme qui parlait, pas le Président ou l'animal politique, non, juste l'homme pétri d'émotions. La honte, le remords et la peur s'entremêlaient en un tourbillon insensé, saupoudré de façon tout à fait inattendue de joie et d'un soupçon de fierté.

Il était temps qu'il assume.

— Je vais répondre à toutes vos questions ! assura-t-il d'un ton grave.

— Ben voyons ! Le mec, il a menti toute sa vie et il va répondre à toutes nos questions avec sa petite bouche en cul-de-poule de bâtard, poursuivit Maxime avec la verve qui la caractérisait.

— Laisse-moi essayer au moins... Tu pourras toujours décider ensuite, soupira Clarck, un brin dépité.

Les regards se tournèrent vers ce Président qui venait de promettre la vérité. L'heure était à la confession. Situation surréaliste au suspense intense et au dénouement imprévisible.

Guillaume s'improvisa président du tribunal. Quant à Maxime, elle prit naturellement le rôle de l'avocat général

— Avez-vous demandé à François Desliens d'exécuter notre mère ? attaqua-t-il sans préambule.

— Oui, bien que j'eusse choisi un autre verbe, répondit Clarck sans sourciller.

— Je le savais ! L'enculé, il ne nie même pas, s'enflamma encore une fois Maxime.

— Max, arrête ! Ce n'est pas le moment. Au moins, il dit la vérité. Vois le positif, pour une fois. On est là pour avoir des réponses, non ?

Il tourna son regard vers l'accusé :

— Pouvez-vous nous en dire un peu plus ? Comment avez-vous pu convaincre Desliens de participer à ce crime ?

Le Président inspira, le temps de choisir ses mots. Des mots qui devraient coller à la réalité sans pour autant être trop abrupts.

— Je sortais de l'ENA, survolté par les discours nous encensant, pétri de certitudes, dont celle de faire partie de l'élite, la crème de la crème, la pépinière de cerveaux sublimes au destin hors du commun. Qui ne prendrait pas la grosse tête ? Je n'ai pas fait exception. Les invitations pleuvaient, j'étais de toutes les soirées huppées qui me propulsaient dans les hautes sphères. J'y ai fait la connaissance d'Éléonore de Sainte-Croix. Mon épouse aujourd'hui, comme vous le savez. Éléonore était une très belle femme à l'éducation irréprochable, aux convictions non négociables, ni amendables. Le pouvoir de son nom, de son réseau et de son compte en banque représentait le Graal pour un homme politique ambitieux. Et Dieu que je l'étais…

Le sifflement de mépris de Max n'échappa à personne. Clarck l'ignora. Après tout, c'était mérité.

— J'ai été subjugué, je dois l'admettre, par sa beauté froide, racée, à l'image des héroïnes hitchcockiennes. Je suis passé au-dessus de nos rapports compliqués régis par son intransigeance, et le mariage escompté eut lieu. Mon potentiel surpassa toutes mes espérances et rapidement, je fus nommé directeur de cabinet du ministre des Finances de l'époque.

— Abrège, parce que le conte de fées, nous, on l'a pris dans la gueule, fulmina Maxime.

Guillaume jeta un regard noir à sa sœur.

— Continuez !

— C'est au sein de ce cabinet que j'ai rencontré Nathalie Legal.

Florent sursauta.

— La pub pour le café ! Enfin, j'ai l'explication de la pub pour le café... Et depuis le début, vous le saviez. Putain d'enfoiré, Loïc est mort en partie à cause de vous !

Florent écumait.

— Comme a dit Guillaume, continuez ! Oui, je suis curieux de connaître la suite, susurra Florent, les yeux réduits à deux fentes aussi bienveillantes que celles d'un reptile prêt à l'attaque.

Emmanuelle, également abasourdie, tentait de garder son calme.

Hubert Clarck reprit ses explications.

— Nathalie faisait partie du staff et était l'une de nos assistantes. Et quelle assistante !

Les yeux pétillants de Clarck tranchaient avec la réalité de sa situation.

— Prête à assouvir tous tes désirs de dégueulasse, grogna Maxime.

— Max ! coupa sèchement Guillaume, inquiet que sa sœur ne puisse contrôler ses émotions et qu'elle s'immerge avec délectation dans un bain de sang prématuré.

— Pas seulement, osa répondre Clarck. Notre relation passionnelle, incandescente à ses débuts, s'est muée en amour véritable. Je ne lui ai jamais menti. Nathalie avait accepté d'être mon Anne Pingeot, mais savait qu'il ne pourrait y avoir de Mazarine. Cela fonctionna un temps, mais elle ne put s'en contenter. Quand elle a voulu rompre, j'ai sombré dans une dépression abyssale. Je ne pouvais imaginer qu'après quelques mois elle finirait par me revenir, je pensais l'avoir perdue à jamais. Quand elle m'a écrit qu'elle comprenait ma situation, notre situation, et qu'elle l'acceptait, j'ai été littéralement fou de joie.

— Ferait un bon arracheur de dents, celui-là, persifla Maxime.

— J'ai encore la lettre, répondit Hubert du tac au tac. Elle est à votre disposition.

Guillaume, perplexe, encouragea son père à poursuivre.

— Je ne pouvais imaginer que Nathalie avait un autre agenda. L'arrêt de sa contraception a eu l'effet que vous pouvez supposer. Quand je l'ai appris, je suis entré dans une rage folle, je l'admets. J'ai paniqué au-delà du raisonnable, je le confesse aussi. Son mensonge me l'a rendue détestable et je ne pouvais plus m'approcher d'elle. Le moindre contact me hérissait. Sa décision allait ruiner mon avenir, mes plans et mon destin pour la France.

— Mégalo en plus. Manque pas d'air.

Hubert Clarck continua sans que personne ne rebondisse sur les propos de Maxime.

— À l'Assemblée nationale, il n'était pas encore question de l'IVG, même si le débat dans les « milieux autorisés » enflait déjà. Je lui ai proposé d'avorter dans un hôpital en Suisse. Bien entendu, tout aurait été pris en charge.

Clarck fixa Maxime une demi-seconde.

— Inutile de me vomir dessus, j'ai là aussi les documents en ma possession.

S'adressant aux autres :

— Veuillez m'excuser pour cet aparté. J'ai tout tenté pour la dissuader de mener sa grossesse à terme. Puis elle s'est mise à me faire chanter. Elle a commencé par m'expliquer que si je l'empêchais d'accoucher, elle irait voir la police pour dire que je l'avais violée. J'ai fini par accepter l'idée... et échafaudé une multitude de plans pour l'envoyer à l'étranger. Je voulais l'installer dans les meilleures conditions possibles pour qu'elle puisse élever notre enfant.

— Et ? demanda Guillaume sans dissimuler son impatience.

— J'ai encore ses lettres de refus. Elle s'entêtait, et de mon côté je ne voyais plus aucune issue. Puis, un soir, elle m'a invité chez elle pour parler, disait-elle. Ce fut la soirée la plus dramatique de ma vie. Elle m'attendait, joliment maquillée, et vêtue d'une robe qui mettait en valeur ses belles formes de future maman. J'ai eu droit à un monologue enjoué dans lequel elle m'expliquait que nous allions enfin pouvoir nous marier. Qu'il suffisait que je divorce, que nous élèverions notre enfant ensemble. Et là, j'ai senti ma poitrine prête à exploser… J'ai compris que Nathalie, ma Nathalie, avait perdu la raison. Au sens propre du terme. Ses mots résonnaient étrangement à mes oreilles, comme un écho lointain. Elle n'était déjà plus là. Et au-delà de ma tristesse, vous l'appellerez comme vous voulez, mais j'ai eu peur, la trouille, les foies. J'ai compris qu'elle pouvait mettre ma vie par terre. Je ne voyais pas comment m'en sortir. Sa folie me projetait dans un coin du ring sans la moindre possibilité d'esquiver les coups à venir. Je ne m'exonérerai pas de ma responsabilité, je sais bien que j'étais la cause de son état…

— C'était pas une raison pour la crever comme un pourceau !

D'un énième regard courroucé, Guillaume rappela Maxime à l'ordre. Tous étaient suspendus aux lèvres du Président. Les deux otages n'étaient pas en reste, et malgré leur situation inquiétante, ils étaient captivés par le récit d'Hubert Clarck.

Une parcelle de vie aux conséquences et ramifications insondables, qui avait provoqué la mort de plus de quatre-vingts personnes.

— Et puis la solution m'est apparue comme un don du ciel. Dans le cadre de mon travail, nous sommes tombés sur une clinique du Val-d'Oise dont la situation vis-à-vis de l'administration fiscale était... problématique. Comme un miracle n'arrive jamais seul, il m'est apparu très rapidement que son directeur était empêtré dans un imbroglio qui pouvait se retourner en ma faveur. Addict aux jeux, il avait progressivement confondu la caisse de son établissement et son portefeuille.

— Je vois, interrompit Guillaume. Vous avez donc fait chanter Desliens.

Clarck inspira, mal à l'aise.

— Ce n'est pas très original... En échange de la disparition de Nathalie dans la douceur et la discrétion – et de celle du fœtus –, j'ai proposé à Desliens une impunité totale. Dettes épongées et contrôle fiscal envolé...

— Ce n'est pas la version qu'il nous a servie quand nous l'avons retrouvé et interrogé, remarqua froidement Guillaume. Alors, qui doit-on croire, monsieur le Président ? Selon lui, vous l'auriez menacé de fermer la clinique.

— Un peu léger comme moyen de coercition, vous ne croyez pas ? répondit immédiatement Clarck, un sourcil haussé.

L'acuité de son argument fit mouche.

— Ça se tient, en tout état de cause. Ce n'est pas fondamental, non plus. Et puis le salaud ne nous avait pas informés que vous étiez au courant de mon existence... Visiblement, nos méthodes d'interrogation n'étaient pas au point. Bref, savez-vous pourquoi il n'a pas terminé le boulot ? J'imagine que vous avez dû vous poser la question ?

— Non, je dois reconnaître que je ne sais pas pourquoi il vous a laissés vivre. Peut-être a-t-il changé d'avis quand il s'est aperçu que Nathalie portait des jumeaux ? Qui sait, peut-être sa conscience pouvait-elle s'accommoder de deux morts mais pas de trois ?

Hubert Clarck baissa les yeux pour la première fois. Il énonçait enfin à voix haute et sans artifices la monstruosité de ses crimes. Ils prenaient forme, devenaient réels, l'accablant de honte et de remords.

Guillaume reprit le monologue à son compte.

— Il nous a effectivement dit qu'après avoir découvert qu'il y avait deux fœtus, il n'avait pu se résoudre à aller au bout. La belle affaire... Il a donc « seulement » assassiné notre mère. Mais il avait peu de temps pour agir. Et c'est là que Gonzague Verdine est entré en jeu. Directeur de la DASS du Val-d'Oise et ami intime de Desliens. Les deux se connaissaient depuis une éternité. Desliens lui a fait part de la situation inextricable dans laquelle il se trouvait et de sa décision. Pour sa sécurité, il ne lui a jamais communiqué l'identité des parents des deux enfants. Apparemment, il ne nous connaissait que sous nos patronymes actuels.

— Et c'est pour cette raison que vous l'avez tué ? Parce qu'il a aidé Desliens ? s'effara Clarck.

— Si par « aider », vous voulez dire nous placer chez des ordures, alors oui.

Le ton ferme de Guillaume n'invitait pas à la discussion.

— À chaque fois, il nous délocalisait sans même se renseigner sur la prochaine famille. Les premiers dont on se souvient, c'était les Lenoir. Nous n'avons plus beaucoup d'images, mais tout se passait très bien. Ils n'ont pas pu nous garder pour des raisons de santé. Grâce à Verdine, on a atterri chez le Golfic. Entre lui et le Kepeck, on a eu droit au summum des salopards.

— Oui, poursuivit Maxime, le visage déformé par la haine. Le Golfic prenait son pied à nous taper dessus. C'est sûr, avec le recul, le cuir s'est endurci. Pendant cinq années, la bête nous a massacrés. Avec ses mains, avec ses poings, sa ceinture. Qu'est-ce qu'il l'aimait, sa ceinture, ce porc ! Et nous, on prenait tout. Alors quand on a réussi à se sortir de ses griffes, comme on ne portait pas le même nom, Guillaume et moi avons été séparés. Au bout de deux ans, le Verdine a dû se rendre compte qu'il avait encore merdé, il a pensé nous faire un cadeau. Et quel cadeau ! Le Kepeck. Comment ai-je fêté mon quatorzième anniversaire d'après vous ? Quatorze fois en trois jours, il m'a violée. Et à chaque fois, il se marrait parce qu'il fallait que je souffle sur sa bougie.

Maxime semblait sur le point d'exploser. Toute sa souffrance menaçait de déferler.

Le couple d'otages était également sonné. La stupeur, le dégoût, la colère défilaient sur leur visage incrédule, au rythme des images mentales qui les assaillaient. Le contraste glaçant entre le ton volontairement badin de Maxime et ces visions d'horreur leur rendait la situation encore plus intolérable.

Cette dernière abrégea.

— Heureusement que mon Guillaume lui a planté un putain de couteau long comme sa bite dans le dos. J'ai encore l'odeur de son sang de vieux vicelard sur mes mains et sur mon corps.

Le silence assourdissant qui suivit fut une bouffée d'air frais pour tout le monde.

Emmanuelle, élevée dans l'amour et la tendresse, appréhendait difficilement le vécu des jumeaux. Comment peut-on faire subir de tels outrages à des enfants ? Toutes ces souffrances, toutes ces larmes, toutes ces douleurs infligées à un enfant innocent, et qui auraient pu être évitées. Non, vraiment, elle ne comprenait pas. Mais il fallait bien reconnaître que la nature humaine recelait mille vices.

— La séparation fut terrible, souffla Guillaume.

— Enfin, ce n'est pas tout à fait juste, soupira cette fois Maxime. La séparation était dure, c'est vrai, mais les Sambouria ont été tellement bons pour moi que j'ai découvert, malgré la dureté de leur éducation et du travail que nous devions fournir, des gens généreux et sur qui compter. Ils m'ont témoigné de l'amour. Et même si je ne savais pas à quoi cela ressemblait à cette époque, ce fut un véritable bouleversement pour moi.

Je ne commence jamais ma journée sans avoir une pensée pour eux. C'est aussi auprès d'eux que j'ai découvert que j'avais un don. J'étais enfin douée pour quelque chose! Cela a donné un sens à ma vie. Je n'avais jamais entendu autre chose que « bonne à rien », « espèce de nulle », « pauvre cruche », « petite pute »... Alors quand ils m'ont mis une arbalète dans les mains et que, sans entraînement, je faisais pratiquement mouche à chacune de mes tentatives, le père Sambouria m'a mise au défi. Et j'ai encore sa phrase dans les oreilles : « Tu n'es pas du cirque, toi. Alors si tu réussis l'impossible, tu pourras fouler la piste aux étoiles. » Sous-entendu, j'aurai mon numéro à moi. Quelle fierté, quel honneur!

Pour la première fois, les yeux de Maxime pétillaient. Et son visage s'en trouvait transformé. Elle était jolie Maxime, sans la tonne de souffrances qui se collait à elle comme de la glue.

— Entrer dans la grande famille! Une enfant cabossée, déglinguée, sans attache ni racine pouvait par son courage, sa détermination, accéder à ce qu'elle n'avait jamais osé envisager... J'ai rapidement compris pourquoi il avait appelé le numéro l'« impossible ». Le nom n'était pas usurpé. Au début, il me fallait deux secondes pour recharger l'arbalète quand la pomme en mettait moins d'une demi pour toucher le sol. Mon principal souci était de récupérer assez de pommes pour m'entraîner. Heureusement, les garçons ont fini par trouver drôle que je passe toutes mes journées de repos à tenter l'impossible. Ils rigolaient, se moquaient, me narguaient. Et je soupçonne le père Sambouria de les avoir obligés à faire quelques rapines dans les vergers en guise de punition. J'ai mis plus d'un an à réussir à recharger avant que le quartier de pomme ne tombe. Mais cela ne suffisait pas ; il fallait encore trouver le temps de viser et de percuter le morceau en plein vol. Or, avec une arbalète, un tir sur cible fixe est simple, mais sur cible mobile, c'est une autre affaire.

— Sans vouloir minimiser ton talent, ce n'est pas vraiment plus facile avec un fusil, interrompit Guillaume.

— Bref, un jour, j'ai réussi. J'en ai pleuré de joie. J'étais dans tous mes états. Sambouria m'a retrouvé écroulée comme une serpillière. Je répétais frénétiquement : « J'ai réussi, j'ai réussi, j'ai réussi… » Quand il a compris que je parlais de l'impossible, il ne m'a pas crue. Le morceau de pomme par terre l'a rendu dubitatif, mais ne l'a pas convaincu. Il avait même l'air fâché, pensant que je lui mentais.

Maxime amorça un sourire attendri qui tenait plus du rictus tant elle n'y était pas habituée.

— Mais il m'a laissé le bénéfice du doute. J'ai séché mes larmes, je me suis concentrée, et pour la seconde fois le même jour, l'impossible ne l'était plus. Encore aujourd'hui, c'est ce que je considère être le plus beau jour de ma vie. Ses yeux se sont noyés un instant. Un Sambouria ne pleure pas. Il y avait de la fierté et de l'admiration dans son regard, je ne l'oublierai jamais. Cela valait toutes les paroles du monde.

Maxime marqua une petite pause, puis reprit.

— Le soir, quand nous nous sommes attablés, il m'a fait un très grand honneur. C'était symbolique, mais tous l'ont compris et ne m'ont plus jamais raillée. Une seule phrase à l'adresse de son fils aîné et de la tablée. « Paulo, ce soir la pitchounette s'assoit à ma droite », qu'il a dit. Cette place était exclusivement dévolue à l'héritier légitime, alors je n'en croyais pas mes oreilles. Il a informé tout le monde de mon exploit et j'ai ainsi eu mon numéro à moi, rien qu'à moi… l'Impossible.

Maxime était émue. Encore une autre facette insoupçonnée. Tous la regardaient avec admiration. Emmanuelle et les juges improvisés étaient remués jusqu'aux tripes.

— Combien de temps es-tu restée chez eux ? demanda Hubert Clarck, tout aussi bouleversé.

— Huit ans. Je suis partie le jour de la mort de Fabio, le petit.

— Qu'est-ce qui s'est passé ? s'enquit la femme otage, osant pour la première fois prendre la parole.

Guillaume éluda.

— C'est un peu long et sans lien avec ce qui nous occupe.

— Bon… rétorqua-t-elle, visiblement déçue. Et vous ? Comment vous en êtes-vous sorti ?

— Plutôt pas mal, intervint Clarck.

— Ah bon ? Alors allez-y, puisque vous êtes si malin, persifla son fils.

— Ce n'est pas ce que je sous-entendais. Mais je vais le faire. Tu as fait quatre ans dans un centre de détention pour délinquants. Tu étais avec ces gamins que la société n'a pas su maintenir dans le droit chemin, et qui avaient déjà tous un passé long comme le bras. Les bagarres étaient ton quotidien, le cachot aussi. C'est à ce moment-là que Desliens a repris contact avec moi. Il avait fait faillite. Il vivait d'expédients, mais il gardait un œil sur vous. Ton parcours devenant délicat, il a envoyé une lettre au ministère dans lequel j'officiais à l'époque, m'enjoignant de le contacter de toute urgence. Je ne vais pas te cacher que j'étais particulièrement sceptique et méfiant sur l'objet de l'entrevue, dont il exigeait qu'elle ait lieu en tête-à-tête. Sage précaution d'ailleurs, puisqu'il voulait m'annoncer qu'il n'avait pas rempli sa part du marché et que j'avais un fils. Sur le coup, j'ai été doublement furieux. De sa désobéissance, et du fait qu'il ait attendu si longtemps pour m'informer de ton existence. C'est contradictoire, je vous l'accorde.

— Et alors, ça a changé quoi dans ta tête de politicard ? rebondit Maxime, toujours avide d'en découdre.

— J'étais coincé entre mon souhait d'aider mon enfant et la discrétion qu'imposait son existence.

— Mouais, marmonna Guillaume, dubitatif.

— Je comprends ta défiance. Permets-moi de te poser une question. Te souviens-tu de l'aumônier Émile ?

— Oui, je me rappelle de lui. Il venait souvent me voir en taule. Un homme d'une incroyable générosité. Ça me changeait. On a beaucoup parlé et c'est un peu grâce à lui que je me suis engagé dans la Légion.

— Et te rappelles-tu de son nom ?

— Non, pas du tout, enfin c'était un De corvée De chiottes De bon matin De bonne heure.

Hubert Clarck sourit de cette rengaine qu'il avait lui aussi entendue à l'armée.

— Et Éléonore de Sainte-Croix, cela te dit quoi ? L'aumônier Émile était son cousin germain. Il est décédé il y a quelques années. Un homme de bien. Personne ne le saura jamais, mais j'ai toujours prêté une attention particulière à ses propos ; surtout pour leur bon sens, le côté religieux me laissait plus dubitatif. Je lui ai parlé d'un projet de réhabilitation des prisonniers, je lui ai dit que j'en étais aux balbutiements de mes réflexions et que j'aurais besoin d'un test grandeur nature, et qu'il était l'homme de la situation. Je lui ai confié trois noms, prétendument désignés au hasard. Son objectif était de leur donner des perspectives d'avenir. Pour toi, ce fut la Légion. Je ne saurai jamais s'il a cru à mon histoire ou s'il avait deviné que j'avais des motivations cachées.

Florent intervint.

— Je me demandais comment tu avais pu y rentrer. Voilà ma réponse. Le piston.

Clarck le sonda de son regard glacial.

— Oui, le piston. Ce ne sont pas des méthodes que vous réprouvez systématiquement, cher Bargamont, n'est-ce pas mademoiselle de Quezac ?

— À toute règle son exception, ricana Florent qui s'était fait moucher.

Le Président poursuivit.

— Je recevais un rapport sur toi tous les six mois. J'étais rassuré de voir que tu t'épanouissais dans ce corps d'élite et malgré tout, j'en étais sincèrement ravi. Ce sentiment m'apaisait, pour être honnête.

— Tout ça, c'était une façade, un masque. Il vous manque le plus important, balança Guillaume.

Toutes les têtes se tournèrent vers lui, la même question muette dans les yeux.

Ses traits se durcirent, témoins du combat intérieur qu'il livrait pour rester calme.

— Les douleurs physiques sont gérables, voire tolérables, mais pas celles du cœur. Je suis tombé amoureux d'une jeune femme. Très belle. Je la connais depuis toujours. Et j'ai toujours voulu être avec elle. Chacune de mes perms, je fonçais la retrouver. Nous passions des heures électriques, la vie avait un sens et nous souriait enfin. Le retour dans les rangs ne me coûtait pas. Je comptais les jours bien sûr, jusqu'à la prochaine visite, mais cela ne me pesait pas. Parce que je savais que je la reverrais bientôt. En septembre 1995, première déception. Première fausse couche. Le premier échec de notre couple nous toucha dans nos chairs. Mais nous avons fait corps, notre amour était bien plus fort. En juin 1996, elle est à nouveau tombée enceinte. Nous étions fous de joie. On y croyait vraiment… jusqu'à la deuxième fausse couche. On a fait des tests. Ce n'était pas simple, j'avais peu de perms. Et puis le diagnostic est tombé. Pulvérisant notre monde, notre raison de vivre, notre existence tout entière. Tout s'est effondré, écroulé. On en voulait au monde entier. Nous n'étions plus que rage et souffrance devant tant d'injustice.

Céru marqua une pause. Même pour cet homme endurci, que la vie avait façonné comme un roc, relater ces événements était une véritable torture.

— C'est là que je suis devenu une machine à tuer. Il fallait que je me venge de toute cette malchance, de cette vie pourrie. Nous avons fait des recherches. Nous n'étions plus motivés que par une seule chose, découvrir la vérité. Alors comme vous aujourd'hui, nous avons suivi les cailloux. L'état civil, Desliens et la vérité qui nous explose à la gueule. Nous sommes frère et sœur. Nous ne pouvions pas le savoir, puisque nos noms étaient différents. Ceux qui ont cru nous protéger ont créé les conditions de notre drame. Nous étions incestueux, mais nous l'ignorions. Tout ça à cause d'un crevard qui ne voulait pas prendre de risques. Quelle ironie du sort, l'impossible, c'était notre amour. Nous sommes impossibles. Impossible de se marier, d'avoir des enfants. Et pire que tout, impossible de s'aimer. Qu'est-ce qu'une vie sans amour ? Dites-moi, monsieur notre père, qu'est-ce qu'une vie sans amour ?

L'ambiance était lourde. Le drame était total et déchirant.

— Il n'est pas trop tard, il n'est jamais trop tard pour aimer, tenta Hubert Clarck.

— Il comprend vraiment rien, le connard, vitupéra Maxime.

— Toute une enfance à souffrir ensemble, à se protéger, se découvrir et apprendre à s'aimer, pour ne pas en avoir le droit, résuma Emmanuelle d'une voix chargée d'émotion. Moi qui ne croyais pas aux étoiles... Vous avez vécu un véritable enfer. Je suis malheureuse pour vous, sincèrement.

Mais Florent recadra rapidement.

— Les circonstances atténuantes sont là, mais je ne vais pas oublier Loïc. Tu n'étais pas obligé de le tuer, et pourtant tu n'as pas hésité.

Guillaume se défendit aussitôt.

— Florent, je n'avais pas le choix ! Vous étiez trop près ! Ça ne veut pas dire que je ne regrette pas, mais nous devions aller au bout de notre quête. Et pour cela, il n'en restait qu'un. Le dernier à abattre pour disparaître à tout jamais.

De son index, il désigna Hubert Clarck.

— Celui-là !

Étonnamment, le Président ne chercha pas à se défendre et accepta stoïquement les regards accusateurs braqués sur lui. Florent n'était cependant pas aussi catégorique.

— Ces griefs-là, vis-à-vis de votre père, je peux les comprendre. Mais vous avez plus de quatre-vingts morts à votre actif.

— Quatre-vingt-dix-sept, rétorqua Guillaume.

— C'est ça, vante-toi mon p'tit gars.

— Non, ce sont les comptes exacts. Tous des criminels qui auraient dû être punis, mais n'ont jamais été inquiétés.

— Loïc, tu le mets dans quelle catégorie ?

— Il n'est pas compté dans les contrats. Encore une fois, ton capitaine n'a pas respecté la règle. Je lui ai laissé à trois reprises la possibilité de se retirer sans dommage. Quand on joue avec le feu…

Réalisant son choix de vocabulaire malencontreux, il corrigea.

— Désolé, la vie n'est pas une partie de poker, on n'y bluffe pas sans risque.

— Il se prend pour le dictionnaire des citations celui-là ou quoi ? caricatura Emmanuelle qui sentait la moutarde lui monter au nez.

L'évocation de Loïc avait mis fin à son apitoiement passager.

L'otage de Guillaume tentait d'analyser la situation d'un point de vue global et objectif. Relevant la tête, il jugea que le moment était venu de poser sa question :

— Comment êtes-vous devenus tueurs à gages ?

Maxime se chargea de répondre.

— Quand Guillaume est revenu de la Légion, nous n'avions qu'une seule chose en tête : nous venger. Nous avons retrouvé Desliens, comme Guillaume vous l'a dit. Mais nous avons aussi pu identifier toutes les ordures qui ont participé à ce petit jeu de massacre dont nous étions les victimes. Pour les mères

Stromboli et Daura, c'était assez simple ; la Trinquet, elle s'était déjà fait faucher, mais pour le ministre et celui-là, dit-elle en pointant Clarck, la tâche était plus compliquée. Nous avions besoin d'argent pour atteindre ce genre de pointures. Guillaume avait deux spécialités à l'armée, le tir et l'informatique. Nous avons pu utiliser ses compétences, pour m'entraîner et pour trouver des contrats sans se faire repérer.

L'assistance médusée attendait la suite.

— La plus grande difficulté était d'inventer systématiquement un nouveau moyen de contact pour chacun de nos interlocuteurs. Ça a commencé par un type qui nous a proposé de dégommer Auguste Puponi pour une belle somme, l'équivalent de trente mille euros. Le parrain de la pègre marseillaise. Rien que ça. Sa réputation de brutalité le précédait, nous savions qu'il ne s'agissait pas d'un agneau. C'était lucratif, mais malgré tout, nous n'étions pas rassurés.

— Vous aviez peur de vous faire attraper, répondit l'otage qui tenait visiblement son rôle à cœur.

— Oui, surtout que le commanditaire semblait en savoir beaucoup trop à notre goût. Nous avons donc peaufiné notre stratégie de défense au fur et à mesure des commandes. Pour Auguste, nous avons commis une erreur qui aurait pu nous coûter cher. C'est Guillaume qui, pour éviter toute suspicion, s'est chargé du contrat, mais avec une arbalète.

— D'ailleurs, j'ai failli me rater. J'ai dû m'y reprendre à trois reprises. Heureusement que le premier trait s'est figé dans le poumon. Il n'a pas pu crier. Malgré mon sang-froid éprouvé sur tous les fronts de la planète, je n'ai pas été assez précis, confessa Guillaume.

— Et c'est sur le trajet du retour qu'il a eu l'idée de génie. Dhanus Bâna ! L'arc et la flèche dans la tradition hindouiste. La flèche est l'énergie masculine, l'arc, lui, est l'énergie féminine. La dualité dans le symbolisme de l'équilibre absolu.

La flèche représente la force de l'amour et l'arc l'instinct de la mort. Toute notre histoire, À partir de là, nous avons donc inversé les rôles. J'exécutais les commandes de Guillaume et il exécutait les miennes. Ainsi, nous avions systématiquement un alibi. Et cela a parfaitement fonctionné, Verdine en est la meilleure preuve. Mais de là à ce que vous engagiez Guillaume comme consultant, commissaire, alors là... On a bien ri ce jour-là, railla-t-elle.

Un silence de mort s'installa à nouveau, puis Guillaume prit le relais.

— Nous voulions que le Président flippe. Qu'il soit mort de trouille. Et pour cela, nous avons envoyé des messages que lui seul décoderait.

— Eh bien, Guillaume, c'était réussi, je vous le garantis' J'ai même tellement « flippé », comme tu dis, que j'en ai parlé au commissaire Bargamont, sans trop lui en dire non plus. Exercice très périlleux, surtout face à quelqu'un comme lui…

Un coup d'œil vers l'intéressé en dit long.

— La publicité Legal a bien entendu tout de suite attiré mon attention. Ce nom était gravé dans ma mémoire et il n'y avait aucune chance que je l'oublie. Quelqu'un voulait-il me faire chanter ? J'ai bien envisagé que cela soit Guillaume, mais je n'étais sûr de rien. J'avais donc besoin de m'appuyer sur quelqu'un d'intelligent et de discret, qui aurait le bon sens de ne pas divulguer ce qu'il découvrirait. Quelqu'un de droit et d'intègre qui ne coure pas après la gloire… De plus, Bargamont était déjà sur l'enquête de Verdine.

— À aucun moment, vous n'avez pensé à me dire la vérité ? demanda Florent, agacé.

— Ne sachant pas si Guillaume était derrière ces messages, je ne pouvais prendre le risque de tout révéler. Je préservais une chance de garder tout cela secret. Mais j'ai fait tout mon possible. Pourquoi croyez-vous que Robert Sebian ait accepté de vous parler ? interrogea Clarck.

— Dites-nous, vous en brûlez d'envie, ricana Emmanuelle, insolente.

— Parce que je le lui ai demandé, tout simplement.

Florent comprit autre chose et voulut en avoir le cœur net, car son idée lui laissait un goût amer.

— Et pourquoi aurait-il fait cela ? insista-t-il.

— Nous nous connaissons de longue date, répondit laconiquement Clarck.

— C'est léger, vous ne trouvez pas ? riposta Florent. Vous devriez faire un peu mieux pour nous convaincre.

Le poids du monde s'abattit sur les épaules du Président. Les révélations n'étaient pas finies et il n'échapperait pas à son destin.

— C'est par lui que je suis passé pour les premiers contrats.

— Quoi ? demandèrent les six autres protagonistes d'un seul bloc.

La nasse venait de se refermer une dernière fois sur le Président. Il ne s'en sortirait pas.

— Auguste Puponi perpétrait un nombre incalculable de meurtres dans tout le Sud-Est. Dès qu'un juge incorruptible ou un flic intègre s'approchait de ses affaires, il disparaissait dans des circonstances extrêmement suspectes. L'État avait besoin d'une arme. Nous étions en guerre contre toute son organisation. Aucun des moyens légaux n'en venait à bout. Au cours d'un déjeuner avec l'état-major, il a été fait mention d'un sniper dans la Légion capable de réussir – et ce fut leur expression – « l'impossible ». Je me suis immédiatement douté de l'identité de ce tireur d'exception. Un père reste un père et j'étais fier. Mon fils avait un don exceptionnel. Le fils délaissé, abandonné, réussissait des exploits, quand mes enfants élevés sous les ors de la République n'étaient pas capables de s'investir dans quoi que ce soit. L'abondance ruine toutes les ambitions. Selon moi, seuls les efforts dans l'adversité permettent à l'homme de s'affranchir de ses faiblesses. Et ma théorie trouvait corps dans ma propre descendance Quelle ironie du sort !

— Nous sommes des tueurs et des assassins à cause de vous ! ne put s'empêcher de hurler Guillaume, dont la rage surprit l'otage attaché à son harnais.

Son sang-froid, qui était pourtant sa marque de fabrique, se fissurait face aux révélations.

— Oui. Sans le savoir, tu as été le bras armé de la République. Tu as fait, enfin vous avez fait, le nettoyage dont la société a besoin. Mais là aussi, vous vous êtes surpassés, allant au-delà de toutes mes espérances. Vous êtes devenus indépendants. Mais tout en restant fidèles à vos principes initiaux. Seuls des criminels tombaient sous vos armes. Pourquoi rompre un équilibre discret, efficace et bénéfique à tous ?

— Mais alors, pourquoi as-tu mis Bargamont sur nos basques ? questionna Guillaume, qui tutoyait le Président pour la première fois.

— Un enchaînement de circonstances que je n'ai pas pu contrôler. En partie à cause de mademoiselle de Quezac.

— Ben voyons, il faut toujours que ce soit la faute d'une femme, grommela Emmanuelle.

— Je rectifie, vous avez raison, à cause de vos liens avec un certain ministre. Qui, paniqué par l'assassinat de Verdine, a cru bon de saisir toute la fine équipe de Bargamont, dont ce n'est pourtant pas la spécialité. Une fois la presse informée, je me voyais mal lui retirer l'enquête sans attirer l'attention et pâtir de l'inévitable effet boomerang. Et puis tout comme le commissaire, ignorant l'existence de ta sœur, ton alibi m'a dérouté. Le cyanure aussi était nouveau. Je te l'ai dit, je n'étais sûr de rien.

— Il faudra remercier Desliens pour le cyanure. C'est lui qui a choisi, après tout, ironisa Guillaume.

— Il n'en a même pas profité, cette salope, à cause de l'autre bouffon qui l'a secoué un peu trop. Tu nous as volé cette vengeance-là, Bargamont ! Déjà qu'on l'avait laissé indemne la première fois, le Desliens…

Bien que visé par le vocabulaire fleuri, Florent ne broncha pas.

— Je crains de ne pas comprendre, interrogea le Président.

— Aucune importance, rétorqua Guillaume.

Il marqua une pause. Son visage se fit plus sévère. Ce qu'il s'apprêtait à dire serait lourd de conséquences.

— Je crois que tout a été dit. Il est temps d'en finir.

Nul au monde n'a puissance sur le jugement intérieur ;
si l'on peut te forcer à dire en plein jour qu'il fait nuit,
nulle puissance ne peut te forcer à le penser.
Alain

Chapitre ultime

Difficile d'imaginer, pour un observateur extérieur, que les Grandes écuries abritaient habituellement un des plus beaux spectacles du monde, paisible et harmonieux.

La prise d'otages en cours en avait fait le théâtre d'un déversement de haine et de rancœur.

La mort s'était invitée dans la sellerie.

Les dernières révélations avaient accru encore la tension.

Les sept protagonistes s'observaient attentivement.

Comment sortir de ce guêpier inextricable ?

Un mouvement désordonné, même involontaire, et les armes parleraient.

Les explications du président Clarck n'avaient pas convaincu le couple d'assassins, mais ils n'en restaient pas moins troublés.

Leur visage fermé et résigné n'augurait pas d'une fin clémente.

Florent et Emmanuelle n'étaient pas non plus disposés à les laisser filer, malgré les demandes insistantes d'Hubert Clarck. La souffrance et le chagrin consumaient Florent, la perte était trop récente. Les images de Loïc agonisant au milieu des flammes étaient une véritable torture qui ne lui laissait pas un moment de répit, un écran imperméable à toute mansuétude.

Pour le reste, il en avait pris son parti. Il ne connaîtrait pas les Batignolles, mais il terminait une brillante carrière au

Quai. À quelque chose malheur était bon : lui qui ne supportait pas l'hypermédiatisation dont il faisait l'objet était destiné à tomber dans l'oubli.

Il s'imaginait coucher sur le papier le pan de sa vie qui avait été rythmé par sa quête contre le mal. Son immersion dans l'esprit des âmes dépravées qu'il avait traquées, l'abîme insondable devant lequel il se tenait chaque jour et qui menaçait de l'engloutir.

Il y avait tant à raconter !

Les rivalités, les coups bas, les égos surdimensionnés, les guéguerres entre les services, tant d'anecdotes qui ternissent la belle image véhiculée par les médias et l'inconscient collectif. Et pour couronner le tout, les grandes familles de la police et de la gendarmerie qui s'affrontent dès qu'elles le peuvent, au détriment de la fluidité et de l'efficacité du service public.

L'éternelle lutte des pouvoirs mène la danse, érigeant la protection des prés carrés de chacun en objectif prioritaire.

Pourtant Florent était fait pour ce métier et il appréhendait le vide.

Mais la vie ne l'avait pas épargné, et l'équilibre précaire dans lequel il vivait depuis quelques années venait de se rompre avec la disparition de Loïc.

Rester, même s'il le pouvait, le voulait-il encore ?

Emmanuelle, qu'en pensait-elle ? Poursuivre seule ? Dans un autre service ? Difficile à imaginer.

Pour le moment, il y avait plus urgent. Plus radical.

Le président de la République était en joue.

Guillaume et Maxime étaient en joue.

Et ils n'avaient pas l'air de vouloir accorder leur grâce à leur géniteur.

***

Et vous ?

Que feriez-vous ?

Imaginez-vous.

Arrivés à la quarantaine, après une enfance misérable, vous vous rendez compte que votre père, l'homme qui aurait pu vous permettre de faire des études, de vous construire socialement et affectivement, est celui-là même qui vous a conduit à devenir une machine de guerre impitoyable.

Imaginez toujours.

Il est là, à portée de votre pistolet, et vous pourriez d'un geste lui faire payer toutes vos souffrances.

Appuieriez-vous sur la gâchette ?

Le cas échéant, ne regretteriez-vous pas votre geste ? Cette fraction de seconde où vous avez cru vous faire justice, mais une justice éphémère qui vous précipitera dans la misère d'une geôle infecte, où vous terminerez votre vie comme vous l'avez commencée. D'un côté, une satisfaction fugace, qui disparaîtra plus vite que les traces de poudre sur vos doigts. De l'autre, l'éternité de la prison.

Alors, voulez-vous toujours tuer ce Président qui, après avoir pris des mesures courageuses et au prix d'un travail colossal, a su redresser le pays, le rendre à nouveau compétitif à l'échelle mondiale, revaloriser la qualité des études de nos enfants, restaurer la dignité des êtres en leur fournissant du travail, instaurer un système d'aide sociale équitable ?

L'intérêt général ne doit-il pas prévaloir sur l'intérêt particulier ?

Votre décision est prise, donc. Non, hors de question de tuer ce Président. Tout un pays a besoin de lui.

Mais dans ce cas, qu'allez-vous dire à ces deux enfants massacrés par cette vie dépourvue de tendresse et d'affection ?

Une vie de sévices et de supplices durant leur enfance, une vie de meurtriers sans pitié à l'âge adulte.

Où se place la morale, votre morale ?

Qu'est-ce qui est tolérable, et qu'est-ce qui ne l'est pas ?

N'est-il pas difficile de juger ?

Et le faire, n'est-ce pas toujours au détriment d'autres principes ?

Dois-je vous simplifier la tâche ?

Je vais donc essayer.

***

La tension diminua d'un cran lorsque Florent décida de baisser son arme.

— C'est bon, Guillaume, tu as gagné ! Tue le Président ! Mais tu ne sortiras pas d'ici. Ton plan d'évasion est mort. Hors de question que je vous laisse partir. Vous avez tué plus de quatre-vingts personnes, dont Loïc, et pris le Président en otage. Vous n'avez que deux options. La première : vous faites un carnage, mais vous n'irez pas plus loin, les écuries sont cernées. Le RAID est en position ; vous n'avez aucune chance d'en réchapper, ce n'est pas à toi que je vais l'apprendre. La seconde : vous vous montrez raisonnables, et votre père ici, j'en suis sûr, fera tout pour que vos cellules soient dorées, que vous puissiez vous voir régulièrement. Vous n'échapperez pas à la prison, vous devez payer pour Loïc. Toi au moins, Guillaume. Pour les autres victimes, au regard de leurs activités criminelles, je peux être moins regardant. Surtout si je ne peux le prouver.

Guillaume réfléchissait, les yeux dans le vide, l'âme abîmée. Il sentait que l'histoire lui échappait. Un infime détail les avait condamnés. La bibliothèque de celui qui les avait sauvés d'une mort certaine. Celui, finalement, qui leur avait valu de vivre cette existence d'errance et de drames.

— Tu sais Maxime, il a raison. On ne pourra pas partir. Et puis après, ils vont encore nous séparer Il n'y a plus qu'une seule solution. Nous ne serons plus des impossibles. Nous serons réunis pour toujours.

Guillaume fouilla dans son gilet militaire et en sortit une grenade, qu'il dégoupilla. Puis il décrocha le harnais de l'autre main et libéra ainsi l'otage qui s'était uriné dessus. La peur de la mort n'avait que faire de la dignité.

— Casse-toi, lui ordonna Guillaume. Casse-toi vite, avant que je ne change d'avis. Maxime, libère la pauvre femme aussi avant qu'elle ne tourne de l'œil. Allez, cassez-vous tous les deux.

— C'est bien ! lui dit Florent, l'œil rivé sur la grenade. C'est bien ! Nous en tiendrons compte pour le procès. Et cela jouera en votre faveur.

La grenade était de très mauvais augure, mais Florent tentait encore désespérément de les convaincre et de sauver la situation.

Guillaume esquissa un sourire de contentement.

— Tant mieux, lui dit-il. Tant mieux.

Il lâcha la grenade. Une grenade à déclenchement rapide. L'explosion souffla la pièce et ses occupants.

***

Nous interrompons nos programmes pour laisser la place à l'actualité, puisqu'il semblerait qu'un attentat ait été perpétré dans les Grandes écuries du château de Chantilly. Nous retrouvons sur place l'envoyé spécial de RTL, Yves Bertin.

— Yves, vous venez d'arriver à l'endroit même où, il y a moins d'une demi-heure, une explosion de grande puissance a retenti. Pourriez-vous nous en dire plus ?

— Écoutez, Marc-Olivier, il règne ici une grande confusion. D'après nos premiers renseignements – mais ces informations sont à prendre au conditionnel –, un groupe salafiste aurait abattu le président Clarck d'une rafale de Kalachnikov alors qu'il faisait du cheval. En effet, le président Clarck était – et j'utilise l'imparfait,

car il semble bien que le Président n'ait pas survécu à ses blessures – grand amateur d'équitation et cavalier émérite. Il s'adonnait à son activité favorite lorsque un couple, sans que l'on sache comment, serait parvenu à faire irruption dans le manège et aurait tiré à bout portant sans qu'il ait pu opposer la moindre résistance. À l'heure où je vous parle, on peut d'ores et déjà s'interroger sur les erreurs commises par le service de sécurité, qui a laissé ce couple entrer sans avoir été inquiété.

— Yves, je vous interromps, le ministre de l'Intérieur s'apprête à faire une déclaration. Monsieur de Quezac, nous vous écoutons.

— Ce vendredi 10 mars restera dans nos mémoires comme l'un des jours les plus dramatiques de notre histoire. Il règne encore une grande confusion, en particulier sur l'identité des victimes de ce tragique attentat. Les seules choses que nous savons à l'heure actuelle sont les suivantes. Le président Hubert Clarck a été assassiné par ses deux enfants adultérins âgés de quarante-trois ans. Des jumeaux dont presque personne ne connaissait l'existence, ni parmi les journalistes, ni même dans le cercle des amis proches du Président. À l'heure où je vous parle, nous ne sommes même pas certains que le Président lui-même ait su qu'il était leur père. Nous avons une idée assez précise de leurs motivations, puisque nous avons acquis la certitude de leur culpabilité dans l'assassinat du ministre des Affaires sociales et de la Santé, Gonzague Verdine. Toutes ces informations ont été rassemblées par l'ancien commissaire divisionnaire Florent Bargamont et par ma nièce, Emmanuelle de Quezac.

Un sanglot étouffé étreignit sa voix et l'interrompit.

— Je suis d'ailleurs à ce titre très inquiet, car ils étaient tous deux sur les lieux du drame. Les secours viennent d'extraire les corps d'un homme et d'une femme, qu'ils n'ont pas encore pu identifier.

Les sanglots se firent plus insistants.

— J'ignore s'il s'agit de Maxime Nay et de Guillaume Céru, les enfants du président Clarck, ou de Florent et de… ma petite Emmanuelle.

Cette fois, les larmes devinrent incontrôlables ; le ministre n'était plus ministre, il était juste un être humain fou d'inquiétude. La digue se brisait.

— *Pardonnez-moi, finit-il par dire.*

Ployant sous le poids de la douleur, il quitta l'estrade depuis laquelle il avait prononcé son allocution.

— *Retour au studio pour un développement plus complet. Visiblement le ministre était trop bouleversé pour terminer son allocution. Nouvelle sensationnelle que celle de l'existence de ces deux enfants, nés alors même que le Président s'apprêtait à épouser Éléonore de Sainte-Croix. Une ombre posthume à sa réputation, sans nul doute. Mais Yves, dites-nous en un peu plus sur la présence de Florent Bargamont.*

— *Marc-Olivier, nous ne sommes sûrs que d'une chose : le Président a succombé à ses blessures. Mais nous ne savons pas encore si les deux autres victimes sont les assaillants ou bien s'il s'agit de Florent Bargamont et d'Emmanuelle de Quezac, eux aussi présents sur les lieux du drame. Il semblerait que les corps sortis pour l'instant des décombres n'aient pas permis une identification immédiate. Les secours sont toujours à la recherche d'autres victimes éventuelles.*

— *Merci, Yves, pour ces précisions. Nous allons marquer une courte pause et revenir vers vous très rapidement.*

FIN

Il n'y a du courage à juger que si l'on exécute
en tant que bourreau la sentence.

L'heure du jugement !

Nous voilà au terme d'un travail de plusieurs mois.

Cette fois, c'est toi, cher lecteur (pardonne-moi, mais par souci de lisibilité, je t'ai laissé au masculin) de ce livre qui va devoir agir. Me permets-tu de te tutoyer, cher lecteur ? N'y vois aucune familiarité de ma part, mais plutôt une tentative amicale de rapprochement.

Souviens-toi de ce que je t'ai annoncé dans le prologue :

« Ceux qui m'ont fait l'honneur de me lire le savent, j'essaie de ne rien faire au hasard.

Ainsi, si une citation placée à un endroit précis vous interpelle, si une remarque incongrue vous intrigue ou si vous relevez un détail improbable, peut-être avez-vous là, sous les yeux, une piste à ne pas négliger.

Ou l'une des clés qui vous seront utiles au final.

Cet ouvrage, je l'ai construit pour vous, qui lisez ces lignes, et uniquement pour vous.

L'intérêt de cet opus ne réside pas dans la découverte de l'identité du tueur, même si, j'en suis sûr, vous n'y résisterez pas – et je ne doute pas de votre perspicacité.

Mon objectif est de vous confronter à un choix cornélien.

Alors à vous d'enquêter, de déduire et de juger ! »

J'attire ton attention sur deux points particuliers de ce prologue.

D'abord, à l'époque, je te vouvoyais ; nous n'étions pas aussi intimes.

Mais surtout, sur le dernier mot. « Juger ».

Ta sagacité t'a permis sans nul doute de noter que chacune des citations de cet ouvrage est liée à cette notion de jugement.

Elle m'a toujours fasciné !

Il est si facile de juger, non ?

Juger l'autre, tout d'abord. Oui, notre propension à juger l'autre est incontournable, atavique. Mais avons-nous tous les outils pour le faire ? Et surtout, avons-nous la moindre légitimité à le faire ? Sommes-nous dépositaires d'un droit divin qui nous le permettrait ?

Ensuite, nous sommes prompts à juger les actions de l'autre. Toujours avec la même aisance.

Or notre jugement reste simpliste, et donc biaisé, tant que nous ne subissons pas les conséquences de nos prises de position.

Et j'envisage de te le prouver.

Il est temps pour toi de juger, cher lecteur. Pas encore cet ouvrage : tu le feras en temps voulu, si tu le souhaites. Pour l'instant, tu vas devoir te prononcer et choisir la fin qui te semble être la meilleure selon ta sensibilité.

Tu ne pourras pas en choisir une seconde. Ce serait un peu trop facile, non ? Déçu, tu pourrais revenir sur ta décision et opter pour une autre fin ? Non, ce serait mal me connaître.

Voici tes options, elles sont toutes difficiles, bien entendu.

Selon toi, comment l'ouvrage doit-il se terminer ?

1 / Guillaume et Maxime meurent ?

2 / Le président Clarck meurt ?

3 / Guillaume, Maxime et le président Clarck meurent ?

4 / Ils restent tous les trois vivants et impunis ?

Manichéen ? Certainement !

Frustrant ? Assurément !

C'est certain, tu n'aurais pas choisi ces fins ! Tu aurais préféré d'autres solutions plus mesurées, intermédiaires, conciliantes.

Pourquoi doivent-ils mourir ?

Pourquoi doivent-ils rester impunis ?

Tu aurais fait mieux ! Tu aurais statué pour une résolution plus subtile, une fin plus enjouée, un ultime et rassurant retournement de situation !

Mais ne me juges-tu pas déjà ?

Quelle impatience !

Nous sommes dans un thriller, ce qui rend l'expérience beaucoup plus intéressante que si la question t'était posée dans un cadre confortable et rassurant.

Mais je suis d'accord avec toi, il y a un nombre infini de possibilités.

Tu as pu en lire une dans le chapitre ultime. Je me dois de t'expliquer sa présence. Je t'ai imaginé sur une plage, sous la couette ou dans tout autre lieu éloigné d'un ordinateur et surtout d'une connexion Internet. J'ai voulu t'éviter la frustration désagréable de ne pas aller au bout du plaisir et te laisser le temps de te joindre à moi pour cette expérience unique.

Mais il est important que tu saches que cette fin pastel, sans choix cornélien (ou presque) ne correspond pas du tout à mon choix personnel.

Car l'entière construction de cet ouvrage a été élaborée en vue de ce jugement dernier.

Peut-être avais-tu découvert il y a bien longtemps qui étaient les auteurs des crimes et quel était leur lien avec le Président. Tes intuitions étaient bonnes, et peut-être es-tu déçu.

Mais regardes-tu ce que je souhaite te montrer ?

Oui ?

En es-tu certain, cher lecteur ?

Je ne me suis absolument pas engagé dans un chemin de dissimulation subtile pour te livrer une fin inattendue.

Pas au sens où tu l'entends : le twist, le retournement incroyable de situation, le dénouement hallucinant.

J'ai fait le choix de te livrer une fin déconcertante, imprévue et peut-être désarmante.

La voici, si tu veux bien jouer.

Il te suffit d'aller sur la page :

www.lafindecyanure-lelivre.com

Tu devras te munir du code qui se trouve sous le rabat de couverture de ton livre.

Réponds sans commettre d'erreur aux questions qui te sont posées. Il est important que tu sois rigoureux dans tes réponses, car sinon, ton expérience serait limitée. Il y a six questions. Cela ne devrait pas te prendre plus d'une minute et tu auras **TA** fin. Prends ton temps et assure-toi que la connexion Internet est de bonne qualité.

LE CODE FOURNI N'EST UTILISABLE QU'UNE SEULE FOIS.

Aucun autre code ne te sera envoyé. Pourquoi ? Pour des raisons mercantiles ? Certains le penseront ! Non ! Je désire seulement que ton choix soit définitif, unique et exclusif. Pas de place pour la demi-mesure.

Cela dit, avant de t'orienter vers l'une ou l'autre des solutions, réfléchis-y bien et pense aux jugements que nous pourrions tous porter sur ton choix. Aaaaahh !!!! Je me marre de te voir empêtré.

Au final, je vais être jugé sur les jugements portés sur ton jugement.

Il est l'heure !

Tu ne peux plus reculer !

Tu peux maintenant aller sur le site et découvrir ta fin.

Et bonne lecture à toi, cher ami lecteur.

Remerciements

L'exercice des remerciements est toujours périlleux. Naturellement, je ne souhaite oublier personne, et malgré tout, j'ai la conviction que ce sera le cas. Alors comment éviter cela ? Très franchement, je n'ai pas d'autres solutions que de botter en touche.

C'est lâche !

Cela dit, si vous avez bien lu *Cyanure*, vous savez dorénavant qu'avant de porter un jugement à l'emporte-pièce, il est nécessaire de réfléchir longuement. Alors ne me jetez pas la pierre ! Pas tout de suite

Dans l'ordre chronologique, je souhaite remercier toutes celles et tous ceux qui ont manifesté leur plaisir après avoir lu *Charade*. Que ce soit sur Facebook, Twitter, Messenger ou encore Instagram, ou par mail, chacun des messages a été lu et très apprécié. J'ai essayé d'y répondre et espère n'avoir oublié personne. Mes sincères excuses si ce n'est pas le cas.

Je souhaite remercier Valérie Pellegrino-Loison, mon épouse et critique sévère sans laquelle cet ouvrage aurait de nombreuses lacunes.

Je remercie très chaleureusement tous mes bêta-lecteurs, qui se reconnaîtront.

Je n'oublie pas Marie-Noëlle Ramon et Pépita Sonatine, mes deux supportrices de la première heure, mais naturellement tous les autres sont aussi dans mon cœur.

Il est impossible de ne pas mentionner mon ami de longue date, Bruno Leite, qui a développé la partie technique de ce final sans laquelle vous n'auriez pas VOTRE fin. Je le remercie ici sincèrement et amicalement.

Ces remerciements ne seraient pas complets sans citer mon ami de presque vingt-cinq ans, maître Éric Guiard, qui enregistre toutes mes œuvres. Je les sais en sûreté en son étude.

Enfin, je souhaite remercier Bertrand Pirel et toute l'équipe d'Hugo Thriller pour m'avoir fait confiance, m'avoir insufflé une énergie et une volonté encore plus explosives pour toutes ces histoires que je souhaite vous raconter.

Table des matières

Imprimé en France par CPI
en août 2017

Dépôt légal : septembre 2017
N° d'édition : 01
N° d'impression : 2030892